EDMOND GONDINET

THÉATRE
COMPLET

V

UN VOYAGE D'AGRÉMENT

LIBRES ! — LES TAPAGEURS

PARIS

CALMANN LÉVY, ÉDITEUR

ANCIENNE MAISON MICHEL LÉVY FRÈRES

3, RUE AUBER, 3

1896

THÉATRE COMPLET

DE

EDMOND GONDINET

V

IMPRIMERIE CHAIX, RUE BERGÈRE, 20, PARIS. — 3502-2-95. — (Encre Lorilleux).

UN

VOYAGE D'AGRÉMENT

COMÉDIE EN TROIS ACTES

Représentée pour la première fois, à Paris,
sur le théâtre du VAUDEVILLE, le 3 juin 1881.

COLLABORATEUR : M. ALEXANDRE BISSON.

PERSONNAGES

FERNAND DE SUZOR . . . . MM. AD. DUPUIS.

BROCARD. . . . . BOISSELOT.

HERCULE DE LA HAUDUSSETTE. . ERNEST VOIS.

BRISTOL . . . . CARRÉ.

ALFRED DE LANGLADE. , ... ROCHE.

UN INSPECTEUR GÉNÉRAL. . . . . A. GEORGES.

BOMBÉ . . . . , ... CASTEL.

ANGÉLIQUE DE SUZOR. . . . . . . Mmes LESAGE.

LUCILE . . . . J. GOBY.

CLAUDINE . . . . MEILLET.

A Paris, de nos jours.

———————

Pour la mise en scène exacte et détaillée, s'adresser au régisseur général du théâtre du Vaudeville.

UN
VOYAGE D'AGRÉMENT

ACTE PREMIER

Riche salon bourgeois. — Porte au fond. — Portes dans les pans coupés : celle de gauche conduit chez M. de Suzor ; celle de droite, chez sa nièce Lucile. — A droite, premier plan, porte conduisant chez madame de Suzor. — A gauche, premier plan, cheminée. — Au milieu, table flanquée de deux chaises ; à gauche, canapé ; à droite, fauteuil.

SCÈNE PREMIÈRE

CLAUDINE, puis LUCILE.

CLAUDINE, entrant furieuse par le fond.

Il m'embrasse ! Il m'embrasse comme si j'étais chez une cocotte ! (Revenant à la porte.) Je ne sers que dans les maisons honnêtes, moi, entendez-vous, monsieur ? (Revenant.) Il me demande à voir madame, et il ne sait seulement pas son nom. Il a l'air de ne pas se douter que monsieur existe. (A la porte.) Vous avez de la chance que je n'aie pas appelé monsieur ; il vous aurait fait passer un joli quart d'heure.

LUCILE, entrant par la droite.

Ah ! vois donc, Claudine, mon gant.

. CLAUDINE.

Je vais vous arranger ça, mademoiselle.

Elle recoud le gant de Lucile.

LUCILE.

A qui en avez-vous donc, Claudine ?

CLAUDINE.

Mademoiselle, je suis furieuse! Madame votre tante est
entrée précipitamment en me disant : « Voyez donc, Claudine, j'ai oublié de refermer la porte. » Je me suis dit :
Voilà encore madame qui a été suivie par un insolent, C'est
la troisième ou la quatrième fois que ça lui arrive depuis
quelques jours.

LUCILE.

Elle est si jolie, ma tante !

CLAUDINE.

Et si distinguée!... Elle n'a pas l'air d'une cocotte... Je
vais refermer la porte, et je me trouve en face d'un monsieur qui me dit... Mais il aurait fallu voir son air. (Elle
l'imite.) « Vicomte Adalbert de Beausemblant. » — Je le
regarde. — « Ami de Paquita. »

LUCILE.

Ami de Paquita!... Qu'est-ce que c'est que Paquita ?

CLAUDINE.

Ce doit être une Espagnole. — Je le regarde encore. —
« Demande à la jolie personne qui vient d'entrer si elle
veut me recevoir. — La jolie personne qui vient d'entrer,
c'est madame. » — Il me répond d'un air goguenard :
« Madame!... je n'en doute pas. Demande-lui si elle veut
recevoir le vicomte de Beausemblant, ami de Paquita ! —
Madame s'habille, nous avons du monde, ce soir. — Du
monde ! tu es divine !... » Et il m'embrasse!

LUCILE.

Oh !

CLAUDINE.

Oui, mademoiselle, il m'a embrassée !

LUCILE.

Oh ! mon Dieu ! comme les jeunes gens deviennent effrontés ! — Je suis sûre que c'est le même que j'ai vu la semaine dernière à l'Opéra-Comique. Nous étions avec la vieille baronne dans la baignoire qui est près des fauteuils d'orchestre. La vieille baronne là, ma tante plus loin, mon oncle derrière ma tante, et moi, derrière la vieille baronne, près du passage, dans l'ombre. Au deuxième entr'acte, mon oncle était allé fumer son cigare; un jeune homme brun, avec des favoris et des moustaches...

CLAUDINE.

Non, mademoiselle, ce n'est pas le même, le mien est blond, et il n'a pas de moustaches.

LUCILE.

Se pose dans le passage, le long de notre baignoire, regarde longtemps ma tante, qui ne s'en apercevait pas, puis il tire de sa poche une photographie, et se met à comparer... Et sa figure disait : « C'est ça... c'est bien ça!... » Puis il fait des yeux blancs, et se met à sourire en regardant ma tante, qui ne s'en aperçoit toujours pas. Enfin, l'entr'acte allait finir, il compare une dernière fois... je me penche... je regarde...

CLAUDINE.

La photographie de madame ?

LUCILE.

La même que celle que mon oncle a toujours dans son porte-cigares.

CLAUDINE.

Vous n'avez rien dit à madame?

LUCILE.

Je n'ai pas osé... Elle serait désolée. C'est très désagréable de penser qu'on a son portrait dans la poche de quelqu'un qu'on ne connait pas.

CLAUDINE.

Oh ! quand on est très jolie, comme madame...

LUCILE.

Ce n'est pas une raison !

CLAUDINE.

Mais moi, mademoiselle, faut-il que je remette cette carte à madame?

LUCILE.

La carte du monsieur qui t'a embrassée ?

CLAUDINE.

Il a mis dessus, au crayon : « Ami de Paquita. »

LUCILE, avec importance, en passant à gauche.

Ne la remets pas tout de suite. Je demanderai conseil à Alfred, quand nous serons mariés.

CLAUDINE.

Mais, mademoiselle ne se marie que dans quinze jours.

LUCILE.

Eh bien! ce soir, quand notre contrat sera signé. La signature du contrat, n'est-ce pas, c'est déjà quelque chose?

CLAUDINE.

Oui, mademoiselle, c'est beaucoup.

LUCILE.

Alors, attends !

CLAUDINE.

Bien, mademoiselle. Voici Monsieur de Langlade.

LUCILE.

Alfred !

SCÈNE II

LES MÊMES, ALFRED.

ALFRED, entrant par le fond.

Je vous demande pardon, mademoiselle, de venir ainsi bien avant l'heure.

LUCILE.

Vous paraissez tout ému.

ALFRED.

J'ai appris une nouvelle si étrange qu'il m'a été impossible d'attendre.

Ils s'assoient.

CLAUDINE, vivement.

Je vais habiller madame. (En sortant.) Il ne faut pas que je les dérange. Moi, si j'étais avec mon cousin, je ne voudrais pas être dérangée.

Elle sort à droite.

LUCILE, dès que Claudine est sortie, à Alfred.

Quelle est cette nouvelle?

ALFRED.

On m'a dit que votre oncle avait autorisé une autre personne à vous faire la cour.

LUCILE.

Quand?

ALFRED.

Ce matin même.

LUCILE.

Le jour de la signature du contrat?

ALFRED.

Oui.

LUCILE.

C'est impossible !

ALFRED.

On m'a nommé ce nouveau prétendant. Il est parent d'un homme très influent. Il est très joli garçon. Il est avocat. Il se nomme Ernest Bristol.

LUCILE.

Je ne le connais pas.

ALFRED.

J'ai pensé que j'avais déplu à M. de Suzor, et comme je sais que vous êtes résolue à lui obéir en tout, aveuglément...

LUCILE.

Il est mon tuteur, il m'a élevée... je n'ai que lui au monde.

ALFRED, se levant.

Vous voyez bien, vous ferez ce qu'il voudra.

LUCILE, se levant aussi.

Mais il vous a donné sa parole, et tout à l'heure encore il me faisait votre éloge. On a voulu vous effrayer.

ALFRED.

Je ne demanderais pas mieux que de le croire.

LUCILE.

Et moi, j'en suis sûre.

ALFRED.

Oh! que j'aime à vous entendre!

FERNAND, paraissant au pan coupé à gauche.

Ah! ah!

LUCILE.

Eh bien! eh bien! Ce n'est pas une raison pour m'embrasser la main.

ALFRED.

Je suis si ému!

SCÈNE III

LUCILE, ALFRED, FERNAND.

FERNAND.

Enfin, on signe le contrat ce soir.

ALFRED.

C'est M. de Suzor.

LUCILE.

Mon oncle!

FERNAND, descendant.

Brocard n'est pas venu?

LUCILE.

Si, mon oncle, il va revenir.

FERNAND.

Quel air avait-il?

LUCILE.

Il n'en avait pas.

v.   1.

FERNAND.

Parbleu! il n'en a jamais. Quelle figure ingrate! —
Paraissait-il inquiet?

LUCILE.

Non, au contraire.

FERNAND.

Alors, ça va bien.

LUCILE.

Mon petit oncle, nous sommes bien troublés tous les deux.

FERNAND.

J'ai bien vu. Mais... n'en abusez pas. C'est pour ton fiancé
que je dis ça.

LUCILE.

On a raconté à Alfred que tu avais autorisé une autre
personne à me faire la cour.

FERNAND.

Mais il me semble que, tout à l'heure, ce n'était pas une
autre personne...

LUCILE.

J'ai répondu que c'est impossible.

FERNAND, passant à Alfred.

Certainement, c'est impossible, puisque tu épouses M. de
Langlade, ici présent.

LUCILE.

Notre mariage ne peut plus se rompre, n'est-ce pas?

FERNAND.

Prenez-vous votre oncle pour une girouette?

LUCILE.

Oh! non! oh! non!

FERNAND.

Un oncle qui a été lieutenant de louveterie.

LUCILE.

Pardonnez-moi.

FERNAND.

D'ailleurs, nous signons le contrat ce soir, avec pompe.
Nous donnons un dîner en l'honneur des fiancés.

LUCILE, à Alfred.

Vous entendez, vilain peureux?

ALFRED.

Je ne sais pas alors pourquoi on est allé chercher M. Ernest Bristol.

FERNAND.

M. Ernest Bristol?

LUCILE.

Tu le connais?

FERNAND.

Je ne l'ai jamais vu, mais on m'a parlé de lui.

LUCILE.

Quand?

FERNAND.

Ce matin, je crois, Ernest Bristol, avocat?

ALFRED, inquiet.

Précisément.

FERNAND.

J'ai reçu la visite de son cousin, conseiller municipal à
Paris. C'est un homme à ménager. Je l'ai prié de ne pas
changer le nom de ma rue.

LUCILE.

Pourquoi venait-il te voir?

FERNAND.

Pour me parler de toi, en effet, et de son parent.

LUCILE.

Que lui as-tu répondu?

FERNAND.

Ma foi, je ne sais plus trop. Je venais de recevoir une lettre grave, très grave... J'ai dû répondre oui, tout le temps.

LUCILE.

Comment?

FERNAND.

Quand je suis préoccupé d'autre chose, je réponds toujours oui; ce n'est pas compromettant, pour les hommes, du moins.

ALFRED, interdit.

Mais, monsieur, alors...

LUCILE.

Mais, mon oncle, on va croire que notre mariage est rompu.

FERNAND.

J'arrangerai ça... je verrai ce jeune homme. Il me semble que je l'ai autorisé à se présenter.

ALFRED.

A se présenter?

LUCILE.

C'est trop, cela... Et si vous êtes encore distrait?

FERNAND.

Mais rassure-toi donc. Je ne suis pas toujours distrait; c'est un accident.

LUCILE.

Vous direz que je me marie avec M. de Langlade.

FERNAND.

Et que tu en es bien aise.

LUCILE.

Je ne m'en cache pas.

FERNAND.

Mais je l'aime beaucoup, moi, ton fiancé.

ALFRED.

Oh! monsieur!

FERNAND.

Il a beaucoup de talent comme architecte.

ALFRED.

Oh! monsieur!

FERNAND.

Il a bâti, près du parc Monceau, un petit hôtel, un bijou!

ALFRED, s'inclinant.

Oh! monsieur!

LUCILE.

Vous me le montrerez.

ALFRED.

Certainement.

FERNAND, bas.

Vous lui en montrerez un autre.

ALFRED.

Un autre?

FERNAND.

Vous ne pourriez pas lui nommer la personne qui l'habite.

ALFRED.

Ah! vous parlez de...

FERNAND.

Celui-là.

LUCILE.

Alors, mon oncle, c'est très joli?

FERNAND.

Une merveille d'élégance et de goût.

ALFRED.

Oh! monsieur!

FERNAND.

Ne soyez pas modeste. (Bas.) Il paraît que vous avez un succès énorme près des petites dames?

ALFRED, vivement.

Comme architecte.

FERNAND.

Ne rougissez pas devant votre femme, bêta.

LUCILE.

Que lui dites-vous, mon oncle?

FERNAND.

Je lui dis que je le formerai quand il sera mon neveu.

LUCILE.

J'espère que voilà une bonne parole.

Brocard entre par le fond.

FERNAND.

Ah! Brocard! voici Brocard! (Courant à lui.) Eh bien! Brocard, je... (Brocard, sans répondre, l'interrompt en lui montrant Lucile et Alfred.) Oui.

LUCILE, allant vers sa chambre.

Nous vous laissons, mon oncle.

FERNAND, à Alfred.

Nous dînons à sept heures.

LUCILE.

Arrivez de bonne heure.

ALFRED.

Je n'oserai pas arriver le premier.

LUCILE.

Moi, je vous le pardonnerai.

Les deux jeunes gens sortent, Lucile à droite, Alfred au fond, en se disant adieu du regard.

SCÈNE IV

FERNAND, BROCARD.

FERNAND, vivement à Brocard.

Eh bien?

BROCARD.

Eh bien, je n'ai pas encore de réponse.

FERNAND.

Comment, pas encore? Mais c'est pour neuf heures! as-tu bien lu?... Ce soir, neuf heures, ce soir!

BROCARD.

Parfaitement... On doit m'envoyer la réponse chez toi.

FERNAND.

Qui as-tu vu?

BROCARD.

Je n'ai vu personne.

FERNAND.

Personne?

BROCARD.

Mais j'ai fait parler, et on m'a affirmé que ça ne souffrirait pas de difficulté.

FERNAND.

Tu n'as vu personne, tu as fait parler, on t'a affirmé... — Ces petites phrases me paraissaient suffisantes quand le danger n'était pas imminent. Mais, je t'avoue que depuis ce matin je suis inquiet.

BROCARD.

Sois donc tranquille... Le parquet agit d'un côté, le directeur des grâces, de l'autre. — Ça se contrarie toujours un peu d'abord, mais ça finit par s'arranger.

FERNAND.

Tu as été juge au tribunal de commerce, tu connais la procédure; moi je n'y entends rien. Je m'en rapporte à toi, aveuglément. — D'ailleurs tu t'es chargé de me tirer d'embarras.

BROCARD.

Absolument.

FERNAND.

Et c'était ton devoir.

BROCARD.

Mon devoir d'ami.

FERNAND.

C'est toi qui as fait tout le mal.

BROCARD.

Moi?

FERNAND.

C'est toi qui m'as entrainé.

BROCARD.

Où t'ai-je entrainé? Quand t'ai-je entrainé?... Avec ça qu'autrefois...

FERNAND.

Autrefois, j'étais garçon, je venais tous les ans passer trois mois à Paris, et j'y menais une vie de polichinelle. Mais maintenant, je suis marié, et par conséquent vertueux. Je dois ça à ma jeune femme, d'abord. Et puis, je connais trop bien, par expérience, les envers du mariage. Quand un amant, un peu adroit, peut dire à madame : « Voilà ce que votre mari a fait! » le mari est flambé. C'est un feu de joie. — Et moi, j'ai quelque vingt-cinq ans de plus que ma femme, c'est un chiffre. Il ne m'a pas effrayé, il ne m'effraie pas encore. J'adore ma femme, et elle est cent fois plus séduisante que toutes les donzelles du Skating réunies. — Pourquoi y suis-je allé, au Skating?

BROCARD.

Parce que ta jeune femme était depuis quinze jours à Perpignan.

FERNAND.

Chez sa mère.

BROCARD.

Parce que tu étais seul à Paris, parce que tu t'ennuyais.

FERNAND.

Oui, je m'ennuyais, certainement, mais je m'ennuyais avec courage, et si tu ne m'avais pas monté l'imagination.

BROCARD.

En quoi t'ai-je monté l'imagination?

FERNAND.

En me racontant tes fredaines.

BROCARD.

Tu es bien impressionnable !

FERNAND, passant et s'asseyant sur le canapé.

Je le suis... et malgré moi, quand je vois une jolie fille...
j'ai le cœur près du bonnet. Tu le sais, tu aurais dû le
comprendre.

BROCARD, allant à lui.

Ce n'est pas moi qui ai inventé mademoiselle Paquita.

FERNAND.

Non, mais tu en avais inventé une autre qui était son amie.

BROCARD.

Ce n'est pas moi qui les ai invitées toutes deux à souper
au Café Américain.

FERNAND.

Non, elles se sont invitées elles-mêmes.

BROCARD, s'asseyant sur une chaise.

Je ne voulais leur offrir qu'un fruit, moi.

FERNAND.

Un fruit, un fruit... Il ne faut jamais être bête, même
quand on fait une sottise.

BROCARD.

Avoue au moins que tu t'es amusé, et que Paquita te
plaisait fort.

FERNAND.

Elle a du montant.

BROCARD.

Voilà ce qui t'a entraîné !

FERNAND.

Parbleu! après le champagne...

BROCARD.

Tu avais bel et bien perdu la tête.

FERNAND.

Jamais complètement. — Ainsi quand elle m'a demandé
mon nom, je lui ai répondu que j'étais Castillan. — J'avais
oublié qu'elle s'appelait Paquita. — Mais j'ai eu l'esprit
d'ajouter : « Puisque nous sommes tous les deux de la Cas-
tille, nous devons connaître l'espagnol... parlons français! »
Avais-je perdu la raison?

BROCARD.

Tu lui as laissé prendre une photographie de ta
femme.

FERNAND, se levant et passant.

Ne me rappelle pas ça! Elle me l'a enlevée dans mon
porte-cigares. Mais je lui ai dit que c'était une ancienne
maîtresse.

BROCARD.

Ça ne vaut pas mieux.

FERNAND.

Ça prouve que je n'avais pas perdu le sens moral. Mais
je ne m'excuse pas, et quand je pense que cette Paquita...
une cocotte!... a eu dans ses mains... ne parlons plus de
ça. — Seulement, puisque tu cherches à me prouver aujourd'hui que tous les torts sont de mon côté, je vais te
dire ce que j'ai sur le cœur.

Il s'assied près de la table.

BROCARD.

Parle!

FERNAND.

Je trouve que tu ne t'es pas conduit en gentilhomme.

BROCARD.

Quand?

FERNAND.

Après le souper, quand nous sommes sortis.

BROCARD.

Tu te disputais avec tous les cochers.

FERNAND.

Parce qu'ils ne voulaient pas me conduire à Meudon. J'avais envie d'aller voir lever l'aurore dans le bois de Meudon.

BROCARD.

Ils avaient le droit de refuser.

FERNAND.

Je ne conteste pas leur droit, — mais j'exige qu'on soit poli avec moi, quand j'ai une femme à mon bras, — fût-ce la dernière des cocottes. — Et ces messieurs étaient insolents, alors je me suis fâché!

BROCARD.

Avec ta canne?

FERNAND.

Peut-être... C'était une badine... Voilà Paquita qui hurle...

BROCARD.

En se jetant dans mes bras.

FERNAND.

Un sergent de ville accourt, je me sens touché à l'épaule, ça m'exaspère. La scène devient déplorable; je me retourne, tu n'étais plus là!

BROCARD.

J'avais emmené les deux femmes.

FERNAND.

Il me semble que ce n'était pas le moment de partir.

BROCARD.

Mais, mon bon, je suis marié, moi!

FERNAND.

Depuis quinze ans, ça ne compte plus.

BROCARD.

Ma femme était à Paris!... Elle aurait tout appris le lendemain... Elle n'était pas à Perpignan, comme la tienne.

FERNAND.

Si tu avais été là, tu m'aurais retenu.

BROCARD.

Tu n'écoutais rien.

FERNAND.

Tu m'aurais fait remarquer que j'avais tort de continuer à être violent avec un sergent de ville. — Ça ne réussit jamais aux hommes d'ordre. — Tu m'aurais accompagné, au moins, chez le commissaire; tu m'aurais évité d'être traduit en police correctionnelle. J'aurais pu te faire appeler au tribunal, comme témoin à décharge.

BROCARD.

Qu'y aurais-je fait? puisque je n'avais rien vu.

FERNAND.

Tu m'aurais soutenu du regard. Quand on a commencé mon interrogatoire, je me suis trouvé bête subitement, et un homme qui se trouve bête est perdu. — Il ne faut jamais se trouver bête! — J'avais pris un avocat inconnu, — le plus inconnu des avocats, — pour éloigner la foule. J'y ai réussi.

BROCARD.

Et puis, je suis allé pour toi chez tous les journalistes.

FERNAND.

Là, tu as fait acte de dévouement.

BROCARD.

Ta femme et tes amis n'ont absolument rien su.

FERNAND.

Heureusement. — Mais si on m'obligeait maintenant à faire mes quinze jours de prison?

BROCARD.

Non!... espérons que non.

FERNAND.

Comment, espérons?... Tu as donc encore des doutes?

BROCARD.

La lettre que tu as reçue ce matin tendrait à me prouver que je n'ai pas, jusqu'à présent, complètement réussi.

FERNAND, se levant.

Pas complètement, je crois bien. — On m'intime l'ordre de me constituer prisonnier, ce soir, avant neuf heures.

BROCARD, se levant.

Je suis étonné de ne pas avoir de réponse.

FERNAND.

A cinq heures cinquante-sept?

BROCARD.

Il ne faut que vingt minutes pour aller d'ici à la prison.

FERNAND.

Tu crois donc que ça se pourrait? Tu admets donc que ce serait possible?

BROCARD.

Mon ami, tout est possible.

FERNAND, passant.

Jamais, jamais il ne m'est entré dans la cervelle que je serais obligé d'aller en prison, moi; et je vivais sur les promesses! — Je continue à marier ma nièce... je donne un dîner de vingt couverts...

CLAUDINE, entrant par le fond.

Une lettre très pressée pour Monsieur Brocard.

FERNAND et BROCARD.

Ah!

Ils s'élancent en même temps pour prendre la lettre. — Madame de Suzor entre vivement par la droite. — Ils s'arrêtent interloqués. — Brocard prend la lettre, et la roule dans ses doigts, sans pouvoir l'ouvrir, en redescendant à gauche.

SCÈNE V

Les Mêmes, ANGÉLIQUE.

FERNAND, vivement.

Ma femme!

ANGÉLIQUE.

Je ne vous dérange pas?

FERNAND.

Non, Angélique, non. — Vous ne me dérangez jamais. — C'est mon ami Brocard...

ANGÉLIQUE.

J'ai bien reconnu monsieur. (Venant à Brocard.) Je me suis trouvée, hier, monsieur, dans un salon avec votre jeune belle-sœur qui revient d'Italie.

BROCARD.

Oui, madame.

ANGÉLIQUE.

Elle est enthousiasmée de son voyage, et elle parle de
l'Italie avec une telle admiration que c'est à donner envie
d'y aller tout de suite. (A Fernand.) Mon ami, nous avons une
grave question à traiter. — Qui mettrez-vous à ma droite?

FERNAND.

A votre droite, chère amie?

ANGÉLIQUE.

A table, ce soir? — Vous hésitez depuis huit jours.

FERNAND.

J'hésite, oui, — j'hésite entre le maire de notre arron-
dissement et le sous-préfet de Pontoise.

ANGÉLIQUE.

Qu'en pensez-vous, monsieur Brocard?

BROCARD, qui tourne la lettre dans ses doigts, sans oser l'ouvrir.

Mon Dieu, madame, c'est très embarrassant.

ANGÉLIQUE, souriant.

N'est-ce pas?

FERNAND.

Le maire est un homme éminent, mais le sous-préfet vient
de Pontoise... exprès; mettons le sous-préfet, chère amie.

ANGÉLIQUE, à Fernand.

A la bonne heure, voilà une décision. (Elle va pour partir.
Brocard va ouvrir la lettre. Fernand le regarde anxieux. — Angélique s'arrête.)
Vous paraissez préoccupé, monsieur de Suzor?

FERNAND.

Non, non, pas du tout.

ANGÉLIQUE, à Brocard.

Ne trouvez-vous pas que M. de Suzor a l'air nerveux?

BROCARD.

Non, je ne trouve pas.

ANGÉLIQUE, à Fernand.

Ce n'est pas l'émotion de marier votre pupille?

FERNAND.

Je t'assure que je suis très gai.

ANGÉLIQUE.

Et vous avez raison, elle fait un excellent mariage. (A Brocard.) Connaissez-vous le jeune de Langlade?

BROCARD.

Oui, madame, certainement. — Architecte distingué déjà.

ANGÉLIQUE.

Très bien élevé surtout, et d'une tenue parfaite, ce qui devient de plus en plus rare. Je ne sais si je ressens encore l'influence de la province, mais depuis que je suis revenue de Perpignan, il me semble que vos jeunes Parisiens ont perdu tout sentiment des convenances... on a à subir des regards effrontés, qui me déconcertent tout de suite, moi. Je n'oserai plus sortir seule. Je vous préviens, monsieur de Suzor, que maintenant, quand je ne serai pas en voiture, je suis résolue à toujours réclamer votre bras.

FERNAND.

Il est à toi, chère amie, il est à toi. (Après avoir regardé sa montre.) Brocard n'ose pas te demander l'autorisation de lire une lettre qu'on vient de lui envoyer ici.

ANGÉLIQUE, à Brocard.

Mais lisez, lisez, je vous en prie.

BROCARD.

Puisque vous daignez le permettre...

ANGÉLIQUE, à Fernand, plus ému que jamais. — Bas.

Regardez M. Brocard.

FERNAND.

Je le regarde.

ANGÉLIQUE.

Il a une façon de baisser les yeux dévotement, et de prendre des poses béates qui m'amusent toujours.

FERNAND.

Oui, oui.

ANGÉLIQUE.

Sans compter qu'il se teint les cheveux et la barbe. Il a l'air d'un saint restauré.

FERNAND.

Alors, vous ne voulez pas que je me fasse colorier comme lui?

ANGÉLIQUE, vivement.

Oh! non, non, restez comme vous êtes.

FERNAND, regardant Brocard qui a lu la lettre, et qui demeure impassible, à part.

Sa figure ne dit rien. Cet animal a une figure qui ne dit rien.

ANGÉLIQUE.

C'est ainsi que je vous ai épousé, et je vous ai épousé parce que vous me plaisiez.

Brocard se rapproche vivement de Fernand.

BROCARD, bas, lui donnant une petite tape.

Fais tes préparatifs.

FERNAND, ahuri.

Hein?

BROCARD.

Je n'ai rien obtenu.

FERNAND, atterré.

Alors?...

ANGÉLIQUE.

C'est bien entendu. Nous mettrons le sous-préfet à droite?

FERNAND, ahuri.

Oui, oui, le sous-préfet à droite, et le maire par-dessus... je veux dire à gauche.

ANGÉLIQUE.

Quant aux autres...

FERNAND.

Comme il vous plaira, chère amie.

ANGÉLIQUE.

Vous me donnez carte blanche?

FERNAND.

Absolument.

ANGÉLIQUE.

Alors, je favoriserai mes amis.

FERNAND.

Je vous en prie.

> Angélique sort à droite.

SCÈNE VI

FERNAND, BROCARD.

FERNAND, courant à Brocard, aussitôt que madame de Suzor a disparu.

Tu n'as rien obtenu?

BROCARD.

Il paraît que je m'y suis mal pris. J'aurais dû d'abord demander un sursis.

FERNAND.

Très bien. Tu t'y es mal pris, et tu me dis maintenant : Fais tes préparatifs.

BROCARD.

Je suis désolé!

FERNAND.

Il faut que dans trois heures je sois enfermé, ou bien on mettra la force armée en campagne pour m'appréhender au corps! Voilà où j'en suis!

BROCARD.

Ne te surexcite pas inutilement.

FERNAND.

Et ma femme apprendra en même temps que je suis condamné à quinze jours de prison pour m'être grisé avec une cocotte. — Eh bien, non, non, ça ne se peut pas.

BROCARD.

Il faut envisager la situation avec calme.

FERNAND.

Avec calme!... Il est superbe! et c'est lui qui est cause de tout!

BROCARD.

Moi, mais tu oublies toutes les démarches que j'ai faites.

FERNAND.

Elles ont un joli résultat, tes démarches. Mais, sans tes démarches, j'aurais préparé les choses de loin. J'aurais dit négligemment : « Je songe à faire un petit voyage d'agrément, cette année, dans une semaine ou deux, — un petit voyage de quinze jours. » Mais à présent... à présent... Veux-tu que je me lève après le potage, pour dire au sous-préfet, qui sera à droite, et au maire, qui sera à gauche : « Je vais faire un petit voyage d'agrément. » Est-ce que ça serait vraisemblable? Il ne s'agit plus de récriminer, il faut agir d'abord; je ne veux, à aucun prix, avouer à ma femme que je vais en prison.

Il passe.

BROCARD.

Ce sera difficile.

FERNAND.

Et je suis prêt à tout sacrifier — tout — pour qu'elle n'apprenne jamais que j'y suis allé.

BROCARD.

Je ne vois pas ce que tu peux faire?

FERNAND.

Ma femme ne doit rien savoir, — partons de là.

BROCARD.

Quand tu sortiras d'ici ce soir...

FERNAND.

Je dirai que je vais faire un voyage.

BROCARD.

Comme ça, tout de suite?

FERNAND.

Comme ça, ou autrement, ce ne peut être qu'un voyage.

BROCARD.

Et le contrat qu'on signe ce soir?

FERNAND.

On le signera un autre jour.

BROCARD.

On ne peut pas le signer sans toi.

FERNAND.

Alors, je romprai le mariage tout de suite, ça vaut mieux.

BROCARD.

Ce serait un moyen violent.

FERNAND.

Dans ma situation, on ne cherche pas les moyens, on les prend comme on les trouve... Je veux garder l'estime de ma femme — et mon repos — et tout ce que les maris perdent si souvent.

BROCARD.

Et ton dîner? ton dîner de vingt couverts...

FERNAND.

Ça, rien n'est plus simple. Je vais immédiatement envoyer à tous mes invités une dépêche fermée, avec ces mots : un accident... un événement... n'importe quoi; ces contre-temps-là arrivent quelquefois.

CLAUDINE, entrant avec une lettre, par le fond.

Monsieur!

FERNAND.

Une autre lettre?

CLAUDINE.

Non, monsieur, c'est une carte, c'est un monsieur...

Elle attend au fond.

FERNAND, prenant la carte et lisant :

« Ernest Bristol, avocat. » C'est le cousin d'un conseiller municipal, qui aurait peut-être pu me tirer d'affaire, si je l'avais connu plus tôt. Il venait me demander la main de ma pupille.

BROCARD.

Eh bien, tu lui as dit qu'elle épousait...

FERNAND.

Non, je l'ai oublié.

BROCARD.

Ah !

FERNAND.

Mais à présent que je vais rompre... la visite du conseiller ce matin, à qui j'ai répondu oui par distraction, la démarche de ce jeune homme, auquel nous répondrons oui et non, — tout ça peut me servir.

BROCARD.

A quoi ?

FERNAND.

A quoi ?... je n'en sais rien, je cherche, je bats le buisson. Tu vas recevoir le jeune Bristol à ma place.

BROCARD.

Que lui dirai-je ?

FERNAND.

Tout ce que tu voudras. Tu connais la situation, — ne le décourage pas... encourage-le même... ça peut servir. (A Claudine.) Faites entrer. — (A Brocard.) Tu ne le garderas pas longtemps.

BROCARD.

Sois tranquille!

FERNAND.

Il faut que je sache pourquoi je romps le mariage de ma
nièce et pourquoi je suis forcé de partir à neuf heures. Je
ne trouverai pas tout de suite. En attendant, je vais envoyer
des dépêches à mes invités : « Un événement imprévu... »
la formule est bonne.

Il sort par la gauche.

SCÈNE VII

BROCARD, BRISTOL.

BRISTOL, *entrant par le fond avec une extrême politesse et en baissant
les yeux.*

Mon cousin, conseiller municipal à Paris, ne m'a pas laissé
ignorer, monsieur, le bienveillant accueil... mais, pardon...
ce n'est pas M. de Suzor.

BROCARD.

Je suis un de ses amis, et comme Suzor est retenu, en ce
moment, par une affaire extrêmement grave, il m'a prié de
de vous recevoir à sa place. Aristide Brocard.

Il le fait asseoir à droite et s'assied près de lui.

BRISTOL.

Je n'ai pas l'honneur d'être connu de M. de Suzor... je ne
l'ai vu qu'une fois, mais dans une circonstance où il m'a
été facile de le juger.

BROCARD.

Où donc?

BRISTOL.

A la police correctionnelle...

BROCARD, vivement en se levant.

Chut!... (Ils changent de place en regardant autour d'eux.) A la police correctionnelle?

BRISTOL, assis à gauche.

J'ai l'honneur d'être avocat... J'ai assisté, — presque seul,
— à l'interrogatoire de M. de Suzor.

BROCARD.

Il paraît que Suzor n'a pas été brillant.

BRISTOL.

Embarrassé... peut-être, — mais je me disais en l'écoutant :
« Voilà un homme que je voudrais bien avoir pour beau-
père ! »

BROCARD.

Il n'a pas de fille.

BRISTOL.

C'est ce que j'ai appris, — il n'a qu'une nièce; — mais
quel oncle, monsieur, quel excellent oncle !... j'ai cherché à
voir mademoiselle sa nièce; je l'ai rencontrée deux ou trois
fois. — Elle est charmante!

BROCARD.

Elle a une très jolie fortune.

BRISTOL.

On me l'a dit. — Mon cousin, conseiller municipal à Paris,
a eu l'honneur de se présenter ce matin...

BROCARD.

Oui, monsieur; seulement Suzor, ce matin, a commis une
erreur.

BRISTOL.

Une erreur?

BROCARD.

Ou une omission, si vous aimez mieux. — Il a négligé
de dire à votre parent que sa pupille est déjà fiancée...

BRISTOL, se levant.

Ah! mon Dieu!

BROCARD.

A un jeune architecte, M. de Langlade, et qu'on signe
le contrat ce soir.

Il se lève.

BRISTOL.

Ah! monsieur! ah! monsieur! Vous me donnez un coup
mortel.

BROCARD.

Vous connaissez à peine mademoiselle Lucile.

BRISTOL.

J'en suis déjà éperdument épris, monsieur... éperdument
épris. — Je la trouve ravissante, et, quand je viens tout
enfariné d'espérance, vous me dites qu'elle est promise.

BROCARD.

Un contrat n'engage pas absolument, et d'ailleurs il
n'est pas signé.

BRISTOL.

Vous supposez que j'ai encore quelques chances?

BROCARD.

Je ne dis pas, je ne sais pas.

BRISTOL.

Il me semble que si je pouvais lui parler...

BROCARD.

Le moment serait mal choisi.

BRISTOL.

Mais demain, après-demain... je viendrai tous les jours.

BROCARD.

Ce ne sera pas facile. — On peut tout vous confier, puisque vous savez tout... Ce soir même...

Il lui remet la dépêche.

BRISTOL, baissant la voix.

Il se constitue prisonnier.

BROCARD, de même.

Oui.

BRISTOL.

Dans quelle prison? (Brocard lui montre encore la dépêche.) Qui est donc directeur?

Il tire un carnet de sa poche.

BROCARD.

Je ne sais pas.

BRISTOL, lisant.

« La Haudussette. » J'en ai connu un; mais ce ne peut être celui-là, c'était un gommeux. Enfin, je verrai, et si je ne le connais pas, mon cousin, le conseiller municipal, le connaîtra certainement.

BROCARD.

Vous recommanderiez mon pauvre ami?

BRISTOL.

Si je le recommanderai ! — comme un oncle, monsieur, comme un oncle !

BROCARD.

Il va sans dire que la famille ignore cette mésaventure.

BRISTOL.

Je comprends, je comprends. — Il donnera à son absence momentanée une autre cause?

BROCARD.

Précisément.

BRISTOL.

Je ne ferai pas payer mon silence, mais j'espère que M. de Suzor appréciera ma discrétion.

BROCARD.

Soyez-en convaincu.

BRISTOL.

Sur ce mot, je me retire, encore une fois heureux, cher monsieur...

BROCARD.

Brocard.

BRISTOL.

Cher monsieur Brocard, d'avoir fait votre connaissance.

BROCARD, en le reconduisant.

Je ne suis pas moins ravi, cher monsieur...

BRISTOL.

Bristol.

BROCARD.

Bristol, d'avoir fait la vôtre.

Ils se serrent la main affectueusement.

ALFRED, entrant par le fond.

Monsieur de Suzor m'a fait demander.

Il salue.

BROCARD, embarrassé et se déterminant à le présenter.

Monsieur Alfred de Langlade.

BRISTOL, à part.

Le prétendu !

BROCARD.

Monsieur Bristol.

ALFRED, à part.

Mon rival !

BRISTOL.

Je m'aperçois que j'ai trop prolongé ma visite... Monsieur !... monsieur !...

Il sort cérémonieusement par le fond.

ALFRED, à part, descendu.

M. Brocard lui serrait les mains.

SCENE VIII

BROCARD, ALFRED, puis FERNAND.

BROCARD, à part.

Il est très bien, cet avocat.

ALFRED.

Vous connaissiez déjà M. Bristol?

BROCARD, redescendant.

Non, je le vois pour la première fois.

ALFRED.

Il avait l'air enchanté.

BROCARD.

Oui, oui, je ne sais pas pourquoi.

ALFRED.

A-t-il vu M. de Suzor?

BROCARD.

Non... Fernand est retenu par une affaire grave, je l'ai remplacé.

ALFRED.

C'est que je suis si heureux, moi, mon cher monsieur
Brocard, je suis si heureux que tout me fait peur, et s'il
fallait renoncer à mademoiselle Lucile... Savez-vous pourquoi M. de Suzor m'a envoyé chercher?

BROCARD.

J'ignorais qu'il vous eût envoyé chercher.

FERNAND, entrant par la gauche, très gracieux.

Ah! monsieur de Langlade! je vous remercie de votre
empressement.

ALFRED.

On m'a dit qu'il y avait urgence.

FERNAND.

Oui. — (A Brocard.) Voici la liste de nos invités, et ce que
je leur écris. — Expédie-leur à tous la même dépêche télé-
graphique, et fais-la porter par un commissionnaire, ça
arrivera plus vite. Hâte-toi!

BROCARD, en sortant, par le fond.

Comment va-t-il s'en tirer?

SCÈNE IX ·

FERNAND, ALFRED.

FERNAND, regardant sa montre.

J'ai encore le temps. — (A Alfred.) Monsieur, nous devons
ce soir, signer votre contrat de mariage.

ALFRED.

Oui, monsieur, et j'en suis bien heureux ! je le disais à
M. Brocard.

FERNAND.

La signature du contrat n'établit jamais qu'un lien conditionnel, mais.je pense, moi, qu'une signature quelconque engage toujours, et qu'il vaut mieux s'expliquer avant qu'après.

ALFRED, étonné.

Nous expliquer ? — Tout ce que vous exigerez est accordé d'avance.

FERNAND.

Vous avez beaucoup de talent comme architecte.

ALFRED, recommençant à saluer.

Oh! monsieur.

FERNAND.

Mais vous avez une bien singulière clientèle!

ALFRED.

Ce n'est pas celle-là que j'aurais préférée.

FERNAND.

Pourquoi ? — Elle est remuante, elle est bruyante... elle met tout de suite un homme en relief.

ALFRED.

Je reconnais que je lui dois beaucoup.

FERNAND.

Vous lui devez tout. Seulement, je vous conseille de ne pas vous marier.

ALFRED, ahuri.

Vous me conseillez ?...

FERNAND.

Dans votre intérêt, le plus sage pour vous est de rester garçon.

ALFRED.

Mais, monsieur, vous me disiez tout à l'heure...

FERNAND.

Que vous me plaisiez beaucoup, c'est vrai ! mais quand on a comme vous l'agrément d'être l'architecte des petites dames, on ne se marie pas.

ALFRED.

Vous saviez déjà quelle était ma profession.

FERNAND.

Mais j'ignorais votre spécialité... Songez que je suis tuteur, c'est-à-dire responsable devant un conseil de famille. — Je ne dois pas donner ma pupille à un mari qui, par état, ne peut pas lui être fidèle.

ALFRED.

Je le serai, cependant. Jamais l'idée ne me viendra de tromper ma femme.

FERNAND.

Alors, vous passerez pour un naïf, et vous perdrez votre clientèle ; — c'est un dilemme.

ALFRED.

Eh bien, monsieur, j'aime mieux la perdre, j'en chercherai une autre.

FERNAND.

Une autre !... une autre !... Mais alors je donne ma pupille à un monsieur dont la position n'est pas faite.

ALFRED.

Vous voulez me désespérer, mais je vous jure, monsieur, que j'ai le plus profond mépris pour toutes ces demoiselles.

FERNAND.

Le mépris n'est pas un obstacle. Nous savons tous qu'elles ne demandent pas qu'on les respecte.

ALFRED.

Je ne trouverai jamais qu'un mot à vous répondrè :
J'adore mademoiselle Lucile, et je serai pour elle le mari
le plus tendre.

FERNAND.

Tendre, assurément ; ça ne vous empêcherait pas d'être
ridicule. — Joseph était aussi une espèce d'architecte pour
madame Putiphar, et vous savez ce qu'on pense de lui. —
Voudriez-vous perdre votre manteau tous les jours ? Ça ne
se peut pas. — Vous êtes condamné à rester l'architecte
des petites dames ; voilà votre position sociale. Je dirai à ma
nièce que je vous trouve encore trop jeune, et que votre position ne me paraît pas suffisamment dessinée ; — c'est
convenu, n'est-ce pas ? J'ai déjà écrit au notaire de ne pas
venir.

ALFRED.

Alors, c'est une rupture, monsieur, une vraie rupture !
— Vous me permettrez de ne pas y croire encore. C'est
mon bonheur tout entier que je perdrais.

FERNAND.

Ces choses-là se retrouvent.

ALFRED.

Vous ne saviez donc pas que j'aimais mademoiselle Lucile ?

FERNAND.

Calmez-vous, jeune homme, calmez-vous ! (Embarrassé, en
apercevant Angélique qui entre.) Ma femme !

SCÈNE X

Les Mêmes, ANGÉLIQUE.

ANGÉLIQUE, entrant souriante par la droite.

Tout notre monde est placé.

ALFRED.

Ah! madame, venez parler pour moi; M. de Suzor ne veut plus me donner sa nièce.

ANGÉLIQUE.

C'est impossible, M. de Suzor plaisante.

FERNAND, très embarrassé.

Ma chère amie, vous pouvez juger à mon agitation que je ne plaisante pas.

ANGÉLIQUE.

Mais nous signons le contrat ce soir.

FERNAND.

Aussi faut-il un motif bien grave... — à mon avis, du moins...

ALFRED.

Je vous jure, madame, que je n'ai absolument rien, rien à me reprocher.

ANGÉLIQUE.

Qu'est-ce donc?

FERNAND.

J'ai appris... je viens d'apprendre... que M. de Langlade... M. de Langlade est l'architecte préféré des demoiselles à la mode.

ANGÉLIQUE.

Lui !

ALFRED.

Vous dites préféré ?

FERNAND.

Il construit ces petits hôtels qui étalent un luxe si insolent pour les femmes honnêtes.

ANGÉLIQUE.

Mais c'est horrible, monsieur.

FERNAND.

Vous me trouverez peut-être trop scrupuleux... J'ai pensé
que cela ferait à ma nièce une situation fâcheuse.

ANGÉLIQUE.

Intolérable. — Car enfin, monsieur, si vous êtes... l'architecte de ces demoiselles, vous êtes forcé de les voir.

FERNAND.

Il faut discuter avec elles, faire des projets avec elles,
descendre et monter les escaliers avec elles... des escaliers
sans rampes ! Il faut les soutenir.

ALFRED.

Mais non, monsieur.

FERNAND.

Alors, vous les laissez tomber ! (Passant à Angélique.) Je suis
peut-être trop scrupuleux.

ANGÉLIQUE.

Non, mon ami, non, vous ne l'êtes pas trop. (A Alfred.)
Nous ne devons pas permettre que nos maris s'occupent
de ces trop séduisantes personnes...

FERNAND, à Alfred.

Que vous disais-je ?

ANGÉLIQUE.

Je ne le pardonnerais jamais à M. de Suzor, et vous, vous leur construisez des palais, et quand je sortirais à votre bras, avec ma nièce, vous pourriez rencontrer vos clientes... et les saluer.

ALFRED.

Mais, madame...

FERNAND.

Naturellement, c'est sa carrière.

ANGÉLIQUE.

Et notre pauvre petite Lucile... saurait que son mari... moi, j'en mourrais de jalousie.

FERNAND, à Alfred.

Que vous disais-je ?

ALFRED.

J'ai offert de renoncer à tout.

FERNAND.

Nous ne pouvons pas accepter un pareil sacrifice, et puis, il ne s'agit pas seulement de l'avenir. Dans quinze jours, ma nièce épouserait l'architecte de mademoiselle je ne sais qui ! (A Angélique.) Vous me trouvez peut-être trop scrupuleux ?

ANGÉLIQUE.

Jamais trop sur ces questions-là !

FERNAND, à Alfred.

Vous l'entendez ?

ALFRED.

Je n'ai plus rien à répondre, — je suis atterré.

ANGÉLIQUE.

Je vous plains beaucoup.

FERNAND.

Je le lui ai dit, je suis navré.

SCÈNE XI

LES MÊMES, LUCILE.

LUCILE, entrant par le pan coupé à droite.

Eh bien ! tout le monde se tait quand j'arrive ?

FERNAND.

Ma chère enfant, ta tante va t'apprendre une chose très grave.

LUCILE, après les avoir tous regardés.

Mon mariage est rompu !

ANGÉLIQUE.

Il faut avoir du courage, ma mignonne.

LUCILE.

Qu'est-il arrivé ?

ANGÉLIQUE.

Il a surgi un obstacle... tout à fait inattendu.

LUCILE.

De la part de M. de Langlade ?

ALFRED.

Non, mademoiselle, oh ! non, je vous le jure !

LUCILE.

De mon oncle ?

FERNAND.

Mais ta tante m'approuve.

ANGÉLIQUE.

Absolument.

LUCILE, chancelante.

J'en avais ce matin le pressentiment, quand Alfred m'a
dit...

ALFRED, s'avançant.

Je n'ai rien fait pour mériter de vous perdre.

FERNAND, le retenant.

Un peu de tenue, jeune homme, un peu de tenue.

ANGÉLIQUE, à Lucile, en la reconduisant dans sa chambre.

Rentrez, ma mignonne, cela vaut mieux. — Vous approu-
verez plus tard, vous aussi, la décision de votre tuteur,
quand vous connaîtrez mieux la vie.

Elles disparaissent.

FERNAND.

Pauvre enfant! je n'avais pas prévu qu'elle allait pleurer.
— Je lui en donnerai un autre, un meilleur; et je doublerai
la dot.

ALFRED, à Fernand.

Moi, je n'ai donc plus qu'à me retirer?

FERNAND.

Ce serait correct en ce moment; mais, croyez que vous
n'avez rien perdu dans mon estime. — Je vous reverrai
toujours avec plaisir.

ALFRED, désolé.

Non, monsieur, non, ça ne peut pas finir ainsi. Je reviendrai, et si vous daignez m'accorder un entretien, je vous
prouverai que vous vous trompez.

FERNAND.

Un peu plus tard, je ne demande que cela. (Alfred sort par la droite.) Pauvre garçon ! ça me fait de la peine !... Et puis, c'est ma femme qui le veut maintenant.

Il s'assied sur le canapé.

SCÈNE XII

FERNAND, ANGÉLIQUE.

ANGÉLIQUE, rentrant par la droite.

Oh ! mon ami, comme vos scrupules me plaisent et comme je vous admire ! Ah ! vous êtes bien l'homme que je croyais, et je vous en aimerai cent fois davantage.

Elle s'assied près de lui.

FERNAND.

J'ai peut-être été trop loin.

ANGÉLIQUE.

Non ! oh ! non !

FERNAND.

Mais je t'avoue qu'au premier moment, j'ai été absolument troublé. — J'ai vu à la fois tous les inconvénients que tu as si vite compris, et la situation que j'allais faire à ma pupille, sans m'en douter. — Je me suis écrié : « Non, non, ce mariage ne se fera pas. »

ANGÉLIQUE.

Oh ! que vous avez eu raison !

FERNAND.

Et j'ai absolument perdu la tête. — J'ai envoyé chercher M. de Langlade. — J'ai fait dire au notaire de ne pas se déranger.

ANGÉLIQUE.

Oh! c'est bien! c'est bien!

FERNAND.

Et j'ai vite expédié des dépêches à tous nos invités pour les retenir chez eux. — Quelle figure aurions-nous faite devant ces indifférents?

ANGÉLIQUE.

Vous pensez à tout.

FERNAND.

J'ai pris le premier prétexte venu, sans chercher.

ANGÉLIQUE.

Vous n'aviez pas le temps.

FERNAND.

J'ai télégraphié qu'un événement imprévu m'obligeait à un départ subit.

ANGÉLIQUE.

C'est très bien, cela.

FERNAND.

Ça ne dit rien, par exemple.

ANGÉLIQUE.

Ça suffit.

FERNAND.

Seulement, je n'avais pas pensé à une chose, c'est que ça m'oblige à partir.

ANGÉLIQUE.

Oui. Est-ce qu'un petit voyage vous effraie?

FERNAND.

A partir subitement... comme dit la dépêche.

ANGÉLIQUE.

Ce sera bien le meilleur moyen d'éviter les questions indiscrètes.

FERNAND.

Le meilleur, assurément. — C'est pour cela que le verbe partir m'est venu sous la plume. — Mais s'embarquer ainsi?

ANGÉLIQUE.

Rien ne vous retient.

FERNAND.

Rien ne me retient. Oh! pour cela, rien ne me retient. Je pourrais partir dans vingt minutes. Il est évident que le plus tôt serait le mieux... parce qu'aux personnes qui pourraient venir dans la soirée on répondrait : « Parti! »

ANGÉLIQUE.

Eh bien, une malle est vite prête, vous ne me connaissez pas. — Avez-vous un voyage de prédilection?

FERNAND.

Non. L'Espagne, l'Italie, ou la Suisse...

ANGÉLIQUE.

Oh! l'Italie! l'Italie! vous m'avez dit hier que vous ne connaissiez pas l'Italie.

FERNAND.

C'est une occasion.

ANGÉLIQUE.

Vous êtes vraiment admirable, vous trouvez le moyen de finir un très gros événement fort triste en partie de plaisir.

FERNAND.

Seulement, il faudrait prendre le train de neuf heures. — Je crois qu'il y a un train à neuf heures.

ANGÉLIQUE, se levant.

Vous avez le temps. Attendez-moi, essayez de vous calmer,
car vous paraissez encore très ému. Je me charge de tout.
Vous ne saurez jamais combien je vous suis reconnaissante
d'avoir refusé votre nièce à un monsieur qui construit les
petites maisons de ces fausses demoiselles. — Oh! les abo-
minables personnes! — mais vous, je vous adore!

Elle sort à droite.

SCÈNE XIII

FERNAND, puis BROCARD.

FERNAND.

J'en suis abasourdi. Elle me remercie! et il se trouve
que je commets une œuvre pie en empêchant cet architecte
d'épouser ma nièce! Il est évident que tout ce que je lui
ai dit est raisonnable. (Il se lève.) Qu'a-t-il besoin de se
marier à vingt-cinq ans? — Il faut se marier à mon âge
pour faire un bon mari.

BROCARD, entrant par le fond.

Toutes les dépêches sont envoyées.

FERNAND.

Mon ami, je pars dans vingt minutes pour l'Italie.

BROCARD.

Allons donc!

FERNAND.

Et c'est ma femme qui me le conseille.

BROCARD.

Ta femme?

FERNAND.

Oui, mon ami, oui, ma femme, mon adorable femme

qui a donné dans le panneau avec une grâce!... Eh bien!
je ne devrais pas en rire. — Donné dans le panneau m'a
échappé, et ça me représente toute l'abomination de ma
conduite. — Mentir à une femme pareille! C'est indigne!
c'est indigne! Mais il n'y a plus à y revenir! et d'ailleurs,
je ne le voudrais pas, je suis convaincu maintenant que si
madame de Suzor apprenait mon aventure, ce serait fini,
— elle a pour les cocottes une horreur dont tu ne soup-
çonnes pas l'intensité! et elle est persuadée que je la par-
tage! — C'est même pour cela qu'elle m'adore.

BROCARD.

Ce ne serait pas le moment de lui parler de Paquita.

FERNAND.

Ne prononce pas ce nom ici. Elle n'existe pas, elle n'a
jamais existé, et je vais faire un voyage d'agrément en
Italie. — N'oublie pas ça, toi. — Tu penses qu'il ne faut que
vingt-cinq minutes pour aller à la prison?

BROCARD.

Pas davantage.

FERNAND.

Comme pour la gare de Lyon. — Mais il faudra me pro-
curer un indicateur, un guide en Italie, un dictionnaire
italien... J'achèterai tout cela en route. (Il sonne, Claudine paraît
au fond.) Une voiture promptement. — Vous me donnerez
mon paletot, mon chapeau.

CLAUDINE.

Oui, monsieur.

Elle sort à droite.

FERNAND.

J'ai passé depuis ce matin par de cruelles émotions, mais
enfin, voilà que je renais. Tu ne t'imagines pas comme ce
que j'ai trouvé est ingénieux, et comme j'ai réussi.

SCÈNE XIV

Les Mêmes, ANGÉLIQUE, puis ALFRED.

Angélique revient par la droite avec un chapeau et un manteau.

ANGÉLIQUE.

Me voilà prête!

FERNAND, ahuri.

Comment?

ANGÉLIQUE.

Vous ne direz pas que je ressemble aux autres femmes.
Je sais me mettre à la hauteur des circonstances. En moins
d'un quart d'heure, crac, je suis prête!

FERNAND.

Prête? à quoi?

ANGÉLIQUE.

A partir.

FERNAND.

Partir? — pour où?

ANGÉLIQUE.

Est-ce que ce n'est plus pour l'Italie?

FERNAND.

Ah! si! si! — (A part.) Je ne m'attendais pas à ça.

Brocard rit sous cape.

ANGÉLIQUE.

Je ne vous le disais pas, mais il y a bien longtemps que
j'ai envie de faire ce voyage. Aussi, quand vous en avez
parlé, mon cœur a sauté de joie. — J'aurais été prête en
cinq minutes.

FERNAND, très embarrassé.

Mais... chère amie... nous nous sommes mal compris...
je... je pars seul!

ANGÉLIQUE, interdite.

Sans moi?

FERNAND.

Oui... une autre fois je ne dis pas... mais cette fois, j'irai
trop vite. — Il faut que vous restiez.

ANGÉLIQUE.

Vous partez seul?

FERNAND.

D'abord, nous ne pouvons pas... vous ne pouvez pas laisser
Lucile...

ANGÉLIQUE.

Nous l'emmènerions.

FERNAND.

Ce serait une fuite alors, une fuite générale. — Cela ferait
mauvais effet.

ANGÉLIQUE.

Je ne trouve pas.

FERNAND.

On pourrait supposer... que ce n'est pas nous qui avons
rompu... et que vous n'osez plus vous montrer. — Tandis
que si vous restez toutes les deux...

ANGÉLIQUE.

Vous avez le désir de vous promener sans moi?

FERNAND.

Oh! Angélique!... Peux-tu croire!... Je ne vais pas m'a-
muser, je te le jure... Tu sais bien comment je pars.

ANGÉLIQUE.

Mais je n'insiste plus, ce serait de mauvais goût, — votre malle est prête; — voulez-vous voir si elle est bien?

FERNAND.

Tu es fâchée?

Claudine paraît à droite.

ANGÉLIQUE.

Non. — Voyez donc votre malle, Claudine attend.

FERNAND.

Mais... mais...

ANGÉLIQUE.

Allez, allez.

FERNAND, à part.

Elle est fâchée. Je ne m'attendais pas à ça!... Cependant, je ne peux pas l'emmener à Sainte-Pélagie!

Il sort à droite.

ANGÉLIQUE.

Une femme a toujours tort, n'est-ce pas, monsieur Brocard, de montrer qu'elle a du dépit : cela fait croire à nos maris qu'ils doivent nous traiter en petites filles. — Mais M. de Suzor verra que j'ai du caractère.

ALFRED, entrant par le fond.

Ah! madame, il faut absolument que je voie M. de Suzor.

ANGÉLIQUE.

C'est impossible! il part pour l'Italie.

ALFRED.

Pour l'Italie?

ANGÉLIQUE.

A l'instant.

ALFRED.

A l'instant?

ANGÉLIQUE.

Par le train de neuf heures.

ALFRED.

Avec vous, madame?

ANGÉLIQUE.

Non, seul.

ALFRED, à lui-même, en remontant.

Seul? Je partirai avec lui par le même train, et si je peux... le même compartiment.

Il sort par le fond. Claudine reparaît avec la valise et le pardessus de son maître.

ANGÉLIQUE, à Fernand qui rentre par la droite, très gracieuse.

Eh bien! mon ami, vos intentions ont-elles été remplies?

FERNAND.

A merveille, tu es une fée. — Te voilà souriante.

ANGÉLIQUE.

Oh! je n'ai eu qu'une contrariété.

FERNAND.

Ce ne sera pas long. Tu m'accompagnes, Brocard. J'ai peur d'être en retard, maintenant. — Je t'apporterai des bibelots, de jolis bibelots. — Quinze jours, pas davantage. — Je n'aurai le temps de rien voir.

BROCARD, bas.

Plus que vingt minutes! la prison sera fermée.

FERNAND, à Claudine.

La voiture est en bas?

Il prend ses effets.

CLAUDINE.

Oui, monsieur.

FERNAND, à part.

Et, en revenant, il faudra parler italien !... (Haut.) Adieu !
adieu, Angélique, adieu !

Il l'embrasse et se dirige vers le fond.

ACTE DEUXIÈME

Dans la prison. — Appartement du directeur. Un gentil salon disposé en atelier d'artiste amateur. Au fond, cheminée; — à gauche, pan coupé, porte donnant sur le couloir de la prison; au premier plan, petite porte, allant à l'appartement; — à droite, pan coupé, fenêtre; au premier plan, porte conduisant à l'extérieur par un escalier réservé. — A gauche, piano; — au milieu, table entre deux fauteuils; — à droite, grande table-bureau, avec papiers, encrier, etc... En avant de la fenêtre, un chevalet portant une toile ébauchée; boîte à couleurs, etc... — Tableaux et objets d'art aux murs.

SCÈNE PREMIÈRE

BRISTOL, BOMBÉ.

BOMBÉ, introduisant Bristol par la gauche.

M. le directeur prie monsieur de l'attendre un instant.

BRISTOL.

Vous lui avez remis ma carte?

BOMBÉ.

Oui, monsieur.

BRISTOL.

A-t-il eu l'air de me connaitre?

BOMBÉ.

Je n'ai pas remarqué, monsieur.

BRISTOL.

Il s'appelle bien La Haudussette — deux S — deux T –
et un H.

BOMBÉ.

Oui, monsieur.

BRISTOL.

Hercule, de son prénom?

BOMBÉ.

Oui, monsieur.

BRISTOL.

Dans les trente-cinq ans?

BOMBÉ.

Oui, monsieur.

BR STOL.

Il est poète?

BOMBÉ.

On le dit, monsieur.

BRISTOL.

Il joue de la flûte?

BOMBÉ, avec un soupir.

Oh! oui, monsieur.

BRISTOL.

Il peint à l'aquarelle?

BOMBÉ.

Voici son atelier.

BRISTOL.

Mais alors je le tutoie.

BOMBÉ, s'effaçant respectueusement.

Monsieur le directeur.

Hercule paraît à gauche dans un négligé très élégant et de couleur tendre.

BRISTÓL.

C'est bien lui!

Bombé sort par le fond à gauche.

SCÈNE II

HERCULE, BRISTOL.

HERCULE.

Excuse-moi, cher ami, si je te fais attendre, je recevais une dame.

BRISTOL.

Tu ne m'avais pas dit que tu étais directeur ici.

HERCULE.

Je n'en tire pas vanité. — C'est une très belle situation.

BRISTOL.

Que tu as depuis longtemps?

HERCULE.

Depuis quelques mois. — Je demandais une préfecture dans les environs de Paris, on m'a donné autre chose; j'ai accepté, en attendant.

BRISTOL, le regardant.

Est-ce d'uniforme, ce négligé-là?

HERCULE.

Mon cher, quand on habite une prison, il faut porter des couleurs gaies, sans quoi on aurait l'air d'être prisonnier soi-même. — Tu vois, j'ai un atelier assez coquet ; je te montrerai mon salon. J'y ai quelques tableaux qui méritent d'être vus. — As-tu remarqué mon escalier ? ·

BRISTOL.

J'ai passé par la porte de la prison.

HERCULE, allant vers la petite porte de droite.

J'ai une entrée particulière sur la petite rue, — rien de la prison, pas de geôliers, un concierge. — Un escalier avec des tentures. — Une porte d'entrée un peu massive, mais je l'ai déguisée par des sculptures — ça a vraiment grand air. — Quand tu viendras me voir, passe par là. — Veux-tu un cigare ?...

Il vient au piano prendre une boîte de cigares.

BRISTOL.

Voilà cinq jours que je cherche à te rencontrer. — On m'a dit que tu avais un congé de maladie.

HERCULE.

Oui, j'ai été souffrant.

BRISTOL.

Gravement ?

HERCULE.

Oh ! mon ami, quand un fonctionnaire est gravement malade, il ne demande pas de congé, il reste à son poste. — Je suis allé passer huit jours dans ma famille, en Provence. — Venais-tu me recommander quelqu'un ?

Il va à son chevalet.

BRISTOL, le suivant.

Oui. — Mais il faut d'abord que tu comprennes l'importance de ma démarche. — Je suis résolu à me marier.

HERCULE.

Ah bah ! Pourquoi ?

BRISTOL.

Pour deux raisons. — La première, c'est que papa va me couper les vivres, et je n'ai plus un sou de crédit sur la place. — La seconde, c'est que j'ai trouvé une occasion.

HERCULE.

Une occasion ?

BRISTOL.

Tous les pères de famille sérieux me reprocheraient ma jeunesse trop orageuse. — J'ai découvert un tuteur qui a une pupille ravissante et une petite fredaine qualifiée sur la conscience... Eh bien ! Hercule, mon sort est dans tes mains... Ce tuteur admirable est chez toi !

HERCULE devenant grave.

Prisonnier ?

BRISTOL.

Depuis samedi déjà.

HERCULE, indiquant un fauteuil à Bristol.

Quelle peine ?

BRISTOL, assis.

Quinze jours de prison pour rébellion contre la force publique.

HERCULE, s'asseyant sur l'autre fauteuil près de la table.

Diable ! c'est grave, cela. — Pas d'antécédents ?

BRISTOL.

Plus de deux fois millionnaire.

HERCULE.

Donne-moi son nom.

BRISTOL.

Fernand de Suzor. (Hercule cherche sur un carnet très élégant). J'a-

vais un rival, — qui plaît à la jeune personne. — Tout est
rompu, mais tout peut se renouer... J'ai le plus grand
intérêt à voir le tuteur, à lui plaire, à le circonvenir.

HERCULE.

Fernand de Suzor, — avenue de l'Opéra. — Il a le
numéro 77. — Je le mettrai à la pistole.

BRISTOL.

La pistole, c'est très bien, j'accepte et je t'en remercie,
— mais je voudrais autre chose.

HERCULE.

Veux-tu que je lui donne une pièce dans mon appartement ? Cela se fait dans des cas exceptionnels, mais extrêmement rares.

BRISTOL.

Ce n'est pas encore ça.

HERCULE.

Quoi donc ?

BRISTOL.

Je voudrais faire ses quinze jours de prison.

HERCULE.

A sa place ?

BRISTOL.

Non, avec lui.

HERCULE.

Mais tu n'es pas condamné, toi ?

BRISTOL.

Suppose que je le sois.

HERCULE.

En France, on n'emprisonne pas les gens sans motif.

BRISTOL.

Je serai un condamné politique.

HERCULE.

Politique ! Comme tu y vas ! — Pour que tous les journaux en parlent !

BRISTOL.

Mettons un simple délit de presse.

HERCULE.

Ce que tu demandes là est absolument impossible.

BRISTOL.

Pourquoi ?

HERCULE se levant.

Pourquoi ! Pourquoi ? Parce que je m'exposerais à être destitué.

BRISTOL.

Oh ! tu es sûr de l'être un jour ou l'autre.

HERCULE.

Je ne dis pas non, mais rien ne presse. — Voyons... (il passe au piano.) Mon bon Bristol, parlons d'autre chose. — Tu ne vas plus chez Paquita?

BRISTOL.

Je n'y suis pas allé depuis un an.

HERCULE, pianotant.

Alors, tu ne connais pas sa nouvelle amie ?

BRISTOL.

Non.

HERCULE.

Une merveille, mon cher, une merveille dans les tons que j'aime ! J'ai vu sa photographie sur la cheminée de Pa-

quita, qui ne veut donner à personne ni son nom ni son
adresse. T'imagines-tu cette amie de Paquita qui a la
prétention de rester inconnue? — Il n'y a pas de plus jolie
réclame. Elle est là, bien en évidence, dans un passe-
partout très élégant. « A qui appartient donc cette jolie tête?
— A une de mes amies, mais je ne vous dirai pas son
nom. » Alors, on part en campagne. (Il se lève) — Eh bien,
mon ami, je l'ai vue un soir, dans une baignoire, à l'Opéra-
Comique, — cent fois plus belle encore. — L'ouvreuse ne la
connaissait pas. — Les ouvreuses de l'Opéra-Comique sont
des ouvreuses particulières... des ouvreuses de la *Dame
Blanche*... très pudiques. — Je m'étais arrangé pour suivre
ma petite merveille à la fin du spectacle, quand je tombe
sur un de mes inspecteurs généraux, qui me permet d'offrir
le bras à madame l'inspectrice. — Je l'aurais étranglé! —
Depuis, toutes mes recherches ont été inutiles. Je me
suis à demi consolé; — quand on est un peu artiste, il y a
toujours de la ressource, — en reproduisant à l'aquarelle
cette tête ravissante, — avec le mouvement, la chair, que
ne donne pas votre horrible photographie. Tiens, regarde,
et tombe en extase.

Il lui montre une aquarelle qui est dans un carton, sur la table.

BRISTOL, stupéfait.

Mais... c'est... c'est...

HERCULE.

Admirable, n'est-ce pas? — La ligne du cou, est-ce fait!
Est-ce fait!

BRISTOL.

C'est madame de Suzor.

HERCULE.

Tu la connais?

BRISTOL.

C'est la femme de M. de Suzor.

HERCULE.

Quel Suzor ?

BRISTOL.

Il n'y en a qu'un.

HERCULE.

Le tien ?

BRISTOL.

Oui, le mien.

HERCULE.

Celui qui fait ses quinze jours chez moi ?

BRISTOL.

Oui.

HERCULE.

C'est sa femme ?

BRISTOL.

Oui.

HERCULE, transporté et arpentant la scène.

Ah ! mon ami, ah ! mon cher ami !

Muse, accorde ta lyre
Pour peindre mon délire.

Voilà comment je rime, moi ! — oh ! mon ami ! ah ! mon
cher ami !

BRISTOL.

Ne t'enflamme pas ! — C'est une femme honnête.

HERCULE.

Une femme honnête qui est l'amie de Paquita et dont le
mari est en prison ! allons donc ! Voilà une femme honnête
dont je te dirai bientôt des nouvelles.

v.   4.

BRISTOL.

Holà ! Hercule ! Pas de bêtises ! C'est sa nièce que j'épouse.

HERCULE, au piano.

Tralalala, tralalala.

BRISTOL.

Et tu comprends que l'honneur de mon oncle...

HERCULE, pianotant.

Laisse-moi tranquille avec ton oncle.

BRISTOL.

M. de Suzor est un homme très bien, qui frise la cinquantaine, en avant ou en arrière, admirablement conservé, qui habitait généralement le Périgord... — J'ai assisté à son interrogatoire... — qui venait de temps en temps à Paris pour s'amuser.

Il a cherché à empêcher Hercule de pianoter ; il ferme le clavier, et quand Hercule quitte le piano, s'assied sur le meuble.

HERCULE.

Et qui, en frisant la cinquantaine, comme tu dis, a fait une dernière bêtise. Il s'est laissé pincer, — et je le comprends, juste ciel ! je le comprends ! — par une jolie fille qui a tenu à devenir madame de Suzor, mais qui est restée l'amie de Paquita.

BRISTOL.

Je ne sais pas comment il s'est marié.

HERCULE.

Comme je te le dis, — ça ne manque jamais à ces hobereaux de province qui connaissent Paris mieux que nous, mais qui n'y sont pas nés. — Ils n'y résistent pas.

BRISTOL.

Tant que tu voudras. Je ne lui reprocherai pas son

mariage, — mais, maintenant, je ne veux pas qu'on touche
à la vertu de ma tante.

HERCULE, après réflexion.

Tu me demandais à être enfermé avec le mari ?

BRISTOL.

Oui. — Je t'ai dit pourquoi.

HERCULE.

Eh bien, mon bon Bristol, je t'enfermerai avec lui.

BRISTOL.

Tu y consens ?

HERCULE.

Tu parais y tenir beaucoup.

Il sonne.

BRISTOL.

Nous serons dans la même cellule ?

HERCULE.

Mieux que cela (A Bombé qui paraît au fond, à gauche.) Allez
chercher le 77.

BOMBÉ.

Oui, monsieur le directeur.

Il sort vivement.

HERCULE, à Bristol.

Tu vas passer dans mon fumoir.

BRISTOL.

Pourquoi ?

HERCULE.

Pendant que je m'habillerai. — Je ne parle jamais à un
prisonnier dans cette tenue. Tout se passe solennellement,
ici, tu verras. Et puis, il faut que je prépare ton entrée. —
Il te connaît ?

BRISTOL.

Il ne m'a jamais vu ! — Tu ne me nommeras pas d'abord.

HERCULE.

Je te donnerai un numéro... (Cherchant sur son carnet.) Un numéro vacant. — Le 90.

BRISTOL.

C'est ton registre d'écrou, ça?

HERCULE.

L'ordre n'exclut pas l'élégance. — Nous disons : délit de presse, pas politique.

BOMBÉ, reparaissant au fond, à gauche.

Monsieur le directeur, le 77 attend.

HERCULE.

Vous l'introduirez ici.

BOMBÉ.

Bien, monsieur le directeur,

HERCULE.

Et vous ne le quitterez pas.

BOMBÉ.

Bien, monsieur le directeur.

BRISTOL, riant.

Tu as peur qu'il se sauve? Pauvre bonhomme!

HERCULE, le poussant vivement pour le faire sortir, premier plan à gauche.

Je te prie de ne pas rire devant mes subordonnés.

BRISTOL.

C'est un gardien.

HERCULE.

Gardien de ce côté, mais valet de pied de celui-ci. Tu le reverras tout à l'heure avec une livrée.

Ils sortent.

SCÈNE III

FERNAND, BOMBÉ.

BOMBÉ, d'un ton très brusque.

Le 77, entrez... et attendez!

FERNAND.

Ils ne sont pas polis dans cette prison.

Il va pour s'asseoir.

BOMBÉ.

Il est défendu de s'asseoir chez M. le directeur.

FERNAND, résigné.

Très bien, on me traite comme un simple malfaiteur, c'est dans l'ordre, c'est juste... Rien ne me paraîtra trop dur... J'expie ma faute, ça me réconcilie avec moi-même. — Il est inouï... il est inouï comme cinq jours de solitude, entre quatre murs resserrés, changent un homme. — Je n'aurais jamais cru qu'il fût possible de penser tant que ça en si peu de temps! (Essayant de se remonter.) Voyons, Suzor, voyons, mon bon Suzor, secoue-toi un peu. — D'abord, tu fais un voyage d'agrément, en Italie, voilà la vraie vérité pour ta femme; et si, comme on le dit, tout est dans l'imagination, je suis en ce moment à Venise. — A quel hôtel suis-je descendu? (Il va pour s'asseoir.) Ah! non... je ne dois pas m'asseoir... (Il ouvre son guide.) Albergo... Europa... Britannia... Reale... Vittoria... Luna... Louna, la Lune. — Il n'est pas partout, celui-là! j'y descends. — Je raconterai ça à ma femme, en italien. — « Ma chère amie, — cara mia, je souis descendou à l'albergo della Luna. »

BOMBÉ, s'avançant en souriant.

Monsieur est Italien?

FERNAND.

Déjà! — Non, non, je ne suis pas Italien, je voyage en Italie, seulement.

BOMBÉ.

C'est que je connais l'Italie, moi.

FERNAND.

Eh bien, voilà mon affaire. — Où avez-vous été?

BOMBÉ.

A Magenta.

FERNAND.

Et qu'est-ce qui vous a le plus frappé, à Magenta?

BOMBÉ.

C'est un éclat d'obus que j'ai reçu dans le mollet.

FERNAND.

Voilà un souvenir que je ne vous envie pas. (Souriant.) Dites-moi, vous n'avez pas vu autre chose?

BOMBÉ.

J'ai encore vu Milan.

FERNAND.

Pouvez-vous me dépeindre Milan?

BOMBÉ.

Parfaitement. Il y a un arc-de-triomphe en feuillage, avec des drapeaux tricolores, et à toutes les fenêtres, des femmes qui vous jettent des fleurs.

FERNAND.

Ça doit être changé, ça.

BOMBÉ, s'effaçant, avec respect.

Monsieur le directeur.

Hercule revient en tenue sévère du premier plan à gauche. — Bombé sort par le fond à gauche.

SCÈNE IV

FERNAND, HERCULE.

HERCULE, très solennel, allant s'asseoir à son bureau.

Asseyez-vous.

FERNAND, assis au fauteuil.

Je vous remercie de cette attention, monsieur le directeur.

HERCULE.

Monsieur de Suzor?

FERNAND.

Fernand de Suzor.

HERCULE.

J'ai vu tout de suite que je n'avais pas affaire à un criminel de profession.

FERNAND.

C'est une perspicacité qui me flatte, monsieur le directeur.

HERCULE.

Ce qui a motivé votre arrestation est une grave rébellion contre la force publique! mais je suis sûr que vous avez cédé à un mouvement irréfléchi.

FERNAND.

Absolument irréfléchi!

HERCULE.

Vous êtes marié?

FERNAND.

J'ai ce plaisir, monsieur le directeur.

HERCULE.

C'est un titre à ma bienveillance.

FERNAND, à part.

Sa bienveillance! (Haut.) Je suis heureux, monsieur le
directeur, de vous trouver dans d'aussi bonnes dispositions
à mon égard.

HERCULE.

Je voudrais pouvoir abréger votre captivité.

FERNAND.

Oh! à présent, je n'y tiens pas, — va pour quinze jours.
— C'est même bien peu pour visiter l'Italie.

HERCULE.

L'Italie?

FERNAND.

C'est une réflexion toute personnelle.

HERCULE.

J'adoucirai au moins pour vous les rigueurs réglemen-
taires.

FERNAND, à part.

Brocard m'a fait recommander.

HERCULE.

Cette pièce vous servira de prison.

FERNAND.

Elle est superbe!

HERCULE.

C'est mon atelier.

FERNAND.

Ah! vous faites de la peinture?

HERCULE.

Dans mes moments perdus.

FERNAND, à part.

Brocard m'a fait recommander par un personnage.

HERCULE.

Je vous prierai de partager, ce soir, mon modeste dîner.

FERNAND.

Oh! cela avec joie. — On m'avait bien dit que les hôtels
en Italie, — je veux dire le régime des prisons... c'est encore
plus mauvais que je ne croyais.

HERCULE.

J'ai un assez bon cuisinier. (Il se lève.) Il est inutile
d'ajouter que vous pourrez recevoir des visites.

FERNAND.

Des visites?

HERCULE.

J'ai reçu ici quelques femmes légères ; je fermerai les
yeux.

FERNAND.

Il est charmant, ce directeur.

HERCULE.

Il est très facile de leur cacher que vous êtes en prison.

FERNAND.

C'est admirable!

HERCULE.

J'ai assez bien organisé les choses. On entre par une autre

rue, on passe par un escalier qui conduit à cet atelier. — Il y a une antichambre.

Il va la lui montrer, premier plan à droite.

FERNAND.

Très élégante.

HERCULE.

Je suis artiste en tout, vous voyez, rien de la prison ; vous êtes chez un peintre qui vous prête son atelier. — Cela a du montant pour les femmes d'un certain monde.

FERNAND.

Oui, oui, mais moi, je suis marié.

HERCULE.

C'est juste, je vous demande pardon. (Changeant de ton.) Si vous désiriez voir un membre de votre famille?

FERNAND.

Oh! non, pas du tout; — au contraire.

HERCULE.

Si madame de Suzor...

FERNAND.

Ma femme? (Baissant la voix instinctivement.) Mais ma femme ne sait rien, — ma femme ignore que je suis ici.

HERCULE.

Ah!

FERNAND.

Et je vous prie, monsieur le directeur, — puisque vous daignez vous intéresser à ma situation, — de ne dire à personne que je suis votre pensionnaire.

HERCULE.

A personne, et, quoi qu'il arrive, — je vous le jure sur l'honneur.

FERNAND.

Je vous remercie. — J'ai dit à madame de Suzor que j'allais faire un voyage d'agrément... voilà pourquoi je pioche l'Italie.

HERCULE.

Ah! très bien, je comprends.

FERNAND.

Pour ma femme, comme pour tout le monde, je voyage en Italie.

HERCULE.

Mais comment lui donnerez-vous de vos nouvelles?

FERNAND.

Je ne lui en donnerai pas.

HERCULE.

Je sais bien que si madame de Suzor n'est plus jeune...

FERNAND.

Elle a vingt-deux ans.

HERCULE, jouant l'étonnement.

Et vous resterez quinze jours sans lui donner de vos nouvelles?

FERNAND.

Vous avez raison, — ça lui paraîtra invraisemblable. Elle s'étonnera certainement de ne pas recevoir — au moins — une lettre. Cette idée ne m'était pas venue; voilà comment naissent les difficultés. L'embarras ne serait pas d'écrire et d'avoir même l'air d'être en Italie, — j'ai un guide. J'écrirais de Venise, albergo della Luna, rien de plus simple; mais il faudrait, sur l'enveloppe, le timbre de Venise.

HERCULE, négligemment.

Vous auriez pu confier votre lettre à un ami.

FERNAND.

Un ami?

HERCULE.

Qui rentrerait en France.

FERNAND.

Et que j'aurais rencontré à Venise, place Saint-Marc.

HERCULE, rangeant des papiers à son bureau.

Précisément. Vous lui auriez recommandé de porter vos lettres lui-même à madame de Suzor.

FERNAND.

Pour lui donner de mes nouvelles *de visu,* — *de visou,* — cela pourrait être.

HERCULE.

Ce serait même d'un mari attentionné.

FERNAND.

Oui, mais cet ami, il faudrait l'avoir, — et, de plus, il faudrait le mettre dans la confidence.

HERCULE.

Ce serait peut-être imprudent.

FERNAND.

Très imprudent. J'ai bien un vieil ami, — Brocard! — mais ma femme sait qu'il ne revient pas de Venise, et puis, il est maladroit.

HERCULE.

Mon Dieu! c'est un service bien simple, — je pourrais vous le rendre, moi.

FERNAND.

Vous? (A part.) Par quel personnage Brocard a-t-il pu me faire recommander?

HERCULE.

Il ne m'en coûtera pas beaucoup de me présenter chez madame de Suzor, qui ne m'a jamais vu. Vous devez avoir des amis qu'elle n'a jamais vus?

FERNAND.

Beaucoup. Je suis très scrupuleux dans mes relations depuis mon mariage. Vous diriez à ma femme que vous m'avez rencontré à Venise, albergo, — ça veut dire hôtel, — della Luna, — de la Lune.

HERCULE.

Quoi de plus simple! et ça paraîtrait d'autant moins impossible que je viens précisément de passer huit jours en Provence, j'arrive ce matin.

FERNAND.

Alors, c'est parfait.

HERCULE, lui approchant un fauteuil, au bureau.

Vous avez là du papier, des enveloppes.

FERNAND, assis à la table-bureau.

Soyons précis. « J'ai rencontré un de mes bons amis, » qui se nomme...?

HERCULE.

Hercule. Je m'appelle Hercule.

FERNAND, écrivant.

Joli nom, difficile à soutenir.

HERCULE.

Hercule de La Haudussette. — Grand L, grand H, deux S,

deux T. — Artiste peintre, aquarelliste. — C'est bien porté en ce moment.

FERNAND.

Un peintre en Italie, rien n'est plus vraisemblable. — Connaissez-vous Venise?

HERCULE.

Pas du tout.

FERNAND.

Ah diable! Et si ma femme vous interroge?

HERCULE.

Je détournerai la conversation.

FERNAND.

Oh! non, ne la détournez pas, vous vous embrouilleriez. — Lisez mon guide; il est très bien fait, — pas clair, mais très bien fait.

HERCULE.

Je le lirai avec plaisir.

FERNAND, trouvant une flûte sur le bureau.

Vous êtes musicien?

HERCULE.

J'ai un assez joli talent sur la flûte.

FERNAND.

J'adore la musique, moi.

HERCULE.

Je vous jouerai vos auteurs favoris.

FERNAND.

Vous me comblez. (A part.) Il joue de la flûte à ses pri- sonniers, quel directeur! (Haut.) Un almanach! pour être exact. — « Je suis arrivé à Venise le 21, j'y resterai... » il faut trois jours pour visiter Venise?

HERCULE.

Au moins.

FERNAND, écrivant.

Mettons quatre. Maintenant, il est nécessaire d'être tendre, éloquent, et enthousiasmé de ce que je vois! — C'est la moindre des choses.

Il écrit.

HERCULE, de l'autre côté, rouvrant son carton de dessous.

S'imaginerait-on que ce gaillard-là, qui a un beau nom, et qui n'a pas l'air sot, — ait épousé une amie de Paquita? — Je sais bien que les hommes les plus fins... — Est-ce qu'il n'est pas en train de m'introduire chez sa femme, une femme de vingt-deux ans... qui a cette tête-là! — Je n'ai pas vu la taille, mais la tête!... (Il prend le portrait et le regarde avec plaisir.) La ligne du cou... est-ce fait! est-ce fait!

SCÈNE V

FERNAND, HERCULE, BRISTOL.

Bristol paraît en costume de prisonnier, premier plan à gauche.

BRISTOL.

Eh bien, tu m'oublies, moi?

HERCULE, cachant vite le portrait.

Ah! sapristi! Bristol! (Étonné.) Tu as pris ce costume-là?

BRISTOL.

Pour plus de vraisemblance. — Il y en avait un chez toi.

HERCULE.

C'est un nouveau modèle qu'on présente.

BRISTOL.

Il me va bien.

HERCULE.

Mais, malheureux, pour le porter, il faut avoir été condamné à un an et un jour.

BRISTOL.

C'est donc un privilège!

HERCULE.

Va vite quitter cette houppelande.

BRISTOL.

Mais...

HERCULE.

Va vite. (Il pousse Bristol et referme la porte sur lui.) Il faut, au moins, qu'il lui laisse écrire sa lettre.

FERNAND.

Maintenant, de la description : « Quelle ville! quelle ville! des lagunes, des gondoles!... le Lido! le pont des Soupirs!... la place Saint-Marc!... le Palais des Doges!... des lagunes! des gondoles!... » — Je l'ai déjà mis. — « On s'écrie : voir Venise et mourir!... » — Non, c'est Naples; — c'est égal, je l'applique à Venise puisque j'y suis : — « Voir Venise et mourir! Eh bien! ce n'est pas exagéré, — c'est même au-dessous de la vérité! — mais dis-toi bien que ton mari ne peut pas voir... une vierge de Raphaël sans songer à toi!... » — C'est une pensée délicate.

Bristol revient sans houppelande.

HERCULE.

Déjà!

FERNAND, se levant.

Ah! mon guide!... mon guide! (Il voit Bristol.) Ah! quelqu'un!

HERCULE.

Ne vous dérangez pas... c'est un prisonnier qui m'arrive.

FERNAND.

Ah!

BRISTOL, bas, à Hercule.

Le 90! Tu te rappelles, je suis le 90!

FERNAND, bas, à Hercule.

Ne me nommez pas devant ce malfaiteur. Appelez-moi
le 77.

BRISTOL.

C'est avec monsieur que je dois subir ma peine?

FERNAND.

J'aurai un compagnon?

BRISTOL, bas.

Tu ne l'as donc pas prévenu?

HERCULE.

Pas encore.

BRISTOL.

Je peux dire tout de suite à monsieur que ce ne sera pas
long. Je n'ai que dix jours à faire.

FERNAND, bas.

Je sais bien qu'ici on ne peut pas choisir ses relations...
Un vol?...

HERCULE.

Un délit de presse.

FERNAND, saluant.

Ah!... monsieur est journaliste?

BRISTOL.

Avocat d'abord... mais j'ai quelque esprit que j'utilise à
mes moments perdus.

v.   5.

FERNAND.

En faisant de l'opposition au gouvernement?

HERCULE.

Non, non, rien de politique... c'est un délit de presse légère.

FERNAND.

Ah!

BRISTOL, modestement.

Oui.

FERNAND, attirant Hercule, à part.

C'est un pornographe?

HERCULE.

Le délit à la mode.

FERNAND.

Eh bien! je trouve que ce n'est pas assez.

HERCULE.

Quoi?

FERNAND.

Dix jours de prison. Je voudrais les galères, moi.

HERCULE.

S'il vous répugne de l'avoir près de vous?

FERNAND.

Non. Il doit être amusant... mais, dix jours, ce n'est pas assez.

HERCULE.

Je vais lui donner l'ordre de ne pas vous déranger pendant que vous écrivez.

FERNAND, retournant au bureau.

J'ai à peu près terminé : « Venezia, albergo della Luna. »

BRISTOL, à Hercule.

Merci, cher ami, merci; le plus fort est fait. Le reste me regarde, laisse-nous seuls!

HERCULE, le retenant.

Attends qu'il ait fini d'écrire.

BRISTOL.

Pourquoi?

HERCULE.

Parce qu'il achève une lettre que j'attends.

BRISTOL.

Toi?

HERCULE. ·

Une lettre d'affaires.

FERNAND, fermant sa lettre.

Voici ma lettre. (Gaiment.) Ma foi, j'ai dit que vous étiez mon meilleur ami.

BRISTOL.

Comment?

HERCULE.

Et vous avez eu raison.

FERNAND.

N'est-ce pas? Les derniers sont toujours les... meilleurs.

HERCULE.

Je suis sûr que madame de Suzor est déjà inquiète.

FERNAND.

N'en doutez point.

HERCULE.

Aussi vais-je immédiatement lui donner de vos nouvelles.

BRISTOL, à part.

Il l'envoie chez sa femme!

FERNAND, se levant.

Soyez habile!

HERCULE.

Comptez sur moi.

Il passe à droite.

FERNAND.

Encore un mot. — Vous allez voir ma femme?

BRISTOL.

Sa femme!

HERCULE.

Oui.

FERNAND.

Eh bien! je ne rougis pas d'être bête avec vous... cette
pensée m'émeut... adieu! adieu!

HERCULE, en sortant, premier plan à droite.

Si je suis interrompu, ce ne sera pas par le mari.

SCÈNE VI

FERNAND, BRISTOL.

FERNAND, traversant l'avant-scène.

Je deviens sensible! C'est nerveux, c'est évidemment nerveux... mais ce n'en est pas moins inquiétant... La solitude!... heureusement que je ne suis plus seul!... voilà un
monsieur qui se dit spirituel, — je n'en crois rien, — et
qui va me distraire.

BRISTOL, de son côté.

Comment vais-je engager la conversation?

FERNAND.

Par malheur, il est journaliste, et il voudra savoir qui je suis, pour écrire à son journal que M. de Suzor... — Eh bien! non! Il faut qu'il me prenne pour un autre; pour un bon bourgeois naïf... naïf...

BRISTOL, s'asseyant à droite.

Monsieur?...

FERNAND, s'asseyant à gauche.

Comme nous sommes loin, monsieur, de la torture et de la Bastille!

BRISTOL.

Oui, monsieur, très loin.

FERNAND.

C'est par la douceur maintenant que le gouvernement procède.

BRISTOL.

Oui, monsieur.

FERNAND, prenant un cigare sur la table, et en offrant un à Bristol.

Il a raison, et, je vous jure, en ce qui me concerne, qu'il n'a pas fait un ingrat. Je me suis occupé quelquefois, comme tout bon citoyen a le droit et le devoir de le faire, je me suis occupé, dis-je, du régime pénitentiaire. Eh bien! monsieur, il est parfait! — Je me trouve heureux, moi, surtout depuis que j'ai pu donner de mes nouvelles à ma femme, — car j'ai une femme, moi, monsieur. — Cela doit vous paraître vulgaire, d'avoir une femme?

BRISTOL.

Non, monsieur, non, au contraire; je n'ai qu'un désir, c'est de me marier.

FERNAND.

Allons donc!

BRISTOL.

Oui, monsieur, me marier! je suis amoureux.

FERNAND.

C'est extraordinaire!

BRISTOL.

Et je vous préviens que je ne pourrai pas m'empêcher de vous parler de celle que j'aime.

FERNAND.

Ça m'amusera. (L'interrompant en s'approchant de lui, et à demi-voix.) C'était donc très fort?

BRISTOL.

Quoi?

FERNAND.

Ce que vous avez écrit.

BRISTOL.

Où?

FERNAND.

Puisqu'il y a de la prison.

BRISTOL, se levant.

Je vous assure que rien n'est plus innocent.

FERNAND.

Farceur! Si je juge de ce que l'on condamne par ce qu'on laisse passer!... Eh! ne vous gênez pas avec moi. Comme moraliste, je suis sévère, mais comme homme, — et nous sommes entre hommes, — je ne déteste pas la gaudriole.

BRISTOL.

Moi, monsieur, j'ai toujours eu des mœurs pures.

FERNAND.

Ça n'empêche pas!... Alors, — asseyez-vous donc, — alors... c'était monstrueux?

BRISTOL assis.

Quoi ?

FERNAND.

L'article en question.

BRISTOL.

Je ne sais plus ce que j'ai écrit... c'était par désespoir. — Je l'avais rencontrée dans le monde, sans oser lui parler. — Elle s'appelle Lucile !

FERNAND.

Ah ! Lucile ! — Vous avez demandé sa main ? — Son père a refusé, et ça vous a induit à écrire des choses légères. — Comme tout s'enchaîne !

BRISTOL.

Non, monsieur, ce n'est pas cela. — D'abord, elle n'a pas de père... elle n'a qu'un oncle, quel oncle !... un homme extrêmement distingué, de mœurs austères, un de ces gentilshommes campagnards... aujourd'hui Parisien, dont la France s'honore... — Vous m'interrompez ?

FERNAND.

Non, non, continuez.

BRISTOL.

Je lui ai fait demander la main de sa nièce par un de mes parents, membre du Conseil municipal de Paris.

FERNAND, se levant tout à coup.

Vous vous nommez ?...

BRISTOL, *singeant la naïveté, et se levant.*

Ernest Bristol.

FERNAND.

Jeune homme, vous allez me jurer, sur ce que vous avez
de plus sacré, de ne jamais me reconnaître en dehors de
cette enceinte !

BRISTOL.

Pourquoi ?

FERNAND.

Parce que je suis l'homme des mœurs austères dont vous
parlez.

BRISTOL.

Vous ?

FERNAND.

Je suis M. de Suzor.

BRISTOL.

Ah ! monsieur !... quel hasard extraordinaire !

FERNAND.

Extraordinaire, oui, extraordinaire ! j'en suis étourdi !

BRISTOL.

Si je pouvais invoquer cette rencontre étrange !

FERNAND.

Jamais ! je vous supplie de n'en jamais parler.

BRISTOL.

Si la similitude de nos situations...

FERNAND, *désespéré.*

Il ne me comprend pas !... Ma famille ne sait pas que
je suis en prison. Je suis en Italie, et quand je reviendrai... je reviendrai d'Italie. — Vous n'avez donc pas pu

me rencontrer ici ; — vous m'avez vu à Rome, si vous voulez.

BRISTOL.

A Rome ? Je ne demande pas mieux.

FERNAND.

Au Capitole !

BRISTOL.

Nous y sommes.

FERNAND.

Vous m'avez compris ?

BRISTOL.

Oui, monsieur, et c'est à Rome, — au Capitole — que j'ai l'honneur de vous demander la main de mademoiselle votre nièce.

FERNAND, à part.

Ah diable ! c'est qu'il faudra le ménager, maintenant, ce garçon-là !

BRISTOL.

C'est au Capitole que vous m'avez vu éperdument épris de mademoiselle Lucile.

FERNAND, à part.

Il a mon secret !

BRISTOL.

Et c'est au Capitole que vous avez daigné agréer ma demande.

FERNAND.

Vous allez un peu vite... Tout ne dépend pas de moi.

BRISTOL.

Si, monsieur, si... tout dépend de vous. Je me suis renseigné.

FERNAND, à part.

Il va me faire chanter.

BRISTOL.

Laissez-vous attendrir... Ce n'est pas le hasard, monsieur, c'est la Providence qui nous a réunis... dans cette ville superbe, dont nous contemplons ensemble les merveilles.

FERNAND.

Il est intelligent !

BRISTOL, à part.

Quand je lui aurait dit ça tous les matins et tous les soirs, pendant dix jours...

FERNAND.

Ah ! voici monsieur de La Haudussette !

SCÈNE VII

FERNAND, BRISTOL, HERCULE.

HERCULE, revenant, premier plan à droite.

Je n'ai pas trouvé madame de Suzor.

FERNAND.

Ah !

HERCULE.

Elle était sortie.

FERNAND.

Alors, qu'avez-vous fait de ma lettre ?

HERCULE.

Je l'ai laissée.

FERNAND.

Mais madame de Suzor ne saura plus d'où elle vient.

HERCULE.

Avec ma carte : « Hercule de **La Haudussette**, qui revient de Venise. » — Et demain, je ferai une nouvelle tentative, pour vous être agréable.

FERNAND.

A la bonne heure. — On ne vous a pas dit où était ma femme?

HERCULE.

Madame de Suzor est aux courses.

FERNAND.

Aux courses?

HERCULE.

A Chantilly.

FERNAND.

Comment? Elle va aux courses pendant que son mari gémit dans les cachots?

HERCULE.

Madame de Suzor vous croit en Italie.

FERNAND.

Oui, vous avez raison, elle me croit... c'est égal, j'aurais pensé que mon absence l'attristerait davantage. Aux courses!... avec qui?... Puisque je n'y suis pas! — On ne vous a pas dit avec qui ma femme était allée à Chantilly?

HERCULE.

Je ne me suis permis aucune question.

FERNAND.

Je le comprends. — Avec Brocard peut-être; mais, avec
Brocard, ça la compromettrait sans l'amuser.

SCÈNE VIII

LES MÊMES, BOMBÉ.

BOMBÉ, entrant du premier plan à gauche.

Monsieur le directeur, il y a là dans l'antichambre, une
jeune dame qui a passé par l'escalier particulier.

HERCULE.

Cela vous étonne?

BOMBÉ.

Et qui demande M. de La Haudussette, peintre.

HERCULE.

Eh bien, ne savez-vous pas que c'est moi?

BOMBÉ.

Si, monsieur le directeur, mais cette dame m'a dit que
monsieur revenait de Venise.

HERCULE.

Ah!

FERNAND.

C'est ma femme!

BRISTOL, à part.

Ma future tante!

FERNAND.

Alors, elle n'était pas à Chantilly!

HERCULE.

Qu'avez-vous répondu?

BOMBÉ.

Rien. — Monsieur le directeur sait que je ne réponds jamais rien.

FERNAND, à Hercule.

C'est ma femme.

HERCULE.

Je le suppose.

FERNAND.

Elle a reçu ma lettre, elle a trouvé votre carte et elle accourt...

HERCULE.

Pour avoir de vos nouvelles.

FERNAND.

Je suis effrayé à l'idée qu'elle est entrée dans ma prison... et que la moindre imprudence...

HERCULE.

Elle se croit chez un peintre. — Vous désirez, n'est-ce pas, que je la reçoive?

FERNAND.

Il le faut; elle veut vous parler de moi, elle est inquiète.

HERCULE.

Seulement, je ne peux la recevoir que dans cet atelier.

FERNAND.

Oui, oui, ce sera très bien. — Elle n'aura aucun soupçon. — Mais moi?... alors, moi?

HERCULE.

Vous? Vous allez rentrer dans votre cellule pour un instant. — (A Bombé.) Au 77.

FERNAND.

Oui, enfermez-moi, j'aime mieux ça.

BRISTOL.

Et moi?

HERCULE.

Eh bien! toi?... au 90.

FERNAND, passant à droite.

Chère Angélique!... elle est là!...je ne suis séparé d'elle que par cette porte!... Voilà encore que je deviens sensible... je vieillis! — Enfermez-moi! enfermez-moi, ce sera plus sûr.

Il sort vivement par le fond à gauche.

BRISTOL.

J'espère que tu n'abuseras pas de la situation?

HERCULE.

J'abuserai de tout, au contraire. — Laisse-moi tranquille, tu es prisonnier, n'est-ce pas? tu as ce que tu voulais.

UN GARDIEN, en dehors.

Allons, le 90?

Bristol sort.

SCENE IX

HERCULE, seul.

Elle est venue! elle est chez moi! je vais la voir!... Je n'ai plus qu'à triompher de la vertu d'une amie de Paquita!... Ça ne doit pas être difficile. Un peu de pose d'abord, comme dame de Suzor... un petit : « Je vous connais, beau masque, » aura vite fondu la glace. Le mari est sous clé, c'est l'idéal!... — Voyons, rien ne rappelle la prison? non! (Disposant les objets qu'il nomme.) Mes couleurs, mes pinceaux, mes crayons de dessin, de la musique ouverte sur le pupitre... un volume de poésies... « Chants du cœur et cris de l'âme. » — Son portrait! là, discrètement... « Si je vous aime !... voyez plutôt ! » — La phrase viendra toute seule... — Très bien ! Faut-il sonner? — Non, je vais ouvrir moi-même, c'est plus artiste.

Il va ouvrir, Angélique paraît, très coquettement vêtue, premier plan à droite.

SCÈNE X

HERCULE, ANGÉLIQUE.

HERCULE.

Je suis désolé, madame, de vous avoir fait attendre, mais vous me trouvez à peine installé, et j'espère que vous excuserez un artiste.

ANGÉLIQUE.

C'est bien à M. de La Haudussette que j'ai l'honneur de parler ?

HERCULE.

Hercule de La Haudussette, oui, madame.

ANGÉLIQUE.

C'est vous, monsieur, qui arrivez de Venise?

HERCULE.

Oui, madame, oui.

ANGÉLIQUE.

Et qui m'avez laissé une lettre de M. de Suzor ?

HERCULE.

Oui, madame.

ANGÉLIQUE.

C'est que vous avez une porte si rigoureusement fermée et un concierge si discret, que je craignais de m'être trompée.

HERCULE.

Non, madame, vous ne vous êtes pas trompée.

ANGÉLIQUE.

Alors, monsieur, je n'ai plus qu'à vous prier de me pardonner mon empressement.

HERCULE, lui offrant un siège.

Mais j'en suis trop heureux, madame.

ANGÉLIQUE, assise.

M. de Suzor m'apprend que vous êtes le meilleur de ses amis.

HERCULE, assis.

Le meilleur!... Ce bon Fernand!... Je ne vous dépeindrai pas ma joie et la sienne, quand nous nous sommes rencontrés à Venise, place Saint-Marc. Il venait d'arriver! Nous avons déjeuné ensemble à son hôtel. Hôtel de la Lune. Et je suis parti!

ANGÉLIQUE.

M. de Suzor parait enchanté de son voyage.

HERCULE.

Enchanté, oui, madame.

ANGÉLIQUE.

Il m'écrit qu'il vous a chargé d'une mission pour moi.

HERCULE, étonné.

Une mission!

ANGÉLIQUE.

Et je vous avoue que j'ai hâte de la connaître.

HERCULE, à part.

Il ne m'a rien dit du tout! (Haut.) Mon Dieu, madame, c'est très embarrassant... quand un homme est assez heureux pour avoir le droit d'aimer une femme telle que vous...

ANGÉLIQUE.

C'est une phrase de mon mari.

HERCULE.

Non, madame, elle est de moi.

ANGÉLIQUE.

Alors elle est inutile.

HERCULE, à part.

Voilà la pose. (Haut.) Alors, madame, je me bornerai à être
sincère...

ANGÉLIQUE.

Je vous en saurai gré, monsieur.

HERCULE.

Suzor... mon excellent ami Suzor est un peu naïf, bien
qu'il n'en ait pas l'air. — Vous avez dû vous en apercevoir?

ANGÉLIQUE.

Je commence...

HERCULE.

Il s'imagine que vous l'adorez.

ANGÉLIQUE.

Et vous jugez que c'est impossible?

HERCULE.

Je ne l'aurais pas dit. Il vous suppose absolument
désespérée de son départ.

ANGÉLIQUE.

Il est bien bon !

HERCULE.

N'est-ce pas? — Et il m'avait donné pour mission de vous
distraire.

ANGÉLIQUE.

Ah ! vraiment ! vous êtes son ami... à ce point ?

HERCULE.

Oui, madame.

ANGÉLIQUE.

Vous vous êtes présenté chez moi avec l'intention de me consoler ?

HERCULE.

On n'a pas plus d'esprit que vous !

ANGÉLIQUE.

De me consoler... sous le patronage de mon mari ?

HERCULE.

Nous l'oublierons, si vous le voulez bien.

ANGÉLIQUE.

Tout à fait ? cela me serait difficile !

HERCULE.

Pourquoi ?

ANGÉLIQUE.

Mais parce que... parce que je l'ai épousé.

HERCULE, qui se lève et remonte en riant.

Oh ! le joli mot ! oh ! le joli mot !

ANGÉLIQUE.

Il vous fait rire ?

HERCULE.

Aux larmes, madame, aux larmes !

ANGÉLIQUE.

Cependant...

HERCULE, se penchant à son oreille, d'un air très fat, et avec intention.

Je suis l'ami de Paquita.

ANGÉLIQUE, se levant.

Vous aussi?

HERCULE.

Intime! Elle n'a pas de secrets pour moi.

ANGÉLIQUE.

Eh bien! monsieur, j'en suis bien aise... vous allez me dire enfin ce que c'est que mademoiselle Paquita?

HERCULE.

Il est difficile de ne pas le savoir.

ANGÉLIQUE.

Je sais qu'on est très flatté d'être de ses amis, d'où je conclus que c'est au moins une femme légère.

HERCULE.

Est-ce qu'elle vous l'avait caché?

ANGÉLIQUE.

Je sais encore, — car je m'occupe beaucoup de mademoiselle Paquita depuis quelques jours, — je sais qu'elle a vendu son mobilier sans bruit et qu'elle voyage à l'étranger...

HERCULE.

Alors, il y a un nouvel amant?

ANGÉLIQUE.

Je regrette de vous annoncer ainsi cette mauvaise nouvelle.

HERCULE.

A moi? Mais depuis que j'ai vu chez elle le portrait de la femme adorable que j'avais le malheur de ne pas connaître encore, je ne songe ni à Paquita, ni aux autres, ni à rien !

ANGÉLIQUE.

Je serais désespérée de vous entraîner dans des confidences. Je veux savoir seulement pourquoi vous m'avez appris que vous étiez l'ami de Paquita et comment vous pouvez supposer que ça m'intéresse.

HERCULE.

J'ai eu tort, je le comprends... vous devez la renier.

ANGÉLIQUE.

Comment, la renier ?

HERCULE.

Mais je ne peux pas oublier, moi, que c'est chez elle que j'ai vu pour la première fois ces traits adorés.

Il prend le portrait et le contemple avec extase.

ANGÉLIQUE, stupéfaite.

Qu'est ce que cela ?

HERCULE.

Vous vous êtes reconnue ?

ANGÉLIQUE.

Vous avez mon portrait ?

HERCULE.

Ah ! si vous aviez posé une heure, seulement une heure ! mais je ne pouvais me servir que d'une photographie bien imparfaite.

ANGÉLIQUE.

Ma photographie !... Vous me direz, monsieur, où vous l'avez prise.

HERCULE.

Je ne l'ai pas prise... je l'ai empruntée à Paquita.

ANGÉLIQUE.

Cette fille avait ma photographie?

HERCULE.

Avec une dédicace.

ANGÉLIQUE.

Une dédicace?

HERCULE.

Sous forme de pensée: « On ne vieillit jamais quand on aime. »

ANGÉLIQUE.

Mais c'est pour mon mari que j'ai écrit ça !

HERCULE.

Pour M. de Suzor?

ANGÉLIQUE.

Et il l'a donnée à cette fille?... Mais alors... c'est assez clair... ils sont ensemble en Italie. — Vous m'avez dit que M. de Suzor était à Venise pour deux jours encore?

HERCULE.

Peut-être davantage.

ANGÉLIQUE.

Je vais lui envoyer une dépêche.

Elle s'assied au bureau.

HERCULE.

Une dépêche?

ANGÉLIQUE.

Et si je n'ai pas la réponse ce soir... A quelle heure peut-on avoir une dépêche de Venise?

HERCULE.

A huit heures !

V.   6.

ANGÉLIQUE.

Mettons neuf. — Si ce soir, à neuf heures, je n'ai pas
la réponse...

HERCULE.

Que ferez-vous ?

ANGÉLIQUE.

Je ferai... je ferai ce que fait une femme qu'on trompe.

HERCULE, à part.

Elle m'appartient.

ANGÉLIQUE.

Oui ! oh ! oui !

HERCULE, à part.

Elle le télégraphie à son mari !

ANGÉLIQUE.

Vous n'avez personne pour envoyer cette dépêche ?

HERCULE.

Si, madame, si.

Il sonne. — Bombé paraît, premier plan à gauche.

ANGÉLIQUE.

Allez au télégraphe le plus vite possible. (Bombé sort, même
porte.) Je regrette, monsieur, de m'être laissée ainsi emporter
par mon indignation, devant vou ; ce n'est pas vous qui
êtes coupable.

HERCULE.

Si, madame, c'est moi qui suis coupable, coupable de vous
avoir parlé de Paquita, coupable de n'avoir pas vu tout de
suite que vous êtes une de ces femmes qui imposent le respect dans l'amour même.

ANGÉLIQUE.

C'est un peu tôt. Laissez-moi respirer. D'autant plus que j'ai une grâce à vous demander.

HERCULE.

Une grâce ?... à moi ?

ANGÉLIQUE.

Donnez-moi ce portrait.

HERCULE.

Ce portrait ! Ma vie !... plus que ma vie ! — Vous l'aurez ce soir, madame. — J'irai vous le remettre, comme le gage de ma soumission à toutes vos volontés.

ANGÉLIQUE.

Je vous en remercie, monsieur.

Elle passe vers la droite.

HERCULE.

Vous partez déjà ?

ANGÉLIQUE.

Comment, déjà ? — Mais il me semble que je suis restée beaucoup trop.

HERCULE.

Laissez-moi vous accompagner.

ANGÉLIQUE.

Non, non, — vos gens ne comprendraient pas pourquoi nous sommes tous les deux si émus. — Ils ne savent pas que vous êtes le meilleur ami de mon mari.

Elle sort vivement, premier plan à droite.

HERCULE.

Mais elle est ravissante... ravissante.... ravissante !

SCÈNE XI

HERCULE, BRISTOL.

BRISTOL., premier plan à gauche.

Eh bien ! elle est partie ?

HERCULE.

Que fais-tu là, toi ?

BRISTOL.

J'attendais derrière la porte.

HERCULE.

Pourquoi n'es-tu pas au 90 ?

BRISTOL.

Parce que j'ai dit que c'était pour rire.

HERCULE.

Tu as eu tort.

BRISTOL.

La prison, je veux bien, mais ia cellule !... ah ! non, non ! ce serait trop ! — Et j'ai fait dire que tu demandais le 77.

HERCULE.

Pourquoi ?

BRISTOL.

Pour que tu lui donnes des nouvelles de sa femme.

HERCULE.

C'était inutile.

SCÈNE XII

HERCULE, BRISTOL, FERNAND, puis BOMBÉ.

FERNAND, se précipitant du fond à gauche.

Que vous a dit madame de Suzor ?

HERCULE.

Elle a été charmante pour vous.

FERNAND.

Vous ne vous êtes pas trahi ?

HERCULE.

J'ai raconté que nous avions dîné ensemble à l'hôtel de
la Lune.

FERNAND.

Alors, ma femme est bien persuadée que je suis en
Italie ?

HERCULE.

Absolument, et il n'y a plus à s'en dédire.

FERNAND.

Merci, cher ami.

BOMBÉ, entrant par le fond à gauche.

On demande monsieur le directeur.

HERCULE.

Priez d'attendre.

BOMBÉ.

C'est un inspecteur général.

HERCULE, très empressé.

Un inspecteur général !... vous m'excuserez ! je me hâterai
le plus possible. — Un inspecteur général... à l'improviste.

Il sort vivement, suivi de Bombé par le fond à gauche.

SCÈNE XIII

FERNAND, BRISTOL.

BRISTOL.

Madame de Suzor est si bien persuadée que vous êtes à
Venise qu'elle vous y envoie une dépêche.

FERNAND.

Une dépêche ?

BRISTOL.

Madame de Suzor l'a remise à Bombé pour l'envoyer au
télégraphe... je l'ai interceptée naturellement.

Il la lui donne.

FERNAND.

Une dépêche de ma femme !... « M. de Suzor, hôtel de
la Lune, à Venise. » C'est admirable ! (Lisant.) « Si ce soir,
à neuf heures, je n'ai pas reçu une réponse m'annonçant
que vous serez avenue de l'Opéra, dans quarante-huit
heures... » — Mais je ne peux pas lui envoyer une dépêche de Venise !

BRISTOL.

Ce serait difficile !

FERNAND.

Et je peux encore moins être dans quarante-huit heures
avenue de l'Opéra.

BRISTOL.

Vous avez encore dix jours à faire.

FERNAND.

Oui. (reprenant.) « Si ce soir, à neuf heures, je n'ai pas
reçu une dépêche m'annonçant que vous serez avenue de
l'Opéra dans quarante-huit heures, vous pourrez continuer à vous promener sans remords. »

BRISTOL, à lui-même.

J'ai peut-être eu tort de la lui donner.

FERNAND, s'éloignant pour achever. — A part.

« J'irai de mon côté, avec l'ami très aimable que vous
avez chargé de me distraire. — *Angélique.* »

Il s'arrête atterré.

BRISTOL.

Il y a ça?

FERNAND.

Je n'y vois pas! Je lis mal! — « Sans remords. J'irai de
mon côté... » Alors elle!... je... « le très aimable ami
que vous avez chargé de me distraire. » Il lui a donc dit
que je l'avais chargé de la distraire!

BRISTOL.

C'est abominable!

FERNAND.

Si ce soir à neuf heures... à neuf heures!... — M. de La
Haudussette, M. le directeur!... il faut que je voie à l'instant M. le directeur.

BRISTOL et FERNAND.

Monsieur le directeur!

Ils sonnent. — Un monsieur à la mine rébarbative, et décoré, paraît à la porte du fond
à gauche.

SCÈNE XIV

FERNAND, BRISTOL, L'INSPECTEUR GÉNÉRAL, BOMBÉ, UN GARDIEN.

L'INSPECTEUR.

Le directeur, c'est moi.

FERNAND.

Comment? Mais M. de La Haudussette?

L'INSPECTEUR, passant devant lui.

Appelé à d'autres fonctions.

BRISTOL.

Destitué!

L'INSPECTEUR.

Appelé à d'autres fonctions.

FERNAND.

Mais je veux le voir.

L'INSPECTEUR.

Vous ne le verrez pas. — Qu'on ramène ces détenus dans leur cellule!

FERNAND.

Un mot, un mot seulement à M. de La Haudussette.

L'INSPECTEUR, passant devant lui.

Gardiens!

BRISTOL.

Mais, monsieur, ce n'est pas sérieux?

L'INSPECTEUR.

Tout est sérieux ici.

FERNAND.

Mais...

L'INSPECTEUR.

Ce détenu au secret.

BRISTOL.

Mais moi ?

L'INSPECTEUR.

Celui-ci aussi ! — Vous n'avez plus un directeur de fantaisie.

Il va s'installer au bureau.

FERNAND.

Pardon, monsieur, je suis marié, et, si ce soir à neuf heures...

L'INSPECTEUR.

J'écouterai vos observations le premier jeudi de chaque mois.

FERNAND, très monté.

Mais, monsieur...

L'INSPECTEUR.

Gardiens !

FERNAND, gesticulant.

Rien ne me retiendra !...

Les gardiens empoignent Fernand et Bristol. — Discussion, cris, pendant le baisser du rideau.

ACTE TROISIÈME

Le salon du premier acte. — Des bouquets sur tous les meubles.

———

SCÈNE PREMIÈRE

CLAUDINE, puis BROCARD.

CLAUDINE, entrant du fond avec un bouquet.

Encore un! Ça amuse madame, et moi, je m'y habitue : on me traite avec beaucoup plus de considération
depuis que madame reçoit tous les bouquets qu'on lui
envoie. — Et si madame trompait tout à fait monsieur,
c'est ça qui me donnerait de l'importance! — (On sonne.)
Un autre bouquet, sans doute! — Non, c'est M. Brocard.
(Avec dédain.) Peuh! un ami de monsieur!

BROCARD, entrant par le fond.

M. de Suzor est-il ici?

CLAUDINE.

Monsieur est en voyage.

BROCARD.

Il n'est pas revenu?

CLAUDINE.

Est-ce que monsieur doit revenir?

BROCARD.

Je ne sais pas ; je vous questionne. — M. de Suzor devait faire un voyage de quinze jours, et voilà vingt-deux jours qu'il est parti.

CLAUDINE.

Monsieur ne doit pas être pressé de revenir.

BROCARD, la regardant avec étonnement.

Qu'en savez-vous ?

CLAUDINE.

C'est une idée à moi.

BROCARD, à part.

Elle prend un aplomb étonnant, cette petite femme de chambre ; c'est de très mauvais augure pour mon ami de Suzor.

CLAUDINE.

Faudra-t-il dire à madame que monsieur lui apportait des nouvelles de monsieur ?

BROCARD.

Non, puisque je viens en demander, au contraire. — Madame de Suzor est-elle visible ?

CLAUDINE.

Madame est sortie, mais elle va rentrer, et si monsieur veut l'attendre...

BROCARD, s'asseyant.

J'attendrai.

CLAUDINE.

Il y a là des livres.

BROCARD, étonné.

Un dictionnaire italien ?

CLAUDINE.

C'est mademoiselle qui apprend l'italien pour pouvoir causer avec monsieur. — Pauvre demoiselle! c'est bien inutile. — Je parierais que monsieur ne se promène pas en Italie.

BROCARD.

Vous parieriez! — Alors que fait-il?

CLAUDINE.

Il se promène ailleurs! — Mais, comme monsieur n'est pas seul, il ne veut pas dire où.

BROCARD.

Cependant, il a écrit à sa femme. Madame de Suzor m'a montré sa lettre.

CLAUDINE.

Il a écrit une fois.

BROCARD.

De Venise.

CLAUDINE.

Et par un ami. — La lettre n'avait seulement pas de timbre. — Je ne sais pas ce qu'en pense madame, mais moi...

BROCARD.

Vous, vous faites des réflexions absurdes.

CLAUDINE.

Je les fais à monsieur, parce que je sais que monsieur est l'ami de Monsieur, — mais j'ai tort, et je demande pardon à monsieur.

BROCARD.

Vous avez dû servir dans le demi-monde?

CLAUDINE, se redressant.

Monsieur veut dire que j'ai servi chez une cocotte ? —
Monsieur se trompe. — Je ne vois pas pourquoi on serait
femme de chambre d'une cocotte... quand on pourrait être
cocotte soi-même.

BROCARD.

Tu iras loin, toi !

CLAUDINE.

Je prie monsieur de ne pas se moquer.

BROCARD, à part.

Il est temps que Fernand revienne. — Il est temps, ou
tout est perdu.

SCÈNE II

BROCARD, CLAUDINE, ALFRED.

CLAUDINE, remontant et poussant un cri de joie.

Monsieur Alfred !

BROCARD, se levant.

Monsieur de Langlade !

CLAUDINE.

On n'a pas vu monsieur depuis trois semaines !

ALFRED.

J'étais en Italie.

CLAUDINE.

Vous aussi ?

BROCARD.

Pourquoi faire ?

ALFRED.

Pour avoir une explication calme avec M. de Suzor.

BROCARD.

Vous êtes allé en Italie pour le chercher ?

ALFRED.

Oui.

CLAUDINE.

Et monsieur ne l'a pas rencontré ?

BROCARD, bas.

Dites que si !

ALFRED, ahuri.

Hein ?

CLAUDINE.

J'en étais sûre.

BROCARD, bas.

Dites que vous l'avez vu. (Haut.) Vous n'avez pas vu Suzor ?

ALFRED.

Mais si, je l'ai vu.

CLAUDINE.

Vous avez vu monsieur ?

ALFRED.

Oui.

CLAUDINE, à part.

Eh bien ! je ne l'aurais pas cru, par exemple ! (En sortant.) Je vais prévenir mademoiselle. Comme elle va être contente !

Elle sort par l'angle à droite.

BROCARD.

Vous direz à tout le monde que vous avez rencontré Suzor.

ALFRED.

Je vous jure, monsieur, qu'il n'est pas en Italie.

BROCARD.

C'est égal.

ALFRED.

Ou qu'il s'y cache bien.

BROCARD.

Vous l'y avez vu.

ALFRED.

Où ?

BROCARD.

A Venise. — Je vais vous dire le jour, pour que vous ne fassiez pas de pataquès.

ALFRED.

Mais, monsieur, pourquoi voulez-vous que je mente ?

BROCARD.

Parce qu'avec ce mensonge innocent, vous rendrez à Fernand un service dont vous ne pouvez soupçonner l'importance, — et je suis sûr que s'il vous reste une chance d'épouser mademoiselle Lucile, c'est ce mensonge qui vous la donnera.

ALFRED.

Alors, tout ce que vous voudrez, monsieur, tout ce que vous voudrez.

BROCARD.

D'après sa lettre, il était à Venise le 21.

ALFRED.

Non, par exemple ; je l'y ai cherché ce jour-là.

BROCARD.

Je vous répète qu'il y était, le 21, le 22 et le 23.

ALFRED.

Bien, monsieur, bien.

BROCARD.

N'oubliez pas ces dates.

ALFRED.

Soyez tranquille; — mais que lui ai-je dit?

BROCARD.

Que vouliez-vous lui dire?

ALFRED.

Que ma clientèle change. — Je vais construire un lycée de jeunes filles.

BROCARD.

Eh bien ! voilà ce que vous lui avez dit.

ALFRED.

Mais que m'a-t-il répondu?

BROCARD.

Qu'alors il n'y avait plus d'obstacles.

ALFRED.

Vous croyez qu'il m'aurait fait cette réponse?

BROCARD.

Dites-le toujours, ça l'engage. — Vous n'êtes pas habile.

ALFRED.

Alors, monsieur, sérieusement, vous me donnez de l'espoir?

BROCARD.

Beaucoup, je vous en donne beaucoup. — Le 21, le 22 et le 23.

CLAUDINE, revenant de l'angle droit.

Mademoiselle est sortie avec madame.

On sonne.

ALFRED.

Ah !

CLAUDINE.

On sonne, ce sont peut-être ces dames qui reviennent.

Elle court à la porte du fond, et se trouve en face de Bristol.

SCÈNE III

LES MÊMES, BRISTOL.

BRISTOL.

Monsieur de Suzor ?

CLAUDINE.

Monsieur est en voyage.

BRISTOL.

Je le sais bien, je l'ai rencontré à Rome.

CLAUDINE.

Ah !

BROCARD.

Lui aussi ?

ALFRED.

Mon rival !

BRISTOL.

Alors, il n'est pas revenu ?

CLAUDINE.

Est-ce que monsieur doit revenir ?

BRISTOL.

M. de Suzor hésitait, — quand je l'ai quitté. — Il songeait à aller à Naples.

CLAUDINE.

Ah !

BRISTOL.

Alors, il ne pourrait pas être revenu, naturellement.

BROCARD, à part.

En voilà un qui a de l'aplomb !

BRISTOL.

Aurai-je l'honneur d'être reçu par madame de Suzor ?

CLAUDINE.

Madame est sortie. — Ces messieurs l'attendent.

ALFRED.

Je me retire.

CLAUDINE.

Oh ! non, monsieur, non, restez. — Ces dames ne tarderont pas à rentrer, et mademoiselle m'en voudrait.

Elle lui donne un livre et sort.

. ALFRED.

Une bonne fille, cette Claudine ! (Il va discrètement s'asseoir dans un coin à droite. Bristol attire Brocard de l'autre côté.) Le *Magasin des Demoiselles !*... c'est à elle !

BRISTOL.

Vous ne me reconnaissez pas ? — Ernest Bristol.

BROCARD.

Ah ! oui. — J'ai eu l'honneur de vous voir, il y a trois semaines.

BRISTOL.

Et j'ai un peu changé. — Je viens de subir dix-sept jours de régime cellulaire.

BROCARD.

Vous?

. Ils s'assoient sur le canapé, à gauche.

BRISTOL.

Je sors de prison.

BROCARD.

Qu'aviez-vous fait?

BRISTOL.

C'était un emprisonnement de faveur.

BROCARD.

De faveur?

BRISTOL.

Le directeur était de mes amis, et j'avais imaginé ce moyen pour être près de M. de Suzor.

BROCARD.

Pauvre Suzor! Je n'ai jamais pu arriver jusqu'à lui. — Alors vous l'avez vu?

BRISTOL.

Une seule fois. — Le jour même de mon arrivée, il y a eu esclandre, on a enfermé M. de Suzor dans une cellule, on m'a flanqué dans une autre, et nous ne nous sommes plus revus. — Nous étions au secret.

BROCARD.

Ah! je comprends!... Mais votre ami le directeur?

BRISTOL.

On l'avait destitué, et son successeur m'a soutenu que j'étais prisonnier, puisque j'étais en prison.

BROCARD.

Il fallait faire des démarches.

BRISTOL.

J'en ai fait ; seulement, ça a duré dix-sept jours.

BROCARD.

Et M. de Suzor ?

BRISTOL.

Ah! lui, c'est autre chose. — Il a failli battre un gardien.

BROCARD.

Toujours ! — Voilà pourquoi on ne l'a pas relâché à l'expiration de sa peine.

BRISTOL.

Et ce n'est peut-être pas fini. — Nous avons un directeur terrible !

BROCARD.

Vous pensez qu'on pourrait le garder encore longtemps ?

BRISTOL.

Voilà pourquoi j'ai insinué prudemment qu'il irait à Naples. — Je suis accouru sans prendre le temps de déjeuner... — un déjeuner que j'attendais depuis dix-sept jours.

BROCARD.

On ne vous nourrissait donc pas ?

BRISTOL, tirant un gâteau de sa poche.

Si... si..., j'aurais même fini par manger ces choses-là. Je commençais à m'entraîner, quand on m'a renvoyé avec des excuses...—Vous permettez?... (il mange.) Mais je ne regrette pas mes dix-sept jours de prison, moi, monsieur. — M. de Suzor m'a promis la main de sa pupille.

BROCARD.

Hein ?

BRISTOL.

Et je ne veux pas l'attendre pour poser ma candidature.

SCÈNE IV

Les Mêmes, ANGÉLIQUE, LUCILE.

Claudine ouvre la porte du fond, Angélique et Lucile entrent ensemble.

CLAUDINE.

Madame, voici monsieur qui a vu monsieur à Venise, et monsieur qui l'a vu à Rome.

BRISTOL et ALFRED, s'inclinant tous les deux.

Oui, madame.

LUCILE, à part.

Alfred a l'air content.

Claudine sort par le fond.

ANGÉLIQUE.

Je regrette, messieurs, de vous avoir fait attendre. — Vous avez vu tous les deux M. de Suzor en Italie ?

BRISTOL et ALFRED.

Oui, madame.

BROCARD, à part.

On ne pourra pas dire qu'il n'y est pas allé.

Il gagne l'extrême droite, près d'Alfred.

ANGÉLIQUE.

Et il ne vous a pas donné de mission pour moi ?

BRISTOL, ahuri.

Une mission ?

ALFRED, de même.

Une mission ?

ANGÉLIQUE.

Il ne vous a pas chargé de me distraire ?

BRISTOL.

De ?...

ALFRED, naïf.

Non.

LUCILE.

Vous avez pu causer avec mon oncle ?

ALFRED.

Beaucoup, beaucoup.

BROCARD.

Ils sont restés trois jours ensemble à Venise.

ALFRED.

Oui.

BROCARD.

Au même hôtel. (Bas, à Alfred.) Dites les dates vous-même.

ALFRED.

Les 21, 22 et 23.

ANGÉLIQUE.

Le 22 ?... Vous en êtes sûr ?

ALFRED.

Mais oui.

ANGÉLIQUE.

Il était bien à l'hôtel de la Lune?

BROCARD.

Louna ! — On dit Louna en italien.

ANGÉLIQUE.

Mais alors, il a reçu ma dépêche?

BROCARD, bas, à Alfred.

Dites que oui.

ALFRED.

Oui, madame, en effet, une dépêche... de vous. — J'étais là quand il l'a ouverte.

ANGÉLIQUE.

Ah!

ALFRED.

Il ne me l'a pas montrée.

ANGÉLIQUE.

Je le crois.

BRISTOL, à part.

Eh bien! il a de l'aplomb, celui-là.

ANGÉLIQUE, à part.

Et je voulais en douter!

BROCARD, serrant la main d'Alfred.

Très bien.

LUCILE, qui est allée à Alfred.

Alors, mon oncle ne vous a pas mal reçu?

ALFRED.

Mais non, au contraire, il m'a avoué qu'il avait eu tort.

LUCILE.

Et vous ne me dites pas cela tout de suite? Restez assis, vous avez fait un si long voyage.

BRISTOL, bas, à Angélique.

Quand je dis que M. de Suzor ne m'a pas donné de mission, je me trompe.

ANGÉLIQUE.

Ah !

BRISTOL.

Il m'a autorisé, madame, à vous apprendre qu'il agréait ma candidature à la main de sa pupille.

ANGÉLIQUE.

Vraiment ? M. de Suzor a trouvé le temps de songer à sa pupille ?

BRISTOL.

A Rome, madame, à Rome, au Capitole ! (S'apercevant qu'elle est agitée et qu'elle ne l'écoute pas. — A part.) Elle paraît contrariée !

CLAUDINE, entrant par l'angle gauche et allant à Angélique, à voix basse.

Madame, Monsieur de La Haudussette.

ANGÉLIQUE, à part.

Ah ! il vient à propos.

CLAUDINE.

Il a des choses très importantes à dire à madame. — Je l'ai fait entrer dans le petit salon.

BROCARD, par discrétion.

Nous nous retirons, madame.

BRISTOL et ALFRED.

Nous nous retirons.

ANGÉLIQUE.

J'espère, messieurs, avoir le plaisir de vous revoir. (Les jeunes gens sortent. — A Brocard.) Vous m'avez un peu négligée, monsieur Brocard ?

BROCARD.

Moi, madame, mais je... mais j'y mettais de la discrétion.

ANGÉLIQUE.

Pourquoi ? — J'espère, maintenant, que vous ne me tiendrez pas rigueur ?

BROCARD.

Oh ! madame ! oh ! (A part.) Elle est vraiment charmante ! Mais si Fernand ne vient pas vite !

Il sort par le fond.

LUCILE.

Moi, ma tante, je rentre dans ma chambre et je ferai de la musique. — Ce sera la première fois depuis le départ de mon oncle. — (En sortant.) J'en voulais à mon oncle ! Oh ! comme je vais l'embrasser quand il reviendra !

Elle sort galment par l'angle à droite.

ANGÉLIQUE, à Claudine.

Faites entrer M. de La Haudussette.

SCÈNE V

HERCULE, ANGÉLIQUE.

HERCULE, entrant par l'angle à gauche.

C'est votre jeune femme de chambre, madame, qui, dans son zèle, a cru devoir vous dire que j'étais là. — Je ne demandais qu'à revenir, ne voulant pas me trouver confondu avec les indifférents que vous receviez

ANGÉLIQUE.

Claudine a eu raison aujourd'hui, car j'avais hâte de vous revoir.

HERCULE.

Oh ! madame, quelle bonne parole ! Et faut-il la croire sincère ?... — Vous ne me permettez même pas de vous dire que je vous aime !

ANGÉLIQUE.

Vous me le dites si souvent, sous cette forme-là, que je ne peux pas l'ignorer.

HERCULE.

Vous m'entendez, mais vous ne m'écoutez pas. — Vous me reprochiez de ne pas vous avoir apporté l'aquarelle...

ANGÉLIQUE.

Que vous m'aviez promise.

HERCULE.

Eh bien ! madame, la voici !

Il l'apporte, et il la pose sur la table.

ANGÉLIQUE.

Ah !

HERCULE.

Je n'ai pas voulu vous donner ce portrait tel qu'il était, d'après une photographie qui indiquait votre beauté sans la rendre. — Je l'avais fait avec mon imagination ; je l'ai refait avec mon âme. — Vous voilà bien... resplendissante !

ANGÉLIQUE.

Vous oubliez nos conventions ?

HERCULE.

Vous m'avez permis d'être aimable, vous ne m'autorisez pas encore à être enthousiaste ! Je ne m'aperçois pas, — tant votre charme est puissant, — que, depuis dix-sept jours, je ne fais qu'attendre... Cependant, madame, vous m'aviez juré que, si le soir, à neuf heures, vous n'aviez pas une réponse de M. de Suzor... et à neuf heures, vous avez pensé que les dépêches ont quelquefois du retard. — A onze heures, vous avez supposé tout à coup qu'en Italie les bureaux télégraphiques étaient fermés la nuit.— Le lendemain, l'idée vous était venue que M. de Suzor n'avait peut-être pas reçu votre dépêche...

ANGÉLIQUE.

Oui... Je ne pouvais pas admettre qu'il l'eût reçue.

HERCULE.

Vous m'avez demandé deux jours pour vous en assurer, puis quatre, puis cinq, puis dix !...

ANGÉLIQUE.

Eh bien, monsieur, je sais positivement aujourd'hui que M. de Suzor a reçu ma dépêche.

HERCULE.

Comment, vous savez ?...

ANGÉLIQUE.

A Venise. Et je n'ai plus de ménagements à garder.

HERCULE.

Enfin ! Alors, madame ?...

ANGÉLIQUE.

Alors... puisque M. de Suzor ne revient pas, je suis résolue...

HERCULE.

Vous êtes résolue...

ANGÉLIQUE.

A aller le chercher.

HERCULE.

Où ?

ANGÉLIQUE.

A Naples, où il doit être.

HERCULE.

A Naples !... joli voyage !... — Et vous me permettriez de vous accompagner ?

ANGÉLIQUE.

Je vous en prie. — Je ne peux pas voyager seule, — et vous êtes le meilleur ami de M. de Suzor.

HERCULE.

Oh! madame! je suis aux anges!

SCÈNE VI

HERCULE, ANGÉLIQUE, CLAUDINE.

CLAUDINE, accourant, effarée, du fond.

Madame! madame! voici monsieur! Il est là! — Il paie le cocher!

Elle range les fleurs.

HERCULE, à part.

On l'a relâché.

Il va reprendre son chapeau.

ANGÉLIQUE, à Claudine.

Que faites-vous?

CLAUDINE.

Madame, je cache les bouquets.

ANGÉLIQUE.

Mais non, pas du tout, laissez-les, au contraire. — Et vous, monsieur de La Haudussette?

HERCULE.

Madame, je songeais à me retirer, par le petit salon.

ANGÉLIQUE.

Pourquoi?

HERCULE, embarrassé.

C'était de la discrétion...

ANGÉLIQUE.

N'en mettez pas trop! — Je vous prie de rester.

HERCULE, à part.

Elle a raison. — Il faut être crâne avec les maris ; c'est ce qui les déroute le mieux.

CLAUDINE, revenant.

Monsieur est dans l'escalier. — Maintenant, il faut être contente. (Avec éclat, avec joie.) Oh! madame! madame! voici monsieur! Monsieur est revenu!... c'est monsieur!... Oh! quel bonheur!

SCÈNE VII

LES MÊMES, FERNAND, puis LUCILE.

FERNAND, avec des bagages.

Oui, c'est bien moi... me voici enfin! Cara mia! Come sta? (A part.) La Haudussette!

HERCULE.

Je suis bien heureux de me trouver là, cher ami, au moment où vous arrivez.

ANGÉLIQUE.

Vous avez fait un bon voyage?

FERNAND.

Excellent!... Eccellente! (A part.) Je ne m'attendais pas à trouver La Haudussette!

LUCILE, accourant du premier plan à droite.

Mon oncle est arrivé? Mon bon petit oncle!

FERNAND.

Lucile!... — Come sta?

LUCILE.

Bene. Grazie. — M. de La Haudussette nous a dit que tu parlais déjà italien, — alors, moi, je l'ai appris pour causer avec toi.

FERNAND.

Oh! je parle peu, et puis la joie de rentrer me trouble en ce moment.

LUCILE.

Tu nous raconteras tout ce que tu as vu?

FERNAND.

Tout... tout... ce sera un peu long.

HERCULE.

Vous vous êtes toujours bien porté depuis le jour où je vous ai quitté sur le quai des Esclavons?

FERNAND.

Très bien, parfaitement bien.

CLAUDINE, le débarrassant de son chapeau.

Monsieur a-t-il vu le Vésuve?

FERNAND.

Le Vésuve! Certainement... je l'ai vu!... je l'ai vu comme tout le monde.

LUCILE.

Alors, vous êtes allé jusqu'à Naples?

FERNAND.

Malgré moi! Je te jure que c'est malgré moi.

HERCULE.

Je vous disais bien, madame, qu'il se laisserait entraîner.

FERNAND.

Entraîner! — Oui, j'ai été entraîné... une fois parti, on ne sait plus où l'on va... Je ne comptais pas m'absenter plus de quinze jours...

ANGÉLIQUE.

Il y a déjà quinze jours ?

FERNAND.

Il y en a vingt-deux, chère amie.

HERCULE.

Comme le temps passe !

LUCILE.

Votre lettre nous a donné à tous l'envie de voir Venise... le Lido... les gondoles...

FERNAND.

C'était la première impression,... mais j'ai exagéré, j'ai beaucoup exagéré. — Au fond, je suis bien heureux d'être revenu ; ça me paraît bon d'être là, au milieu de vous.

HERCULE.

Je le comprends, cher ami. — Nous le comprenons tous.

FERNAND.

Et vous, Angélique, vous ne dites rien?

HERCULE.

La pensée que madame de Suzor était seule...

ANGÉLIQUE.

J'étais seule, mais je n'étais pas abandonnée... je me suis vue entourée tout de suite, et je tiens à remercier M. de La Haudussette devant vous. — Il a été excellent !

HERCULE.

Oh ! madame !... quoi de plus naturel !

ANGÉLIQUE.

Il est venu me voir tous les jours.

HERCULE.

Pour parler de vous, cher ami, et de votre voyage. — Nous vous suivions sur la carte.

FERNAND.

Je vous en suis très reconnaissant, mon cher La Haudussette.

HERCULE.

L'amitié a ses devoirs.

FERNAND, à part.

Si je pouvais l'étrangler !

HERCULE.

Vous devez avoir besoin de repos, cher ami.

FERNAND.

Non, non, je vous remercie.

ANGÉLIQUE.

M. de La Haudussette a raison. Vous devez être fatigué ?

FERNAND.

Pas du tout, pas du tout !

HERCULE.

Il doit être exténué, après un voyage fait si rapidement.

ANGÉLIQUE.

On va préparer votre chambre.

FERNAND.

Non, au contraire... je ne veux pas.

ANGÉLIQUE.

Laissez vos amis s'occuper de vous.

LUCILE.

Mais, mon oncle, puisqu'on veut vous soigner !

FERNAND.

Toi aussi ?

HERCULE.

Je suis sûr que vous n'avez encore rien pris.

FERNAND.

Si, j'ai déjeuné.

HERCULE.

Au buffet, à Tonnerre. — Nous savons comment on déjeune dans les buffets... Ne prenez qu'un bouillon, un bouillon seulement.

FERNAND.

C'est inutile !

ANGÉLIQUE.

J'aurais dû y penser tout de suite.

FERNAND.

Je n'en veux pas.

HERCULE.

Laissez-moi, madame, vous donner la recette d'un réconfortant merveilleux. — Je l'ai recueilli en Hollande. — Vous remplissez à demi un bol d'excellent bouillon ; vous ajoutez une tasse de lait, un œuf frais, — mêlez violemment — et vous versez deux verres de château-Lafitte. — Si vous le permettez, madame, je vais confectionner cela moi-même.

Il sort avec Claudine par le fond.

ANGÉLIQUE.

Claudine vous aidera. (A Fernand.) Nous allons préparer votre chambre. Viens, Lucile.

Elles sortent par la droite.

LUCILE.

Oui, ma tante. — Mon bon petit oncle, reposez-vous. Je vous embrasse encore pour ce que vous avez dit à Alfred, à Venise.

SCÈNE VIII

FERNAND, puis CLAUDINE.

FERNAND.

Il m'appelle son ami, il me donne des poignées de main, il s'occupe de moi !... Il me reçoit, et je ne peux rien dire !... Rien... c'est moi qui l'ai introduit chez ma femme !... c'est moi qui lui ai appris qu'il était mon meilleur ami ! — Et maintenant, un mot de trop peut me rendre ridicule... et une fois ridicule, je ne m'en relèverais pas ! — Angélique ne peut pas me tromper, elle ne peut pas ; j'en suis sûr... mais elle peut y penser... et c'est trop ! — ce serait trop !... Elle m'a menacé pourtant !... « Si ce soir, à neuf heures, je n'ai pas de réponse... » Et elle n'a pas eu de réponse !... Et, à neuf heures, peut-être, dans une de ces crises de dépit qui ont perdu tant de femmes !... et dont j'ai tant de fois profité... moi ! — Non, non, je ne peux pas m'arrêter à cette pensée, je ne veux pas... (Claudine rentre du fond ; elle va et vient pour enlever les objets de voyage de Fernand.) Cette femme de chambre !... elle sait tout, assurément, elle sait tout ! — Je ne peux pas l'interroger... je ne le dois pas.

CLAUDINE, s'apercevant que Fernand la regarde.

Monsieur est bien sûr d'avoir tous ses colis ?

FERNAND.

Oui, oui, très sûr.

CLAUDINE.

C'est que monsieur, en partant, avait promis à madame de lui rapporter des bibelots italiens.

FERNAND.

Parfaitement. (A part.) J'ai oublié les bibelots!... (Haut.) Je les ai, — je les aurai. Ils viennent par la petite vitesse.

CLAUDINE.

Il y en a tant que cela!

FERNAND.

Il y en a beaucoup. — Et puis j'apporte un morceau de ruine, — parce que ce qu'il y a de plus curieux, généralement, quand on voyage, ce sont les ruines. (A part.) Je ne peux pas l'interroger.

CLAUDINE.

Je me disais : Si monsieur n'oublie pas madame, il pensera peut-être à la femme de chambre de madame.

FERNAND, à part.

Cette fille-là a un secret à vendre. — Non, non, je ne l'interrogerai pas! J'ai attendu dix-sept jours, enfermé, muré, au secret! J'attendrai encore. — Elle me regarde! Il me semble que tout le monde voit que je sors de prison, et que ma femme va le deviner. — Tout! tout!... plutôt que ça.

CLAUDINE, qui est revenue comme si on l'appelait.

Monsieur?

FERNAND.

Je ne vous appelle pas.

CLAUDINE.

Je croyais que monsieur m'avait appelée.

FERNAND, avec embarras.

Il m'a semblé que madame de Suzor avait un peu pâli. — Elle n'a pas été souffrante en mon absence?

CLAUDINE, comme si elle récitait une leçon préparée.

Madame a été bien triste, et, si elle est pâle, ce n'est pas
étonnant. Elle pensait toujours à monsieur, elle ne sortait
jamais, elle ne recevait personne, et madame disait tout le
temps : « Il reviendra peut être ce soir. » Il — c'est monsieur. — Monsieur regarde ces bouquets?... Madame les a
conservés parce qu'elle disait chaque fois : « Il me semble
que c'est mon mari qui me les a envoyés! » Ah! monsieur
peut se vanter d'avoir une femme qui l'aime!

FERNAND, à part.

Voilà le discours qu'elle avait préparé pour me le vendre.
Il n'est qu'un moyen digne de moi, — c'est une explication loyale avec madame de Suzor. (Haut.) Voulez-vous dire
à madame de Suzor que je la prie de venir un instant.

CLAUDINE.

Oui, monsieur. (En sortant.) Pauvre monsieur! Il est tout
agité! — Ce que je lui ai dit aurait pourtant bien dû le
rassurer.

Elle sort à droite.

FERNAND, seul, très agité.

Voilà où mon expérience doit me servir... Je me suis
toujours piqué d'être habile avec les femmes des autres. —
Il serait trop sot d'être maladroit avec la mienne.

SCÈNE IX

FERNAND, ANGÉLIQUE.

ANGÉLIQUE, entrant gaiment par la droite.

Il est amusant, M. de La Haudussette! — Il dirige la
confection de son breuvage avec une conscience et une grâce
charmante... C'est pour vous un ami précieux. (Changeant
de ton.) Vous avez désiré me parler?

FERNAND, galamment, la faisant asseoir près de lui, sur le canapé.

Vous ne devriez pas vous en étonner... après une si longue absence?

ANGÉLIQUE.

Est-elle vraiment très curieuse, l'Italie?

FERNAND.

Je veux que tu me parles de toi.

ANGÉLIQUE.

Je ne saurais que vous dire. Ce sont, d'ordinaire, les voyageurs qui ont à raconter.

FERNAND.

Tu ne t'imagines pas comme j'ai pensé à toi!

ANGÉLIQUE.

En italien?

FERNAND.

Je te jure que je te croyais toujours là... près de moi.

ANGÉLIQUE.

Cela a dû bien vous gêner.

FERNAND, étonné.

Vous devenez malicieuse?

ANGÉLIQUE.

Sans le vouloir, alors, en disant ce que je pense.

FERNAND.

Eh bien! oui, — dis ce que tu penses, — je ne te demande pas autre chose. Tu m'en veux encore de ce que je suis parti seul?

ANGÉLIQUE.

Je vous en ai voulu un instant. — J'avais une si jolie toilette de voyage! Mais enfin, j'ai, quand il le faut, moi

v.   8.

aussi, beaucoup de force d'âme, et puis vous avez eu pour
moi une attention si délicate! vous m'avez envoyé un de
vos meilleurs amis, — le plus aimable, à coup sûr, — pour
me distraire.

FERNAND.

La Haudussette!... Il lui a plu de dire que je l'avais
chargé de vous distraire!... C'est de très mauvais goût.

ANGÉLIQUE.

Je m'en tiens à ce que contenait votre lettre.

FERNAND.

Oh! ma lettre! Quand on écrit à l'étranger, au milieu de
gens qui parlent une autre langue, et par soixante degrés
de chaleur, on ne mesure pas ses expressions. — Ne parlons plus de ma lettre. — La Haudussette a dû te paraître
très fat?

ANGÉLIQUE.

Fat! lui? — Non. Je pense bien que s'il était fat, vous
ne me l'auriez pas envoyé.

FERNAND.

Je ne prétends pas que je n'ai pas eu tort, en ce sens que
tu as dû le trouver ennuyeux. — Je le connais; il a été
ennuyeux !

ANGÉLIQUE, se levant.

Bien au contraire. — Il est très gai, très spirituel, très
bon musicien.

FERNAND, à part.

J'aurai eu toutes les déveines.

ANGÉLIQUE.

Nous avons fait de la musique ensemble. — Il a une
voix ravissante.

Elle prend sur la table et allume une cigarette.

FERNAND, se levant.

Je ne trouve pas. — Mais en ce moment, avouez qu'il est ridicule : il est en train de confectionner des laits de poule... — Vous fumez ?

ANGÉLIQUE.

La cigarette, quelquefois... c'est une habitude que j'ai prise en votre absence.

FERNAND.

Qui a pu te donner cette idée-là ?

ANGÉLIQUE, s'asseyant à droite.

Personne. — J'ai beaucoup réfléchi ! — C'est ce que je pouvais faire de mieux, n'est-ce pas ? Et j'ai découvert que notre grande faute, à toutes, quand nous épousons des maris plus âgés que nous, c'est de ne pas assez ressembler aux femmes qu'ils avaient pris l'habitude d'aimer avant.

FERNAND.

Oh ! non, je vous en prie, ne vous imaginez pas ça, c'est un raisonnement à la mode, au théâtre et dans les salons ; — il est absurde ! — Ce qui nous charme en nos femmes, au contraire, c'est leur grâce réservée, c'est leur tendresse discrète, la sincérité de leurs regards, — leur beauté souriante sans tapage, — c'est une âme toujours ingénue que notre amour le plus ardent laisse chaste. — Voilà la femme ! — Ne parlons pas des autres, on ne les aime pas, on ne les a jamais aimées.

ANGÉLIQUE, se levant.

Ça ne les empêche pas d'exister ! (Prenant le portrait.) Connaissez-vous ceci ? c'est le portrait d'une amie de Paquita. — On me l'a donné à cause de la ressemblance. (Le jetant.) Ce doit être une des clientes de M. de Langlade. — Ce qui m'étonne maintenant, par exemple, ce sont vos scrupules, quand il s'est agi de donner votre nièce à l'architecte de ces dames. — Aviez-vous peur de le rencontrer chez elles ?

FERNAND.

Moi! chez elles!... Tu t'imagines... tu as supposé... il t'est venu à l'idée?... Eh bien! j'enverrai chercher M. de Langlade, et je lui donnerai ma nièce.

ANGÉLIQUE.

Vous l'avez promise maintenant à M. Bristol.

FERNAND.

Bristol? — Ah! oui, Bristol!

ANGÉLIQUE.

Que vous avez rencontré à Rome.

FERNAND.

Il vous l'a dit?

ANGÉLIQUE, passant.

Rassurez-vous. Je ne lui ai pas demandé avec qui vous étiez?

FERNAND.

Mais j'étais seul; absolument seul! — Oh! cela, par exemple, je peux le jurer sur mon nom de Suzor. — J'étais seul!

ANGÉLIQUE.

Si vous aviez été seul, vous auriez répondu à ma dépêche.

FERNAND.

Ta dépêche?

ANGÉLIQUE, se rasseyant au canapé.

Je ne vous demande pas de convenir devant moi que vous l'avez reçue, vous ne le pouvez pas, ce serait trop m'humilier; et je sais bien qu'avec vous ce ne sont pas les égards qui me manqueront.

FERNAND, s'asseyant près d'elle.

Voyons, Angélique, ne parle pas d'égards ! Tu vas voir que cette grosse indignation ne repose sur rien.

ANGÉLIQUE.

Sur rien ! Il n'y a qu'une femme aimée... qui a pu vous empêcher de me répondre.

FERNAND.

Tu me dis que j'ai reçu une dépêche ? Où et quand ?

ANGÉLIQUE.

A Venise, le 22.

FERNAND.

Je n'y étais pas.

ANGÉLIQUE.

Naturellement. — Cela ne m'empêchera pas d'ajouter que je m'en suis tenue aux termes de mon télégramme, et comme le 22 au soir je n'avais pas de réponse...

FERNAND.

Angélique !

ANGÉLIQUE.

Je me suis regardée comme libre.

FERNAND.

Libre !

ANGÉLIQUE.

Cela ne vous préoccupait pas beaucoup... puisque vous étiez prévenu, et vous avez continué votre voyage. Il vous fallait voir Naples !

FERNAND.

Je me trouble... je ne te réponds pas... et tu as l'air d'avoir raison. Procédons avec ordre. Tu me dis que tu t'es

considérée comme libre... mais alors... tu ne réfléchis pas
à la valeur des mots ! — Et tout ça parce que tu t'imagines
que j'étais à Venise le 22. Eh bien, je n'y étais pas !

ANGÉLIQUE.

Voilà un mensonge dont je vous sais gré, mais qui vous
condamne.

FERNAND.

Je te dis que je n'y étais pas. Je t'avais écrit que je
resterais quatre jours. Je suis parti le soir même. Je tenais
à voir Florence et Pise, à cause de la tour penchée. —
Mais ce que je peux te jurer, c'est que je n'étais pas à
Venise le 22.

ANGÉLIQUE.

On vous y a vu.

FERNAND.

Moi ?

ANGÉLIQUE.

Vous !

FERNAND.

A Venise ?

ANGÉLIQUE.

Le 22.

FERNAND.

Par exemple, voilà qui est fort.

ANGÉLIQUE.

Mieux encore, on a vu ma dépêche dans vos mains.

FERNAND.

Je demande à connaître le monsieur qui a vu ça.

ANGÉLIQUE.

C'est M. de Langlade.

FERNAND.

M. de Langlade ?

ANGÉLIQUE.

Il vous connaît assez pour ne pas se méprendre. Mais n'en parlons plus, ça n'a pas d'importance.

SCÈNE X

FERNAND, ANGÉLIQUE, BROCARD,
puis ALFRED et LUCILE.

BROCARD, entrant vivement par le fond.

Je viens d'apprendre que tu étais revenu. Je suis allé à la pris... à la gare... et on m'a dit... (Bas.) que tu en avais été quitte pour huit jours de supplément. (Haut.) Tu as fait un bon voyage ?

FERNAND, qui s'est levé.

Excellent, je te remercie.

BROCARD.

Tu devais parler italien ?

FERNAND.

Oui, oui, c'est fait.

BROCARD.

Continue. Dis donc... caro mio, grazie, mille grazie... (Bas.) Je te soufflerai ! (Haut.) Madame de Suzor a dû être bien heureuse de ton retour.

ANGÉLIQUE.

Oui, monsieur, très heureuse.

BROCARD, à part.

Elle n'en a pas l'air. (Bas, à Fernand.) Je t'ai encore rendu

un très grand service. Le jeune Langlade était allé en Italie
pour te chercher. C'est moi qui lui ai soufflé de dire à ta
femme qu'il t'avait vu à Venise.

FERNAND.

Ah ! c'est toi ?...

BROCARD.

Et qu'il était là, quand tu as reçu ta dépêche. Il parait
que tu devais recevoir une dépêche.

FERNAND.

C'est toi qui as fait cette énorme bêtise ?

BROCARD.

Comment, une bêtise ? (A part.) Il sera toujours injuste !

LUCILE, entrant avec Alfred par le fond.

Mon oncle, voici M. de Langlade qui vient vous remercier
des bonnes paroles que vous lui avez dites à Venise.

ALFRED.

Oh ! oui, monsieur, je vous suis bien reconnaissant.

FERNAND.

Il n'y a pas de quoi, monsieur, il n'y a pas de quoi !

BROCARD, à part.

La prison l'a rendu maussade.

ALFRED.

J'ai eu le plaisir de rencontrer aussi (Appuyant.) à Florence,
une de vos amies, la princesse Poleskina.

FERNAND.

Poleskina ?

BROCARD, bas.

C'est Paquita...

FERNAND.

Paquita !

BROCARD.

Qui est en train d'épouser un prince polonais.

ALFRED.

Elle m'a bien recommandé de vous dire que le prince avait de puissantes relations au ministère de la justice, et qu'il vous ferait obtenir votre grâce.

FERNAND.

Hein ?

BROCARD.

Qu'est-ce qu'il dit là ?

ANGÉLIQUE, se levant.

Votre grâce ?

LUCILE, stupéfaite.

La grâce de mon oncle ?

ALFRED.

Ce n'est peut-être pas le mot propre. Pour les quinze jours de prison auxquels M. de Suzor a été condamné.

FERNAND.

Mais, monsieur...

BROCARD.

On ne l'arrêtera plus.

Il passe près d'Alfred.

ALFRED.

Bien injustement, d'ailleurs. Le prince est indigné... oh ! indigné!... ça m'a fait plaisir.

FERNAND.

Assez, monsieur.

v.   9

ANGÉLIQUE.

Quinze jours de prison ?

FERNAND, sans lui répondre, à Alfred.

De quel droit, monsieur, nous apportez-vous des nouvelles qu'on ne vous demande pas ?

ALFRED.

Mais, monsieur, je croyais...

FERNAND.

Vous aviez tort !

LUCILE, désespérée.

Alfred a fait une maladresse !...

BROCARD.

Il faut que j'arrange ça.

FERNAND, le bousculant.

Non ! Oh ! non, je t'en prie.

ANGÉLIQUE.

Vous avez été condamné à quinze jours de prison ?

ALFRED.

Madame de Suzor ne le savait pas ?

FERNAND.

Non. monsieur, madame de Suzor ne le savait pas et j'ai fait tout au monde pour le lui cacher. — Et vous venez, vous, gaîment... c'est abominable ce que vous avez fait là, monsieur, c'est abominable. Je ne vous le pardonnerai jamais !

LUCILE.

Ah ! mon Dieu !

ALFRED.

Je n'ai pas de chance.

SCÈNE XI

LES MÊMES, HERCULE, BRISTOL, CLAUDINE.

Claudine entre par le fond, portant un bol énorme.

HERCULE.

Voilà, mon cher ami, voilà, ç'a été long, mais vous m'en direz des nouvelles.

FERNAND.

Je vous remercie, monsieur, je ne veux rien.

HERCULE.

Oh! oh! il y a eu de l'orage. Vous avez tort, c'est excellent.

ANGÉLIQUE, à Hercule.

Vous saviez que monsieur était condamné à quinze jours de prison.

HERCULE.

Encore?

BRISTOL.

Il y retourne?

ANGÉLIQUE.

Comment, il y retourne!

BROCARD.

Patatras! ça s'embrouille tout à fait. — Il faut que j'arrange...

Fernand le repousse.

ANGÉLIQUE, à Fernand.

Vous n'étiez donc pas en Italie ?

FERNAND, à Alfred.

Voilà ce que vous avez fait, monsieur, le voilà !

ANGÉLIQUE.

Mais M. de Langlade qui vous a vu à Venise ?

FERNAND, à Alfred.

Vous m'avez vu à Venise, vous ?

ALFRED.

Je n'ai vu personne, c'est M. Brocard qui m'a soufflé ça.

ANGÉLIQUE.

Et M. Bristol, qui vous a vu à Rome ?

FERNAND.

Il était en prison, comme moi.

ANGÉLIQUE.

Vous lui avez promis votre nièce à Rome ?

FERNAND.

Non, en prison.

LUCILE, passant.

Vous vouliez me marier avec un prisonnier ?

CLAUDINE.

Oh ! monsieur !

ANGÉLIQUE.

Et M. de La Haudussette ?

FERNAND.

La Haudussette ! c'est le directeur de la prison.

HERCULE

Permettez ! je suis destitué !

ANGÉLIQUE.

Mais alors, je suis entrée...

FERNAND.

Dans la prison.

ANGÉLIQUE, effrayée.

Ah ! mon Dieu !

FERNAND.

Voilà l'effet que ça lui produit.

ANGÉLIQUE.

C'était donc bien vrai? Tu étais en prison... tu ne pouvais pas revenir? tu n'osais pas me répondre? — Tu n'es pas allé en Italie sans moi, le reste m'est égal... — Viens m'embrasser.

FERNAND, ahuri.

Hein ? quoi ? comment? tu me pardonnes ?

ANGÉLIQUE.

Oui, je te pardonne, oui.

FERNAND, embrassant Angélique.

Excusez-moi, messieurs... la surprise et l'émotion mêlées... Je deviens sensible ! J'en guérirai !

CLAUDINE.

Ça me fait pleurer, moi.

LUCILE.

Maintenant, mon oncle, il ne faut pas en vouloir à Alfred.

FERNAND.

Mais non, je ne lui en veux pas, à ce brave garçon.

ALFRED.

Je construis un lycée de jeunes filles.

FERNAND.

Ce n'est pas dangereux.

BRISTOL, s'avançant.

Mais moi, monsieur, vous m'aviez promis...

FERNAND, le repoussant.

Vous, vous avez été condamné pour pornographie. — Jamais !

HERCULE.

Convenez que j'ai bien gardé votre secret ?

FERNAND.

Admirablement. — Je suis votre obligé.

HERCULE.

Du tout, du tout, j'ai essayé de vous être agréable, ça me suffit.

FERNAND, amenant Angélique, à part.

Angélique, le 22, à neuf heures ?...

ANGÉLIQUE.

J'avais demandé à réfléchir.

FERNAND.

Et ?...

ANGÉLIQUE.

Je réfléchis encore. (Tirant la photographie de sa poche et la donnant à Fernand.) Mais... ne l'égarez plus.

FERNAND, l'embrassant.

Oh ! chère femme adorée !... Eh bien ! je t'avouerai tout.

ANGÉLIQUE.

Je ne veux plus rien savoir.

FERNAND.

Moi, je veux tout te dire.

ANGÉLIQUE.

Je ne le veux pas.

FERNAND.

Je te dirai tout.

ANGÉLIQUE.

Non.

FERNAND.

J'ai fait quinze jours de prison...

ANGÉLIQUE.

Je ne veux pas savoir pourquoi.

FERNAND.

Parce que j'ai rossé le guet, comme sous la Régence.

FIN DU VOYAGE D'AGRÉMENT

LIBRES !

DRAME EN CINQ ACTES ET HUIT TABLEAUX

Représenté pour la première fois, à Paris,
sur le théâtre de la PORTE-SAINT-MARTIN, le 22 novembre 1873.

v.   9.

PERSONNAGES

LAMBROS, Souliote. . . . . MM. DUMAINE.
ALI DE TEBELEN, visir de Janina . . . . TAILLADE.
MIKALIS, pêcheur de Variadès . . . . . . LAURENT.
ANDRIKOS, Souliote . . . . LARAY.
TSARAS, polémarque de Souli. . . . . . . CHARLY.
IOTIS, frère de Lambros. . . . . Mlle ÉLISE THOMAS.
STEFANO, pêcheur de Variadès . . . . . . MM. PETIT.
ATHANASI, chef des gardes du visir . . . PERRIER.
TAHIR-ABBAS, chef de la police du visir. MACHANETTE.
ZAKARIAS, Souliote . . . . MURRAY.
MARKOS, Souliote . . . . RENOT.
MAZOUT, intendant du visir . . . . MANGIN.
IBRAHIM, officier albanais. . . . . FRAISIER.
MISIRLU, serviteur du visir. . . . . . . LANSOY.
ISMAÏL, espion albanais. . . . . EMROL.
UN VIEILLARD. . . . . NÉRAULT.
UN ENVOYÉ DU PACHA DE DELVINO. . . . LEGRAND.
KRYSÉIS, fiancée de Lambros. . . . . . . Mmes DICA PETIT.
SMARAGDA, femme de Mikalis . . . . . . BÉDARD-MURRAY.
MARIORA, sœur de Stephano . . . . ANGÈLE MOREAU.
KITZA, jeune fille de Variadès. . . . . . LOUISE MAGNIER.
IANOULA, jeune fille de Variadès . . . . FLORY.
SOPHIA, femme souliote. . . . . MORIN.
UN ENFANT . . . . LA PETITE JULIA.

La scène se passe en Albanie, en 1810.

————————

Musique des chœurs de M. FRÉDÉRIC STEVENS.

Musique de scène de M. DEBILLEMONT.

Pour la mise en scène exacte et détaillée et pour la musique, s'adresser au régisseur général du théâtre de la Porte-Saint-Martin.

LIBRES!

ACTE PREMIER

Premier Tableau

A VARIADÈS DANS LA MAISON DE KRYSÉIS.

Une salle aux murailles blanches ornées d'une grecque bleue. — A gauche, dans un large pan coupé, une vaste porte-fenêtre laissant apercevoir la place de Variadès (entrée de l'extérieur). — Au fond, à droite, porte communiquant avec les autres pièces. — A gauche, en avant, porte donnant aussi sur l'intérieur. A droite, une fenêtre avec balcon abrité d'un toit en saillie sur la rivière qui coule au pied de la maison.

SCÈNE PREMIÈRE

SMARAGDA, MARIORA, IANOULA, KITZA ⁎.

Smaragda tresse une couronne de myrte. Un immense voile blanc est placé près d'elle, Mariora, Ianoula, Kitza effeuillent dans d'élégantes corbeilles des myrtes et des roses ; elles sont toutes les quatre debout, immobiles, la tête tendue vers la droite, écoutant un chant lointain qui va en s'éteignant.

SMARAGDA.

C'est la sérénade.

MARIORA et KITZA, avec joie.

Oui.

⁎ Kitza, Mariora, Smaragda, Ianoula.

IANOULA, s'approchant de la fenêtre de droite pour écouter.

Le bruit de la rivière couvre la voix des chanteurs.

MARIORA.

On commence à l'autre extrémité de la ville, comme toujours.

KITZA.

Et on s'arrête à chaque porte.

IANOULA *.

Ah !

MARIORA.

Vous ne connaissez pas la sérénade que l'on chante aux fiancés la veille de la noce?

IANOULA.

Si, si. Alors le fiancé va venir ?

KITZA.

Le fiancé !

SMARAGDA.

Ianoula ne connaît plus nos usages. Elle a été emmenée à l'étranger après l'envahissement de la Selléide.

IANOULA.

Quand Variadès a été séparé de Souli.

MARIORA.

Les fiancés ne peuvent ni se voir ni se rencontrer. Demandez à Kitza, qui a un fiancé depuis onze mois.

KITZA, avec un soupir.

Et trois jours !

IANOULA, étonnée.

Vous ne pouvez pas le voir

Kitza, Mariora. Ianoula, Smaragda.

KITZA.

Non. Il est bien changé ; il était gras et frais, ce n'est plus qu'un squelette.

IANOULA, naïvement.

Comment le savez-vous ?

KITZA.

J'ai vu son ombre.

MARIORA *, fredonnant.

Demain, un beau jeune homme épouse
Une belle fille à l'œil noir...

Comment, à l'œil noir ? Kryséis a les yeux bleus.

SMARAGDA.

Cela ne fait rien, Mariora. Ce jour-là la fiancée a toujours l'œil noir et le fiancé est toujours un beau jeune homme. Mon mari lui-même était un beau jeune homme. C'est pour exprimer que tout est convention dans le mariage.

KITZA, à la fenêtre de gauche.

Comme Variadès est en fête aujourd'hui !

SMARAGDA.

C'est la première fois depuis la grande guerre qu'un Souliote de la montagne épouse une fille de la Selléide conquise.

MARIORA.

Pourquoi?

KITZA.

Parce que les Souliotes sont libres chez eux, et que nous appartenons à Ali de Tebelen, visir de Janina.

MARIORA.

Nous sommes toujours leurs compatriotes.

* Kitza, Ianoula, Smaragda, Mariora.

SMARAGDA.

Oui, mais on ne rencontre plus que des Albanais devant
nos portes. Aussi, quel étonnement ce matin, et quelle joie,
quand on a appris tout à coup que Kryséis était fiancée à
Lambros, le Klephte !

KITZA.

Et elle se marie demain. Est-elle heureuse !

IANOULA.

Je sais quelqu'un que ce mariage va désespérer.

MARIORA.

Qui donc ?

IANOULA.

Un Klephte aussi.

SMARAGDA.

Andrikos ?

IANOULA.

Oui. Il avait suivi le père de Kryséis dans sa dernière
expédition.

SMARAGDA.

Je ne sais pas bien si c'était par amour de la guerre.

IANOULA.

Je l'ai vu à Corfou. Il m'arrêtait souvent pour me parler
de Kryséis. Il en parlait avec une exaltation fiévreuse qui
me faisait peur. Il m'a dit qu'elle était sa fiancée.

SMARAGDA.

Il y avait eu seulement promesse de fiançailles ?

KITZA.

C'est un engagement, à Variadès.

SMARAGDA.

Mais, depuis un an, depuis qu'elle a perdu son père, elle n'a jamais prononcé le nom d'Andrikos.

MARIORA.

Pourquoi n'est-il pas revenu ?

IANOULA.

Pour respecter le deuil de Kryséis.

KITSA.

Le deuil est fini.

MARIORA.

Personne ne blâmera Kryséis.

SMARAGDA.

Non ; mais j'aime autant qu'Andrikos soit encore à Corfou.
Elle prend le voile et disparaît par la porte du fond à droite.

MARIORA *.

Quand on a vu Lambros :...

KITZA.

Tu l'as vu ?

MARIORA.

Il est superbe. Et il a un frère de mon âge, à peu près, qui a déjà un air martial, malgré sa jolie figure. Il m'a raconté...

KITZA **.

Tu lui as parlé ?

MARIORA.

Oui. Il m'a raconté que son frère aimait Kryséis depuis longtemps, mais qu'il ne l'aurait pas épousée si elle n'était pas la fille d'un brave, mort au combat.

* Kitza, Ianoula, Mariora.
** Kitza, Mariora, Ianoula.

IANOULA, souriant.

Il ne t'a pas dit autre chose?

MARIORA.

Il m'a dit qu'il était bien dommage que je ne fusse pas la fille d'un Klephte.

KITZA et IANOULA, souriant.

Ah!

Stefano paraît à gauche.

MARIORA.

Voici mon frère Stefano.

SCÈNE II

LES MÊMES, STEFANO, puis SMARAGDA.

STEFANO, entrant très affairé et avec importance.

J'ai organisé la sérénade.

KITZA et MARIORA.

Nous l'avons entendue.

STEFANO.

Je vais prévenir Kryséis.

SMARAGDA *, revenant.

Elle est prévenue.

STEFANO.

Permets, Smaragda, cela me regardait.

SMARAGDA.

Comment!

* Kitza, Ianoula, Stefano, Mariora, Smaragda.

STEFANO.

Puisque j'ai l'honneur d'être garçon de noce, maître des cérémonies.

SMARAGDA.

Et vous en êtes bien fier.

STEFANO.

Fier d'avoir été choisi par Kryséis! Certes, j'en suis fier.

SMARAGDA, souriant.

Mais pas trop surpris.

STEFANO *.

Smaragda, ma mignonne, voulez-vous me dire quel était votre garçon de noce quand vous avez épousé notre bon Mikalis?

SMARAGDA.

Je ne suis pas Kryséis, et Mikalis n'est pas Lambros : c'est un simple pêcheur; il n'est pas beau, vous lui alliez bien.

STEFANO.

Smaragda!

SMARAGDA.

Et puis, j'avoue que tu me plais, Stefano, parce que tu es bruyant, tu es gai, tu persécutes mon mari, tu te moques du pacha, et tu fais des chansons qui m'amusent.

STEFANO.

A la bonne heure!

MARIORA, se levant et venant à lui.

Sans compter qu'il est excellent pour sa petite sœur, qui n'a que lui.

Elle retourne à la table.

* Kitza, Ianoula, Mariora, assises près d'une table à gauche; Stefano, Smaragda.

STEFANO.

Mariora !

MARIORA.

Voilà pourquoi Kryséis t'a pris en affection.

STEFANO.

Pas du tout. Kryséis m'a choisi parce que je suis le seul garçon connu, de quinze à quarante-cinq ans, qui n'ait pas demandé sa main.

SMARAGDA.

Tu n'as pas osé.

STEFANO.

Je n'ai pas osé et me voici maître des cérémonies, obligé d'arranger du jour au lendemain des fiançailles et un mariage, avec des Albanais dans les jambes. — Il y a un chef de la police aujourd'hui.

SMARAGDA et MARIORA.

Ah!

STEFANO.

Je suis tombé pour ne pas le saluer. — Ce ne sera rien.

MARIORA.

Stefano, tu devrais te faire Klephte.

STEFANO, faisant un bond.

Moi!

MARIORA.

Oui.

STEFANO.

Klephte! Sais-tu ce que c'est que les Klephtes?

MARIORA.

Ce sont les soldats de Souli.

STEFANO.

Des soldats toujours armés, toujours prêts à se battre, ne
dormant pas, ne mangeant pas, ne buvant pas, et pleins de
mépris pour les gens qui trépassent dans leur lit d'une
simple fièvre. — Il faut mourir d'une balle ou ça ne
compte pas.

TOUTES.

Eh bien!

STEFANO.

Comment, eh bien! Mais quand je serais Klephte, moi...

SMARAGDA.

Tu te battrais contre Ali de Tebelen.

MARIORA.

Pour lui reprendre Variadès.

STEFANO.

Tout seul! Elles sont admirables! Me voyez-vous allant en
guerre contre les soixante mille hommes du visir de Janina;
car il faut l'appeler visir, je vous en préviens en passant.
Pacha, c'était bon quand il ne possédait que Janina. Maintenant, oh! oh! il détrônerait volontiers le sultan, dont il
dépend encore un peu, et s'il osait se nommer empereur
ou roi... Mais visir n'est pas mal; visir suprême! suprême
visir!

SMARAGDA.

Si j'étais homme, moi, je ne connaîtrais qu'un titre
de souverain, celui de Polémarque, que porte le chef des
Souliotes.

STEFANO.

Ah! si je pouvais choisir!... L'avez-vous vu, le Polémarque?

TOUTES.

Non.

STEFANO.

Moi non plus. Il ne peut pas sortir de Souli ; le visir a mis sa tête à prix.

SMARAGDA.

Cependant on a signé la paix.

STEFANO.

Aussi, il ne l'attaque pas ; il cherche à le faire prendre. — Quand un Albanais prononce le nom de Tsaras, il se fait peur à lui-même.

SMARAGDA.

Voilà quel serait mon maître, à moi.

STEFANO.

Très bien, nous conspirons alors, nous conspirons contre Ali-Pacha à nous cinq. Il nous manque ton mari. Appelez donc Mikalis, qui pêche à la ligne là-bas et qui trouve déjà que mes chansons le compromettent.

Il chante.

> Le visir, fier de ses campagnes,
> Devant Souli s'est arrêté...
> Il paraît que l'air des montagnes
> Ne convient pas à sa santé.

Eh bien ! ça c'est une chanson séditieuse. On me couperait la tête à chaque vers.

SMARAGDA.

Voilà ton courage, à toi.

STEFANO.

Il en vaut bien un autre.

TOUTES*.

Continue, Stefano.

* Kitza, Ianoula, Stefano, Mariora, Smaragda.

STEFANO, chantant.

Vraiment c'est un visir honnête,
Et ce n'est jamais méchamment
Qu'il vous fera couper la tête;
Il y trouve de l'agrément.

Une autre chanson séditieuse. On me couperait deux têtes.
Maintenant, soyons sérieux; j'ai à vous demander un conseil,
et vous n'êtes pas trop de quatre pour me le donner.

TOUTES, s'approchant.

Ah!

STEFANO.

Andrikos sera ce soir à Variadès.

TOUTES.

Ah!

STEFANO.

On l'a vu à Parga; il revient de Corfou. Faut-il prévenir
Kryséis?

SMARAGDA.

Certes, il le faut.

STEFANO.

Alors, qui s'en charge?

SMARAGDA.

Moi.

MARIORA

La voici.

SCÈNE III

Les Mêmes, KRYSÉIS.

KRYSÉIS[*], entrant par le fond à droite.

Pourquoi toutes ces fleurs?

SMARAGDA.

Pour orner la maison. Il y aura demain des fleurs à toutes les fenêtres de Variadès.

STEFANO.

Et on ne marchera que sur des myrtes et des roses.

KRYSÉIS.

Comme on me gâte.

IANOULA.

Dis plutôt comme on t'aime!

SMARAGDA.

Tu es notre orgueil, Kryséis. Tu es la fille d'un héros de la Selléide, tu seras demain la femme d'un Souliote, et nous te devons notre première joie. Jamais, depuis sept ans, nous n'avions vu un Klephte de Souli dans les rues de Variadès.

KRYSÉIS.

En habitant cette maison, Lambros me fera le plus grand sacrifice qu'un Souliote puisse faire. Il m'est devenu cent fois plus cher que ma vie, et je n'avais jamais rêvé un pareil bonheur. Ne pensez donc pas à moi, ne pensez qu'à lui, vous qui m'aimez.

SMARAGDA.

Nous ne vous séparerons plus.

* Stefano, Kitza, Ianoula, Kryséis, Smaragda, Mariora.

STEFANO.

Mais il faut s'occuper de poser les guirlandes. Allons, mesdemoiselles, allons!

IANOULA.

On te suit, Stefano.

MARIORA.

Moi, je vais chercher les fleurs qui sont restées en bas.

Stefano sort par le fond, suivi de Kitza et de Ianoula; Mariora sort par la gauche.

SCÈNE IV

KRYSÉIS, SMARAGDA, puis MARIORA.

SMARAGDA*, s'approchant de Kryséis avec un peu d'inquiétude.

Kryséis, tu n'as pas oublié Andrikos?

KRYSÉIS, la regardant avec étonnement.

Non.

SMARAGDA.

Tu sais qu'il t'aimait avec passion.

KRYSÉIS, froidement.

Oui.

SMARAGDA.

Et qu'il t'aime plus ardemment que jamais.

KRYSÉIS.

Peut-être.

SMARAGDA.

Vous avez dû être fiancés.

* Kryséis, Smaragda.

KRYSÉIS, vivement.

Avant son départ pour Corfou.

SMARAGDA.

C'est à lui que ton père te destinait.

KRYSÉIS.

J'obéis à mon père mort, comme je lui obéirais s'il était vivant.

SMARAGDA.

Il avait donc changé d'avis ?

KRYSÉIS, sans lui répondre.

Pourquoi me parles-tu d'Andrikos ?

SMARAGDA.

Parce qu'il sera, dans quelques heures, à Variadès.

KRYSÉIS.

Lui ?

SMARAGDA.

Tu connais sa nature irritable, ombrageuse, violente. Il ne sait rien, et quand il apprendra que tu épouses Lambros...

KRYSÉIS.

C'est moi qui le lui dirai.

SMARAGDA.

Tu ne redoutes rien ?

KRYSÉIS, froidement.

Rien.

SMARAGDA.

Ne vaudrait-il pas mieux le prévenir et ne pas le recevoir ?

KRYSÉIS.

Je le recevrai. Mon père m'a dit : « Sois bonne pour

Andrikos, les cœurs blessés ne se relèvent pas seuls; si tu le vois faiblir, tends-lui la main; c'est qu'il aura souffert. » Je serai pour lui une amie.

SMARAGDA, à part.

Il y a un secret.

KRYSÉIS.

Mais ne me parle aujourd'hui que de Lambros. Je ne dois penser qu'à lui, et c'est à lui seul que je pense.

MARIORA*, revenant avec des fleurs.

J'ai vu un Klephte.

SMARAGDA, souriant.

Il t'a fait peur?

MARIORA.

Au contraire. Un Klephte très vieux. (Avec joie.) Il m'a parlé, mais avec une voix si douce que je suis restée interdite. Il m'a demandé si Kryséis était seule.

KRYSÉIS, vivement.

Amène-le-moi, Smaragda.

MARIORA.

Non, non, c'est à moi qu'il a parlé la première.

Elle sort en courant.

SMARAGDA.

Tu ne m'en veux pas de t'avoir parlé d'Andrikos?

KRYSÉIS**.

Pourquoi t'en voudrais-je?

MARIORA.

C'est ici.

Smaragda sort au fond. — A gauche, Mariora introduit un vieillard entouré d'une cape qui le cache presque complètement et qu'il soulève un peu en entrant.

* Kryséis, Mariora, Smaragda.
** Mariora, Smaragda, Kryséis.

V.   10

KRYSÉIS*.

Le Polémarque! Laisse-nous, Mariora.

MARIORA, à part, s'en allant par la porte du fond.

Stefano ne voudra jamais se faire Klephte.

SCÈNE V

. KRYSÉIS, TSARAS**.

KRYSÉIS.

Tsaras! ici?

TSARAS.

Ton père était mon frère d'armes. Je lui avais juré de veiller sur sa fille. Je veux au moins être présent à ton mariage.

KRYSÉIS.

Votre tête est mise à prix.

TSARAS.

Je le sais.

KRYSÉIS.

Vous pouvez être découvert.

TSARAS.

Qui devinerait Tsaras sous ce costume? J'ai déjà ainsi parcouru l'Albanie. Je prierai pour toi demain, caché dans la foule. (Kryséis s'incline.) Relève-toi, mon enfant. Je tenais à te voir, pour te parler de Lambros.

KRYSÉIS.

De Lambros!

* Mariora, Tsaras, Kryséis.
** Tsaras, Kryséis.

TSARAS.

C'est le plus brave, le plus chevaleresque, le plus brillant
de mes Klephtes. Il a l'éloquence, l'enthousiasme et la foi :
ce qui domine et ce qui entraîne. Quand il m'a annoncé
hier qu'il quittait la montagne, je n'ai rien répondu et j'ai
pleuré.

KRYSÉIS.

Il la quitte pour moi.

TSARAS.

Pour toi qu'il aime. Mais quand la patrie est malheureuse, elle est jalouse de ses enfants. Il t'aime plus qu'elle!

KRYSÉIS.

Ne lui reprochez pas son amour, ne l'accusez pas, j'ai lu
dans sa pensée, je connais son cœur. Lambros n'a pas
changé.

TSARAS.

Il consent à vivre au milieu de nos ennemis.

KRYSÉIS.

J'ai promis à mon père mourant de ne jamais abandonner
sa maison et d'y attendre la délivrance.

TSARAS.

Hélas!

KRYSÉIS.

Voyez ce balcon. La rivière de Variadès coule au-dessous;
en face, un amas de rochers sauvages où jamais un Albanais n'a passé, et là-bas, à l'horizon, les montagnes de
Souli. C'est à cette place que j'ai passé ma jeunesse, c'est
là que nous vivrons, Lambros et moi.

TSARAS.

Chère enfant, tu me trouves cruel; c'est que j'ai l'âme
brisée. Depuis sept ans, j'ai fait plus que de mener mes

Klephtes à la mort, je les ai forcés à attendre. J'espérais que l'ambition effrénée d'Ali de Tebelen nous donnerait des alliés, j'espérais que l'Albanie se lasserait de ses crimes. Non, les vaincus restent courbés sous l'oppression. La Selléide même s'habitue au joug.

KRYSÉIS.

Ne croyez pas cela.

TSARAS.

Et il me semble que je ne sens plus autour de moi cet amour du pays qui ne transige avec rien. On est brave, on est audacieux, on fait bon marché de son existence, mais on oublie.

KRYSÉIS.

Non, Tsaras, non, on n'oublie pas. Le secours ne peut venir que de la montagne. Donnez le signal.

TSARAS.

Ah! tu es bien la fille d'un Klephte! C'est sur toi que je compte, entends-tu? C'est sur vous toutes, c'est sur les femmes, les épouses, les sœurs et les mères. L'heure n'est pas venue, elle ne viendra pas de longtemps, peut-être ; je mourrai avant d'avoir accompli ma tâche. Mais n'oubliez pas, n'oubliez jamais! Racontez toujours comment le visir de Janina s'est jeté sur la Selléide au mépris des traités, pendant que tous nos hommes valides se battaient à Corfou pour nos alliés des Iles. Nos villes n'avaient pas de défenseurs. Il ne restait pas un Klephte à Souli. Mais au pied de la montagne, Ali de Tebelen a trouvé les vieillards, les enfants et les femmes prêts à combattre. Il s'est arrêté. Apprenez le courage à vos enfants; dites-leur qu'à Souli, lorsqu'un homme a été lâche, sa femme prend des habits de deuil et demande le divorce. Conduisez-les sur les champs de bataille. Montrez-leur la mort de près; elle est belle à voir sur le visage d'un brave.

On entend la sérénade qui se rapproche.

KRYSÉIS *, vivement.

Je vais faire cesser les chants.

TSARAS, la retenant.

Non, non, gardez vos usages, gardez vos chants, gardez vos jeux et vos fêtes. Quand la patrie sera libre, il faut qu'elle se retrouve intacte. Ne gêne pas la joie de ces enfants. — A demain, Kryséis.

KRYSÉIS.

Vous êtes mon hôte, vous ne me quitterez plus. Où seriez-vous plus en sûreté que dans cette maison? Venez, Tsaras, je réponds de vous.

TSARAS.

Je t'obéis, ma fille, et demain je partirai tranquille. Tu redonneras Lambros à son pays.

KRYSÉIS.

Je vous le jure.

Ils sortent par la porte de gauche, premier plan, au moment où Mikalis entre effaré.

SCÈNE VI

STEFANO, MIKALIS, SMARAGDA, MARIORA, IANOULA **.

Mikalis et Stefano arrivent par la gauche; Smaragda, Mariora et Ianoula par le fond.

STEFANO.

Pourquoi te sauves-tu, Mikalis?

SMARAGDA.

Qu'as-tu donc, Mikalis?

* Kryséis, Tsaras.
** Ianoula, Kitza, Mikalis, Smaragda, Mariora, Stefano.

MARIORA.

Comme tu es pâle, Mikalis !

MIKALIS.

Fermez la porte.

SMARAGDA.

Qu'est-il arrivé ?

MIKALIS.

Une aventure épouvantable.

SMARAGDA.

Laquelle ?

MIKALIS.

Je suis en contravention.

SMARAGDA, riant.

Voilà tout ?

MIKALIS.

Comment, voilà tout ! Je revenais de pêcher une friture admirable, soixante goujons. — Regarde-les, Stefano. — J'étais en règle. Il est permis de pêcher à une certaine époque, dans un certain endroit, avec une certaine autorisation qu'on achète et une dîme que j'allais payer ; j'entrais avec le receveur du visir, lorsque deux Klephtes, avec des mines terribles et des airs goguenards, s'approchent, me regardent et m'appellent imbécile.

SMARAGDA.

Ah !

MIKALIS.

Puis ils me font faire une pirouette en disant : « La rivière n'appartient pas au visir puisqu'elle prend sa source à Souli ! » Voilà un raisonnement ! Le receveur reste ébahi et moi je me sauve sans payer.

SMARAGDA.

Les Klephtes avaient raison.

MIKALIS.

Ne dis pas cela, Smaragda, tu me compromettrais davantage. Il y a un impôt, un impôt établi, que je paye tous
les jours. Demande à Stefano.

STEFANO.

Oui, oui.

Il chante en berçant le panier où sont les goujons.

Ali-Pacha, plein de finesse...

MIKALIS *.

Ne chante pas, Stefano, je n'aime pas que tu chantes.

STEFANO, reprenant.

Ali-Pacha, plein de finesse,
Fait payer la dîme aux goujons,
Et c'est pour nourrir Son Altesse,
Chers petits, que nous vous mangeons.

MIKALIS **, effrayé.

Mais fermez donc la porte!

STEFANO.

Je vais les mettre au frais.

Il sort au fond, avec le panier.

SMARAGDA, à Mikalis.

Ah! s'il fallait compter sur vous pour reprendre Variadès

MIKALIS.

Ne comptons que sur la prudence.

SMARAGDA.

Il vous est agréable d'obéir au visir.

* Kitza, Ianoula, Mariora, Stefano, Smaragda, Mikalis.
** Kitza, Mariora, Ianoula, Smaragda, Mikalis.

MIKALIS.

Jamais, je ne lui obéis jamais.

SMARAGDA.

Et que faites-vous donc?

MIKALIS.

Je lui cède.

SMARAGDA.

Voyez le beau mari que j'ai là!

MIKALIS.

Comment, le beau mari! Certainement.

SMARAGDA.

Oh! ce n'est pas Kryséis qui aurait épousé un pêcheur.

MIKALIS.

Bon, voilà les comparaisons qui commencent; je les redou-
tais depuis ce matin, les comparaisons. — Je suis peut-être
très courageux aussi, moi : je n'ai jamais essayé.

SMARAGDA.

Courageux? vous!

MIKALIS.

Oh! si j'avais des ennemis! mais je n'en ai pas, j'ai trop
bon caractère. Oh! (Avec effroi.) le chef de la police du visir,
Tahir-Abbas!

SCÈNE VII

TAHIR-ABBAS, MIKALIS, SMARAGDA, MA-
RIORA, IANOULA, KITZA, puis KRYSÉIS, puis
STEFANO.

TAHIR *.

Mikalis!

MIKALIS.

Me voici, seigneur.

TAHIR.

Vous vous êtes révolté contre l'autorité du visir.

MIKALIS.

Révolté! moi! y songez-vous?

SMARAGDA, à demi-voix.

Quelle honte!

KRYSÉIS **, entrant avec crainte.

Tahir-Abbas! (A part.) Et Tsaras est là!

MIKALIS.

C'est un malentendu. D'abord, c'est moi qu'on a appelé
imbécile.

TAHIR.

Vous êtes mon prisonnier.

SMARAGDA, faisant un mouvement.

Prisonnier!

---

* Kitza, Ianoula, Mariora, Smaragda, Tahir, Mikalis.
** Kryséis, Smaragda, Tahir, Mikalis; Ianoula, Kitza, Mariora, au fond.

KRYSÉIS, la retenant.

Tais-toi, Smaragda !

MIKALIS.

Me révolter contre le visir suprême! Ah! si vous aviez entendu tout à l'heure comme on parlait de lui.

STEFANO, en dehors, chantant.

Ah! les impôts sont inflexibles...

TOUS, avec effroi.

C'est Stefano.

STEFANO.

Mais si le visir aujourd'hui
Taxait les animaux nuisibles,
Je pairais volontiers pour lui.

TAHIR *, se précipitant par la porte du fond.

Quelle est cette voix?

Kryséis fait un mouvement pour l'arrêter, mais Stefano, qui ne se doute de rien, entre en chantant.

STEFANO, chantant.

Je pairais volontiers pour lui.

Il voit Tahir-Abbas, — il le salue.

TAHIR.

Voilà le chanteur.

STEFANO.

Le seigneur Tahir-Abbas! Bonjour, seigneur.

TAHIR.

C'est toi qui propages des refrains séditieux.

* Smaragda, Kryséis, Tahir, Stefano, Mikalis ; Kitza, Ianoula, Mariora, au fond.

STEFANO *.

Le doux seigneur Tahir-Abbas !

TAHIR.

Et qui fais la culbute pour ne pas me saluer.

STEFANO.

Bonjour, seigneur Tahir-Abbas.

TAHIR.

Tu ne m'échapperas pas !

STEFANO.

Par exemple !

Au moment où l'Albanais va le saisir, il se baisse, court à la fenêtre de gauche et saute dans la rivière.

MIKALIS **.

Il saute comme un cabri et nage comme un poisson.

TAHIR.

Il sera demain à Janina, mort ou vivant.

MIKALIS.

Encore un malentendu. Voulez-vous me laisser seul avec le bon seigneur Tahir-Abbas, nous nous comprendrons tout de suite.

KRYSÉIS, bas.

Que vas-tu faire ?

MIKALIS, de même.

Oh ! j'ai un moyen, il réussit toujours.

---

* Smaragda, Kryséis, Stefano, Tahir, Mikalis ; Kitza, Ianoula, Mariora, au fond.
** Smaragda, Kryséis, Mikalis, Tahir ; Mariora, Kitza, Ianoula, au fond.

KRYSÉIS.

Donne tout ce qu'il demande, mais renvoie-le.

Kryséis, Smaragda, Mariora, Kitza et Ianoula sortent au fond.

SCÈNE VIII

MIKALIS, TAHIR-ABBAS.

TAHIR.

Cette maison est un foyer de sédition ; j'aurais dû m'en douter.

MIKALIS *, se penchant à son oreille.

Combien ?

TAHIR.

Deux mille piastres.

MIKALIS, faisant un bond.

Deux mille piastres ! c'est une fortune.

TAHIR.

Je les veux à l'instant même.

MIKALIS.

Mais je ne les ai pas.

TAHIR.

Va les chercher.

MIKALIS.

Alors sortons ensemble.

TAHIR **.

Je t'attends ici

* Tahir, Mikalis.
** Mikalis, Tahir.

MIKALIS.

Pourtant...

TAHIR.

Je tiens à t'attendre... hésites-tu ?

MIKALIS.

Non, non. (A part.) Deux mille piastres ! Il m'assassine. Coquin ! va ! fripon ! (Haut.) A tout à l'heure, seigneur Tahir-Abbas, à tout à l'heure.

Il sort à gauche.

SCÈNE IX

TAHIR-ABBAS, puis ANDRIKOS.

TAHIR, seul.

Tout m'est suspect ici. — Ces gens-là ne seront jamais domptés. Il faudra les décimer pour leur faire comprendre que nous sommes les plus forts. (Andrikos entre par la gauche. — Avec joie.) Andrikos !

ANDRIKOS *, étonné.

Comment sais-tu mon nom ?

TAHIR.

Je le sais depuis longtemps, Andrikos.

ANDRIKOS.

Qui es-tu ?

TAHIR.

Tahir-Abbas, chef de la police du visir.

ANDRIKOS.

Que fais-tu ici?

* Andrikos, Tahir.

TAHIR, le regardant fixement après une pause.

Je t'attends.

ANDRIKOS.

Je ne suis pas d'humeur à plaisanter.

TAHIR.

Ne devais-tu pas revenir à Variadès quand Kryséis aurait
quitté le deuil ?

ANDRIKOS.

Je te défends de prononcer devant moi le nom de Kryséis.

TAHIR.

Ce n'est pas d'elle que je parlerai, c'est de toi. Si tu
n'étais pas rentré dans la Selléide, je serais allé te chercher à Corfou.

ANDRIKOS.

Pourquoi ?

TAHIR.

Parce que tu es le seul de tes compatriotes auquel j'oserais dire ce que je vais te confier.

ANDRIKOS.

Le seul ?

TAHIR.

Mon maître veut en finir avec une poignée de monta-
gnards qui vont prêcher la révolte jusqu'aux portes de
Janina. Il faut que Souli tombe en son pouvoir.

ANDRIKOS.

Qu'il vienne donc nous combattre !

TAHIR.

Ali de Tebelen peut ce qu'il veut. Rien ne lui résiste au-

jourd'hui ; mais il n'est pas cruel, comme on le prétend. Il
a horreur des guerres inutiles, et si tu voulais le servir...

ANDRIKOS, bondissant.

Moi !

TAHIR.

C'est la cause de l'humanité que tu servirais, en évitant
l'effusion du sang.

ANDRIKOS.

Il me propose de trahir mon pays!

TAHIR.

Laissons les mots vides de sens. Que t'importe ton pays
et qu'as-tu à attendre de tes compatriotes?

ANDRIKOS.

Pourquoi me tiens-tu un pareil langage? Qui t'y autorise? Qui t'y encourage? Je veux le savoir, je le veux.

TAHIR.

Tu me laisseras donc achever.

ANDRIKOS.

Je t'écoute.

TAHIR.

Mais je n'ai qu'une date à te rappeler : le vingt-deux
janvier de l'autre année.

ANDRIKOS.

Parle, je veux que tu parles.

TAHIR.

Après un combat meurtrier où la victoire était restée
indécise, on craignait une surprise de l'ennemi ; on t'a confié
un poste avancé; tu étais seul la nuit, tu as eu peur.

ANDRIKOS.

Qui t'a raconté cette infamie?

TAHIR.

Veux-tu que je m'arrête?

ANDRIKOS.

Non.

TAHIR.

Tu compromettais, en fuyant, le salut de votre armée. Un homme t'avait vu fuir, un seul, mais c'était le chef de l'expédition, le père de cette Kryséis que tu adores. Il t'a pris en pitié. Il t'a ramené sur le champ de bataille, et là, par une nuit horrible, au milieu des cadavres, il t'a promis le pardon en te faisant jurer de racheter ta faute.

ANDRIKOS.

Rien de cela n'est vrai. Et comment le saurais-tu? Le champ de bataille était désert.

TAHIR.

Oui, mais il y avait parmi les morts étendus à tes pieds un Albanais encore vivant. C'était moi. Tu m'as écrasé cette main de ton talon. Je n'ai pas poussé un cri, j'écoutais; j'ai senti la rage qui t'envahissait au mot de pardon, et j'ai compris qu'à partir de ce moment, tu nous appartenais.

ANDRIKOS.

Moi!

TAHIR.

Quelques jours après, le père de Kryséis était blessé et venait mourir dans cette maison, à côté de sa fille. Il avait emporté ton secret dans la tombe, et cependant tu n'osais pas revenir; tu connais tes compatriotes, tu sais comment ils traitent les lâches.

ANDRIKOS.

Misérable!

TAHIR.

Tu sais le sort qu'ils te réserveraient si je disais un mot.
Tu nous appartiens.

ANDRIKOS.

Non, je ne t'appartiendrai pas; non, ma vie entière ne
sera pas condamnée pour une heure de défaillance, et tu
n'avais pas le droit de me proposer cette infamie. Tu dis
que j'ai fui, tu dis que j'ai eu peur?

TAHIR, effrayé.

Andrikos!

ANDRIKOS, le frappant d'un coup de poignard en le poussant vers le balcon.

Ce n'est pas vrai. (Il le jette dans le torrent. — Revenant.) Je n'ai
pas eu peur et je suis bien l'Andrikos que tout le monde
connaît! — (Après un silence.) Je l'ai bien tué. Le misérable
n'a pas poussé un cri. Tout est désert; il ne s'est rien passé.

SCÈNE X

ANDRIKOS, KRYSÉIS *.

KRYSÉIS, entrant par la porte du fond et s'arrêtant malgré elle en voyant Andrikos.

Andrikos! Déjà!

ANDRIKOS.

Kryséis! — Kryséis, c'est toi, enfin! Laisse-moi te regarder;
tu es ma joie, tu es ma vie. Depuis un an, mon amour
s'est tu devant ta douleur, j'ai respecté ton deuil, mais ma
pensée a vécu près de toi. Tu es encore plus belle.

* Kryséis, Andrikos.

KRYSÉIS.

Tu m'as toujours connue sincère, Andrikos. Je te plains en ce moment de toute mon âme.

ANDRIKOS.

Que dis-tu? Que se passe-t-il? N'es-tu pas ma fiancée?

KRYSÉIS.

Non.

ANDRIKOS.

Ton père m'avais promis ta main.

KRYSÉIS.

Mon père m'a laissée libre. Je suis depuis ce matin la fiancée de Lambros.

ANDRIKOS.

Toi?

KRYSÉIS.

Et demain je serai sa femme.

ANDRIKOS.

Sa femme! ne dis pas cela. Tu me rendrais fou! J'ai attendu un an et je reviens le cœur tout plein de toi; tu me réponds froidement: Je serai la femme d'un autre. — Non, non, tu es à moi.

KRYSÉIS.

Je ne serai qu'à Lambros.

ANDRIKOS.

C'est impossible.

KRYSÉIS.

Je l'aime.

ANDRIKOS.

Eh bien ! que Lambros vienne donc t'arracher de mes bras !

Il la saisit.

KRYSÉIS, avec indignation.

Andrikos !

ANDRIKOS.

Rien n'étoufferait ma passion ; elle me dévore. Viens, personne au monde ne t'aimerait comme je t'aime, tu seras à moi.

Il veut l'entraîner au fond.

KRYSÉIS.

Jamais !

ANDRIKOS.

Rien ne m'arrêtera.

KRYSÉIS.

Tu as été lâche.

ANDRIKOS.

Ah !

Il recule effaré. — On entend la sérénade.

Deuxième Tableau

LA PLACE DE VARIADÈS

A gauche, la maison de Kryséis, précédée d'un perron auquel on arrive par plusieurs marches. — Au fond, à droite, une rue monte à travers d'élégantes maisons rustiques. — A gauche, un chemin escarpé conduit aux montagnes de Souli, dont on aperçoit les cimes dans le lointain, sous un ciel d'un bleu limpide. — On y distingue la silhouette blanche d'un village.

SCÈNE PREMIÈRE.

ZAKARIAS, MARKOS, MIKALIS.

Un grand mouvement sur la place. — A gauche, les habitants de Variadès, hommes, femmes et enfants, parés comme pour un jour de fête ; des Klephtes avec leur longue cape brune et leurs armes. — A droite, des soldats albanais, agités, épiant et écoutant.

CHŒUR.

Demain, un beau jeune homme épouse
Une belle fille à l'œil noir.
Ils sont tous deux si doux à voir,
Que leur étoile en est jalouse.

Préparez vite vos chansons,
Jeunes filles, jeunes garçons ;
   Accourez pour apprendre,
     A votre tour,
   Comment vient nous surprendre,
    Comment vient l'amour.

Il vient des yeux sans qu'on l'évite,
Il tombe aux lèvres tout confus
Des lèvres il se glisse vite
Au fond du cœur et n'en sort plus.

MIKALIS*.

Pourquoi les Albanais me font-ils les gros yeux quand je demande le bon seigneur Tahir-Abbas, que je cherche depuis hier ?

ZAKARIAS.

Tiens, c'est notre homme aux goujons.

MARKOS.

Eh bien, es-tu convaincu que la rivière de Variadès n'appartient pas au visir ?

MIKALIS.

Je vous supplie de ne pas parler politique.

ZAKARIAS.

Avoue que les goujons t'ont paru meilleurs.

MIKALIS.

Je ne les ai pas mangés et je ne les mangerai probablement pas ; ils me coûtent trop cher.

MARKOS.

Tu as payé ?

MIKALIS.

Pas encore.

ZAKARIAS.

Triple poltron !

MIKALIS.

Je voudrais bien vous y voir. Examinez un peu ce grand Albanais que les autres entourent avec respect. C'est le propre chef des gardes du visir, son âme damnée, un musulman qui a été chrétien, la pire espèce. — Il est venu cette nuit de Janina, Dieu sait pourquoi !

* Gens de Variadès, Zakarias, Mikalis, Markos ; Albanais et Athanasi, au fond, à droite.

v.   11.

MARKOS.

C'est pour nous rendre hommage.

MIKALIS.

Je ne crois pas, et je ne serai tranquille que lorsque j'aurai payé les deux mille piastres, toute ma fortune. Je n'ai pas osé le dire à ma femme... parce qu'elle est dans vos idées, ma femme ; elle est toujours prête à se révolter.

ZAKARIAS.

Tu nous la présenteras.

MIKALIS.

Jamais ! — Elle fait déjà des comparaisons. — La voici.

MARKOS*.

Tu te sauves ?

MIKALIS.

Je n'ose pas la regarder, c'est la première fois que j'ai un secret pour elle. (Il s'esquive cherchant toujours Tahir-Abbas.) Mais où est-il donc, ce bon seigneur Tahir-Abbas ?

ZAKARIAS.

Pauvre bon homme, va !

MARKOS.

Eh ! eh ! elle est gentille, la femme du pêcheur.

ZAKARIAS.

Si elle voulait se révolter tout à fait !...

Ils remontent et se perdent peu à peu dans la foule.

* Mikalis, Zakarias, Markos ; Stefano et Smaragda, à droite.

SCÈNE II

SMARAGDA, STEFANO, MIKALIS*.

Smaragda et Stefano arrivent ensemble comme pour continuer à causer dans un coin désert de la place.

SMARAGDA, tout émue.

Est-ce possible ?

STEFANO.

Je l'ai vu tomber du balcon dans la rivière.

SMARAGDA.

Et c'est Mikalis?

STEFANO.

Ne les avez-vous pas laissés ensemble?

SMARAGDA.

Oui.

STEFANO.

J'avais traversé la rivière à la nage pour échapper à Tahir-Abbas. Juge de ma joie quand je l'ai vu tomber. Il a roulé comme une masse sur les rochers, puis le torrent l'a emporté. Mais, comme les coquins ont la vie dure, je n'ai été tranquille que ce matin, quand je l'ai vu repêcher par ses camarades. J'ai couru rassurer ma pauvre petite Mariora, et me voilà.

SMARAGDA.

Je me souviens que Mikalis est rentré la figure bouleversée. Je lui ai demandé comment cela avait fini. Il m'a répondu avec un rire nerveux : « Bien, très bien! »

STEFANO, avec enthousiasme.

Brave Mikalis!

* Mikalis, dans les groupes à gauche; Zakarias, Markos, Stefano, Smaragda.

SMARAGDA.

Et il est ressorti, et il n'a pas dormi. Il m'avait bien dit qu'il était peut-être courageux.

STEFANO.

Sans lui, on m'aurait déjà envoyé amuser le visir.

SCÈNE III

LES MÊMES, MIKALIS, puis KITZA, IANOULA
et MARIORA.

Mikalis reparaît cherchant toujours. Stefano l'aperçoit, puis revient à ui et lui serre la main avec une effusion que Mikalis ne comprend pas.

STEFANO*.

Mikalis, ma vie t'appartient.

SMARAGDA, de l'autre côté.

Mikalis, aujourd'hui je te trouve beau.

Mikalis la regarde avec stupéfaction.

STEFANO, avec émotion.

C'est superbe ce que tu as fait là.

SMARAGDA, de même.

Jamais je ne l'aurais cru.

STEFANO.

Mais sois prudent.

SMARAGDA.

Ne parle pas.

STEFANO, mystérieusement.

On a retrouvé le cadavre.

* Stefano, Mikalis, Smaragda; Kitza, Ianoula, Mariora.

MIKALIS.

Le cadavre !

STEFANO.

Chut !

SMARAGDA.

Chut !

MIKALIS.

Chut !

STEFANO.

Loin d'ici, heureusement.

SMARAGDA.

Mais les soupçons se porteront sur toi...

MIKALIS.

Sur moi ?

STEFANO.

C'est toi que Tahir-Abbas cherchait.

MIKALIS, effaré.

Hein !

STEFANO.

Comment l'as-tu tué ?

SMARAGDA.

Tu n'es pas blessé ?

MIKALIS.

Non, non.

SMARAGDA.

Te voilà plus troublé qu'avant.

MIKALIS.

Je crois bien.

STEFANO.

Les Albanais se consultent.

SMARAGDA.

Prends garde.

STEFANO.

On t'observe.

MIKALIS, au comble de l'effroi.

On m'observe!.. (Smaragda et Stefano se retirent en affectant un air indifférent). J'ai tué Tahir-Abbas! Ils auraient bien dû ne pas me le dire.

Il s'efforce de prendre un air souriant.

KITZA*, passant à côté de lui.

Mikalis, tu es un héros.

MIKALIS.

Bon!

IANOULA**, de l'autre côté.

Mikalis, je t'admire.

MIKALIS.

Mais s'ils m'admirent tous, on va me reconnaître...***

Des habitants de Variadès passent silencieusement à côté de lui et lui serrent la main avec effusion.

MARIORA****, accourant.

Mikalis, il faut que je t'embrasse!

MIKALIS.

Non, non, plus tard. (A part.) il me semble que le chef des gardes n'a des yeux que pour moi... (Haut.) Parlons d'autre chose. Parlons de la noce.

* Kitza, Mikalis.
** Mikalis, Ianoula.
*** Zakarias, Mikalis, Marko
**** Mikalis, Mariora.

SMARAGDA.

Allons au-devant du fiancé.

MIKALIS.

Oui, oui. — (Après réflexion.) Mais si j'ai tué Tahir-Abbas, je ne payerai pas les deux mille piastres!

Tous les habitants de Variadès ont quitté la place, se dirigeant vers le fond à droite.

SCÈNE IV

ATHANASI, Les Albanais, puis ANDRIKOS.

ATHANASI*, avec colère.

Ne me parlez pas de ce pêcheur. Ce n'est pas un pêcheur. Avez-vous vu la blessure? On n'a donné qu'un seul coup et la lame du poignard est entrée jusqu'à la garde. Dites-moi que le meurtre a été commis dans la maison de Kryséis, chez la fiancée de ce Klephte orgueilleux qui nous brave, je l'admets et je m'en souviendrai le jour où ils seront gênants. Mais je vous demande le meurtrier. Il faut que vous me l'ayez livré avant que les Souliotes aient quitté Variadès. Puisqu'ils viennent ici chercher une fête, nous la leur donnerons.

ANDRIKOS**.

Arrête tes Albanais, Athanasi; leur besogne est faite. C'est moi qui ai tué Tahir-Abbas.

ATHANASI.

Toi! Quel est ton nom?

ANDRIKOS.

Andrikos!

* Athanasi, Albanais.
** Andrikos, Athanasi.

ATHANASI.

Andrikos !

ANDRIKOS.

Ah ! tu me connais ?

ATHANASI, aux Albanais.

Éloignez-vous.

ANDRIKOS.

Toi aussi, tu sais que j'ai été lâche et que je ne suis plus
bon qu'à te servir !

ATHANASI.

Pourquoi as-tu frappé Tahir-Abbas ?

ANDRIKOS.

Parce qu'il avait mon secret. (Athanasi fait un mouvement.) Oh !
rassure-toi. Mon honneur, depuis hier, ne vaut plus la vie
du dernier de tes valets.

ATHANASI.

Tahir-Abbas était un maladroit qui a mérité son sort. S'il
t'avait dit ce qu'il fallait dire, tu l'aurais écouté, comme
tu m'écoutes. Tu es libre sans conditions ; ne t'humilie
devant personne ; je te promets la fortune et le pouvoir.

ANDRIKOS.

Je ne veux ni pouvoir ni fortune.

ATHANASI.

Tu verras tes compatriotes à tes genoux.

ANDRIKOS.

Ne me rappelle pas que je trahis mon pays ; ne parle pas ;
laisse-moi dire : dans une heure, dans moins d'une heure,
un homme que je hais va épouser une femme que j'adore
et qui me méprise. Elle l'attend, orgueilleuse de ce cœur

héroïque et de ce nom sans tache. Te crois-tu assez fort pour
empêcher ce mariage?

ATHANASI.

Oui.

ANDRIKOS.

Tu pourras séparer Kryséis de Lambros?

ATHANASI.

Je te promets de te livrer cette femme.

ANDRIKOS.

Ce n'est pas ce que je demande.

ATHANASI.

Je ferai poignarder cet homme.

ANDRIKOS.

Aurais-je besoin de toi? — Je veux que Lambros vive.
Pour Kryséis, il a quitté la montagne ; pour elle, il consent
à vivre au milieu de vous. Dieu sait où l'amour peut mener
quand c'est Kryséis qu'on aime! Je veux que Lambros soit
lâche comme je l'ai été et traître comme je le suis ; je veux
que Kryséis le voie traître et lâche.

ATHANASI.

Cela dépend de toi. Nous ferons ce que tu nous diras de
faire.

ANDRIKOS.

A ce prix, je t'appartiens.

ATHANASI.

Mais, pour interrompre cette noce, il faut au moins un
prétexte. Le fiancé va venir ; la fiancée apparaîtra sur le seuil
de la porte *. Pendant que Lambros dira l'épithalame, tous
les Klephtes de Souli seront là attentifs. — Désigne-moi le
Polémarque.

* Athanasi, Andrikos.

ANDRIKOS.

Tsaras! jamais!... Oh ! cela, jamais !

ATHANASI.

Tu l'as déjà trahi. Je ne savais pas qu'il était à Variadès ; je le sais maintenant, et tu penses bien que, dussé-je vous arrêter tous, il ne m'échappera pas. Désigne-le-moi.

ANDRIKOS.

Jamais !

ATHANASI.

Est-ce ainsi que tu tiens tes promesses?

ANDRIKOS.

Demande-moi tout ce qu'il te plaira, mais pas cela ! pas cela !*

ATHANASI.

Je te croyais un autre homme, Andrikos. Voici le fiancé ; va donc te joindre au cortège, va prier pour eux.

SCÈNE V

ANDRIKOS, ATHANASI, LAMBROS, IOTIS, MIKA-LIS, STEFANO, ZAKARIAS, MARKOS, TSARAS, puis KRYSÉIS, SMARAGDA, MARIORA, KITZA, IANOULA.

CHŒUR

Préparons le myrte et les roses.
Retenez son voile baissé
Et chantons-lui de douces choses.
Voici venir le fiancé :
Préparons le myrte et les roses.

Lambros arrive par le fond à droite, accompagné d'Iotis, son frère, et des Klephtes

* Andrikos, Athanasi

LAMBROS*.

Emplissez l'air de chants joyeux,
Effeuillez les roses pour elle,
Et que tout soit doux à ses yeux,
Que tout lui dise qu'elle est belle.

Emplissez l'air d'enchantement ;
Que la nature tout entière
S'épanouisse en la nommant ;
Que tout soit parfum et lumière.

Que dans le ciel encore plus bleu,
Dans la brise plus embaumée,
Passe comme un souffle de feu
Pour lui dire qu'elle est aimée.

ATHANASI, bas, à Andrikos.

Montre-moi le Polémarque.

ANDRIKOS**.

Jamais !

Kryséis apparaît au seuil de la maison, entièrement recouverte d'un voile,
suivie de ses compagnes.

LE CHŒUR

Quand ta mère te mit au monde,
Les arbres en fleur te fêtaient ;
Pliant leur aile vagabonde,
Tous les oiseaux du ciel chantaient,
Quand ta mère te mit au monde.

LAMBROS, s'avançant.

Viens, Kryséis, j'ai tout abandonné :
Ma montagne aux superbes cimes,
Mes fiers rochers debout sur les abîmes,
La maison où mon père est né ;

---

* Lambros, Iotis, Stefano, Mikalis, Smaragda ; Tsaras, en arrière ; Athanasi, Andrikos, sur le devant ; Zakarias, Markos, Klephtes et gens de Variadès au fond, à gauche ; Albanais, au fond, à droite.
** Kitza, Ianoula, Mariora, Kryséis, Lambros, Iotis, Stefano, Smaragda, Mikalis, Athanasi, Andrikos ; Tsaras et vieillards, au fond.

Les jeux hardis, les combats, les alarmes,
          Le danger ne cessant jamais,
La lutte ardente et tout ce que j'aimais,
          Ma douce patrie et mes armes.

     C'est ton nom seul que je retrouve en moi,
          C'est ton regard seul qui m'attire;
     Ma seule joie est toute en ton sourire;
          Mon orgueil, à présent, c'est toi.

     Viens : loin de toi, les jours peuvent se suivre,
          Le temps peut emporter les mois;
     Je n'entends plus que l'heure où je te vois,
          Elle est la seule où je crois vivre.

SMARAGDA, à Mikalis.

Vous ne m'avez pas dit de si jolies choses.

MIKALIS.

Moi, j'ai l'éloquence muette.

Il l'embrasse.

ATHANASI, bas, à Andrikos.

Dans un instant, il sera trop tard.

La fiancée s'avance vers Lambros. Les jeunes filles enlèvent le voile.

KITZA.

Comme Kryséis est belle!

IANOULA.

Et comme Lambros est beau!

MARIORA.

Et son frère, comme il est gentil!

ATHANASI, bas, à Andrikos.

Elle va être à lui.

ANDRIKOS.

Comme elle l'aime!

LAMBROS.

Kryséis, voici ton frère. — Iotis, voici ta sœur. — Et voilà réuni tout ce que j'aime.

ATHANASI.

Ils partent... montre-moi le Polémarque.

Au moment où Kryséis, rayonnante de bonheur, va tendre la main à Lambros, Andrikos, frémissant de rage, désigne Tsaras perdu dans la foule.

ANDRIKOS.

Le voilà!

ATHANASI, aux Albanais

Emparez-vous de cet homme.

Vingt soldats albanais se précipitent sur le Polémarque; mais le vieillard a eu le temps de rejeter sa cape brune, et il paraît tout armé avec le costume brillant des Klephtes.

TSARAS, d'une voix tonnante.

Je suis Tsaras!

A ce nom, les soldats albanais reculent épouvantés.

LES HABITANTS DE VARIADÈS, avec respect.

Tsaras!

STEFANO et MIKALIS.

Le Polémarque!

Les femmes le regardent avec admiration, les enfants vont toucher ses armes. Kryséis, muette d'effroi, reste immobile au bras de Lambros. Markos, sans dire un mot, est allé se placer à côté de Tsaras. Andrikos disparaît dans la foule.

ATHANASI *.

Il est sur les terres du visir. Il vient prêcher la révolte; j'ai ordre de l'arrêter.

ZAKARIAS, froidement, allant se placer à côté de Markos.

Tu ne toucheras pas à un de ses cheveux.

ATHANASI.

Vous êtes à Variadès; je vous somme tous d'obéir au visir de Janina, votre maître.

* Kitza, Mariora, Ianoula, Smaragda, Mikalis, Stefano, Iotis, Kryséis, Lambros, Tsaras, Markos, Zakarias, Athanasi.

LAMBROS, quittant Kryséis et venant se placer à côté de Tsaras.

Tant qu'un Souliote est vivant, il n'a pas de maître.

ATHANASI.

Ali de Tebelen est derrière moi avec vingt mille Albanais.

LAMBROS.

Va dire à Ali de Tebelen que ce n'est pas assez de vingt mille Albanais pour forcer un Souliote à lui obéir.

SMARAGDA, à Kryséis.

Comme Lambros est brave !

KRYSÉIS.

Est-ce que je l'aurais épousé sans cela ?

ATHANASI.

Vous reconnaîtrez le visir.

ZAKARIAS.

Notre visir, c'est notre mousquet ; notre pacha, c'est notre sabre.

ATHANASI.

Mille piastres pour chaque tête de Souliote !

MARKOS.

Tu mets à bas prix les têtes des Souliotes.

ZAKARIAS.

Tu ne sais donc pas ce qu'elles valent ?

IOTIS, s'avançant.

Et comme elles sont difficiles à prendre ?

MARIORA.

Mon Dieu ! mon Dieu ! qu'il est gentil !

ATHANASI, exaspéré, aux habitants de Variades.

Si vous ne me livrez pas Tsaras, votre ville va être rasée.

MIKALIS *, s'avançant.

Seigneur, vous devenez insolent.

SMARAGDA.

Bien, Mikalis! C'est mon mari, voyez-vous!

MIKALIS.

C'est ma femme!

Ils remontent au fond.

ATHANASI.

Les hommes seront passés au fil de l'épée, les femmes et les enfants seront vendus comme esclaves.

SMARAGDA.

Comme esclaves!

IOTIS, se campant fièrement devant Athanasi.

Comme esclaves!

STEFANO.

C'est un mot d'amitié qui se dit chez le visir.

LAMBROS **.

Ne trouble plus notre fête. Tu n'as pas même fait peur aux enfants.

ATHANASI, furieux.

Avez-vous oublié comment Ali de Tebelen punit les rebelles? Rappelez-vous Bérat et Prévésa.

LAMBROS.

Ce n'est ici ni Prévésa ni Bérat. Regarde ces montagnes; c'est Souli.

* Kitza, Mariora, Ianoula; Iotis, Kryséis, Lambros, Tsaras, Markos, Zakarias, Smaragda, Mikalis, Athanasi.
** Kitza, Mariora, Ianoula, Stefano, Iotis, Kryséis, Tsaras, Lambros, Athanasi; — Markos, Zakarias, Mikalis, Smaragda, au deuxième plan.

ATHANASI.

Nous sommes à Variadès.

LAMBROS.

C'est encore la Selléide. La conquête n'a rien effacé. Ces hommes sont nos frères; le même sang coule dans nos veines, et sept ans d'oppression n'ont rien changé à leurs cœurs. Ils sont Souliotes, ils resteront Souliotes.

TSARAS, vivement.

Ne tentez pas pour moi la colère du visir. (A Athanasi.) Je suis prêt à te suivre.

TOUS.

Jamais!

TSARAS.

Ce ne sera qu'un soldat de moins le jour du combat. Laissez-moi partir.

TOUS.

Jamais!

TSARAS.

Songez à vos enfants et à vos femmes.

KRYSÉIS, à Tsaras.

Oserais-tu proposer une lâcheté aux femmes de Souli, et nous estimes-tu moins qu'elles?

SMARAGDA.

Sommes-nous des musulmanes?

ATHANASI.

Vous ne voulez pas livrer Tsaras?

TOUS, avec énergie.

Non.

ATHANASI.

Eh bien, nous vous l'arracherons. A moi, mes Albanais!

Il se précipite sur Tsaras avec ses Albanais, mais Lambros l'a saisi et cloué au sol.

LAMBROS.

Je ne veux pas de sang répandu aujourd'hui, va-t'en.

ATHANASI.

Vous vous êtes révoltés contre les ordres du visir. Ce soir nous serons vengés. (Aux Albanais.) Venez.

Ils sortent à droite.

MIKALIS et STEFANO, les poursuivant à coups de pavé.

Tiens pour le visir! tiens pour le pacha! tiens pour son armée! et le reste pour toi!

Ils disparaissent.

SCÈNE VI

LES MÊMES, moins ATHANASI et les ALBANAIS.

TSARAS *, vivement avec la voix de commandement.

Que personne ne s'éloigne!

STEFANO, revenant par la droite avec Mikalis.

Comme tu y allais, Mikalis!

MIKALIS.

J'y allais assez bien. (A part.) Il me semble à présent que j'ai tué l'autre.

TSARAS.

L'audace de ces Albanais vous prouve qu'Ali de Tebelen est prêt; son armée campe depuis quinze jours dans la plaine. Nous avons un ennemi impitoyable, qui veut anéantir jusqu'au nom de la Selléide. En refusant de me livrer, vous venez de lui fournir le prétexte qu'il cherchait.

* Kitza, Mariora, Ianoula, Kryséis, Tsaras, Lambros, Iotis, Stefano, Mikalis, Andrikos; gens de Variadès en arrière avec les Klephtes.

LAMBROS.

Sais-tu dans la Selléide une ville qui voudrait léguer à
ses enfants la honte d'avoir livré Tsaras?

TSARAS.

Cet héroïque dévouement vous perd.

LAMBROS.

Que tous nos ennemis s'ameutent contre nous! Il faudra
moins de courage pour les combattre qu'il n'en fallait pour
les voir sur nos places, souriants et orgueilleux. Ils se mê-
laient à nos joies, ils étaient de nos fêtes, et Dieu sait ce
que j'ai ressenti tout à l'heure d'amertume et de tristesse.
Ils avaient comme voilé mon bonheur. Maintenant je respire.

TSARAS.

Mais Ali de Tebelen sera ici dans quelques heures. Votre
ville est ouverte : la résistance est impossible.

TOUS.

Que faire alors ?

LAMBROS.

Quittez Variadès.

TOUS.

Ah!

LAMBROS.

Ne laissez au visir de Janina qu'une ville déserte. Donnez
à la Selléide ce terrible exemple. Rappelez-lui qu'au milieu
de ces peuplades asservies, il existe, pour les malheureux
et les braves, une patrie sur les montagnes. Suivons Tsaras.

MIKALIS et STEFANO.

Nous le suivrons.

TOUS.

Nous le suivrons.

TSARAS.

Bien, bien!

LAMBROS.

Nous combattrons ensemble.

TOUS.

Oui.

TSARAS.

Vous êtes donc prêts à tous les sacrifices?

TOUS.

Oui.

TSARAS.

L'ennemi ne nous attaquera pas; il cherchera à nous dompter par la faim. Il ne faut à Souli que des combattants. Les femmes, les enfants et les vieillards se retireront dans les îles. (Mouvement.) Un asile sûr les y attend; qu'on hâte le départ.

Chacun se prépare au départ dans un silence lugubre et se retire à droite et à gauche.

LAMBROS, à Tsaras.

Kryséis est ma femme. Elle est la femme d'un Klephte.

TSARAS.

Elle n'est encore que ta fiancée.

KRYSÉIS.

Je sais, comme les femmes de Souli, charger un mousquet et panser les blessures.

LAMBROS.

Veux-tu nous séparer? veux-tu que je la laisse partir seule?

TSARAS.

C'est de nous que doit venir l'exemple.

LAMBROS.

Je ne pensais pas que mon bonheur dût finir si vite.

KRYSÉIS, se redressant.

Va, va combattre! je serai fière de ta gloire, comme j'étais heureuse de ton amour.

LAMBROS.

Chère bien-aimée!

TSARAS, à part.

Ce n'est pas moi qui ai choisi l'heure de la lutte. Dieu veuille que ce ne soit pas trop tôt!

IOTIS, arrivant avec un grand sabre et un énorme mousquet.

Frère, je ne suis pas un enfant, moi; je n'irai pas dans les îles.

LAMBROS *, le prenant dans ses bras.

Non, non, je te garde, toi.

KRYSÉIS, embrassant Iotis avec effusion.

Adieu, Iotis!

IOTIS **.

Adieu, ma sœur! (A Mariora, qui essuie des larmes.) Adieu, Mariora!

MARIORA.

Comme c'est triste!

IOTIS.

Vous n'êtes que des femmes, vous ne pourriez pas combattre. (Plus bas.) Ce sera bientôt fini. Allez, nous ne ferons qu'une bouchée de ces Albanais.

---

* Tout le monde revient. A droite et à gauche, les femmes, les vieillards et les enfants; à gauche, les Klephtes commencent à gravir la montagne.

** Iotis, Kryséis, Lambros, Tsaras, Smaragda, Mikalis, Andrikos, femmes et vieillards à droite et à gauche.

SMARAGDA, sautant au cou de Mikalis en pleurant.

Mikalis, tu es superbe.

MIKALIS.

Tu l'avoues!

SMARAGDA.

Je t'adore.

MIKALIS, se démenant sous ses armes.

Tu... tu... tu... tu me dis ça au moment de partir, et quand je suis armé.

KRYSÉIS *, allant à Andrikos, qui est resté morne et glacé.

Andrikos, je t'ai offensé, je t'en demande pardon. (Andrikos reste muet.) Quoi qu'il arrive, je te jure devant Dieu, à l'heure où commence le combat, que jamais le mot que j'ai prononcé hier ne sortira de ma bouche. Relève hardiment la tête. Va, et fais selon ta conscience.

UN VIEILLARD, d'une voix morne.

Abandonnons Variadès à Ali de Tebelen!

UNE FEMME DE VARIADÈS.

Variadès que nous ne verrons plus!

KRYSÉIS, se retournant avec émotion.

C'est là que nous avons grandi, c'est là que nous avons souffert, c'est la terre où reposent nos aïeux, c'est le sol de la patrie.

LAMBROS.

Vous entendez ces sanglots, vous voyez ce morne désespoir. N'oublions plus cette heure de la séparation. Amassons bien en nos cœurs tout ce qu'elle nous laissera de haine pour nos oppresseurs. Que l'ardeur de la vengeance gran-

---

* Lambros, Iotis et Tsaras, au fond; Kryséis et Andrikos, au milieu, au premier plan.

disse nos courages. C'est pour nos pères, nos enfants et nos
femmes que nous combattrons. C'est pour l'indépendance
de la Selléide. — Partons, et que notre cri de guerre reten-
tisse dans toute l'Albanie.

Par un mouvement unanime, et comme pris d'un sombre désespoir, les vieillards s'agenouillent et baisent le sol de la patrie. Les femmes s'inclinent. — L'orchestre joue le
chant de guerre de Souli. — Les Klephtes gravissent la montagne à gauche.

ACTE DEUXIÈME

Troisième Tableau

AU BORD DE LA MER

Il fait nuit. — Des rochers, couverts de maigres arbustes et de broussailles, sont éclairés par la lueur d'un feu de bivouac. — Derrière, se dressent de hautes falaises. — Au milieu, un sentier descend vers la mer, qu'on aperçoit dans le fond, à droite.

SCÈNE PREMIÈRE

TSARAS, LAMBROS, ANDRIKOS, STEFANO, ZAKARIAS, MARKOS, IOTIS *.

Des Klephtes dorment à demi, la main sur leur carabine. — Tsaras et Lambros, muets et immobiles, ont les yeux fixés sur la mer. Stefano, Iotis, Zakarias, Markos, se tiennent à gauche devant le feu du bivouac. Andrikos reste un peu à l'écart.

ZAKARIAS.

Qu'as-tu donc, Andrikos?

ANDRIKOS.

Je n'ai rien.

ZAKARIAS.

Tu es triste comme la calotte d'un visir.

ANDRIKOS.

Que vois-tu ici pour m'égayer?

* Andrikos, Markos, Iotis, Stefano et Zakarias, à gauche ; Lambros et Tsaras, au fond ; Klepthes, à droite.

ZAKARIAS.

Le paysage, la mer, les rochers et moi.

ANDRIKOS.

Tu ne te demandes pas, toi, ce que nous faisons la nuit, au bord de la mer, à trois milles de nos avant-postes.

ZAKARIAS.

Nous attendons un convoi de ravitaillement.

ANDRIKOS.

Qui n'arrive pas.

ZAKARIAS.

Il arrivera.

ANDRIKOS.

Regarde Tsaras. Vois avec quelle anxiété il fouille du regard cette mer silencieuse et déserte.

MARKOS.

Le Polémarque est anxieux, parce qu'il faut avoir regagné la montagne avant le lever du soleil.

STEFANO.

Si nous rentrions en plein jour, ce serait plus amusant.

IOTIS.

Au moins les Albanais pourraient nous saluer : pif! paf! pan!

STEFANO.

Et nous leur rendrions leur politesse : pan! paf! pif!

IOTIS.

Tu es devenu tout à fait belliqueux, Stefano.

STEFANO.

Moi? j'adore la guerre. On ne sait jamais bien ce que

l'on vaut en temps de paix; mais sur le champ de bataille, en face de l'ennemi, on compte... on compte pour un.

 IOTIS.

Et quelquefois pour deux, comme Zakarias.

ZAKARIAS.

Oh! ne parlez pas de moi; parlez de Lambros, qui, depuis un mois, se bat comme un lion.

ANDRIKOS *.

Qui de nous ne s'est bien battu?

ZAKARIAS **.

Oui, tout le monde se bat; mais Lambros a une façon de marcher à l'ennemi qui donne envie de le suivre. Tout est là, vois-tu.

ANDRIKOS.

Où nous mène tant de bravoure? Ali de Tebelen a brûlé Variadès; il a dévasté la plaine; il nous a enfermés dans nos montagnes. Le cercle se resserre tous les jours, et nous voilà déjà réduits à demander des munitions et des vivres à nos alliés des îles.

ZAKARIAS.

Notre cause est celle de la Grèce.

ANDRIKOS.

Et savez-vous ce que nous attendons encore ici? Un représentant du pacha de Delvino.

ZAKARIAS.

Pourquoi?

ANDRIKOS.

Il s'agit d'un traité d'alliance.

* Tout le monde se lève, Andrikos traverse à droite.
** Stefano, Iotis, Markos, Zakarias, Andrikos.

ZAKARIAS.

Avec un pacha! allons donc!

ANDRIKOS.

Tu seras convaincu tout à l'heure.

STEFANO *.

Cet Andrikos n'a jamais que de mauvaises nouvelles. Ce qui est certain, c'est que nous attendons un convoi de ravitaillement des îles.

IOTIS.

Et tu es bien content, Stefano? tu auras des nouvelles de Mariora.

STEFANO.

Certes, je suis content.

IOTIS.

Moi aussi... pour Lambros, qui sera si heureux d'entendre parler de Kryséis. — Elle est bien gentille, Mariora!

STEFANO.

N'est-ce pas?

IOTIS.

Voudrais-tu lui envoyer de ma part ce petit bouquet?

STEFANO.

Des fleurs sèches!

IOTIS.

J'en ai cueilli une chaque fois que nous nous sommes battus, — au plus fort du combat.

STEFANO.

Pour elle?

* Markos, Andrikos, Stefano, Iotis, Zakarias.

IOTIS.

Ah! ce n'est pas grand'chose.

STEFANO.

Pas grand'chose! brave petit cœur!

IOTIS.

N'en perds pas : il y en a dix-sept.

STEFANO.

Tu ressembleras à ton frère, toi, et si j'étais Polémarque...

IOTIS.

Mais tu es un Klephte maintenant, Stefano.

Il le quitte.

STEFANO *.

Allons, mon doux sabre, et vous, carabine, ma mignonne,
distinguons-nous. Il faut qu'à nous trois nous fassions une
dot à Mariora.

ZAKARIAS.

Stefano, qu'as-tu fait de Mikalis?

STEFANO.

Tiens! il m'a échappé. J'ai promis à sa femme de le lui
ramener sain et sauf... Je vais le chercher. En voilà un
qui a changé en un mois! Il ne doute plus de rien, depuis
qu'il a tué Tahir-Abbas.

Il se met à sa recherche et disparaît derrière le rocher, à gauche.

* Markos, Iotis, Stefano, Zakarias.

SCÈNE II

LES MÊMES, moins STEFANO.

Andrikos, Zakarias, Markos et Iotis se sont rapprochés du feu du bivouac.

LAMBROS *, s'approchant de Tsaras.

Tsaras, distingues-tu ce point lumineux plus pâle qu'une étoile et qu'on dirait plongé dans la mer?

TSARAS.

Ah! tu l'as remarqué, toi aussi?

LAMBROS.

Ce sont les feux d'un vaisseau turc.

TSARAS.

Oui.

LAMBROS.

Et ici, et là : il y en a trois, il y en a cinq, six, sept, une flotte entière.

Ils s'élancent vivement tous les deux dans le sentier qui conduit à la mer, au fond.

ANDRIKOS, les suivant des yeux.

Le Polémarque ne voit et ne pense que par Lambros.

* Markos, Iotis, Zakarias, Andrikos, Lambros et Tsaras.

SCÈNE III

ANDRIKOS, ZAKARIAS, MARKOS, IOTIS,
STEFANO, un Espion, puis MIKALIS.

On voit sur les rochers Stefano luttant avec un Albanais qui veut lui échapper. — Ils se battent un instant et roulent ensemble près du bivouac. — Stefano serre fortement sa proie qu'il ne lâche plus.

STEFANO *, à mi-voix.

Un espion !

TOUS, vivement.

Un espion !

ZAKARIAS.

A mort !

MARKOS.

A mort !

STEFANO.

Il faudra que le Polémarque l'interroge.

IOTIS.

Commence par le garrotter.

ANDRIKOS, à Stefano.

Es-tu sûr que cet homme soit un espion ?

STEFANO.

Il était caché dans les broussailles et nous écoutait.

ZAKARIAS.

Si tu n'avais pas pris ce gaillard-là, nous allions être attaqués.

* Markos, Iotis, l'espion, Stefano, Zakarias, Andrikos, Klephtes.

ANDRIKOS.

Nous aurions été massacrés et jetés à la mer.

IOTIS.

Tu nous rends là un fameux service, Stefano.

STEFANO.

C'est Mikalis.

TOUS.

Mikalis !

STEFANO.

C'est lui qui a découvert l'Albanais.

Mikalis revient avec un fusil et tout un attirail de pêche.

MIKALIS *.

Eh bien ! il est pris ? (Apercevant l'espion garrotté et couché à côté du feu du bivouac.) Ah ! le coquin.

ZAKARIAS et MARKOS.

Bravo, Mikalis.

IOTIS.

Très bien, Mikalis.

MIKALIS, ahuri.

Quoi ?

IOTIS.

Tu as pris un espion ?

MIKALIS.

C'était un espion ?

ANDRIKOS.

Vous voyez qu'il n'en sait rien ; ce n'est peut-être qu'un pâtre égaré.

* Markos, Iotis, l'espion, Zakarias, Mikalis, Stefano, Andrikos.

MARKOS.

Que faisait-il ?

MIKALIS.

Je ne sais pas, moi.

ZAKARIAS.

Dis-nous ce qui s'est passé.

MIKALIS.

Je m'étais assis au bord de la mer, je pêchais... (vivement.) Je n'avais pas péché depuis un mois. Certainement, la guerre, c'est mon fort ; mais la pêche, c'est mon faible.

MARKOS.

Ne t'excuse pas, Mikalis.

ZAKARIAS.

On sais que tu es un brave.

MIKALIS.

Oh ! ce n'est pas difficile d'être brave ; on n'a qu'à faire comme les autres. Et d'ailleurs, depuis que j'ai tué Tahir-Abbas... Il n'y a que le premier pas qui coûte.

MARKOS.

Continue. — Tu pêchais ?

MIKALIS.

Oui, je pêchais. J'avais choisi une place, et j'allais prendre une langouste, — quelle langouste ! — quand j'entends rouler une pierre. Oh ! oh ! j'écoute. Voilà une seconde pierre qui roule. Oh ! oh ! oh ! Je suppose naturellement que c'est un renard. Je me hisse tout doucement le long du rocher en m'accrochant aux broussailles. Je mónte, je monte et je mets la main sur une jambe. Oh ! oh ! oh ! oh ! L'autre jambe s'allonge et je reçois un coup de pied qui me fait rouler jusqu'en bas. Heureusement, Stefano a promis à ma

femme de me ramener sain et sauf ; il veillait. Il grimpe
comme un chat... et... et qu'as-tu fait, Stefano ?

STEFANO.

Ce monsieur courait à quatre pattes, de rocher en rocher,
pour ne pas être vu. Je prends mon élan, je saute, et je
tombe à cheval sur son dos. Il se rebiffe, je ne le lâche pas,
et nous dégringolons ensemble ; voilà tout.

ZAKARIAS.

Il n'est pas maladroit, le faiseur de chansons.

MIKALIS.

Maintenant, déliez-moi mon Albanais.

MARKOS.

Pourquoi faire ?

MIKALIS.

Pour que je lui rende son coup de pied.

ZAKARIAS.

Ce sera pour plus tard, Mikalis.

MARKOS.

Il est terrible, le pêcheur.

MIKALIS.

Oui, je suis assez terrible depuis que j'ai jeté Tahir-Abbas
par la fenêtre.

IOTIS.

Et si Smaragda te voyait aujourd'hui !

MIKALIS.

Bonne petite femme ! quand je songe qu'elle est là-bas,
qu'il n'y a plus que la mer qui nous sépare. La langouste

que j'ai manquée l'a peut-être vue. Je vais essayer de la reprendre.

Il disparaît derrière les rochers, à gauche.

SCÈNE IV

LAMBROS, TSARAS, ANDRIKOS, ZAKARIAS, MARKOS, STEFANO, IOTIS.

Lambros et Tsaras reviennent vivement.

LAMBROS *.

Eh bien, Tsaras?

TSARAS.

C'est la flotte turque qui croise dans le détroit.

LAMBROS.

Je ne voulais pas le croire.

TSARAS.

Ali de Tebelen a surpris nos projets et a obtenu l'appui du sultan.

LAMBROS.

Est-ce possible?

TSARAS.

Il lui a prouvé que notre triomphe donnerait le signal du soulèvement à toutes les races chrétiennes.

LAMBROS.

Mais alors, nos amis des îles ne viendront pas.

TSARAS.

Nous n'avons plus rien à attendre d'eux.

* Zakarias, Stefano, l'espion, Iotis, Andrikos, Markos; — Tsaras, Lambros en avant, à droite.

LAMBROS.

Nous n'aurons pas de nouvelles.

TSARAS.

Tu ne penses qu'à Kryséis.

LAMBROS.

Oui, oui, c'est toujours elle que je retrouve dans ma pensée. Je la revois toujours sous son voile de mariée et je sens encore l'empreinte de sa main frémissante au moment où l'on nous a séparés. Oui, ce que j'attends depuis des heures, sur cette mer toujours déserte, ce n'est pas un secours pour la Selléide ; c'est un souvenir de celle que j'aime. Pardonne-moi, Tsaras.

TSARAS.

Tu as fait ton devoir, je sais que tu le feras encore, et je te réserve une nouvelle douleur.

LAMBROS.

Il n'est plus de douleur à côté de celle que je ressens.

TSARAS.

Nous ne pouvons plus compter que sur le pacha de Delvino. Son représentant va venir et je lui remettrai quatre otages, désignés par le pacha lui-même. L'un d'eux est Iotis.

LAMBROS *.

Mon frère! on me prendrait mon frère!

TSARAS.

Sur qui la Selléide pourra-t-elle compter, si des cœurs comme le tien faiblissent?

---

* Zakarias, Stefano, l'espion, Iotis, Andrikos; — Lambros, Tsaras. — Markos s'éloigne à droite.

LAMBROS.

J'ai tout sacrifié à la Selléide, mon bonheur, mon amour. Je lui donne ma vie, qu'elle ne me demande pas mon frère !

TSARAS.

La patrie n'a rien à demander : tous ses enfants lui appartiennent.

LAMBROS.

Iotis est tout ce qui me reste ; il fait son devoir de soldat comme le meilleur des Klephtes. Et faut-il payer si cher le secours du pacha de Delvino?

TSARAS, baissant la voix.

Dans deux jours, nous n'aurons plus de munitions.

LAMBROS.

Comment?

TSARAS.

Dans quatre, nous n'aurons plus de vivres.

LAMBROS.

En sommes-nous là?

TSARAS.

Oui.

LAMBROS.

Oh! mes douleurs ne comptent plus ; sauve la patrie.

TSARAS.

Bien, Lambros.

MARKOS.*, venant par la droite.

Voici l'envoyé du pacha de Delvino.
Le représentant du pacha de Delvino s'avance, suivi seulement de quatre personnages.

* Zakrias, Stefano, l'espion, Iotis, Andrikos ; Lambros, Tsaras, Markos, l'envoyé, suivi de quatre Albanais.

TSARAS, allant à lui.

Je remercie le pacha de Delvino de son exactitude. Il s'est engagé à envoyer une armée de vingt mille hommes sous les murs de Janina ; nous ferons le reste. Les quatre otages désignés par lui vont vous suivre. C'est Diakos, Pliaskas. Koutzos et Iotis.

Chacun sort des rangs quand on appelle son nom.

IOTIS.

Moi ? (Se jetant dans les bras de Lambros, aussi ému que lui.) Je vais té quitter !

LAMBROS.

Pas pour longtemps, sans doute.

IOTIS.

Pour tout le temps de la guerre.

LAMBROS.

Oui.

IOTIS.

On ne veut donc pas que je me batte comme les autres? On me trouve trop jeune, mais on oublie que je suis un Lambros comme toi.

LAMBROS.

Non, Iotis, non, on ne te trouve pas trop jeune. Tu t'es déjà vaillamment battu, et Tsaras t'a embrassé sur le champ de bataille.

IOTIS.

Je ne méritais pas d'être renvoyé comme otage.

LAMBROS.

C'est le pacha de Delvino qui t'a désigné, cher enfant.

IOTIS.

J'irai à Delvino! dans une ville!

LAMBROS.

Oui.

IOTIS.

Je me trouvais si heureux dans nos montagnes ! Tu n'auras donc plus personne ?

LAMBROS.

Personne.

IOTIS.

Pauvre frère ! c'est injuste, vois-tu, et je me révolterais.

LAMBROS, l'attirant dans ses bras avec douceur.

Écoute-moi bien, Iotis : se battre pour la patrie, c'est trop facile et cela ne suffit pas ; il faut savoir souffrir pour elle.

IOTIS.

Quand veut-on que je parte ?

LAMBROS.

A l'instant, tu le vois.

IOTIS*.

Adieu, frère, — je ne pleure pas.

LAMBROS, se détournant pour cacher ses larmes.

Bien, Iotis.

Les quatre otages et les envoyés de Delvino disparaissent à droite. Pendant cette scène, Andrikos s'est approché doucement de l'espion et a tranché ses liens avec un poignard puis il s'est mêlé aux Klephtes.

Lambros, Iotis, Tsaras, l'envoyé, trois otages.

SCÈNE V

LES MÊMES, moins IOTIS.

STEFANO *, revenant à gauche dès que les envoyés de Delvino
se sont retirés.

Hein !

TOUS.

Quoi ?

STEFANO.

L'espion a disparu.

TSARAS.

Un espion !

ZAKARIAS.

Nous avons pris un espion.

ANDRIKOS, à Stefano.

N'est-ce pas toi qui veillais sur lui ?

STEFANO.

Je l'avais si bien attaché !

ZAKARIAS.

Les liens sont coupés.

TSARAS, bondissant.

Coupés !

ANDRIKOS, froidement.

Ils ont été tranchés avec un poignard.

* Markos, Zakarias, Stefano, Andrikos, Tsaras, Lambros.

STEFANO.

Oh ! je le reconnaîtrai : nez pointu, front pointu, menton pointu.

MIKALIS *, accourant.

Alerte! Les Albanais arrivent de deux côtés.

TOUS.

Déjà !

En un clin d'œil chacun est debout, armé, prêt au combat.

MIKALIS.

Ils sont encore loin. Je n'ai aperçu du haut des rochers que deux masses noires.

STEFANO, qui a appuyé son oreille contre terre.

Je les entends venir. Ils s'arrêtent de ce côté.

ZAKARIAS.

Allons au-devant d'eux.

TSARAS, vivement.

Ce n'est pas dans un combat inutile que doivent tomber les défenseurs de Souli. Ménageons nos munitions, et essayons de regagner la montagne avant le lever du soleil.

ANDRIKOS.

Si l'ennemi est prévenu, nous serons enveloppés.

LAMBROS.

Va, Tsaras ; je resterai ici avec quelques-uns de tes Klephtes. Nous allumerons des feux pour attirer les Albanais; nous les attendrons, adossés aux rochers, et je t'assure que vous aurez le temps de rentrer à Souli.

ANDRIKOS, vivement.

Je demande à rester.

* Andrikos, Zakarias, Markos, Tsaras, Lambros ; Mikalis et Stefano, sur la montagne à gauche.

ZAKARIAS.

Moi aussi.

TOUS.

Moi!... moi!... moi!

TSARAS.

Les hommes qui devaient prendre la grand'garde de
Sainte-Vénérande. (Quatre Klephtes s'avancent, parmi lesquels Andrikos
et Mikalis *.) Vous êtes sous les ordres de Lambros. Que Dieu
vous garde ! Quoi qu'il arrive, vous aurez bien mérité de
la patrie. (Se retournant vers les autres.) Et vous, enveloppez-
vous dans vos manteaux, rabattez vos capuchons, cachez vos
armes, et amortissez le bruit de vos pas.

STEFANO, à Mikalis.

Mikalis, cède-moi ta place.

MIKALIS.

Jamais !

STEFANO.

Tu es marié, toi.

MIKALIS.

Raison de plus. Et d'abord, tout finira bien. J'ai rêvé que
Smaragda rentrait à Souli sur les épaules d'un cadi, ce qui
signifie grande réussite.

Stefano disparaît avec les autres Klephtes qui regagnent la montagne, conduits
par Tsaras.

* Stefano, Klephtes ; Tsaras, Lambros, Mikalis, Andrikos, quatre Klephtes.

SCENE VI

LAMBROS, ANDRIKOS, MIKALIS,
Deux Klephtes.

LAMBROS *.

Je n'ai pas d'ordres à vous donner ; chacun de vous choisira sa place ; nous n'avons qu'un vœu à former : c'est de ne pas tomber vivants dans les mains des Albanais. Maintenant, allumez des feux sur les rochers, ici, là, partout, et attendons.

ANDRIKOS.

Pourquoi nos alliés des îles ne sont-ils pas venus ?

LAMBROS.

Parce qu'une flotte turque croise dans le golfe.

ANDRIKOS.

Un des nôtres pouvait facilement arriver à Parga et s'embarquer pour Corfou sur un navire marchand.

LAMBROS **.

Le Polémarque, sans doute, ne l'a pas jugé utile.

ANDRIKOS.

Crois-tu plus utile de se faire tuer ici ?

LAMBROS.

As-tu peur ?

ANDRIKOS.

Peur ! C'est à toi que je songe, Lambros.

* Lambros, Andrikos, deux Klephtes, Mikalis.
** Lambros, Andrikos.

LAMBROS.

A moi?

ANDRIKOS.

Tu aimes ta fiancée?

LAMBROS.

Pourquoi me parles-tu d'elle?

ANDRIKOS.

Parce que si aucun de nous ne va à son secours, elle sera après-demain dans le harem du visir.

LAMBROS.

Kryséis! — Es-tu fou, Andrikos?

ANDRIKOS.

On l'accuse de complicité dans le meurtre de Tahir-Abbas, qui a été tué chez elle.

LAMBROS.

Elle est à Corfou, en sûreté.

ANDRIKOS.

Le visir a obtenu du sultan son extradition.

LAMBROS.

Tu mens, dis-moi que tu mens. Kryséis à Janina! Je ne saurais pas mourir avec cette pensée. Dis-moi que tu mens.

ANDRIKOS.

Je te jure devant Dieu que cela est vrai.

LAMBROS.

Comment le sais-tu?... qui te l'a dit?

ANDRIKOS.

Un prisonnier auquel j'ai fait grâce de la vie, et qui a voulu me prouver sa reconnaissance.

LAMBROS.

Et tu attends cette heure pour me l'apprendre. Tu attends ce moment !

ANDRIKOS.

J'attendais l'arrivée de nos amis de Corfou. Qu'aurais-tu fait plus tôt ?

LAMBROS.

Et que puis-je faire maintenant ?

ANDRIKOS.

Tu peux aller à Corfou.

LAMBROS.

Abandonner mon poste, déserter, fuir devant l'ennemi !

ANDRIKOS.

Je ne sais ce que je ferais, moi ; je n'ai pas de fiancée.

LAMBROS.

Je donnerais dix fois ma vie pour Kryséis, mais... mais ma vie en ce moment appartient à la Selléide.

ANDRIKOS.

Et tu ne donnerais pas ton honneur ?

LAMBROS.

L'honneur ne se donne pas.

ANDRIKOS.

Que Kryséis appartienne donc à Ali de Tebelen ! J'ai cru remplir un devoir en te prévenant.

LAMBROS.

Tu as voulu ébranler mon courage, tu as voulu me voir faiblir, tu voulais me voir pleurer. Eh bien, oui, je pleure,

je pleure... Maintenant laisse-moi, je veux être seul. (Pendant
cette scène, des feux ont été allumés sur les rochers. — Lambros s'est
retourné du côté de la mer*.) Mikalis !

MIKALIS, accourant.

Quoi?

LAMBROS**.

Regarde là-bas.

MIKALIS.

Une barque!

LAMBROS.

N'est-ce pas?... c'est une barque? c'est bien une barque?

MIKALIS.

Oui, oui.

ANDRIKOS.

Un débris de navire !

LAMBROS.

Une barque sans mât, voyez donc, voyez.

MIKALIS.

Elle glisse comme le vent.

ANDRIKOS.

Quelque pêcheur attardé!

LAMBROS.

Elle aborde derrière ce rocher.

MIKALIS.

Elle n'a qu'un rameur.

LAMBROS.

Non, le rameur n'est pas seul ; un homme était couché

* Andrikos, Lambros; Mikalis au fond.
** Andrikos, Lambros et Mikalis au fond.

au fond, il se relève, il nous a vus, il vient; mais il se fera tuer avec nous! — C'est un enfant... c'est une femme... Kryséis!

ANDRIKOS.

Kryséis!

SCÈNE VII

LES MÊMES KRYSÉIS*.

Kryséis, enveloppée dans une cape de marin, s'est élancée de la barque.

LAMBROS.

Toi, Kryséis!... c'est toi?

KRYSÉIS.

Le convoi de ravitaillement préparé aux îles n'a pu prendre la mer; une flotte turque croise dans le golfe.

LAMBROS.

Je le sais.

KRYSÉIS.

Je viens demander l'heure et le lieu d'un nouveau rendez-vous.

LAMBROS.

C'est toi qu'on a chargée de cette périlleuse mission!

KRYSÉIS.

Je l'ai réclamée.

LAMBROS.

Il fallait traverser la flotte ennemie!

KRYSÉIS.

On hésitait à me conduire, un pilote intrépide s'est dévoué.

* Andrikos, Lambros, Kryséis.

LAMBROS.

Mais les vaisseaux turcs pouvaient t'apercevoir ; cette frêle barque pouvait échouer.

KRYSÉIS.

Notre barque passait comme une flèche devant leurs gros navires, et je n'avais aucune peur. Je sentais à ma joie que j'allais te revoir.

LAMBROS.

Repars, repars sans t'arrêter.

KRYSÉIS.

Pourquoi ?

LAMBROS.

Et ne va pas à Corfou, un danger t'y menace.

KRYSÉIS.

Un danger !

LAMBROS.

Va te réfugier en Italie. — Ali de Tebelen a donné l'ordre de s'emparer de toi.

KRYSÉIS.

Je ne crains pas Ali de Tebelen.

LAMBROS.

Pars, pars, je t'en supplie.

KRYSÉIS, dans les bras de Lambros.

Laisse-moi un instant tout oublier près de toi.

LAMBROS.

Le jour va paraître.

KRYSÉIS.

Pas encore.

LAMBROS.

La mer est agitée, les vagues deviennent menaçantes. Les vaisseaux ennemis sont toujours là.

KRYSÉIS.

Ne me parle pas de périls que je suis orgueilleuse de braver.

LAMBROS.

Pars, pars, Kryséis.

KRYSÉIS.

Qu'attendez-vous dans ces rochers?

LAMBROS.

Nos amis des îles.

KRYSÉIS.

Vous y attendez l'ennemi.

LAMBROS.

Tu te trompes.

KRYSÉIS*.

Pourquoi ces feux, sinon pour l'attirer? C'est ici qu'est le danger.

LAMBROS.

Tsaras et ses Klephtes sont près de nous.

KRYSÉIS.

Ah! vous allez combattre! Et je te parlais de moi! — Que dirai-je à nos alliés?

LAMBROS.

Je ne veux pas te perdre. Je veux que tu vives.

KRYSÉIS.

Quelles sont vos instructions?

* Andrikos, Kryséis, Lambros

LAMBROS.

Non, non.

KRYSÉIS.

Vous allez manquer de munitions. Vous ne pourriez pas
lutter.

LAMBROS.

Tu n'es pas faite pour ces dévouements-là.

KRYSÉIS.

Il faut se hâter de vaincre, pour que je revienne près de toi.

LAMBROS.

C'est la mort que tu affrontes.

KRYSÉIS.

La mort ne m'effraie que parce qu'elle sépare.

LAMBROS.

Kryséis !

KRYSÉIS.

Que dirai-je à nos alliés ?

LAMBROS.

Ah ! tu m'apprends le courage. Dis-leur qu'on peut encore
pénétrer dans la montagne par le sentier couvert de Sainte-
Vénérande. Nous pouvons attendre cinq jours.

KRYSÉIS.

Adieu, Lambros.
                                   Elle s'éloigne vers le fond.

LAMBROS.

Quand nous reverrons-nous ?

KRYSÉIS, se retournant.

Quand la patrie sera libre !

ANDRIKOS.

Nous sommes enveloppés, le combat se rapproche.

On entend des coups de fusil.

LAMBROS *.

On tire sur la barque.

ANDRIKOS.

Oui.

LAMBROS.

Les coups redoublent et la barque est immobile ; le pilote est tombé. Kryséis a pris les rames.

ANDRIKOS.

Les nôtres reviennent.

LAMBROS.

On tire de toutes parts; cette barque est toujours immobile.

ANDRIKOS.

Lambros, l'ennemi est là.

LAMBROS.

Elle s'éloigne.,. non, non, les vagues l'entraînent.

Les Klephtes descendent de la montagne, à gauche, portant Tsaras.

ZAKARIAS **.

Tsaras est blessé.

LAMBROS.

Tsaras !

STEFANO.

Blessé mortellement.

MIKALIS.

Kryséis !

* Andrikos, Lambros, Mikalis.
** Zakarias, Andrikos, Stefano, Lambros, Mikalis.

LAMBROS, revenant.

Oui, oui, Kryséis est là, devant moi. Et c'est ici qu'est le
devoir !

ANDRIKOS.

Les Albanais surgissent de tous les ravins.

TSARAS *, porté par des Klephtes.

Lambros !... (S'arrêtant.) C'est toi que j'ai désigné au conseil
des anciens.

LAMBROS.

Moi?

TSARAS.

Tu es Polémarque.

LAMBROS.

Moi ?

ANDRIKOS, à part.

Lambros !... Polémarque !

TSARAS.

Ramène-moi à Souli.

LAMBROS.

Nous t'y ramènerons.

. TSARAS.

Et... ne désespère jamais de la patrie.

Les Klephtes rentrent. — Il meurt.

ANDRIKOS, avec rage.

Lambros, nous sommes cernés. Tu vas nous faire massa-
crer ici. Que faire ?

* Zakarias, Tsaras, Markos, Lambros, Andrikos.

LAMBROS*, sans lui répondre, relevant la tête et rejetant son capuchon
en arrière.

Tsaras est mort, disons le chant funèbre.

Tous les Klephtes l'imitent sans s'inquiéter de la fusillade, qui continue.
D'une voix ferme et vibrante :

Le Klephte est tombé sous les balles.
Chantons les marches triomphales :
Que son nom résonne partout !

Creusez sa tombe haute et grande,
Pour que son bras armé s'étende,
Et pour qu'il s'y tienne debout.

Faites à la pierre une entaille,
Pour que, dans les jours de bataille,
Il entende les combattants.

Plantez devant un laurier rose,
Pour que l'hirondelle s'y pose
Et l'avertisse du printemps.

Les Albanais surgissent de toutes parts et la bataille s'engage.

* Klephtes, Tsaras mort, Lambros, Andrikos, Klephtes.

Quatrième Tableau

A SAINTE-VÉNÉRANDE.

A droite, une chapelle adossée au rocher, recouverte de plantes grimpantes ; dans une niche, au-dessus de la porte, la statue de sainte Vénérande. — Sur le devant, un banc de gazon sous des touffes de laurier-rose. — A gauche, les débris d'un portique. — Au fond, les ruines d'un temple grec. — Dans le lointain, les sommets des montagnes.

SCÈNE PREMIÈRE

ANDRIKOS, ZAKARIAS, MARKOS,
Un Vieillard, SOPHIA, Un Enfant.

La cloche de la chapelle sonne à toute volée, comme pour une fête. Des Souliotes. hommes et femmes, recueillis, tenant à la main une branche de laurier, se dirigent vers la chapelle.

UN VIEILLARD*.

Voici un triste jour de Pâques.

SOPHIA.

Cette année, on ne tuera pas l'agneau pascal dans la montagne.

LE VIEILLARD.

Nos provisions sont épuisées.

SOPHIA.

Ce ne serait rien ; on peut vivre avec des herbes sauvages et des écorces d'arbres ; mais nous n'avons plus de munitions.

* Sophia, un enfant, Markos, un vieillard.

LE VIEILLARD.

Que sainte Vénérande nous protège.

SOPHIA.

Et qu'elle extermine le visir!

LE VIEILLARD.

Quelle est cette belle jeune fille qui vient au bras de Zakarias.

SOPHIA.

C'est Kryséis, la fiancée du nouveau Polémarque.

LE VIEILLARD.

Ah! — On dit que Lambros l'adore.

SOPHIA.

Elle est depuis dix jours dans la montagne; elle y est rentrée, presque mourante, avec les Klephtes qui ont ramené le corps de Tsaras. Tu étais de l'expédition, Markos?

MARKOS.

Oui. Kryséis était déjà dans la barque pour retourner à Corfou, quand les Albanais arrivèrent. Le pilote a été tué d'une balle, la barque est allée se briser contre les rochers, mais Mikalis et Stefano s'étaient jetés à la nage. Ils sont parvenus à ramener Kryséis jusqu'à nos avant-postes. Seulement, quand nous nous sommes comptés, à Souli, nos deux pauvres pêcheurs de Variadès n'étaient plus là. On n'ose pas prononcer leurs noms devant Kryséis.

v.   14

SCÈNE II

KRYSÉIS, ZAKARIAS.

KRYSÉIS*, arrivant par la droite, soutenue par Zakarias.

Ces habits de fête, ces branches de laurier, ces visages amaigris, tout cela est lugubre.

ZAKARIAS.

Pourquoi es-tu sortie, Kryséis? Tu es à peine rétablie.

KRYSÉIS, vivement.

Ne dis pas à Lambros que j'ai été obligée de m'appuyer sur ton bras.

ZAKARIAS.

Ne dois-tu pas être fière de ta blessure?

KRYSÉIS.

On m'a dit que le conseil des anciens allait renvoyer les prisonniers, en demandant aux Albanais de laisser sortir de la montagne un nombre égal de malades et de blessés.

ZAKARIAS.

Oui, cela a été décidé hier.

KRYSÉIS.

En l'absence de Lambros!

ZAKARIAS.

Il était aux avant-postes.

KRYSÉIS.

Est-ce qu'on m'aurait désignée?

* Un enfant, Sophia, Markos, un vieillard, Zacharias, Kryséis.

ZAKARIAS.

Toi, Kryséis, toi qui t'es dévouée pour nous.

KRYSÉIS.

On oublie vite les dévouements inutiles.

ZAKARIAS.

Et ne seras-tu pas bientôt la femme du Polémarque?

KRYSÉIS.

Quand il aura délivré la Selléide. Mais que de dangers encore! Sur quoi comptez-vous maintenant?

ZAKARIAS.

Nous comptons sur Lambros.

KRYSÉIS, avec joie.

Ah! c'est en lui que vous espérez, n'est-ce pas?

ZAKARIAS.

En lui seul.

KRYSÉIS.

Il me cache ses angoisses, il ne me parle que des jours heureux de Variadès; mais que de tristesse je lis dans son sourire! Que pourra-t-il?

ZAKARIAS.

Je ne sais pas, mais je ne doute plus de rien depuis qu'il nous a ramenés du golfe. Je le vois encore relever la tête sous les balles pour dire le chant funèbre, et imposer le respect aux Albanais eux-mêmes.

KRYSÉIS.

Mais quand les Albanais sont revenus de leur stupeur?

ZAKARIAS.

Ils nous ont crié de nous rendre. Lambros s'est jeté sur eux, les épouvantant de son audace; blessé trois fois, trois fois il s'est relevé plus terrible, pour ne tomber, épuisé de fatigue et de souffrance, que sur la place du Grand-Souli, à côté du corps de Tsaras.

KRYSÉIS.

Tu ne dis pas ce que vous a coûté cette malheureuse expédition.

ZAKARIAS.

Ceux qui sont morts sont morts en braves.

KRYSÉIS.

Voici Lambros.

ZAKARIAS.

Tu es trop faible encore, n'entre pas dans la chapelle.

KRYSÉIS.

Je vais demander de vivre jusqu'au jour de la victoire.

Ils entrent dans la chapelle. — Lambros traverse les groupes sans prononcer une parole. Un enfant placé devant lui, sans le voir, s'adresse à sa mère.

L'ENFANT.

Mère, du pain !

LA MÈRE.

Il n'y en a plus que pour ceux qui combattent.

L'enfant se tait, Lambros le prend dans ses bras et l'embrasse sans dire un mot. — On entre dans la chapelle, la scène se vide peu à peu. Lambros reste seul.

SCÈNE III

LAMBROS, seul.

Je n'ai surpris que la demande de cet enfant et la réponse de cette mère. Je ne sens pas un reproche, je ne vois pas une défaillance, personne ne se plaint : il y a entre nous comme une héroïque entente. Si la victoire me revenait, je serais un héros, moi ; si je succombe, je reste un martyr, mon nom vivra.

Mais tous ces inconnus qui souffrent en silence, qui meurent
sans bruit, qui donnent tout à leur pays sans rien attendre,
sans rien lui demander! Voilà ceux qui sont vraiment grands,
voilà ceux que j'admire. — « Mère, du pain! — Il n'y en a plus
que pour ceux qui combattent. » — Et je ne peux rien. Toutes
mes espérances sont déçues! tous mes projets échouent. Je devine la trahison autour de moi ; je vois l'abîme qui se creuse; je
me défends du vertige. J'ai en mes mains le sort de la Selléide. Je la vois meurtrie, écrasée, agonisante. Jamais je ne
l'ai aimée comme je l'aime. Et je ne peux rien, rien. (Après une
pause.) Mais j'entends encore la voix de Tsaras : « Ne désespère
jamais de la patrie. » Je la sens vivre dans ces ruines mêmes
qui me rappellent ce que nous avons été. Je retrouve du courage dans ces souvenirs qui m'accablent, et chacune de ces
colonnes brisées me redit notre ancienne gloire. — Non, la
patrie ne périra pas.

SCÈNE IV

LAMBROS, ANDRIKOS*.

ANDRIKOS.

On m'a dit, Lambros, que tu formais une troupe d'élite
de cinq cents Klephtes, commandés par dix chefs.

LAMBROS.

On t'a dit vrai.

ANDRIKOS.

Ces chefs sont-ils nommés?

LAMBROS.

J'en ai désigné neuf.

* Andrikos, Lambros.

v.   14.

ANDRIKO.

Quel sera le dixième?

LAMBROS.

Ce sera toi, si tu y consens.

ANDRIKOS.

Ne pas me donner un de ces commandements, ce serait m'infliger un blâme public.

LAMBROS.

Ne te prononce pas avant de savoir ce que j'exige de mes Klephtes. Je veux qu'ils m'appartiennent tout entier. Je veux pouvoir compter sur eux comme sur moi-même. Ils sauront tous mes projets, ils auront tous mes secrets, ils liront dans ma pensée. Mais je veux qu'en mettant leur main dans la mienne, ils me fassent l'abandon de leur vie.

ANDRIKOS.

Crois-tu que j'hésiterai?

LAMBROS.

Attends encore. Nous ne pouvons plus livrer de bataille. L'ennemi s'est fortifié autour de nous. Le pacha de Delvino hésite à tenir sa promesse : il ne la tiendra pas. Nous n'avons plus de vivres, nous n'avons plus de munitions. J'ai tout tenté pour ravitailler la Selléide : l'ennemi a toujours été prévenu. J'ai envoyé à Parga des émissaires qui ont dû passer aux îles. Le sentier couvert de Sainte-Vénérande est toujours libre; je ne vois plus que cet espoir, c'est le seul. Voilà notre situation. Tu connais maintenant la part de responsabilité que je t'offre, l'acceptes-tu?

ANDRIKOS.

Oui.

LAMBROS.

Donne-moi ta main.

ANDRIKOS.

La voici.

LAMBROS.

Elle est glacée, ce n'est pas là le contact d'une main loyale. Je ne veux pas de toi.

ANDRIKOS.

Lambros!

LAMBROS.

Laisse-moi.

ANDRIKOS.

Songe à ce que tu fais. Sais-tu que, comme toi, j'ai mes fidèles? Oublies-tu que Tsaras t'avait imposé au conseil des anciens? Sais-tu que je pourrais, d'un mot, te les rendre hostiles? Sais-tu que tu as un juge?

LAMBROS.

Je ne crains qu'un seul juge au monde, c'est moi-même.

Depuis un instant, Kryséis s'est arrêtée sur les marches de la chapelle et écoute.

SCÈNE V

LES MÊMES, KRYSÉIS*.

KRYSÉIS, se rapprochant vivement de Lambros.

Andrikos! Andrikos, ton juge!

ANDRIKOS.

Cela ne se peut, n'est-ce pas, puisque je suis son rival?

LAMBROS.

Mon rival?

* Andrikos, Lambros, Kryséis.

ANDRIKOS.

Ne lui as-tu pas dit que tu devais être ma fiancée?

LAMBROS.

Elle!

KRYSÉIS.

Mon père seul t'avait donné cette espérance.

ANDRIKOS.

J'en ai vécu.

LAMBROS, saisissant Kryséis.

Tu as pensé que Kryséis serait à toi?

ANDRIKOS, à Kryséis.

Pourquoi le lui as-tu caché?

KRYSÉIS.

Je n'avais rien à lui apprendre, je n'ai jamais aimé que lui.

ANDRIKOS.

Comprends-tu pourquoi tu as trouvé ma main glacée? Oui, oui, je te servirais mal; ne vois en moi qu'un ennemi.

LAMBROS.

Je ne compte mes ennemis que dans le camp du visir; les autres, je les méprise et je les plains.

ANDRIKOS.

Il faut pourtant que tu me haïsses comme je te hais. Les Souliotes comprendront pourquoi tu ne me choisis pas pour un de tes Klephtes; je n'aurai pas à répondre à tes accusations. Tu es mon rival.

LAMBROS.

Je ne suis que ton chef, et je ne te connais que comme un de mes soldats.

ANDRIKOS.

Tu peux être généreux, c'est toi qu'on aime.

KRYSÉIS.

Oui, j'aime Lambros de toutes les forces de mon âme, je l'aime pour sa bravoure, pour sa loyauté, pour son héroïsme.

ANDRIKOS.

Et les Souliotes diront que si Lambros n'a pas combattu, c'est parce que Kryséis l'aimait.

KRYSÉIS.

Andrikos!

ANDRIKOS.

Je t'ai vu pleurer dans cette terrible nuit.

LAMBROS.

Quel homme es-tu? quelle passion est la tienne? et jusqu'où a-t-elle abaissé ton âme?

ANDRIKOS.

On dira que si le Polémarque n'a pas tenté, pour nous délivrer, un effort suprême, c'est que, près de Kryséis, la vie est un enchantement.

KRYSÉIS.

O mon Dieu!

LAMBROS.

Comme tu as dû souffrir pour avoir amassé tant de haine!

ANDRIKOS.

On dira qu'il suffit à Lambros de vivre heureux entre sa fiancée et son frère, que le pacha de Delvino va lui rendre, puisqu'il nous abandonne.

KRYSÉIS.

Partons! partons!

LAMBROS.

Je ne me suis jamais effrayé de la calomnie. Parle,
Andrikos; je te défie maintenant de m'émouvoir.

ANDRIKOS.

Tu m'as avoué que tu ne pouvais pas nous sauver; tu n'as
rien fait, tu ne feras rien.

KRYSÉIS.

Force-le à se taire!

LAMBROS.

Non.

ANDRIKOS.

Si j'avais été aimé... moi!

KRYSÉIS.

Toi!

ANDRIKOS.

Cette pensée seule te fait horreur; tu ne pouvais aimer
que Lambros, n'est-ce pas? Eh bien, c'est ton amour pour
Lambros qui perd la Selléide.

LAMBROS.

Malheureux!

ANDRIKOS.

C'est parce que tu l'aimes que nous allons périr.

LAMBROS.

Infâme!

ANDRIKOS.

C'est parce que tu l'aimes que la patrie va disparaître.

LAMBROS, allant à Kryséis, chancelante d'émotion.

Kryséis!

ANDRIKOS.

Gardez bien ce remords, si vous survivez ensemble à nos désastres. C'est toi qui nous perds, c'est toi, c'est toi.

LAMBROS, bondissant.

Je te permets tout contre moi, mais je ne veux pas que tu coûtes une larme à Kryséis. Va-t'en, je te sens si abaissé et si misérable que je me demande ce que vaut ton existence. Va-t'en, Kryséis sais bien comme je l'aime; elle sait que ma tendresse ne ferait qu'exalter mon courage; elle sait qu'il n'y a personne entre la patrie et moi. Elle sait comment il faut que je meure, pour qu'elle puisse me pleurer.

KRYSÉIS.

Lambros!

LAMBROS, à Andrikos.

Va-t'en!

ANDRIKOS, en s'éloignant, au fond, à gauche.

Ils se sont condamnés.

SCÈNE VI

LAMBROS, KRYSÉIS, puis ZAKARIAS, puis MARKOS.

KRYSÉIS *.

Il m'a frappée au cœur.

LAMBROS.

Ne songe plus à cet homme.

* Lambros, Kryséis.

KRYSÉIS.

C'est à cause de moi qu'on t'accuse.

LAMBROS.

Comment de pareilles accusations peuvent-elles te troubler ?

KRYSÉIS.

Elles recommenceront sourdes, incessantes. Les gens qui souffrent sont faciles à émouvoir.

LAMBROS.

Et que peuvent-ils ?

KRYSÉIS.

Ils te reprocheront de m'aimer.

LAMBROS.

Ne savent-ils pas que tu dois être ma femme, quand la lutte sera terminée?

KRYSÉIS.

J'ai, depuis hier, de tristes pressentiments.

LAMBROS.

Chasse-les, chasse-les, Kryséis! Je veux te voir souriante.

KRYSÉIS.

Hélas!

LAMBROS.

Est-ce toi que j'ai connue si courageuse ?

KRYSÉIS.

Contre les calomnies, je reste sans force et sans courage.

LAMBROS.

As-tu peur d'Andrikos?

KRYSÉIS.

Oui, je le vois frémissant de rage et menaçant; j'entends

ses paroles. Les Souliotes diront : Kryséis empêche Lambros de combattre.

LAMBROS.

Ne répète pas cela.

KRYSÉIS.

On veut nous séparer encore.

LAMBROS.

Nous séparer?

KRYSÉIS.

On ne veut pas que je vive près de toi.

LAMBROS.

Qui a le droit ici de vouloir ou de ne pas vouloir?

KRYSÉIS.

C'est un exil qu'on me prépare.

LAMBROS.

Ne suis-je plus le Polémarque? — Ne m'ont-ils pas vu au combat? — Ai-je failli devant l'ennemi? Que celui qui me devancera au feu m'accuse! Mais je ne dois compte à personne de mes pensées. Oui, ton souvenir ne me quitte jamais; oui, tu es toujours là, devant moi, ta figure souriante m'attire au devant des balles. Et je me sens si heureux que je ne crois pas au danger. Voilà ma bravoure. Tu es ma force.

KRYSÉIS.

Qu'ai-je fait pour être aimée ainsi?

LAMBROS.

Tu ne me quitteras plus. Des jours meilleurs vont venir. Le chemin couvert de Sainte-Vénérande est toujours libre; c'est de là que j'attends le salut. Aussitôt que nous aurons des munitions, je mènerai les Souliotes au combat.

KRYSÉIS.

J'y serai.

LAMBROS.

Ah! chère bien-aimée!

KRYSÉIS.

S'ils ne veulent pas que je vive à tes côtés, ils ne m'em-
pêcheront pas de mourir près de toi.

LAMBROS.

Mourir!

KRYSÉIS.

Et la mort me paraîtra trop belle si je te laisse pour la
venger.

LAMBROS.

Je te promets la victoire.

Zakarias paraît à gauche, Lambros va à lui.

ZAKARIAS *, bas.

Le sentier de Sainte-Vénérande est investi.

LAMBROS.

Ah!

KRYSÉIS, inquiète.

Que se passe-t-il?

LAMBROS.

Rien, rien, Kryséis. Zakarias me rend compte d'une mission que je lui avais confiée. (Haut, à Zakarias.) Ce n'est pas
Andrikos que je nommerai : je lui préfère Valtos.

KRYSÉIS.

Il me trompe.

* Zakarias, Lambros, Kryséis.

LAMBROS, bas.

Qui a investi le défilé?

ZAKARIAS.

Les gardes du visir.

LAMBROS.

Depuis quand?

ZAKARIAS.

Depuis une heure.

LAMBROS, avec désespoir.

Je n'ai donc plus rien à espérer! (Bas, à Zakarias.) Je vais voir où est l'ennemi. J'irai seul.

KRYSÉIS.

Où vas-tu?

LAMBROS.

Je vais prévenir Valtos. On sort de la chapelle, rentre avec Sophia, et ne pense plus qu'aux jours heureux.

Il sort à gauche.

KRYSÉIS, seule.

Les jours heureux! Est-ce là ce que je rêvais à Variadès? Qu'ils soient maudits ceux qui nous coûtent tant de souffrances et tant de larmes! Ah! ce n'est pas sur moi que je pleure. Que Lambros sauve son pays, et, si je suis un obstacle, que je disparaisse! Pourquoi m'effraierais-je de la mort? Un long repos, sous des fleurs, dans cette terre que j'ai tant aimée! — (A Markos, qui paraît à gauche.) Comme te voilà ému, Markos! Qu'est-il arrivé?

MARKOS *.

Nous avons perdu notre dernière chance de salut.

_____
* Zakarias, Markos, Kryséis.

KRYSÉIS.

Comment?

Les Souliotes sont rentrés peu à peu.

MARKOS.

Le sentier de Sainte-Vénérande est investi.

TOUS.

Ah!

ZAKARIAS.

Pourquoi le dire?

MARKOS.

Comment le cacher?

KRYSÉIS.

Allons! tout est fini.

ZAKARIAS.

Sait-on jamais cela?

SCÈNE VII

ZAKARIAS, MARKOS, MIKALIS, STEFANO, KRYSÉIS, SOPHIA.

Stefano se précipite, épuisé de fatigue, méconnaissable, et tombe sur un banc, à droite, sans pouvoir parler.

ZAKARIAS [*], étonné.

Stefano! vivant!

MARKOS.

Il s'évanouit.

Mikalis accourt de même, et tombe de l'autre côté.

ZAKARIAS.

Et Mikalis!

* Kryséis, Mikalis, Zakarias, Markos, Stefano, Sophia.

MARKOS.

Qui s'évanouit aussi.

SOPHIA, accourant avec de l'eau qu'elle est allée prendre à une fontaine.

Voici de l'eau fraîche.

STEFANO, se redressant.

Des vivres !

MIKALIS, de même.

Des munitions !

TOUS.

Hein ?

STEFANO.

De l'argent !

MIKALIS.

De la poudre ! Smaragda, Smaragda !

Après cet effort, ils tombent épuisés sur leur banc.

ZAKARIAS.

Ils sont fous !

Mikalis et Stefano leur lancent des regards furibonds.

KRYSÉIS, s'approchant avec douceur.

Remettez-vous tous les deux.

MIKALIS et STEFANO*, avec joie.

Kryséis !

Ils lui prennent les mains et les embrassent.

KRYSÉIS.

D'où venez-vous ?

MIKALIS.

Des îles.

TOUS.

Des îles ?

* Zakarias, Mikalis, Kryséis, Stefano, Markos, Sophia.

KRYSÉIS.

Qui vous avait ordonné d'y aller?

MIKALIS et STEFANO.

Lambros.

KRYSÉIS, avec joie.

Ah!

STEFANO, parlant très vite comme pour tout dire à la fois.

Nous avons rassemblé des femmes courageuses, nous les avons ramenées à Parga sur un navire marchand.

MIKALIS, voulant lutter de vitesse.

Nous leur avons dit d'aller à Souli.

ZAKARIAS.

Par quel chemin?

MIKALIS.

Par le plus court.

MARKOS.

A travers l'armée du visir?

ZAKARIAS.

Et les Albanais?

MIKALIS.

Oh! les Albanais! les bons Albanais!

STEFANO.

Ils n'y ont rien compris, nos femmes sont passées.

TOUS.

Passées!

MIKALIS.

Toutes.

KRYSÉIS.

Calmez-vous. — Songez à l'espoir que vous nous donnez.
Parlez lentement.

STEFANO.

Nous avons formé un gros convoi avec de grosses voitures
vides et des grelots, que les Albanais empêchent de passer
depuis trois jours.

MIKALIS.

Et ça les a occupés! Drelin, drelin! tout le monde aux
armes!

STEFANO.

Pendant ce temps, nos femmes gagnaient tranquillement
un chemin de leur connaissance, avec Mikalis.

MIKALIS,

Déguisé en invalide.

STEFANO.

Moi, je conduisais les hommes ; nous avisons un joli troupeau de bœufs...

MIKALIS.

Avec de jolies cornes bien pointues...

STEFANO.

Chacun de nous s'empare d'un bœuf...

MIKALIS.

Se suspend à sa queue...

STEFANO.

Le pique violemment, et voilà le troupeau en rage qui se
jette sur les Albanais effarés, et qui nous entraine jusqu'à
nos avant-postes.

MIKALIS.

C'est mon bœuf qui a eu du mal!!

STEFANO.

Là, j'ai voulu courir tout seul pour arriver le premier.

MIKALIS.

Moi aussi.

STEFANO.

Ça ne m'a pas réussi, et j'ai failli m'évanouir.

MIKALIS.

Moi, ça m'a réussi, je me suis évanoui tout à fait.

ZAKARIAS, au fond.

Voici les femmes de Variadès !

TOUS.

Oui, oui !

STEFANO.

Je vous le crie depuis une heure.

KRYSÉIS.

Vous avez sauvé la Selléide. (Plus bas.) Et vous sauvez
Lambros. Maintenant, il pourra combattre.

Elle remonte.

SCÈNE VIII

LES MÊMES, MARIORA, KITZA, IANOULA,
puis SMARAGDA.

MARIORA *, entrant gaîment.

C'est nous... c'est bien nous.

---

* Ianoula, Kitza, Mariora, Markos, Zakarias, Stefano, Sofia ; Mikalis
au fond.

KITZA.

Nous nous faisons attendre.

Kryséis les embrasse pendant que les femmes de Variadès arrivent portant des vivres et des munitions.

STEFANO.

Ce n'est que notre avant-garde.

SMARAGDA*, en dehors.

Me voici, me voici... (Elle arrive sur son âne, transformée par un embonpoint prodigieux, et tenant un nourrisson dans ses bras.) Ce baudet perverti ne voulait plus avancer.

MIKALIS.

Il a été mal élevé chez le visir, c'est une éducation à refaire.

MARKOS, stupéfait.

C'est là ta femme ?

ZAKARIAS.

La petite révolutionnaire de Variadès !

SMARAGDA, riant.

J'ai pris de l'embonpoint, c'est le veuvage. (On l'entoure pendant qu'elle descend à terre.) Attendez... (Tenant le nourrisson en l'air.) Une, deux ! attrapez l'enfant !

MARKOS, se précipitant.

Hein ?

ZAKARIAS.

Un baril !

SMARAGDA.

C'est de l'eau-de-vie. — Enlevez mon corsage, enlevez hardiment, c'est de la farine.

* Mikalis, Smaragda, Mariora, Kitza, Ianoula, Zakarias, Markos, Sophia.

TOUS.

Bravo, bravo !

SMARAGDA.

Ne vous frottez pas à ma jupe, c'est de la poudre.

TOUS.

Bravo !

SMARAGDA.

Prenez mes hanches, c'est du biscuit.

TOUS.

Bravo, Smaragda !

SMARAGDA.

Là, je suis plus légère.

MIKALIS.

Ne touchez pas à la selle, ce sont des cartouches.

TOUS.

Hein ?

MIKALIS, montrant l'âne.

Vous comprenez qu'on a profité de monsieur. — Saluez,
Baboli.

Il sort à droite en conduisant l'âne.

IANOULA *.

Mais ce n'est rien encore.

KITZA.

Si vous saviez tout ce que nous apportons !

MARIORA.

Sans compter les bœufs de Stefano.

* Ianoula, Kitza, Mariora, Smaragda, Stefano, Mikalis.

ZAKARIAS.

Tu les as?

STEFANO.

Si je les ai! Je ne leur aurais jamais fait l'injure de les rendre à des musulmans.

MIKALIS, avec émotion.

Pauvres bêtes! nous les mangerons bien nous-mêmes.

On entend dans le fond les cris de : « Vive Lambros ! Lambros! vive Lambros ! » — Lambros revient par le fond. — Tout le monde s'approche de lui.

LAMBROS *.

Modérez votre joie, étouffez vos cris. — Attendez que les Albanais soient à la portée de nos mousquets, pour leur apprendre que nous avons des balles. (Bas, à Markos.) Rassemble mes dix Klephtes.

On entend distinctement le son d'un cor qui résonne dans la montagne. Lambros s'est redressé inquiet. Le son est répété plus loin.

LAMBROS, pâlissant, à part.

C'est un signal!

KRYSÉIS, étonnée, à Lambros.

As-tu entendu?

LAMBROS.

Ce sont des pâtres dans la montagne. — Allez tous recevoir le convoi de ravitaillement qui gravit la côte. Qu'on transporte au Grand-Souli les vivres et les munitions; c'est là que nous célébrerons, demain, notre fête nationale, la fête du printemps.

La scène se vide, Lambros reste seul au milieu de ses dix Klephtes.

MARIORA **, à Lambros.

Et Iotis?

* Ianoula, Kitza, Mariora, Lambros, Kryséis, Markos, Zacharias, Stefano, Mikalis.
** Lambros, Mariora.

LAMBROS.

Le cher enfant a été envoyé à Delvino, comme otage.

MARIORA.

Pauvre petit Iotis!

SCÈNE IX

LAMBROS, ZAKARIAS, MARKOS,
Huit Klephtes.

LAMBROS *.

Vous avez entendu ce signal? L'ennemi sait déjà que nous avons des vivres. Le fils même du visir, Véli-Pacha, a pris, depuis deux jours, le commandement de l'armée. On lui réserve l'honneur de la victoire. Nous serons attaqués demain.

TOUS.

Enfin!

LAMBROS.

Restons calmes, ne disons rien. — Nos Souliotes sont faciles à l'enthousiasme et prompts au découragement; gardons-nous d'une folle confiance. Ne cherchons plus dans le combat l'enivrement de la lutte ou l'orgueil du triomphe. Ne combattons plus pour nous : combattons pour la patrie.

TOUS.

Oui.

LAMBROS.

Le sort de la Selléide se décidera demain.

TOUS.

Nous te suivrons.

* Klephtes, Zakarias, Lambros, Markos, Klephtes.

LAMBROS.

Véli-Pacha cherchera à nous attirer dans la plaine. Nous ne sommes plus assez forts pour risquer la bataille.

TOUS.

Comment?

LAMBROS.

Non; nos munitions seraient vite épuisées, nous ne pouvons combler les vides qui se font dans nos rangs. Un succès serait inutile avec une armée qui se renouvelle toujours; une défaite nous perdrait.

ZAKARIAS.

Que ferons-nous donc?

LAMBROS.

Nous laisserons les Albanais pénétrer dans nos montagnes.

MARKOS.

Y songes-tu?

LAMBROS.

Je donnerai l'ordre aux avant-postes de Sainte-Vénérande de se replier jusqu'au Grand-Souli.

ZAKARIAS.

Ils fuiraient devant l'ennemi!

LAMBROS.

L'ennemi s'avancera sans trouver de résistance.

MARKOS.

Nous t'écoutons sans te comprendre.

LAMBROS.

Il croira nous surprendre au milieu de notre fête nationale. Je veux que jamais elle n'ait été plus bruyante et plus gaie. La montagne retentira de nos chants, et rien n'interrompra nos jeux; mais que vos hommes soient prêts. Le signal du départ sera la chanson de l'hirondelle, qu'ils savent tous. Ils se glisseront un à un dans la montagne pour se retrouver au pic de Kiapha. Ils m'y attendront.

ZAKARIAS.

Quand combattrons-nous?

LAMBROS.

La nuit, — quand l'armée ennemie tout entière sera engagée dans nos défilés, quand les Albanais, heureux d'avoir vu enfin reculer les Souliotes, se réjouiront de leur facile succès, — nous nous diviserons par groupes de dix, nous tomberons sur eux de toutes parts à la fois, nous ferons rouler sur leurs têtes les troncs d'arbres et les blocs de rochers, comme si la montagne se dressait elle-même pour les écraser.

ZAKARIAS et MARKOS.

A demain!

TOUS.

A demain!

LAMBROS, se retirant.

Mais nos plus terribles ennemis, ce ne sont pas les soldats du visir, ce sont les traîtres. On nous surveille, on nous épie, on cherche à lire sur nos visages; nous serions égorgés avant d'avoir pu combattre, si notre projet était découvert. Nous allons jurer de ne le confier à personne : ni à nos frères, ni à nos mères, ni à nos femmes, ni à âme qui vive.

TOUS.

Nous le jurons.

LAMBROS.

Un adieu, un geste, un regard pourrait tout perdre.
Nous resterons souriants et impassibles. Nous partirons
sans nous arrêter, sans nous parler, de peur de nous
trahir.

TOUS.

Nous le jurons.

LAMBROS.

Je vous réponds de moi.

Il se retourne et voit Andrikos, qui paraît embarrassé un instant, mais qui
se remet vite.

ANDRIKOS *.

On annonce un envoyé du visir de Janina.

LAMBROS.

Qu'on me l'amène.

Les Souliotes sont arrivés, peu à peu, pour voir le parlementaire. — Athanasi paraît
au fond.

SCÈNE X

Les Mêmes, ATHANASI, ANDRIKOS.

TOUS *, avec colère.

Athanasi !

LAMBROS, avec autorité.

Oublions les colères de Variadès. C'est un parlementaire.
Éloignez-vous. (A Athanasi.) Que me veux-tu ?

ATHANASI.

Ali de Tebelen m'envoie vers toi. Il te sait accessible

* Klephtes, Zakarias, Andrikos, Lambros, Markos, Klephtes.
** Klephtes, Zakarias, Athanasi, Lambros, Markos, Klephtes.

aux sentiments d'humanité. Le secours que tu viens de recevoir ne peut que prolonger sans but, une résistance impossible.

LAMBROS.

C'est ce que l'avenir décidera.

ATHANASI.

Ne te sens-tu au cœur aucun découragement?

LAMBROS.

Aucun.

ATHANASI.

Pourtant, Tsaras l'invincible a disparu.

LAMBROS.

Ce n'est pas Tsaras, ce n'est pas moi, ce ne sont pas les Souliotes qui sont invincibles, c'est la haine de l'étranger.

ATHANASI.

La trahison est au milieu de vous.

LAMBROS.

La trahison est lâche, je l'écraserai.

ATHANASI.

Tu n'y parviendras pas, nous saurons ce que tu fais, ce que tu médites, ce que tu penses : ceux dont tu te méfies le moins vendront tes projets. Nous devinerons tes espérances, à la joie de ceux qui t'aiment; tes dangers, à leurs angoisses; et, quand tu n'aurais ni amis, ni ennemis, tant qu'il te restera un muscle vivant au visage, nous y lirons tes secrets.

LAMBROS.

J'accepte la lutte telle que tu me l'offres, et je t'y vaincrai.

ATHANASI.

Le pacha de Delvino vous trahit.

LAMBROS.

Je le sais.

ATHANASI.

Sais-tu aussi qu'il a vendu vos otages à Ali de Tebelen?

LAMBROS.

Nos otages! c'est impossible.

ATHANASI.

Veux-tu que je te les nomme? — Diakos, Pliaskas, Koutzos et Iotis.

LAMBROS.

Le misérable a livré nos otages!

ATHANASI.

Il les a vendus.

LAMBROS.

Au visir de Janina!

ATHANASI.

Vendus tous les quatre, et sur les quatre, trois sont morts... un seul est encore vivant.

LAMBROS.

C'est...

ATHANASI.

C'est Iotis, ton frère, ce frère que tu aimes plus que toi-même. Il est à Janina, dans le palais du visir. Ali de Tebelen l'a épargné seul, parce qu'il ne garde contre toi ni colère,

· ni rancune. Il admire ton héroïsme. Viens traiter de la paix
à Janina, viens sauver ton frère.

LAMBROS, sans lui répondre, se tournant vers les Klephtes.

Écoutez tous. — Le pacha de Delvino a vendu nos otages à
Ali de Tebelen. Ils sont morts tous les quatre. Prions pour
eux.

Tous les Klephtes s'agenouillent, sans prononcer une parole. La cloche de la chapelle
sonne le glas funèbre.

ACTE TROISIÈME

Cinquième Tableau

AU GRAND-SOULI

Une place dominant toutes les montagnes de la Selléide et la plaine jusqu'à la mer, qu'on voit à l'horizon. — De blanches maisons, garnies de pampres verts, sont éparses autour de la place. — A droite, la demeure de Kryséis. — A gauche, en avant, celle de Mikalis, avec un balcon dont on n'aperçoit que l'extrémité donnant sur la place; — au delà, la maison de Lambros; — du même côté, un grand arbre étend son ombrage. — Une rue descend au fond, bordée de maisons basses dont les dernières ne laissent voir que leurs toits rouges. — D'autres habitations s'échelonnent sur un plateau élevé qu'on distingue dans le lointain.

SCÈNE PREMIÈRE

ANDRIKOS, ATHANASI, puis UN ESPION.

ATHANASI [*].

Où sommes-nous ?

ANDRIKOS.

Sur la place du Grand-Souli.

ATHANASI, effrayé.

Est-ce un piège ?

* Athanasi Andrikos.

ANDRIKOS.

Les Souliotes ne s'éveilleront, ce matin, que pour songer
à leur fête nationale. Et qui reconnaîtrait Athanasi sous cette
cape de Klephte?

ATHANASI.

Mais qui me répond de toi?

ANDRIKOS.

Ce qui t'en répond? — J'ai caché huit cents de tes Albanais dans les ruines de Sainte-Vénérande. Avant la fin du
jour, le Grand-Souli vous appartiendra.

ATHANASI.

Pourrai-je m'en emparer avec huit cents hommes?

ANDRIKOS.

Il ne sera pas défendu. Aussitôt que votre armée se pré-
sentera à la tête de nos défilés, tous les Souliotes se préci-
piteront au-devant d'elle, et tes Albanais ne trouveront
même plus nos femmes à combattre.

ATHANASI.

Mais Lambros?

ANDRIKOS.

Ce soir, Lambros ne comptera plus; il sera mort, ou
le conseil des anciens le forcera à aller implorer la paix à
Janina. Je suis déjà désigné pour le remplacer.

ATHANASI.

Le visir saura comment tu le sers.

ANDRIKOS.

Je ne sers que ma vengeance. Je ne peux pas racheter
ma faute, je l'efface par un crime. Vous ne me devez rien.
(Lambros sort de sa maison, à droite. — Vivement.) Lambros! ne fais
pas un mouvement.

Lambros traverse la place sans regarder Andrikos, va lentement au fond,
descend la rampe à droite et disparaît.

ATHANASI, étonné.

Il a l'air radieux.

ANDRIKOS.

Il est ainsi les jours de bataille.

ATHANASI.

Pourquoi m'as-tu amené jusqu'ici?

ANDRIKOS.

Pour te montrer cette maison, qui est celle de Kryséis.

ATHANASI.

Eh bien?

ANDRIKOS.

Je ne veux pas qu'elle meure.

ATHANASI.

Comme tu l'aimes!

ANDRIKOS.

Vos soldats ont failli la tuer au bord du golfe. Elle va courir ici les mêmes dangers. Je ne veux pas qu'elle meure. Ses dédains, ses mépris, sa haine, n'ont fait qu'irriter ma passion. Il faut maintenant qu'elle soit à moi, à moi seul. Je n'ai plus ni Dieu, ni patrie, ni honneur. Je n'ai qu'elle, je la veux.

ATHANASI.

Elle vivra.

ANDRIKOS.

Mais si je tombe, moi, frappé d'une balle, je ne veux pas qu'elle appartienne à un autre.

ATHANASI.

Elle n'appartiendra à personne, je te le jure.

ANDRIKOS.

Va rejoindre tes Albanais à Sainte-Vénérande. (Apercevant un

Souliote qui les examine et qu'Athanasi paraît reconnaître.) Quel est cet homme?

ATHANASI*.

Ismaïl.

ANDRIKOS.

Ton espion?

ATHANASI.

Il doit surveiller les Klephtes de Lambros.

ANDRIKOS.

On vient, soyez prudents.

Il s'éloigne à droite.

ATHANASI, bas, à l'espion.

Connais-tu Kryséis?

L'ESPION.

Oui.

ATHANASI.

Elle peut seule nous répondre d'Andrikos. Il faut que demain elle soit à Janina.

Il s'échappe à gauche, pendant que l'espion, assez peu rassuré, rase les maisons, cherchant à se dissimuler le plus possible.

SCÈNE II

SMARAGDA, MARIORA, KITZA, IANOULA.

SMARAGDA, arrivant par la droite.

Venez, mesdames, venez, voici la place du Grand-Souli; on domine d'ici toute la Selléide jusqu'à la mer.

MARIORA**, bas, à Smaragda.

Je voudrais voir la maison d'Iotis.

---

* L'espion, Athanasi, Andrikos.
** Kitza, Ianoula, Smaragda, Mariora.

SMARAGDA.

La voici; — c'est la vieille maison des Lambros.

MARIORA, retenant ses larmes.

Pauvre petit Iotis!

KITZA.

Oh! ne te cache pas pour pleurer, Mariora.

MARIORA.

Il m'avait envoyé un bouquet de fleurs cueillies par lui
sur le champ de bataille.

KITZA.

Est-ce que vous vous aimiez déjà?

MARIORA.

Je ne sais pas, mais je sais bien que je n'aimerai plus
personne.

IANOULA.

Console-toi, Mariora.

SCÈNE III

SMARAGDA, MARIORA, KITZA, IANOULA, LAMBROS, ZAKARIAS, MARKOS, puis KRYSÉIS.

LAMBROS*, venant du fond, bas à Zakarias, avec joie.

Je ne m'étais pas trompé. Nous serons attaqués dans deux
heures. Nos hommes sont prévenus?

ZAKARIAS.

Ils sont prêts.

* Ianoula, Kitza, Mariora, Smaragda, Lambros, Zakarias, Markos.

LAMBROS.

Ils n'oublient pas le signal du départ?

ZAKARIAS.

La chanson de l'hirondelle : c'est convenu.

LAMBROS.

Le rendez-vous est au pic de Kiapha.

ZAKARIAS.

Oui.   ·

Zakarias s'éloigne. — Des groupes d'hommes et de femmes sont arrivés de différents côtés.

LAMBROS, à haute voix.

Fêtons le retour du printemps et le ravitaillement de la Selléide! C'est jour de plaisir et de folie. Où sont les jeunes gens? Prévenez les jeunes filles. (A Kryséis, qui entre par la droite.) Viens, Kryséis.

KRYSÉIS*, étonnée.

Comme tu es gai, Lambros!

LAMBROS.

Ne connais-tu pas notre vieux dicton? « Soyez gai le premier jour du printemps et l'année sera bonne. » Que rien ne trouble la joie de nos Souliotes, ils ont tant souffert! Va te mêler à la fête. (Bas, à Markos qui passe près de lui.) Au pic de Kiapha, un à un, sans bruit, par des chemins différents. (Revenant à Kryséis.) Va, Kryséis, va, éclaircis ton front. Qu'ils te voient souriante comme eux et gaie comme eux.

KRYSÉIS, le suivant des yeux avec étonnement.

Que me cache-t-il? Et que va-t-il se passer?

---

* Ianoula, Mariora, Kitza, Smaragda, Lambros, Kryséis.

LAMBROS,

Ne nous chantes-tu rien, Smaragda? Dis-nous la chanson des îles.

> Il était nuit, ô ma mignonne,
> Quand j'ai baisé tes deux grands yeux.
> Qui nous a vus, dis-moi? personne
> Que les étoiles dans les cieux.

Eh bien! tu la chantais aussi, Kryséis.

> Mais une étoile tout émue,
> Et qui nous enviait là-haut,
> Sur la mer bleue est descendue
> Pour le conter à chaque flot.

Et toi, Kitza, tu ne continues pas?

> Les flots l'ont redit à la rame,
> La rame au joyeux matelot,
> Qui l'a chanté devant sa femme :
> Mignonne, on le saura bientôt.

Eh bien! Mariora, reprends la chanson.

MARIORA.

Oh! moi, je ne chante plus.

LAMBROS*, bas, très ému.

Chère mignonne, tu pleures Iotis?

MARIORA.

Oui, et cependant je ne peux pas croire qu'on l'ait tué.

LAMBROS.

Quand un Souliote est dans les mains d'Ali de Tebelen, il faut toujours le considérer comme mort. (Se remettant vivement, bas, à un Klephte qui passe.) Ne vous chargez pas, prenez peu de cartouches, nous combattrons au sabre. (Haut.) Je veux qu'aujourd'hui tout le monde soit joyeux. C'est l'ordre

---

* Kitza, Smaragda, Mariora, Lambros, Kryséis.

du Polémarque. Qu'as-tu donc fait de ta verve, Stefano ?
(Bas, à Zakarias.) Vous partirez les derniers, Markos et toi.

MARKOS*, bas.

On voit dans la plaine des nuages de poussière.

LAMBROS.

Oui, l'ennemi se met en mouvement.

ZAKARIAS.

Mais ceux qui resteront voudront combattre.

LAMBROS.

Ce serait tout perdre. Je les retiendrai.

ZAKARIAS.

Il n'est pas facile de retenir les Souliotes devant l'ennemi.

LAMBROS.

Je vous réponds que je les retiendrai ; il y va du salut
de la Selléide. Quoi qu'il arrive, je ne me laisserai pas
arracher mon secret. Partez tranquilles, rassurez vos
Klephtes. Je serai avec vous au coucher du soleil. Nous
allons combattre le dernier combat. (Haut.) Maintenant,
disons la chanson de l'hirondelle.

TOUS.

Ah !

ZAKARIAS, à Markos.

C'est le signal.

LE CHŒUR.

L'hirondelle est revenue ;
Planant au-dessus des éclairs,
Et buvant l'eau de la nue,
L'hirondelle a passé les mers.

* Smaragda, Mariora, Kryséis, Markos, Lambros, Zakarias.

Sur un myrte elle se pose
Et dit dans son gentil babil :
« O mars neigeux, mars morose,
Va-t'en, voici le tiède avril. »

Et de son aile mutine
Courbant les cytises tremblants,
Sur les touffes d'églantine
Secouant les amandiers blancs,

Effleurant les violettes,
Elle hâte encore son vol
Pour avertir les fauvettes
Et prévenir le rossignol.

Tout embaume et tout s'éveille,
Tout chante et bourdonne à la fois:
L'aigle superbe et l'abeille,
Les grands lis et les fleurs des bois.

Alors sur les jeunes lèvres
Naissent tout seuls les mots d'amour,
Comme au cœur les douces fièvres,
Quand l'hirondelle est de retour.

Pendant ce chant, on a vu les Klephtes sortir des groupes un à un, armés et recouverts de leur longue cape brune. Lambros était partout.

ZAKARIAS*, à Lambros.

On verra bientôt d'ici les lances dorées des gardes du visir.

LAMBROS.

Vos hommes sont partis ?

ZAKARIAS.

Tous.

LAMBROS, vivement, montrant la gauche.

On danse là-bas. Pourquoi a-t-on abandonné le jeu du disque ? J'offre un prix au vainqueur.

* Zakarias, Lambros, Markos.

TOUS.

Quoi ? quoi ?

LAMBROS.

Dix cartouches.

TOUS.

A moi ! à moi !

Ils disparaissent au fond à gauche, pendant que l'orchestre joue la ritournelle du chœur. — Au moment où Stefano va s'éloigner aussi, Mikalis sort de la maison à gauche, avec une physionomie bouleversée.

SCÈNE IV

MIKALIS, STEFANO, puis SMARAGDA, MARIORA, KITZA, IANOULA.

MIKALIS*.

Stefano !

STEFANO.

Mikalis ! (Le regardant avec surprise.) Qu'as-tu ?

MIKALIS.

Je suis embarrassé.

STEFANO.

Bah !

MIKALIS.

Lambros ordonne d'être gai.

STEFANO.

Oui.

MIKALIS.

Eh bien ! je ne peux pas.

* Mikalis, Stefano.

STEFANO.

Pourquoi ?

MIKALIS.

Parce que ma femme me trompe.

STEFANO, ébahi.

Smaragda ?

MIKALIS.

Oui, mon ami.

STEFANO.

C'est impossible.

MIKALIS.

Elle a attendu que je fusse un héros.

STEFANO.

Elle !

MIKALIS.

Cela a plus de prix, sans doute.

STEFANO.

Tu rêves !

MIKALIS.

J'ai trouvé un inconnu dans sa chambre.

STEFANO.

Quand ?

MIKALIS.

Tout à l'heure.

STEFANO.

Seul ?

MIKALIS.

Caché.

STEFANO.

Où ?

MIKALIS.

Dans le coffre.

STEFANO.

Cela ne prouve rien.

MIKALIS.

C'est ce que je me suis dit et j'espérais même qu'il allait me mentir; mais non, je n'ai eu qu'à le regarder, il a tout avoué.

STEFANO.

Pauvre Mikalis !

MIKALIS.

Je te jure que je voudrais rire, puisque c'est la consigne, mais je ne peux pas, je ne peux pas.

STEFANO.

Moi non plus.

MIKALIS.

Cependant le Polémarque l'ordonne. (s'efforçant de rire.) Trompé, trompé, trompé ! Je sens bien que je ferais facilement rire les autres, mais moi... non.

SMARAGDA *, entrant en riant, par la droite.

Ah ! mon Dieu ! quel air a mon mari !

MIKALIS.

Elle rit, elle. Ça ne l'empêche pas de rire ; ça n'empêche jamais les femmes de rire, au contraire.

SMARAGDA.

Quelle figure as-tu là ?

* Mikalis, Smaragda, Stefano.

MIKALIS.

Celle que vous m'avez faite, madame.

SMARAGDA.

Quelle mouche te pique?

MIKALIS.

Quelle mouche?

SMARAGDA.

Tu sais qu'aujourd'hui il faut être gai, ça porte bonheur.

MIKALIS.

Je le sais, madame. (A part.) Il est pourtant bien difficile de lui conter cela gaiment. (Haut.) Madame... je... j'ai... Non, c'est impossible. Attendez-moi cinq minutes.

SMARAGDA.

Comment

MIKALIS.

Cinq minutes.

Il entre vivement dans sa maison.

SMARAGDA*, à Stefano.

Qu'a-t-il donc?

STEFANO.

Il l'a surpris.

SMARAGDA.

Qui?

STEFANO.

L'autre.

SMARAGDA.

Quel autre?

* Smaragda, Stefano.

STEFANO.

Dans le coffre.

SMARAGDA.

Quel coffre ?

STEFANO.

Il a avoué.

SMARAGDA.

Quoi ?

STEFANO.

Tout.

SMARAGDA.

Me voilà bien renseignée.

Mikalis revient amenant le Klephte plus mort que vif. — Tout le monde accourt.

MIKALIS *.

Venez, venez, monsieur, je ne vous ferai aucun mal. — Il veut m'échapper ! — Aucun mal. Je ne priverai pas mon pays d'un défenseur.

SMARAGDA.

A qui en a-t-il ?

MIKALIS **.

Mais... mais vous m'accompagnerez à la première bataille, vous vous placerez à côté de moi, et vous vous ferez tuer à ma place.

TOUTES.

Ah !

MIKALIS, à Smaragda.

De cette façon, je serai mort pour la patrie, et ma femme ne sera pas veuve.

* Jeunes filles, le Klephte, Mikalis, Smaragda, Stefano.
** Stefano, Smaragda, le Klephte, Mikalis.

SMARAGDA.

Mikalis, tu es un imbécile.

MIKALIS.

Croyez-vous me l'apprendre ?

SMARAGDA.

Si j'avais des amoureux, tu ne les trouverais pas dans mes
meubles.

MIKALIS.

Comment ?

SMARAGDA, au Klephte.

Ah ! vous me compromettez, vous ! Ah ! vous vous vantez !
Savez-vous que je vous tirerai la moustache !

Elle lui tire la barbe, qui reste dans ses mains.

TOUTES.

Hein ?

MIKALIS.

Une fausse barbe !

STEFANO.

C'est l'espion ! Front pointu, menton pointu, nez pointu !

TOUS.

L'espion !

SCÈNE V

LES MÊMES, L'ESPION, ANDRIKOS, LAMBROS.

La foule accourt au bruit. Andrikos, en voyant l'espion aux mains de Mikalis
et de Stefano, ne peut réprimer un mouvement de colère.

ANDRIKOS.

Maladroit !

LAMBROS*, entrant.

Que se passe-t-il ?

STEFANO.

Mikalis a retrouvé l'espion qui nous a échappé au bord
du golfe.

LAMBROS.

Où était-il ?

MIKALIS.

Chez ma femme.

LES FEMMES.

Il faut le lapider.

LAMBROS**.

Je veux l'interroger.

Andrikos, après avoir jeté à l'espion un dernier regard de rage, disparaît du côté de la
    maison de Mikalis. La foule se retire un peu sans perdre de vue Lambros et
    l'Albanais.

MIKALIS, promenant Smaragda qui boude.

Pardonne-moi, Smaragda.

LAMBROS, à l'espion.

Je te fais grâce de la vie si tu me réponds. Quelle mission
avais-tu ?

L'ESPION.

Je...

La frayeur l'empêche de parler.

LAMBROS.

Parle. — Tu venais ?

L'ESPION.

Surveiller les Klephtes.

---

*   Andrikos, jeunes filles, Smaragda, Stefano, l'espion, Mikalis, Lambros.
** Jeunes filles, Smaragda, Mikalis, Stefano, Lambros, l'espion.

LAMBROS.

Qu'as-tu appris?

L'ESPION.

Je les ai vus partir.

LAMBROS.

Sais-tu où ils allaient?

L'ESPION.

Non.

LAMBROS.

Étais-tu seul dans la montagne?

L'ESPION, après une hésitation.

Non.

LAMBROS.

Ah! où sont tes complices? (L'espion se tait.) Où sont-ils?

L'ESPION.

Je ne sais pas.

LAMBROS*.

Tu le sais. — Parle, ou je te livre aux Souliotes.

L'ESPION, effrayé.

Non.

LAMBROS.

Où sont les complices?

L'espion effaré regarde dans la foule comme s'il avait peur d'y trouver quelqu'un. Il étend la main vers la gauche. Lambros le suit avec anxiété.

L'ESPION.

Là-bas... là...

Une balle le frappe et l'étend mort aux pieds du Polémarque; la stupéfaction et la rage se peignent sur tous les visages.

* L'espion, Lambros.

STEFANO.

On a tiré de ce balcon.

MIKALIS.

De ma maison !

On y court.

LAMBROS, à l'espion.

Parle! parle! un mot, un seul... un geste... où sont les
traîtres? Rien... rien... il est mort. (A part, avec désespoir.) Il
avait des complices au milieu de nous! Plus que jamais, il
faut que je défende notre secret.

STEFANO, au balcon.

Il n'y a personne. La maison a une autre issue.

MIKALIS.

Il pourra peut-être encore parler.

ANDRIKOS, qui vient d'entrer frémissant et s'approche vivement.

Non. (Avec le plus grand calme.) Il a été frappé au cœur.

LAMBROS.

Qu'on emporte ce misérable. On lui a fait justice.

O n emporte le cadavre de l'homme.

STEFANO, toujours au balcon.

Que signifie ce nuage de poussière dans la plaine?

AMBROS.

Rien, Stefano, rien. Il ne faut pas que la mort de cet
espion interrompe la fête.

On entend la voix d'Iotis.

SCÈNE VI

Les Mêmes, IOTIS.

IOTIS.

Lambros! où est Lambros?

LAMBROS, tressaillant.

C'est la voix d'Iotis.

L'enfant paraît au fond, et se jette dans ses bras *.

TOUS.

Iotis!

KRYSÉIS, entrant vivement par la droite.

Iotis! Iotis vivant!

MARIORA, qui est aussi accourue tout émue.

C'est lui!

IOTIS.

Kryséis est ici! (Il lui saute au cou.) Et Mariora?

MARIORA**.

Oui, oui.

LAMBROS, le reprenant dans ses bras, avec effusion.

Cher enfant, tu as bien souffert!

IOTIS.

Est-ce que j'y songe à présent? Me voici à Souli, au milieu de vous tous, dans mes chères montagnes.

* Lambros, Iotis, Andrikos.
** Mariora, Iotis, Lambros, Kryséis, Andrikos.

ANDRIKOS.

Que disais-tu, Lambros, que ton frère avait été tué par
le visir?

IOTIS.

Le visir? Il m'adore.

ANDRIKOS.

Ah!

LAMBROS, à part.

Je devine sa perfidie.

IOTIS, continuant.

C'est lui qui me renvoie.

KRYSÉIS, vivement.

A quelles conditions?

IOTIS.

Sans conditions.

ANDRIKOS.

Voilà qui est étrange.

IOTIS.

Pourquoi donc? puisqu'il m'adore.

KRYSÉIS*.

C'est que tu es le frère de Lambros.

IOTIS.

Il adore aussi Lambros.

LAMBROS, bondissant.

Moi! (A part.) Le fourbe!

IOTIS, allant à Mariora.

Stefano a-t-il fait ma commission?

* Smaragda, Mariora, Iotis, Kitza, Ianoula, Kryséis, Lambros, Andrikos.

MARIORA.

Oui.

KRYSÉIS.

Tu te trompes, Iotis. Le visir de Janina ne peut pas aimer le Polémarque de Souli.

IOTIS.

Puisqu'il me l'a dit, puisqu'il m'appelait son fils, puisqu'il me répétait toujours : « Va, va, Lambros est mon ennemi, mais nous sommes faits pour nous entendre. »

LAMBROS.

Il a dit cela?

IOTIS.

Cent fois.

ANDRIKOS.

Je comprends alors qu'il t'ait renvoyé sans conditions.

LAMBROS, vivement.

Que veux-tu dire?

ANDRIKOS.

Moi? rien.

SMARAGDA, à Iotis.

Tu as donc vu le visir de près?

IOTIS.

Nous sommes intimes.

Toutes les jeunes filles entourent Iotis.

LES JEUNES FILLES.

Que dit-il?... que fait-il?

IOTIS.

Il fait peur à tout le monde; mais moi, je ne pouvais pas le regarder sans rire, avec sa grande pelisse blanche, son bonnet à tranches d'or, et sa tabatière.

KITZA.

On dit qu'il a des armes superbes.

SMARAGDA.

Et des habits couverts de diamants.

IOTIS.

Pas toujours. Il prend quelquefois une pelisse râpée et un bonnet de mendiant, — quand il veut augmenter les impôts.

MARIORA.

C'est un despote!

SMARAGDA.

Un tyran!

IOTIS.

Un peu tyran, mais bonhomme.

SMARAGDA.

Bonhomme qui fait très bien pendre les gens!

IOTIS.

Ce n'est point par cruauté, comme on pourrait le croire : c'est parce que ça l'amuse ; mais ça l'amuse beaucoup !

MARIORA.

Il n'a peur de rien.

IOTIS.

Il a peur du tonnerre.

KITZA.

Il ne croit à rien.

IOTIS.

Il croit aux sorciers.

MARIORA.

Oh ! le drôle de visir !

ANDRIKOS *, vivement.

L'armée de Véli-Pacha est au pied de la montagne.

LAMBROS.

Elle s'y arrêtera. Depuis quand la belle humeur des Souliotes disparaît-elle devant l'ennemi ? Est-ce que quelqu'un a peur, ici ?

ANDRIKOS, d'une voix retentissante.

Les Albanais entrent dans nos défilés.

LAMBROS, avec autorité.

Que la fête continue.

On s'arrête, on se regarde, comme si on n'avait pas compris.

ANDRIKOS.

Tu veux ?...

LAMBROS.

Je veux que les chansons reprennent.

La stupéfaction se peint sur tous les visages.

KRYSÉIS.

Mais, Lambros, c'est l'ennemi !

ANDRIKOS

Dis-nous de courir aux armes.

TOUS.

Oui ! oui !

LAMBROS.

Que personne ne bouge.

ANDRIKOS.

Aujourd'hui, ce ne sont pas les munitions qui nous manquent.

LAMBROS.

Je n'ai pas de compte à rendre.

* Kryséis, Lambros, Andrikos.

ANDRIKOS.

Nous laisseras-tu égorger ?

LAMBROS.

Je suis seul responsable ; mais je suis seul maître.

KRYSÉIS, désespérée, bas, à Lambros.

Est-ce là ce que tu m'as promis ?

LAMBROS.

L'heure du combat n'est pas venue.

KRYSÉIS.

Les Albanais ont mis le pied dans nos montagnes, et l'heure du combat n'est pas venue ?

LAMBROS.

Non.

KRYSÉIS, suppliante.

C'est moi qu'ils accuseront encore, c'est l'exil pour moi ; viens, viens au-devant de l'ennemi, je t'y suivrai.

LAMBROS.

Aujourd'hui, il faut que je sois seul avec la patrie.

ANDRIKOS.

Trahison ! trahison ! Voici les avant-postes de Sainte-Vénérande.

Les avant-postes entrent par le fond, mornes et silencieux, le canon du fusil baissé en signe de deuil.

KRYSÉIS *.

Vous avez fui devant l'ennemi !

TOUTES LES FEMMES.

Traîtres ! Lâches !

* Femmes, Kryséis, les avant-postes, Andrikos, Lambros.

KRYSÉIS.

Ne savez-vous pas qu'à Souli la femme d'un lâche demande le divorce et prend des habits de deuil ?

TOUTES LES FEMMES.

Traîtres ! Lâches !

LAMBROS, s'avançant.

Ces hommes ont fait leur devoir ; ils avaient l'ordre de ne pas accepter le combat.

ANDRIKOS.

Qui leur a donné cet ordre ?

LAMBROS *.

Moi.

KRYSÉIS, désespérée.

Toi !

TOUS.

Toi !

KRYSÉIS, éperdue et suppliante.

Lambros ! Lambros ! va combattre !

ANDRIKOS.

Veux-tu que nous nous rendions au visir ?

KRYSÉIS.

Tu vois bien qu'on doute de ton courage !

ANDRIKOS.

C'est ainsi que tu devais payer la rançon de ton frère.

LAMBROS, faisant un bond.

Moi !

Puis il reprend son calme énergique.

* Femmes, Kryséis, Lambros, les avant-postes, Andrikos, Klephtes.

KRYSÉIS.

Tu entends bien qu'on t'accuse !

ANDRIKOS.

Nous repousserons les Albanais sans toi

TOUS.

Oui ! oui !

LAMBROS, avec force.

Je vous défends de faire un pas.

ANDRIKOS.

Tu nous livres.

LES FEMMES.

Tu nous trahis.

ANDRIKOS.

Tu nous vends.

KRYSÉIS, suppliante.

Va combattre ! va combattre !

LAMBROS.

Je ne céderai ni aux prières, ni aux menaces. Je suis
Polémarque. Véli-Pacha nous attaque avec toutes ses forces;
la lutte serait trop inégale. (Mouvement de surprise.) Nous ne
défendrons que le Grand-Souli, derrière nos murailles.

KRYSÉIS *, avec désespoir.

La guerre des lâches ! O mon Dieu ! mon Dieu !

ANDRIKOS.

Tu as promis à Ali de Tebelen de lui livrer la montagne.

TOUS.

Oui.

* Femmes, Lambros, Andrikos, Kryséis.

LAMBROS.

Je ne répondrai plus.

Lambros s'est croisé les bras et il reste impassible pendant toute la scène ; on le sent prêt à tout braver.

ANDRIKOS*, continuant.

Diakos est mort! Pliaskas est mort! Koutzos est mort! Mais Iotis est vivant !

TOUS.

Oui ! oui !

ANDRIKOS.

Pourquoi nous as-tu menti ? Pourquoi ?

TOUS.

Pourquoi ?

ANDRIKOS.

Quand les Albanais marchaient sur nous, tu ne nous parlais que de danses et de chansons. Pourquoi ?

TOUS.

Pourquoi ?

ANDRIKOS.

Et quand tu voyais l'ennemi à nos portes, tu le niais.

TOUS.

Oui! oui !

ANDRIKOS.

Tu nous trompais. Pourquoi?

TOUS **.

Pourquoi ?

Dix femmes entièrement recouvertes d'un voile noir arrivent lentement par le fond, à droite.

* Lambros, les avant-postes, femmes, Klephtes, Andrikos, Klephtes.
** Lambros, les avant-postes, femmes, Klephtes, Andrikos, Kryséis, femmes en deuil.

KRYSÉIS, aux Klephtes du poste de Sainte-Vénérande, qui sont rangés
derrière Lambros.

Ce sont vos femmes.

LAMBROS.

Grand Dieu !

KRYSÉIS.

Ce sont vos femmes en vêtements de deuil.

IOTIS.

Lambros, mène-nous au combat !

KRYSÉIS.

Je ne suis que ta fiancée ; faut-il, moi aussi, que je prenne
le voile noir ?

LAMBROS, prêt à éclater, éperdu.

Toi !... toi !... mais... je... je... (Se redressant avec énergie.) Je
ne veux pas qu'on engage la bataille.

ANDRIKOS.

Eh bien, nous ne te reconnaissons plus pour chef.

TOUS.

Non ! non !

ANDRIKOS.

Nous combattrons sans toi.

TOUS.

Oui ! oui !

ANDRIKOS.

Aux armes !

TOUS.

Aux armes !

LAMBROS.

Je vous ordonne de m'obéir.

ANDRIKOS.

Aux armes!

On sonne le tocsin. Les hommes courent aux armes, les femmes effondrent les caissons et remplissent leurs tabliers de cartouches.

LAMBROS *.

Vous vous perdez... vous nous perdez tous.

TOUS.

Aux armes!

LAMBROS.

Tu m'as vu à Sainte-Vénérande, Tsavellas! — Toi, tu m'as vu au bord du golfe! — Tu me connais, Liakos! — Doutez-vous de mon courage?

TOUS.

Oui! oui!

LAMBROS.

Andrikos, c'est toi qui les entraînes!

ANDRIKOS **, avec joie.

Ils t'ont appelé lâche.

LAMBROS.

Misérable! — Non, non... je te prie, je te supplie... Tu peux encore les retenir; si tu aimes ton pays, retiens-les, je te jure que tu nous perds.

ANDRIKOS.

Eh bien... (Regardant Kryséis.) Il est trop tard.

LES SOULIOTES.

Aux armes!

LAMBROS, se jetant devant eux.

Je vous défends d'aller plus loin... je vous défends...

* Foule, Andrikos, Lambros, foule.
** Foule, Kryséis, Lambros, Andrikos, foule.

LES SOULIOTES.

Aux armes! aux armes!

LAMBROS.

Insultez-moi, écrasez-moi, mais obéissez!... Obéissez.

TOUS.

Aux armes! aux armes!

Tous sortent au fond.

LAMBROS *, tombant épuisé.

Ah! je suis impuissant à sauver mon pays! — Se redressant comme pris d'une résolution désespérée.) Eh bien... non... non... Et si c'est ma vie qu'on me demande, je vais la donner.

Il sort vivement par la droite. — Kryséis et Iotis restent en scène et la toile tombe au moment où Athanasi reparaissant avec ses Albanais, leur montre Kryséis.

* Iotis, Lambros, Kryséis.

ACTE QUATRIÈME

Sixième Tableau

A JANINA, DANS LE PALAIS DU VISIR.

Une salle, d'architecture arabe. — Au fond, une large baie, ouvrant sur une cour intérieure, entourée d'une colonnade; dans la cour, une fontaine jaillissante et des touffes de fleurs. — A droite et à gauche de la baie, deux entrées fermées par des tentures. — Deux autres portes, sur les côtés. — A gauche, en avant, une table. — A droite, un guéridon. — Divans, coussins, tapis.

SCÈNE PREMIÈRE

STEFANO, IOTIS, MISIRLU.

Stefano et Iotis sont déguisés en bohémiens.

MISIRLU *, les introduisant par la porte à droite.

Entrez et attendez.

IOTIS, entre ses dents.

Insolent!

STEFANO, vivement.

Chut! (A Misirlu.) Nous attendrons, gracieux seigneur.

Misirlu sort.

* Iotis, Stefano, Misirlu.

IOTIS *.

Où sommes-nous?

STEFANO.

Je n'en sais rien.

IOTIS.

Pourquoi es-tu entré?

STEFANO.

Quand on cherche, on entre partout. — Je vois un palais, j'y entre; je demande à utiliser mes petits talents; on me dit d'attendre, j'attends.

IOTIS.

Est-ce ici que tu espères trouver Kryséis et Smaragda?

STEFANO.

Ici ou ailleurs. — Ce qui n'est pas douteux, c'est qu'elles sont à Janina.

IOTIS.

Je comprends tout maintenant. Le visir me renvoyait sans rançon quand on me croyait mort, pour compromettre mon frère, et en même temps il faisait traîtreusement enlever sa fiancée.

STEFANO.

Mais Smaragda?

IOTIS.

On a emporté Smaragda parce qu'elle voulait secourir Kryséis.

STEFANO.

Les coquins qui les enlevaient voulaient peut-être tout simplement les vendre à quelques riches musulmans.

* Iotis, Stefano.

IOTIS.

Vendre Kryséis!

STEFANO.

Voilà pourquoi nous visitons les palais.

IOTIS.

Déguisés en bohémiens!

STEFANO.

Crois-tu que nous serions admis comme Souliotes!

IOTIS.

Pendant que nos frères se battent!

STEFANO.

Nous nous sommes aussi un peu battus en route.

IOTIS.

Avec tous les Albanais que nous avons rencontrés.

STEFANO.

Examinons les entrées et les sorties.

IOTIS, au fond.

Voici le lac de Janina. Nous sommes au palais de Litharitza.

STEFANO.

Le château du lac.

IOTIS.

Le palais d'été du visir.

STEFANO.

Mais alors nous sommes chez le visir!

IOTIS.

Oui.

STEFANO.

Il va te reconnaître !

IOTIS.

Eh bien ! s'il me reconnaît !...

STEFANO.

Oh! non, non, soyons prudents; nous allons nous échapper.

Mikalis, déguisé en sorcier, entre par la porte du fond, à droite.

SCÈNE II

STEFANO*, IOTIS, MIKALIS.

IOTIS.

Mikalis en sorcier!

STEFANO.

Comment es-tu ici ?

MIKALIS.

Je ne cours pas aussi vite que vous. Je suis arrivé le dernier.

STEFANO.

Mais tu as rattrapé le temps perdu.

MIKALIS.

Oui... oui... je suis en faveur.

IOTIS.

Déjà?

STEFANO.

Que fais-tu pour cela ?

* Iotis, Mikalis, Stefano.

MIKALIS.

Je leur prédis à tous qu'ils seront ministres : c'est ma façon d'être sorcier.

STEFANO.

Elle est excellente, puisqu'elle réussit.

MIKALIS.

Maintenant, ils croiront tout. Je me suis renseigné, je connais tous les recoins du palais. Savez-vous que nous marchons sur un cachot?

STEFANO et IOTIS.

Ah !

MIKALIS.

Un cachot que le visir avait fait fabriquer pour son beau-père, le bon Capélan. Il le nourrissait là dedans, et tous les matins il venait arpenter cette salle. Il se promenait sur son beau-père, — ça l'amusait.

STEFANO.

Bon visir! L'as-tu vu ?

MIKALIS.

Pas encore, mais on dit qu'il aime les sorciers.

IOTIS.

Oh! beaucoup.

MIKALIS.

Il te reconnaîtra !

STEFANO.

C'est ce que je lui dis.

MIKALIS.

Tu vas partir.

IOTIS.

Quand j'aurai eu des nouvelles de Kryséis et de Smaragda. Sais-tu ce qu'elles sont devenues?

MIKALIS.

Non, j'attends.

STEFANO.

On ignore qui elles sont.

IOTIS.

Heureusement!

STEFANO.

Ceux qui les ont enlevées ont été tués.

IOTIS.

Quel est ton projet?

MIKALIS.

Je n'en ai pas... mais il ne faut pas s'imaginer que je me laisserai enlever ma femme à mon nez et à ma barbe; on ne me connaît pas. Le visir ne me pèserait pas plus que Tahir-Abbas.

IOTIS*, au fond.

Les voici!

MIKALIS.

Ah!

STEFANO.

Elles sont gardées par des soldats albanais.

IOTIS.

Kryséis chez le visir! Elle est perdue.

MIKALIS.

Et Smaragda aussi! Pauvre Smaragda

* Stefano, Iotis, Mikalis.

STEFANO.

Elles viennent de ce côté.

IOTIS.

Où les conduit-on ?

Elles traversent la cour de droite à gauche, précédées et suivies par des Albanais.

MIKALIS*.

Si elles pouvaient nous reconnaître !

STEFANO.

Elles ne nous voient pas.

IOTIS.

Kryséis marche fièrement, sans rien regarder.

MIKALIS.

Et Smaragda baisse les yeux ; c'est la première fois.

IOTIS.

Comment les sauver ?

STEFANO.

Soyons prudents.

MIKALIS.

Et n'employons que l'adresse, puisque nous ne sommes pas les plus forts.

IOTIS.

Le visir ! Je me sauve.

Il sort par la porte du fond à gauche. — Des gardes du visir débouchent des deux côtés de la cour et viennent se ranger au fond de la scène. — Le visir entre violemment, par la cour, à droite, suivi de pages et de dignitaires.

* Stefano, Iotis, Mikalis   au fond Kryséis, Smaragda.

SCÈNE III

ALI, STEFANO, MIKALIS, MAZOUT, IBRAHIM, MISIRLU.

ALI *.

Qu'on ouvre toutes les portes du palais! Tout le monde peut me voir aujourd'hui. Les Souliotes sont vaincus. (Mouvement de stupeur chez Mikalis et Stefano. Joie des Albanais.) Véli-Pacha, mon fils, a livré la bataille. Mon étendard flotte depuis hier à Sainte-Vénérande. Les Souliotes reculent partout; mes ennemis sont anéantis. Rien ne peut plus m'arrêter. Je veux qu'on se réjouisse à Janina. Mon intendant Mazout-Effendi réglera les réjouissances publiques. (Quelques personnages sortent pour organiser les réjouissances.) Ces nouvelles m'ont été apportées par Ibrahim lui-même, l'aide de camp et l'ami de Véli-Pacha. Il assistait à la bataille. — Quand as-tu quitté mon armée?

IBRAHIM.

A la tombée de la nuit.

ALI.

Hier? Pourquoi arrives-tu si tard?

IBRAHIM.

J'ai été attaqué sur le chemin de Janina par une bande de Souliotes.

STEFANO, à part.

Oh! une bande! nous étions deux.

IBRAHIM, continuant.

Qui m'ont laissé pour mort.

---

* Mazout, Misirlu, Ali, Ibrahim ; Mikalis et Stefano, à l'extrême droite premier plan.

ALI.

Si tu les retrouves, ils seront brûlés vifs. (Mouvement de Mikalis et de Stefano.) Raconte-moi la bataille. (Il s'assied près de la table à gauche.) Écoutez tous.

IBRAHIM.

Véli-Pacha a attaqué à midi, tambours battants, étendards déployés; les avant-postes de l'ennemi ont fui à notre approche.

ALI.

Ils ont fui!

IBRAHIM.

Les Souliotes célébraient leur fête nationale. Quand ils ont couru aux armes, notre armée était déjà dans les défilés. Le combat a été acharné.

ALI.

Acharné!

IBRAHIM.

Beaucoup des nôtres sont tombés.

ALI, se levant.

Que Mahomet les reçoive! Ils sont morts pour moi.

IBRAHIM.

Mais rien ne pouvait résister à nos Albanais; ils étaient électrisés par la présence de Véli-Pacha.

ALI.

N'est-ce pas? J'hésitais entre mes trois fils. J'ai choisi Véli, — j'ai eu raison, c'est le plus brave.

IBRAHIM.

A cinq heures, nous occupions Sainte-Vénérande.

ALI *.

Sainte-Vénérande! Qu'on me donne la carte de la Sel-
léide! (on lui apporte la table sur laquelle est une carte.) Où est Sainte-
Vénérande? Là! Hier, mon armée était là... hier, à cinq
heures, et les Souliotes reculaient. (A Ibrahim.) Montre-moi
le Grand-Souli. (Ibrahim le lui montre.) Tout près de Sainte-
Vénérande, qui domine les défilés. La résistance n'était pas
possible. C'est fini. Je bâtirai des forteresses là... là... partout. Elles se dresseront pour attester ma puissance à la
postérité. — Mais je serai sans pitié pour les vaincus. Ma
vengeance épouvantera ceux qui voudraient me résister.
(A Ibrahim.) Ils ne peuvent se retrancher au Grand-Souli **?

IBRAHIM.

Le Grand-Souli a dû être occupé par huit cents Albanais
qui s'étaient cachés dans les ruines d'un ancien temple.

ALI ***.

C'est une idée à moi. — Je l'ai donnée à Athanasi, qui
s'en fera honneur. Depuis un an, je lui recommandais de
m'acheter des Souliotes; il a acheté Andrikos. Quand on a
de l'or, on a tout. Athanasi me sert bien. J'ai fait mettre
à mort son père et son frère; — il n'a plus que moi, — il
me sert bien. Vois-tu, Ibrahim, j'étais né pour commander
aux hommes; je les connais. Plus je les avilis, plus ils
me sont dévoués. (A part.) Mais je me suis trop engagé avec
Athanasi. Il n'était vraiment pas si difficile de vaincre ces
Souliotes. Si je lui donnais ce que je lui ai promis, il me
ruinerait. — Sait-on ce qu'est devenu Athanasi?

IBRAHIM.

Le bruit court qu'il a été tué.

---

* Misirlu, Mazout, Ali, Ibrahim; Mikalis et Stefano
** Misirlu, Mazout, Ibrahim, Ali; Mikalis, Stefano.
*** Misirlu, Masout, Ali, Ibrahim; Mikalis, Stefano.

ALI, avec joie.

Tué! — (Changeant de ton.) C'est une grande perte. J'hono-
rerai sa mémoire. — Ah! il a été tué! Je l'avais comblé
de bienfaits; je l'ai enrichi, mais je suis son héritier. C'est
toi qui le remplaceras, Ibrahim.

IBRAHIM.

Visir suprême!

ALI.

Tu seras le chef de mes gardes, et ce n'est pas tout. J'ai
toujours magnifiquement récompensé ceux qui m'apportent
de bonnes nouvelles, et jamais nouvelles meilleures ne
m'étaient venues. — Attends! (Allant à Mazout.) Que lui don-
nerai-je, Mazout? — Je voudrais être généreux... mais je
suis pauvre. Tu es plus riche que moi, toi, mon fils. —
Tu as de bien belles bagues!

MAZOUT, vivement en cachant ses mains.

Visir suprême, on vient d'amener à Ton Altesse deux
captives admirables.

ALI.

Deux captives?

MAZOUT.

D'une beauté extraordinaire.

ALI.

Qu'on me les montre.

MAZOUT.

Va, Misirlu, va.

ALI *, à part.

Ce Mazout a de bien beaux diamants! S'imagine-t-il donc
qu'il est de ma famille ou mon égal?

* Ali, Mazout, Misirlu, Ibrahim ; Mikalis, Stefano.

SCÈNE IV

Les Mêmes, KRYSÉIS, SMARAGDA.

MAZOUT, introduisant Kryséis et Smaragda par la porte du fond, à gauche.
Voici les captives.

ALI.

Elles sont jolies. — Tu as du goût, mon fils.

MAZOUT, se rengorgeant.

Oh! oh! (A part.) Je suis tout à fait en faveur.

ALI*.

Elles sont très jolies. (Allant à elles et les examinant.) D'où venez-
vous ?

SMARAGDA.

Nous venons de... de... Delvino.

ALI.

A qui appartenez-vous ?

SMARAGDA.

Nous n'appartenons à personne. On nous a enlevées par
trahison, et nous demanderons justice au visir de Janina.

ALI, brusquement.

Le visir, c'est moi.

SMARAGDA, effrayée.

Ah!... (Se remettant.) Si vous êtes le visir de Janina, qu'on
dit si puissant, vous nous protégerez.

ALI.

Ali ne protège que ceux qui le servent. (A Mazout**.) Regarde

---

* Misirlu, Ibrahim, Mazout, Smaragda, Ali, Kryséis; Mikalis, Stefano.
** Misirlu, Ibrahim, Mazout, Ali, Smaragda, Kryséis; Mikalis, Stefano.

ces deux femmes, elles sont belles toutes les deux. — Choisis-en une, Mazout.

MAZOUT, transporté.

Moi! moi!

ALI*, souriant.

Choisis.

MAZOUT.

Je choisis la brune.

Il montre Smaragda.

ALI.

Elle est à toi.

SMARAGDA.

Hein?

MAZOUT.

Votre Altesse me comble.

ALI, souriant toujours.

Combien l'estimes-tu?

MAZOUT.

Oh! elle vaut un empire!

ALI.

Dis la somme.

MAZOUT.

Vingt mille, trente mille piastres.

ALI.

Alors tu donneras trente mille piastres, en mon nom, à Ibrahim, — mon fidèle Ibrahim. — (A Ibrahim.) Te voilà riche, mon fils.

* Misirlu, Ibrahim, Ali, Mazout, Smaragda, Kryséis; Mikalis, Stefano.

V.   18

MAZOUT.

Ah!

ALI.

Je garderai l'autre esclave. Qu'on lui donne les vêtements
du harem.

MAZOUT, suffoqué.

Trente mille piastres!

Misirlu emmène Kryséis par la porte du fond, à droite.

SCÈNE V

ALI, STEFANO, MIKALIS, SMARAGDA, MAZOUT, IBRAHIM.

ALI.

Allons, Mazout, emmène ta captive.

MAZOUT.

Viens.

SMARAGDA.

Jamais! jamais!

MAZOUT.

Elle résiste!

SMARAGDA.

Oui, je résiste.

MIKALIS*, s'avançant violemment.

Permettez, seigneur, permettez; il y a une difficulté.

ALI, vivement.

Quel est cet homme?

* Ibrahim, Ali, Mazout, Mikalis, Smaragda, Stefano.

MAZOUT.

Visir suprême, c'est un sorcier admirable.

ALI*, se radoucissant.

Ah! tu es sorcier. — Que me veux-tu?

MIKALIS.

Je veux ma femme.

ALI.

Ta femme?

MAZOUT, inquiet.

Ah bah!

ALI, riant d'un gros rire.

C'est ta femme! Je le regrette, mon fils, mais je l'ai donnée à ce fidèle sujet, pour le récompenser de ses services.

MIKALIS.

Tu ne la donneras pas.

ALI.

Comment?

MIKALIS.

J'en appelle à ta justice.

ALI, fronçant le sourcil.

Ma justice, c'est ma volonté. Je suis le maître. Je suis prophète comme Mahomet, mieux que Mahomet; Mahomet n'est plus que poussière, et moi, je suis prophète ici. — Je vous en ferai tous convenir.

MIKALIS.

J'en conviendrai volontiers, quand on m'aura rendu ma femme.

* Ibrahim, Mazout, Ali, Mikalis, Smaragda, Stefano.

ALI.

Il est amusant. (A Mazout.) je te le vends, Mazout.

MIKALIS.

Moi?

MAZOUT, à part.

Encore trente mille piastres?

ALI.

Ils sont à toi tous les deux.

MIKALIS.

Est-ce que c'est sérieux?

ALI.

Tu insistes?

MIKALIS.

Si j'insiste! Je n'ai peur de personne, moi, quand il s'agit de ma femme.

ALI, s'asseyant.

On dit que tu prédis l'avenir. Eh bien, sorcier, devine ce qui va t'arriver.

MIKALIS.

Je te supplie!

ALI, jouant avec sa tabatière.

Tu seras enfermé vivant dans l'épaisseur d'un mur. Ta tête sortira seule. Je te laisserai ta bouche pour me maudire et tes yeux pour voir ta femme dans les bras de mon fidèle Mazout.

SMARAGDA, se jetant à ses genoux.

C'est horrible!

MIKALIS.

Non, non, tu ne feras pas cela.

ALI, se levant.

Eh! qui m'en empêchera?

MIKALIS.

Moi.

ALI.

Il est drôle, ce sorcier.

MIKALIS.

Prends garde.

ALI.

Allons, Mazout! Je t'ai donné cette femme.

MIKALIS.

Tu ne la donneras pas.

S'approchant de lui, il le frappe de son poignard. Ali a détourné le coup avec le bras, mais il est blessé. Il cherche à s'appuyer sur un meuble.

MAZOUT*.

Au secours! On a frappé le visir.

ALI, se redressant vivement.

Tu te trompes. — Cet homme me suppliait de lui rendre sa femme; je la lui rends. — (Mazout reste stupéfait.) Qu'ils partent tous les deux.

Mikalis et Smaragda se regardent sans y rien comprendre. On les fait sortir par le fond.

MAZOUT, bas, au visir.

Mais cet homme t'a frappé?

ALI.

Je ne veux pas qu'on croie mes ennemis si audacieux. Ils me craindraient moins. — Qu'on les suive et, quand ils seront sortis de Janina, qu'on les pende.

* Mazout, Ali, Ibrahim, Mikalis, Smaragda, Stefano.

STEFANO, qui s'était approché pour écouter, à part.

Il ne faut pas qu'ils sortent.

Il s'éloigne par le fond.

MAZOUT, s'approchant timidement.

Visir suprême, ils seront pendus.

ALI.

Tu as donné une fausse alerte à mes gens. Je te condamne à finir ta vie dans une de mes prisons à ton choix.

MAZOUT.

A mon choix! — Votre Altesse me comble.

Mazout est emmené à gauche par des gardes. Tout le monde sort peu à peu.

SCÈNE VI

ALI, IBRAHIM, puis MISIRLU.

IBRAHIM*, s'approchant d'Ali qui paraît souffrant.

Tu es blessé?

ALI.

Ce n'est rien.

IBRAHIM.

Mais tu souffres?

ALI.

Est-ce qu'on le voit sur mon visage?

IBRAHIM.

Non, mais veux-tu que j'appelle ton médecin?

ALI.

Non... mon médecin me trahirait pour dire qu'il m'a sauvé. Je veux rester ici. Je veux qu'on me voie. Je veux

* Ali, Ibrahim.

être joyeux : je veux être heureux. — J'avais été cruel
pour cet homme ; ces gens-là aiment leurs femmes. — On
les pendra tous les deux, n'est-ce pas ?

IBRAHIM.

Les ordres sont donnés.

Misirlu entre par le fond, à droite.

ALI.

Qu'y a-t-il ?

MISIRLU*.

La captive ne veut pas prendre les vêtements du harem.

ALI.

Hein ?

MISIRLU.

Rien ne peut l'y décider.

ALI.

Qu'on me l'amène. — Je ne veux plus de résistance
autour de moi. Les Souliotes sont vaincus : maintenant je
sens bien ma puissance, et je veux qu'ils la sentent tous.

SCÈNE VII

ALI, KRYSÉIS.

Misirlu introduit Kryséis et se retire ensuite au fond de la scène avec Ibrahim.

ALI.

Elle est belle. (Il s'assied sur des coussins à droite, près du guéridon.
— A Kryséis.) Verse-moi à boire.

KRYSÉIS**, vivement.

Je ne suis pas ton esclave pour te verser à boire.

* Ali, Ibrahim, Misirlu.
** Kryséis, Ali.

ALI.

Hein ?

KRYSÉIS.

Je suis fille et petite fille de Klephtes.

ALI, bondissant.

Tu es ?...

KRYSÉIS.

Je suis Souliote.

ALI.

Comment t'appelles-tu ?

KRYSÉIS.

Que t'importe ?

ALI.

Je veux savoir ton nom.

KRYSÉIS.

Il ne me plait pas de le dire.

ALI.

Sais-tu que je suis Ali de Tebelen, le maître de l'Albanie ?

KRYSÉIS.

Je sais que tu es le tyran de Janina, je sais que l'on te
hait.

ALI, se levant.

On me hait, mais on me craint.

KRYSÉIS.

Eh bien ! méprise ceux qui te craignent, ce sont des
lâches.

ALI.

Connais-tu ma puissance ? Sais-tu qu'elle n'a pas de
limites ?

KRYSÉIS.

Si.

ALI.

Je peux te tuer.

KRYSÉIS.

Et après cela?

ALI*.

Après cela, elle a raison, je ne peux rien.

KRYSÉIS.

Et crois-tu que j'hésiterais entre la mort et la honte de
te servir?

ALI.

Ah! je dompterai ton orgueil. Sais-tu ce qu'on fête en
ce moment à Janina? Ma victoire sur les Souliotes.

KRYSÉIS.

Ta victoire?

ALI.

Mon armée campe dans vos montagnes.

KRYSÉIS.

Tu mens!

ALI.

Souli m'appartient, Souli est à moi.

KRYSÉIS.

Tu mens!

ALI.

J'ai donné l'ordre à Véli-Pacha, mon fils, de m'envoyer
les vaincus; je veux les voir à mes pieds, enchaînés, eux,
leurs femmes et leurs filles.

* Ali, Kryséis.

KRYSÉIS.

On n'enchaîne pas les Souliotes, ils meurent libres.

ALI.

Eh bien... ils mourront, et j'inventerai pour eux de nouvelles tortures. (On entend une marche triomphale.) Écoute, c'est
mon triomphe qu'on célèbre.

KRYSÉIS.

Entends, entends, ô ma douce patrie
Voici venir l'étranger menaçant.
Il met le pied sur ta terre meurtrie
Nous laverons la tache dans le sang.

ALI *.

Qu'est cela?

MISIRLU, qui s'est avancé **.

C'est l'hymne de guerre des Souliotes.

ALI.

Tais-toi, femme.

KRYSÉIS, sans s'interrompre.

Que notre chant de guerre éclate et vibre,
Et que la mort nous laisse triomphants!
Nous te voulons audacieuse et libre,
Tant qu'il te reste un seul de tes enfants.

ALI.

Qu'on l'oblige à se taire.

KRYSÉIS, continuant.

Tu n'as jamais enfanté des esclaves;
Nous tomberons sur ton sol indompté.
Que la mort passe et moissonne les braves :
Elle est encore pour eux la Liberté.

* Kryséis, Ali.
** Misirlu, Ali, Kryséis.

ALI.

Tu es Kryséis.

KRYSÉIS.

Non.

ALI.

Tu es la fiancée de Lambros le Polémarque.

KRYSÉIS.

Non.

ALI.

C'est toi qu'Andrikos aimait, c'est toi qu'il aime encore. Je sais tout, moi.

KRYSÉIS.

Je ne suis pas celle dont tu parles.

ALI.

On dit qu'elle est courageuse et fière, on dit qu'elle adore son pays; tu es Kryséis.

KRYSÉIS.

Non.

ALI.

Je te reconnais.

KRYSÉIS.

Si la fiancée du Polémarque de Souli était en ton pouvoir, comment ne le saurais-tu pas?

ALI.

Elle a raison. Je veux savoir qui tu es alors. Je le veux.

KRYSÉIS.

Tu ne le sauras pas.

ALI.

Si, si, je le saurai.

IBRAHIM, entrant par le fond *.

Un parlementaire de Souli demande une audience.

ALI, vivement.

Ah!

KRYSÉIS.

Un parlementaire!

ALI.

Qu'on emmène cette femme.

KRYSÉIS.

Mon Dieu, mon Dieu! il disait vrai.
Misirlu la reconduit par la porte du fond à l roite.

ALI.

Qu'on introduise le parlementaire. — Est-ce qu'on croit
que je vais traiter avec ces rebelles? Véli-Pacha est faible.
J'aurais dû être là, près de mes armées; j'aurais mieux
senti ma victoire. J'aurais vu mes ennemis en fuite tomber
sous mes balles; ma présence aurait électrisé mes soldats,
et, devant moi, la pitié leur eût fait honte.
Il va s'asseoir sur un divan, dans une pose un peu théâtrale.

SCÉNE VIII

ALI, IBRAHIM, LAMBROS.

Lambros est revêtu de son brillant costume de Klephte, avec la chlamyde bleue, in-
signe du Polémarque. Il entre fièrement, avec un sang-froid qui annonce les résolutions énergiques.

ALI **, avec joie, à part.

Lambros! (Reprenant immédiatement son calme et feignant de ne pas le
reconnaître, haut.) Qui es-tu?

* Ali, Ibrahim, Kryséis.
** Ali, Lambros.

LAMBROS.

Lambros, Polémarque de Souli.

ALI.

Tu viens implorer ma clémence?

LAMBROS.

Le conseil des anciens m'envoie vers toi pour traiter de la paix.

ALI.

Vous vous rendrez à merci. Nous occupons Sainte-Vénérande et le Grand-Souli.

LAMBROS.

J'avais résolu de laisser pénétrer ton armée dans nos défilés pour l'y écraser.

ALI.

L'y écraser?

LAMBROS.

Mais l'ardeur des Souliotes a déjoué mes projets — je n'ai pu les retenir. Ils se sont jetés sous vos balles. Mes Klephtes étaient immobilisés derrière les rochers de Kiapha. La bataille était perdue avant de commencer.

ALI.

Tu le reconnais.

LAMBROS.

Un traître avait introduit des Albanais dans les montagnes.

ALI.

Oui, oui, ils se sont emparés du Grand-Souli.

LAMBROS.

Ils y sont morts.

v. 19

ALI.

Morts?

LAMBROS.

J'ai détaché trois cents de mes Klephtes, qui ont repris
le Grand-Souli.

ALI.

Véli-Pacha ne me dit pas cela.

LAMBROS.

Il ne pouvait te le dire. Ton armée était partout victorieuse. Il me restait deux cents hommes. L'heure était
venue de prendre une de ces résolutions terribles que
l'amour du pays peut seul inspirer.

ALI, haletant.

Qu'as-tu fait?

LAMBROS.

J'ai attendu jusqu'au soir sans combattre.

ALI.

Et alors?...

LAMBROS.

Alors, j'ai montré à mes Klephtes la tente de Véli-Pacha

ALI.

Après?

LAMBROS.

Elle était éclairée; on y fêtait la victoire.

ALI.

Eh bien?

LAMBROS.

Nous y avons tous couru.

ALI.

Vous?

LAMBROS.

Et nous avons enlevé ton fils au milieu de son armée.

ALI.

Mon fils!

LAMBROS.

Il est notre prisonnier. — Nous pouvons maintenant traiter de la paix.

ALI.

Véli-Pacha est prisonnier des Souliotes! (Il se lève. — Lambros reste impassible.) Comment avez-vous pu arriver jusqu'à sa tente? Que faisaient donc mes Albanais?

LAMBROS *.

A voir mes Klephtes se jeter au milieu d'eux, ils les ont crus invulnérables, et une terreur superstitieuse les a pris.

ALI.

Leur superstition met à l'aise leur lâcheté. Voilà ce que vaut mon armée! voilà mes soldats! tous des lâches! je les décimerai. — Personne ne saurait donc me débarrasser d'une poignée de brigands qui me bravent? (Aux Albanais qui sont au fond de la scène.) Attendrez-vous qu'ils se soient emparés de Janina? Il a enlevé mon fils... avec deux cents hommes! deux cents... deux cents!... (Il s'assied à droite. — La fureur l'empêche de parler; puis il regarde Lambros avec une sorte d'admiration. Il se lève, va au Polémarque et lui dit tout à coup, presque à mi-voix.) Pourquoi n'es tu pas avec moi? Pourquoi es-tu mon ennemi? Que de grandes choses nous accomplirions ensemble! Nous ferions la conquête du monde. Tu laisserais un nom immortel.

* Lambros, Ali.

LAMBROS.

Que mon nom meure avec moi, mais que mon corps repose, comme celui de mes aïeux, sur une terre libre.

ALI.

Tu me rendras mon fils?

LAMBROS.

Quand il n'y aura plus un Albanais dans la Selléide.

ALI.

Es-tu fou? Tu veux que je perde le fruit de ma victoire! Voilà deux mois que je lutte, et Dieu sait ce que vous me coûtez! Cette guerre me ruine. — Et tu viens me demander la Selléide pour la rançon de mon fils. A ce prix, je te les donnerais tous les trois.

LAMBROS *.

Nous défendrons notre indépendance tant qu'il restera à la Selléide un homme et un mousquet.

ALI.

Mais vous êtes vaincus.

LAMBROS.

Nous ne sommes pas soumis. Le Grand-Souli nous appartient encore; si tu veux la lutte, nous te la ferons terrible, et le bruit de la bataille viendra te réveiller dans ton palais.

ALI.

Je te jure, mon fils, que si je lutte je serai le plus fort; j'ai beaucoup de défauts; mais j'ai une qualité qui les rachète tous, la patience. Tu me rendras mon fils.

LAMBROS.

Quand il n'y aura plus un Albanais dans la Selléide.

---

* Ali, Lambros.

ALI.

Je t'ai renvoyé ton frère, moi, sans rançon.

LAMBROS.

Pour me perdre aux yeux de mes compatriotes.

ALI.

Il est charmant, cet enfant. Qu'est-il devenu?

LAMBROS, d'une voix sourde.

Je l'ignore.

ALI, vivement.

Tu es troublé. Les larmes te viennent aux yeux en parlant de lui. Tu es bon, je vois que tu es bon. Je suis bon aussi, moi. Tu me le rendras, n'est-ce pas?

LAMBROS.

Quand il n'y aura plus un ennemi dans la Selléide.

ALI.

Toujours! Les larmes même ne te touchent pas! Tu n'as pas de cœur. — Considère, mon fils, que tu es en mes mains.

LAMBROS.

Si dans deux jours je ne suis pas à Souli, ton fils aura cessé de vivre.

ALI.

Et s'il t'arrivait un accident! Si tu disparaissais! Ils sont capables de t'empoisonner, pour avoir un prétexte de tuer mon fils. Je ne traiterai pas avec toi. J'écrirai au conseil des anciens : il sera plus sage.

LAMBROS.

Je représente seul la Selléide.

ALI.

Qui commande en ton absence?

LAMBROS.

Andrikos.

ALI, avec une explosion de joie vivement réprimée, mais qui n'échappe pas
au Polémarque.

Andrikos! (D'un air indifférent.) C'est un de tes Klephtes?

LAMBROS.

Non.

ALI*, à part.

Ah! c'est Andrikos! (Bas, à Misirlu.) Fais venir la captive.
(Haut.) Eh bien, je traiterai avec cet Andrikos.

LAMBROS.

Je suis toujours le Polémarque.

ALI.

Je m'entendrai mieux avec lui.

LAMBROS.

Grand Dieu! serait-ce Andrikos qui nous trahissait?

ALI.

Cet Andrikos est ton ennemi, je le connais, je vous connais tous. Et c'est lui qu'on désigne pour te remplacer! Tu
as accompli un acte d'héroïsme que je payerais, moi, de
tous mes trésors, et voilà comment tes compatriotes te
récompensent! Les peuples sont ingrats.

LAMBROS.

Tous tes trésors ne me donneraient pas la seule récom-
pense que je veux : la conscience d'avoir fait mon devoir.

Kryséis, qui est entrée par la droite, se trouve en face de Lambros. En la voyant, il
fait un mouvement imperceptible et reprend aussitôt son calme. Kryséis reste impassible, malgré sa poignante émotion. Elle cherche à lire dans leurs regards.

ALI**, à Lambros.

Connais-tu cette femme?

* Lambros, Ali.
** Lambros, Ali, Kryséis.

LAMBROS'.

Non.

ALI.

C'est la fille d'un Klephte. — Elle me l'a dit.

LAMBROS.

Je ne la connais pas.

ALI, à Kryséis.

Toi, tu connais bien votre Polémarque?

KRYSÉIS.

Oui.

ALI.

Comme tu es émue!

KRYSÉIS.

Je suis émue de voir le Polémarque de Souli dans le palais d'Ali de Tebelen.

ALI, revenant à Lambros.

Elle est jolie, n'est-ce pas? Je voulais la donner à Véli-Pacha, mais je la garde; elle sera ce soir dans mon harem. (Lambros ne fait aucun mouvement.) Dans mon harem! (Allant à Kryséis.) Tu t'étonnes de voir le Polémarque de Souli dans mon palais. Je vais t'étonner bien davantage : il est mon prisonnier.

Kryséis reste impassible.

LAMBROS, en regardant Kryséis.

Je représente la Selléide. Si tu as vaincu les Souliotes dans la plaine et si ton armée campe dans la montagne, mes Klephtes ont repris le Grand-Souli et j'ai enlevé ton fils; nous devons traiter d'égal à égal.

ALI.

D'égal à égal! Il te serait bien difficile de sortir de mon palais sans ma permission.

LAMBROS.

De quel droit me retiendrais-tu? On suspecterait ta
loyauté. Ce serait condamner Véli-Pacha; mes Klephtes me
sont dévoués, ils le tueraient.

ALI.

Ils n'oseront pas.

LAMBROS.

Je peux seul porter ta réponse au conseil des anciens.

ALI.

Qui me répondrait de toi.

LAMBROS.

Mon nom et mon honneur.

ALI.

Je voudrais autre chose; je voudrais quelqu'un des tiens.

LAMBROS.

Je n'ai plus personne.

ALI.

Alors je te garde.

LAMBROS.

Laisse-moi partir. Je m'engage à te renvoyer ton fils.

ALI.

Tu ne veux pas que je traite avec Andrikos?

KRYSÉIS, à part.

Andrikos!

LAMBROS.

Donne-moi un jour pour aller dans la montagne. Je te
jure que, quoi qu'il arrive. je reviendrai à Janina.

ALI.

Non, non, je te garde, je te garde, je te garde.

LAMBROS.

Laisse-moi partir.

ALI.

Qui me répondrait de toi?

KRYSÉIS*.

Moi!

ALI.

Ah!

KRYSÉIS, allant à Lambros.

Je suis Kryséis.

ALI.

Enfin!

LAMBROS, à Kryséis.

Qu'as-tu fait? Je vais dire à mes frères de combattre.

KRYSÉIS.

Je le sais.

ALI.

Vous êtes tous les deux en mon pouvoir.

LAMBROS**.

Je suis un parlementaire.

ALI.

C'est maintenant que la Selléide est vaincue. Je vous tiens, je vous tiens tous les deux.

* Lambros, Kryséis, Ali.
** Kryséis, Lambros, Ali.

LAMBROS.

Sans honneur et sans foi!

ALI.

Toi, tu es l'âme de la résistance, et elle est le prix de la trahison.

KRYSÉIS.

Moi!

LAMBROS.

Kryséis!

ALI.

Je l'ai promise à Andrikos.

LAMBROS et KRYSÉIS.

Andrikos!

ALI.

Il ne m'a demandé qu'elle.

LAMBROS.

Infamie! Infamie!

ALI.

Ah! tu m'as pris mon fils! — Et je la conduirai moi-même, cette nuit, avec vingt mille hommes. Je la lui donnerai devant toi. Ah! tu m'as pris mon fils! Qu'on les enchaîne.

KRYSÉIS, bas, à Lambros.

Prête-moi une arme.

LAMBROS, lui donnant un poignard.

Prends.

KRYSÉIS.

On ne donne pas Kryséis.

ALI.

Allons, qu'on m'obéisse.

LAMBROS, haut.

Retiens-moi. Enchaîne-moi. Et que ta perfidie soit assez éclatante pour que tu ne puisses plus tromper personne. Tu démasques le traître. Les Souliotes en feront justice. Tu n'as jamais vaincu que par la trahison, et tu n'oses plus me regarder. Tes victoires t'épouvantent.

ALI*.

Je n'ai peur de rien, et tout ce que j'ai fait a été bien fait; j'ai toujours eu raison, puisque j'ai toujours réussi. Vous êtes vaincus; demain vous serez écrasés, et si jamais vous vous relevez, je triompherai encore.

LAMBROS.

On ne triomphe pas d'une nation décidée à mourir.

ALI.

Eh bien! vous mourrez.

* Ali, Kryséis, Lambros.

ACTE CINQUIÈME

Septième Tableau

LE PIC DE KIAPHA

Un site désolé au milieu de rochers arides. — A gauche, le chemin qui descend à Janina ; — à droite, celui qui monte à Souli ; — au milieu, un sentier conduisant aux cimes.

SCÈNE PREMIÈRE

STEFANO, IOTIS, SMARAGDA, puis MIKALIS.

Ils viennent par le chemin de Janina, à gauche.

IOTIS, entrant le premier.

Le pic de Kiapha !

SMARAGDA.

Nous sommes sauvés.

STEFANO.

Mais nous avons encore une fois perdu Mikalis.

SMARAGDA.

Il est toujours le dernier.

IOTIS.

Le voilà.

MIKALIS*, arrivant.

Je vous affirme qu'on nous suit.

SMARAGDA.

Que peux-tu entendre, avec ces rafales de vent dans les arbres ?

STEFANO.

Et le bruit du torrent! — D'ailleurs, on peut bien nous suivre à présent.

IOTIS**.

Nous nous moquons du visir.

STEFANO.

Il nous aurait fait pendre, si nous ne nous étions cachés dans le palais même.

MIKALIS.

Voilà ce que j'appelle une évasion bien conduite.

IOTIS.

Mais nous avons laissé Kryséis.

SMARAGDA.

Puisque tu as vu Lambros à Janina, elle n'a rien à craindre.

IOTIS.

Oui, j'ai vu Lambros entrer dans le palais avec ses insignes de Polémarque. Ah! qu'il m'a fallu du courage pour ne pas lui sauter au cou !

MIKALIS.

Nous ne sommes donc pas aussi anéantis que le disait le visir.

* Stefano, Smaragda, Mikalis, Iotis.
** Iotis, Smaragda, Mikalis, Stefano.

STEFANO.

Cependant, il y a des Albanais dans la montagne.

SMARAGDA.

Ah! qu'il me tarde d'être au Grand-Souli pour savoir la vérité !

IOTIS.

Et moi aussi, je voudrais y être.

STEFANO.

Allons, Mikalis, un dernier effort.

MIKALIS.

Passez devant. Je ne me perdrai plus. (Revenant écouter.) Mais je suis sûr qu'on nous suit.

Ils ont disparu tous les quatre, quand on aperçoit Andrikos sortant de la crevasse d'un rocher, au fond, à gauche.

SCÈNE II

ANDRIKOS, seul.

Je n'entends plus rien, rien; ce silence, c'est la mort... et moi, moi, j'ai tout oublié. Depuis deux jours, j'erre dans ces montagnes, seul, effrayé à l'idée d'y rencontrer un être vivant. Je n'oserais pas l'interroger. J'ai tout oublié... C'est bien moi, pourtant, qui ai soulevé les Souliotes contre le Polémarque. C'est moi qui les ai conduits à la défaite... Je les ai vus tomber. J'ai vu les femmes et les enfants mourir comme des héros ! J'entendais leurs cris de rage. Je n'entends plus rien, mais me voilà vivant. Pourquoi suis-je ici ? Pourquoi ne suis-je pas couché avec les autres dans les défilés de Sainte-Vénérande ? J'ai donc fui encore une fois ? J'ai donc eu peur? Oui... j'ai eu peur. Oui... j'ai eu peur de ma trahison ; je me souviens, je me souviens ! — J'entends parler... quels sont ces gens ? Je n'ose pas les interroger.

Il disparaît à droite, au moment où Athanasi et les gardes du visir se montrent à gauche.

SCÈNE III

ATHANASI, ALI, puis LAMBROS et KRYSÉIS, Gardes.

ATHANASI, montrant les rochers à gauche.

C'est là, derrière ces rochers, que vous dresserez la tente du visir. Ne faites aucun bruit et ne vous montrez que lorsque notre armée aura balayé de la Selléide ses derniers Klephtes. Voici le visir.

ALI, entrant, inquiet malgré lui, suivi de Lambros et de Kryséis.

Qu'on les adosse à ces rochers. — Serons-nous en sûreté ici ?

Lambros et Kryséis, les mains enchaînées, sont placés devant le rocher, à droite du sentier.

ATHANASI*.

Nous sommes abrités de toutes parts, et du haut de ce rocher, tu découvriras, au lever du soleil, toutes les montagnes de la Selléide.

ALI.

Bien, bien. Je ne veux pas qu'on me raconte comment j'aurai été vengé : je veux le voir. Je veux être au milieu de mes ennemis terrifiés. Je veux les regarder trembler. (Plus bas.) Oh ! la haine est une bonne chose ; elle double le courage. (Avec effroi.) Quel est ce bruit ?

ATHANASI.

Une rafale de vent dans les arbres, ne craignez rien.

* Athanasi, Ali, Lambros, Kryséis.

ALI.

Cela ne m'effraye pas. Rien ne m'effraye. On m'a prédit que je vivrais cent cinquante ans. Je suis au-dessus des autres; Dieu doit faire pour moi ce qu'il ne ferait pas pour les autres. — D'ailleurs, nos mesures sont bien prises?

ATHANASI.

Tous tes ordres sont exécutés.

ALI.

Bien. (Regardant Lambros.) Ah! tu es là?

LAMBROS.

Oui, je suis là pour crier à tous les échos de nos montagnes qu'Ali de Tebelen est un fourbe et un imposteur.

ALI.

Bien, bien!

LAMBROS.

Je crierai qu'Ali de Tebelen vient se cacher la nuit pour entendre égorger ses victimes.

ALI.

Tais-toi.

LAMBROS.

Je crierai que ce n'était pas avec un ennemi que nous luttions; c'était avec un lâche et un assassin.

KRYSÉIS.

Un assassin.

ALI.

Oui... oui! — Où a-t-on dressé ma tente?

On la lui montre. Il se dirige à gauche, au moment où on aperçoit sur le haut du rocher auquel se trouve adossé Lambros, la tête de Mikalis qui cherche à se montrer au Polémarque sans pouvoir arriver jusqu'à lui.

SCÈNE IV

LAMBROS, KRYSÉIS, MIKALIS.

MIKALIS*, bas, à Lambros.

Lambros!

LAMBROS, restant immobile.

Mikalis!

MIKALIS.

Que faire?

LAMBROS.

Cours au Grand-Souli.

MIKALIS.

Mais vous?

LAMBROS.

Qu'on s'empare d'Andrikos! Il nous trahit.

MIKALIS.

Mais vous deux?

LAMBROS.

Retenez Véli-Pacha.

MIKALIS.

Si je pouvais arriver jusqu'à toi?

LAMBROS.

Une minute de retard peut tout perdre.

* Ali, Athanasi; Mikalis sur la montagne; Lambros. Kryséis.

MIKALIS.

Lambros!

LAMBROS.

Ne songe pas à nous, va, va.

Mikalis disparaît.

SCÈNE V

LAMBROS, KRYSÉIS, puis ALI, ATHANASI, GARDES.

KRYSÉIS.

Le chemin est long d'ici au Grand-Souli. — Arrivera-t-il à temps?

LAMBROS.

Dieu sauve la Selléide!

ALI*, revenant.

Bien, bien, vous planterez ma bannière au haut de ce rocher. C'est de là que je saluerai mon armée victorieuse. (A Lambros et à Kryséis.) Vous y serez. (On entend une marche militaire. — Avec effroi.) Qu'est cela?

ATHANASI.

C'est un de nos régiments qui marche sur le Grand-Souli.

KRYSÉIS.

O mon Dieu!

ALI.

Tu as prévenu Andrikos?

ATHANASI.

Je lui ai envoyé trois hommes sûrs.

Athanasi, Ali, Lambros, Kryséis.

ALI.

Il aura fait sortir de la montagne les Klephtes de Lambros sous prétexte de ravitaillement?

ATHANASI.

Je le lui ai ordonné.

ALI.

Il aura délivré mon fils?

ATHANASI.

Je te réponds d'Andrikos. Il sait que Kryséis est en nos mains.

ALI.

C'est que ces misérables se voyant perdus, massacreraient mon fils.

SCÈNE VI

LES MÊMES, ANDRIKOS.

ANDRIKOS*, revenant par la droite.

J'ai vu passer des Albanais.

LAMBROS et KRYSÉIS.

Andrikos!

ANDRIKOS.

Je vois partout des Albanais.

ALI.

Quel est cet homme?

ATHANASI.

Andrikos.

* Athanasi, Ali, Andrikos, Lambros, Kryséis.

ALI.

Andrikos! Andrikos, ici?

ANDRIKOS.

Qui es-tu?

ALI.

Ali de Tebelen, ton ami. — Tu as sauvé mon fils?

ANDRIKOS.

Ton fils?... moi?... je ne sais plus.

ALI.

Comment?

ATHANASI.

Je t'ai envoyé des émissaires.

ALI.

Où est mon fils? où est Véli-Pacha?

ANDRIKOS.

J'ai tout oublié.

ALI.

Où sont les Klepthes de Lambros?

ANDRIKOS.

Ils n'étaient pas là?... Ils n'ont pas combattu?

ALI.

Il ne sait rien; il n'a rien vu. — Véli-Pacha est encore
prisonnier! Les Klephtes de Lambros sont au Grand-Souli!
— Va sauver mon fils; va, tu sauras où il est; tu es le
chef, tu es le maître, et tu t'es engagé à me servir. Je tenais
mes promesses, moi; — je t'amenais Kryséis.

ANDRIKOS.

Kryséis!... Kryséis est ici?

ALI.

La voilà, la voilà, — je te la donne.

ANDRIKOS.

C'est elle!

Il s'avance vers elle.

KRYSÉIS.

Tu as vendu ton pays!

ALI.

Elle t'appartient.

LAMBROS.

Tu as vendu ton pays!

ANDRIKOS*, avec effroi.

Ah! Lambros!

ALI.

Ne crains rien... ne crains rien... Ils sont enchaînés.

KRYSÉIS.

Tu es un traître!

ALI.

Je te promets la fortune et les honneurs.

LAMBROS.

Tu es un traître!

ALI**.

Tu seras le premier après moi. — Va, va sauver mon fils.
Hâte-toi!

KRYSÉIS.

Tu as vendu ton pays!

* Athanasi, Ali, Lambros, Kryséis, Andrikos.
** Athanasi, Ali, Andrikos, Lambros, Kryséis.

LAMBROS.

Tu as vendu ton pays!

ALI.

Prends ce poignard. Frappe-les, frappe.

LAMBROS.

Traître!

KRYSÉIS.

Lâche!

ALI.

Mais frappe donc!

ANDRIKOS*, reculant épouvanté.

Je ne peux pas... Ce sont des spectres.

ALI.

Sauve mon fils. Va, va, le temps presse.

ANDRIKOS**.

Je ne peux pas... Il faut que je meure comme les autres.
Ils sont tous morts!

Il se frappe et tombe.

ALI.

Andrikos! Andrikos! Rien... rien! (On entend la fusillade.) On
se bat!

LAMBROS, d'une voix retentissante.

Mikalis est arrivé à temps. Ce sont mes Klephtes qui enga-
gent la bataille. Je reconnais le bruit de leurs mousquets.

ALI***.

Je veux rejoindre mon armée.

La fusillade éclate à droite.

---

* Athanasi, Ali, Lambros, Kryséis, Andrikos.
** Athanasi, Lambros, Kryséis, Ali, Andrikos.
*** Athanasi, Ali, Lambros, Kryséis.

LAMBROS.

On se bat sur le chemin de Janina, et tous ces sentiers conduisent à Souli.

ALI.

Je veux sortir d'ici.

LAMBROS, rompant ses liens dans un effort surhumain.

Tu ne sortiras pas.

ALI*, courant à droite.

Frayez-moi un passage. (On entend une fusillade terrible. — Ali revient épouvanté.) Tous tués...

LAMBROS.

Voici l'heure de planter ta bannière; il faut qu'on sache que tu es là.

Il la saisit et va la porter sur le sommet du rocher.

ALI.

Que fais-tu? retenez-le.

KRYSÉIS.

Va, va, Lambros.

ALI**.

Arrêtez-le... Emparez-vous de lui... Montez sur ces rochers.

LAMBROS, revenant se placer au bas du sentier.

Aucun de tes valets ne passera.

KRYSÉIS, allant se jeter dans ses bras.

Bien, bien, Lambros!

ALI.

Frappez, frappez-le... Enlevez donc cette bannière... brisez-la... (La bannière tombe.) Elle est tombée!

---

* Lambros, Kryséis, Ali.
** Athanasi, Lambros, Kryséis, Ali.

KRYSÉIS.

C'est moi qui la relèverai *.

Kryséis monte sur le rocher et tient la bannière.

LAMBROS.

Tu voulais voir la bataille de près. Tu seras au combat.

ALI.

Laisse-moi, laisse-moi !

LAMBROS.

Tu verras comment se battent mes Klephtes. Viens.

ALI.

Je ne veux pas... je ne veux pas.

LAMBROS.

Tu les verras.

Il l'entraine.

ALI.

Je n'ai plus personne... Je suis seul, seul!

LAMBROS.

Viens, viens! tu voulais voir la bataille. Tu la verras.

* Athanasi, Kryséis sur le rocher, Lambros, Ali.

Huitième Tableau

LE CHAMP DE BATAILLE.

Lambros et Ali gravissent la montagne. — A mesure qu'ils montent, l'horizon s'étend, et au moment où ils parviennent au sommet, le champ de bataille apparaît tout entier. — Les Klephtes sont partout triomphants. — On voit flotter le drapeau grec, figurant une croix blanche sur un fond bleu.

SCÈNE UNIQUE

LAMBROS, ALI, MIKALIS, STEFANO, IOTIS, KRYSÉIS, SMARAGDA, MARIORA, KITZA, IANOULA.

Ils arrivent en scène de toutes parts.

STEFANO, SMARAGDA, IOTIS*.

Kryséis et Lambros!

MIKALIS.

Cette fois, je suis arrivé à temps.

ALI.

Je suis vaincu et vous avez mon fils... Tes Klephtes me tueront!

LAMBROS, lui jetant la cape d'un Klephte.

Va t'en. La patrie est libre!

La toile tombe sur le champ de guerre.

* Ianoula, Kitza, Mariora, Smaragda, Mikalis, Stefano, Iotis, Kryséis, Lambros, Ali.

FIN DE LIBRES !

LES TAPAGEURS

COMÉDIE EN TROIS ACTES

Représentée pour la première fois, à Paris,
sur le théâtre du VAUDEVILLE, le 19 avril 1879.

PERSONNAGES

DE JORDANE	MM.	DUPUIS.
RAOUL DE JORDANE		PIERRE BERTON.
LE PRINCE ORBELIANI		DIEUDONNÉ.
CARDONAT		JOUMARD.
DE BALISTRAC		BOISSELOT.
BRIDIER		ANDRÉ MICHEL.
LE DOCTEUR BAJOL		COLOMBEY.
PUYJOLET		CARRÉ.
VALAJOL		FAURE.
SAINT-CHAMAS		GABRIEL ROGER.
DESCOURTOIS		MOISSON.
GUSTAVE QUEYROULET	Mⁿᵉ	LAMARE.
CLARISSE (Madame de Jordane)	Mᵐᵉˢ	BARTET.
GENEVIÈVE BRIDIER		RÉJANE.
VALENTINE (Madame de Folny)		MASSIN.
OLGA (Madame Cardonat)		DAVRAY.
MADAME DESCOURTOIS		GABRIELLE GAUTIER.
AGATHE (Madame de Balistrac)		KALB.
MADAME PUYJOLET		JULIA DE CLÉRY.
ARCADIE		MARIE KÉKLER.
LA GRANDE COMÉDIENNE		ZEHN.
UNE BOUQUETIÈRE		LINCELLE.
UN DOMINO		MOISSON.

DOMESTIQUES : MM. VAILLANT ET COTTET.
INVITÉS : M. KARL, MADEMOISELLE MARIETTA, etc.

———

S'adresser, pour la mise en scène, au régisseur général du théâtre du Vaudeville.

LES TAPAGEURS

ACTE PREMIER

CHEZ M. DE JORDANE

Grand salon à cinq portes : à gauche, premier plan, porte du fumoir;
au pan coupé, petit salon; au fond, autre salon; ces deux portes sont
constamment ouvertes, et laissent voir canapés, chaises, guéridon, etc. —
A droite, pan coupé, porte de la salle à manger, qui ne s'ouvre que pour le
passage des invités; — au premier plan, porte fermée. — En scène : à
gauche, canapé, chaise; au milieu, un double siège en forme d'S, un fauteuil; — à droite, guéridon entouré de chaises; — dans un angle à gauche,
une console chargée d'objets d'art. — Huit heures du soir; lustres, lampes,
candélabres allumés.

SCÈNE PREMIÈRE

MADAME PUYJOLET, PUYJOLET, puis SAINT-CHAMAS, puis VALAJOL.

Au lever du rideau, M. et madame Puyjolet, en grande tenue de soirée, sont assis
à gauche, comme des gens qui attendent.

MADAME PUYJOLET.

Nous sommes arrivés quarante minutes trop tôt, monsieur Puyjolet. Je vous le disais, on dîne très tard à Paris.

PUYJOLET.

Quand j'étais surnuméraire...

MADAME PUYJOLET.

Quand vous étiez surnuméraire, vous ne deviez pas
aller beaucoup dans le monde. Mais puisque vous avez eu

V.   20.

l'honneur d'épouser une demoiselle de Goussainville, vous pouviez vous en rapporter à moi.

PUYJOLET.

Je m'en rapporte toujours à toi, chère amie.

MADAME PUYJOLET.

Pour solliciter.

PUYJOLET.

Si je t'accompagne aujourd'hui, c'est que tu l'as voulu.

MADAME PUYJOLET.

Absolument. M. de Jordane m'avait promis monts et merveilles, pendant qu'il était ministre. Il n'a rien tenu. Je veux vous présenter, pour lui donner des remords.

PUYJOLET.

Je t'en remercie. (Saint-Chamas parait au fond à gauche, venant du dehors. — Avec un soupir de satisfaction.) Nous ne sommes plus seuls.

On se salue légèrement.

MADAME PUYJOLET, bas, à son mari, en montrant Saint-Chamas qui s'assied au milieu et parcourt un article de journal.

De Saint-Chamas, député.

PUYJOLET, le resaluant avec respect.

Ah!

MADAME PUYJOLET, de même.

Fameux par son projet d'impôt.

PUYJOLET

Quel impôt?

MADAME PUYJOLET.

L'impôt sur le bleu.

PUYJOLET.

Quel bleu?

MADAME PUYJOLET.

La couleur bleue, qu'on imposerait et que tout le monde porterait par patriotisme...

PUYJOLET.

Si on la vendait moins cher que les autres.

MADAME PUYJOLET.

Vous ne comprenez pas.

VALAJOL, paraissant au fond à gauche.

Pas encore au dessert!

MADAME PUYJOLET, bas, à son mari.

M. Valajol, l'ami de la maison.

PUYJOLET.

Ah!

Il salue Valajol, qui ne le voit pas.

VALAJOL, allant droit à Saint-Chamas et s'asseyant près de lui sur l'S.

Saint-Chamas, notre éloquent Saint-Chamas!

SAINT-CHAMAS.

Vous étiez à la Chambre?

VALAJOL.

Non, je parle en général.

SAINT-CHAMAS.

Aujourd'hui j'ai interpellé le ministère

VALAJOL.

Vous avez été admirable.

SAINT-CHAMAS.

On vous l'a dit?

VALAJOL.

Mes compliments, cher ami.

SAINT-CHAMAS.

Je les accepte, parce que je sais qu'ils sont sincères... Je suis venu un peu tôt, pour avoir des nouvelles. (Prenant un air désespéré.) Ce qui arrive à notre illustre ami est abominable.

VALAJOL, étonné.

Quoi donc?

SAINT-CHAMAS.

Son aventure avec Zoé.

VALAJOL.

Quelle aventure?

SAINT-CHAMAS.

Dans sa grande situation, père d'un fils de vingt-deux ans, marié en secondes noces avec une toute jeune femme adorable...

VALAJOL.

Stop! stop! Saint-Chamas, ne vous apitoyez pas; il n'est rien arrivé du tout avec Zoé.

SAINT-CHAMAS.

Je dis Zoé, c'est peut-être Nadine.

VALAJOL.

Mais non, Nadine est à Raoul.

SAINT-CHAMAS.

Zoé au père, Nadine au fils!   Il se lève.

VALAJOL.

Eh bien! parfaitement, il suffit de ne pas confondre. (Se levant.) Zoé n'existe plus. Tout est rompu. Je crois que maintenant notre illustre ami a une passion dans le monde. Ce doit être sérieux, il ne m'en a rien dit.

SAINT-CHAMAS.

Précisément. On raconte que la rupture avec Zoé a été bruyante.

VALAJOL.

Comment, on raconte?...

Il prend le journal.

SAINT-CHAMAS.

Avec des détails très amusants, ma foi, et suivis d'un petit éreintement politique...

VALAJOL, se récriant.

C'est faux! faux! archi faux! (Se retournant vers madame Puyjolet.) Je vous demande pardon, madame, de me laisser emporter ainsi. (La reconnaissant.) Madame Puyjolet! J'ai eu l'honneur, madame, de vous voir l'année dernière chez mon ami Jordane, qui m'a souvent reparlé de vous...

MADAME PUYJOLET, présentant vivement son mari.

Mon mari...

VALAJOL.

Et de M. Puyjolet, un de nos préfets les plus...

PUYJOLET.

Comment, préfet?

MADAME PUYJOLET.

M. Puyjolet est receveur des contributions.

VALAJOL, sans se déconcerter.

Admirable receveur! admirable! Jordane l'apprécie beaucoup.

MADAME PUYJOLET.

Nous sommes à La Rochelle.

SAINT-CHAMAS, à part.

Cela se voit bien à sa toilette.

VALAJOL, présentant Saint-Chamas.

M. de Saint-Chamas, un de nos députés les plus élo-
quents. Il m'apprend qu'on attribue à notre ami Jordane
des aventures de l'autre monde.

MADAME PUYJOLET.

Il est très à la mode, M. de Jordane; on doit naturellement s'occuper beaucoup de lui.

VALAJOL.

Trop, madame; il devient impossible de vivre tranquillement chez soi.

MADAME PUYJOLET.

La célébrité a eu de tout temps ce léger inconvénient.

VALAJOL.

Pas comme à présent. On nous étudie en détail; on nous
prend par le menu; nous appartenons aux boulevardiers,
aux nouvellistes, aux caricaturistes. Moi, madame, on m'a
représenté un jour, — je ne le cache pas, tout le monde l'a
vu, — grimpé sur le dos de Jordane avec des bras de singe
et une tête de perroquet. Je n'ai jamais compris ce que ça
voulait dire.

SAINT-CHAMAS.

Ni moi. (Allant à madame Puyjolet. — Avec importance.) Il a raison,
madame; si nous avons le bonheur d'arriver à une supé-
riorité un peu réelle dans le high-life, ou en politique, en
politique surtout, nous n'avons plus une fantaisie sans
qu'on y attache un grelot; tout, dans notre existence,
devient sujet à discussion; c'est un assaut de pourquoi et
de comment à détruire la réputation la mieux établie. Je
vous jure qu'un chef de parti qui reste honnête homme
pour le public a les reins solides. Mais quand on a pour
soi sa conscience...

VALAJOL.

Oh! la conscience! on l'a toujours pour soi, ou on n'en a pas.

MADAME PUYJOLET.

Il y a bien des compensations.

SAINT-CHAMAS.

Sans doute, madame, il y a les succès de tribune.

VALAJOL.

M. de Jordane, par exemple, qui a conquis par ses triomphes oratoires une orpheline de dix-neuf ans, immensément riche : voilà un vrai succès de tribune.

SAINT-CHAMAS.

Sans doute! Enfin nous demandons seulement qu'on s'occupe moins de nous.

VALAJOL.

Nous le demandons en grâce.

UN VALET DE PIED, entrant par la gauche.

La commission de monsieur est faite.

Il sort à droite.

VALAJOL

Bien. — C'est la liste des invités que Jordane m'a prié d'envoyer aux journaux.

PUYJOLET, à part.

Et ils ne veulent pas qu'on s'occupe d'eux

MADAME PUYJOLET.

Alors un dîner à sensation?

VALAJOL, passant à elle.

Pas du tout, un dîner simple, un dîner où l'on dîne, douze couverts (il compte sur ses doigts.) Jordane, madame de

Jordane, Raoul, la vicomtesse de Folny, la plus belle des
veuves!

SAINT-CHAMAS.

Le deuil est terminé?

VALAJOL.

Il se termine : on en est aux couleurs tendres. La jolie
madame de Balistrac.

MADAME PUYJOLET.

La femme de l'ancien préfet?

SAINT-CHAMAS.

Alors, le docteur Bajol?

VALAJOL.

Naturellement. M. de Balistrac, M. et madame Descourtois.

SAINT-CHAMAS.

Ah! ah! madame Descourtois est parvenue à se faire
inviter?

VALAJOL.

Elle a pris un mari pour enfoncer les portes, c'est un
bélier.

MADAME PUYJOLET, à Puyjolet.

Une ancienne institutrice qui a épousé un millionnaire...
trop tard!

PUYJOLET.

Ah!

VALAJOL, continuant.

Un jeune collégien, chassé de son lycée et recueilli par
Jordane son correspondant; un type nouveau: le collégien
important. Il prétend qu'il a été renvoyé pour cause politique.

Cela ne fait que dix. Ah! j'oubliais, le plus étonnant à cause de l'imprévu, — M. Cardonat.

SAINT-CHAMAS.

Le banquier! On me l'avait dit, je ne voulais pas le croire.

VALAJOL.

Je ne sais comment notre illustre ami s'est enganté de ce Cardonat. Il ne parle plus que par lui.

SAINT-CHAMAS.

C'est tout simple. Il y a une madame Cardonat superbe, mais inattaquable, dit-on.

VALAJOL.

Jusqu'à présent... (Se reprenant vivement.) Je ne sais rien; je ne sais absolument rien, je n'ai rien vu.

Un valet de pied ouvre la porte de la salle à manger. On porte le café dans le salon du fond à gauche.

SAINT-CHAMAS.

On sort de table.

PUYJOLET.

Enfin!

SCÈNE II

LES MÊMES, CARDONAT, CLARISSE, puis RAOUL et AGATHE, puis LE DOCTEUR et OLGA, puis GUSTAVE et MADAME DESCOURTOIS, puis JORDANE et VALENTINE, puis BALISTRAC et DESCOURTOIS.

Ils viennent tous du pan coupé droit, dans l'ordre du dialogue.

CLARISSE, entrant au bras de Balistrac et descendant vers la gauche.

La véritable mission des préfets est de faire aimer leur gouvernement; j'aurais voulu qu'ils eussent tous de jolies femmes. Vous deviez être un préfet excellent, vous.

BALISTRAC.

A cause de madame de Balistrac?

CLARISSE.

Mais cela ne nous regarde pas; M. de Jordane n'est plus rien.

Elle traverse pour recevoir les Puyjolet et Valajol.

BALISTRAC, à Saint-Chamas.

Moi non plus. On m'oublie; il faut que je me montre.

VALAJOL, présentant les Puyjolet à Clarisse.

Monsieur et madame Puyjolet.

CARDONAT, à Agathe.

J'accomplis une œuvre moralisatrice et patriotique par la régénération des peuples attardés et par la diffusion de la puissance française en Orient: voilà le but de la nouvelle société *le Danube*.

AGATHE.

Que vous lancez?

CARDONAT.

Bruyamment, madame. On a ennobli la réclame; elle est devenue la Renommée.

AGATHE.

Qui a toujours eu une trompette.

CARDONAT.

Précisément, madame.

Ils se séparent ; il va serrer la main de Valajol.

AGATHE, à l'extrême droite, se rajustant.

Il est insupportable, ce banquier.

LE DOCTEUR, entrant avec Olga.

Le mal du pays peut-être?

Ils traversent la scène.

OLGA.

Oh! non, docteur, oh! non. J'adore Paris au contraire. Seulement je sens que je deviens capricieuse.

LE DOCTEUR.

C'est un mal que nous ne traitons pas en France.

OLGA.

Il n'y a pas de remède?

LE DOCTEUR.

Je ne dis pas cela; on guérit très vite d'un premier caprice.

OLGA.

Par quoi?

LE DOCTEUR.

Par un second.

OLGA.

Ah! oui.

Madame Descourtois entre au bras du jeune Gustave, raide et compassé, qui la salue avec gravité et remonte. Jordane entre avec Valentine. Raoul et Descourtois paraissent derrière eux.

JORDANE.

Oh! madame, à mon âge!

VALENTINE.

Ne me parlez pas de votre âge, vous n'en pensez pas un mot; avouez que vous êtes toujours jeune.

JORDANE.

Je n'avouerai jamais cela. — Je reconnais seulement que je ne vieillis pas.

VALENTINE.

Donnez-moi votre secret.

JORDANE.

Cela ne peut pas encore vous intéresser.

VALENTINE.

Donnez tout de même.

JORDANE.

Il est très simple. Je n'amasse pas d'expérience, c'est elle qui gâte tout. Je pense comme à vingt ans, avec les mêmes sensations, les mêmes émotions.

VALENTINE.

C'est très ingénieux.

JORDANE.

Je ne regarde jamais un calendrier, j'ai horreur des anniversaires, et il n'y a pas de pendules chez moi.

VALENTINE.

Ah! oui! n'est-ce pas, ce tic-tac et cette aiguille qui marche...

JORDANE.

C'est horrible!

VALENTINE.

Que de fois je l'ai vue avancer lentement quand j'étais seule par hasard avec mon mari!

JORDANE.

Par hasard est adorable.

VALENTINE, vivement.

Et cependant M. de Folny avait quelquefois de l'esprit.

JORDANE.

Il l'a bien prouvé le jour de sa mort.

VALENTINE.

Vous n'êtes pas sérieux. (Se penchant à son oreille.) Vous ne vous êtes occupé à table que de la belle Moldave.

JORDANE.

Madame Cardonat! Elle dîne ici pour la première fois.

VALENTINE.

Bon apôtre! — Quand je pense que vous avez une femme adorable!

JORDANE.

Adorable et parfaite!

VALENTINE.

Voilà bien son tort. — Elle vous a épousé par admiration

JORDANE.

C'est mon plus beau triomphe.

VALENTINE.

Mais vous ne lui en savez aucun gré. Non, non. Les hommes peuvent s'étonner quelquefois, — rarement, — qu'on les aime, jamais qu'on les admire. A la place de Clarisse, je supprimerais l'admiration.

JORDANE.

Et vous m'aimeriez pour moi-même.

VALENTINE.

Je ne dis pas cela.

AGATHE, à Raoul.

Vous avez pu diner?

RAOUL.

Très bien, je vous assure.

AGATHE.

Vous devriez, au moins, paraître ému.

RAOUL.

Je le serai même, si vous me dites pourquoi.

AGATHE.

Tout le monde sait que vous êtes le cavalier servant de mademoiselle Nadine, cette brillante étoile de l'opérette.

RAOUL.

Il me serait difficile de le cacher.

AGATHE.

On raconte que vous êtes amoureux.

RAOUL.

Amoureux est sévère pour moi... Je crois que je vais rompre.

AGATHE.

Alors, vous êtes cause de tout. Elle ne joue pas ce soir. On fait relâche par indisposition de mademoiselle Nadine.

RAOUL.

Ah!

AGATHE.

Allez, allez, ne vous gênez pas.

RAOUL.

Je vais envoyer chez elle.

VALAJOL, à demi-voix à Jordane.

Madame Puyjolet est ici.

VALENTINE, qui a entendu.

Madame Puyjolet! celle dont les sollicitations vous avaient si vivement ému l'année dernière.

JORDANE.

Elle m'intéressait. Avec qui cause-t-elle?

VALENTINE.

Avec un monsieur qu'elle n'écoute pas, ce doit être son mari.

JORDANE.

Évidemment, c'est son mari qui vient me remercier.

VALENTINE, le regardant.

Vous remercier?

JORDANE.

Je lui ai fait obtenir un avancement énorme.

VALENTINE.

Il l'a bien gagné!

JORDANE, allant à madame Puyjolet.

C'est très aimable à vous, madame, de ne pas nous avoir oubliés; voulez-vous me permettre de vous présenter à la vicomtesse de Folny?

MADAME PUYJOLET, saluant.

Madame! (Présentant Puyjolet.) Monsieur Puyjolet.

JORDANE.

Eh bien! monsieur Puyjolet, vous devez être content?

PUYJOLET, embarrassé.

Oui, monsieur, très content.

JORDANE.

Vous ne désiriez que la résidence de Paris, vous l'avez!

PUYJOLET.

Moi!

JORDANE.

D'Angoulême à Bordeaux, de Bordeaux à Paris.

MADAME PUYJOLET.

Nous sommes toujours à La Rochelle.

JORDANE.

Vous ne venez pas d'être nommé inspecteur des douanes?

PUYJOLET.

Moi!

MADAME PUYJOLET.

Nous sommes dans les contributions.

JORDANE.

Alors, ce n'est pas vous... Il y a donc deux Puyjolet?

PUYJOLET.

En effet, il y en a un dans les douanes, qui a eu un avancement extraordinaire; nous ne sommes pas parents.

JORDANE, bas.

Je me suis trompé de Puyjolet.

VALENTINE, souriant.

L'autre est-il marié?

PUYJOLET.

Je ne crois pas, madame,

VALENTINE.

Il n'avait aucun titre.

JORDANE.

Mais non, il n'avait aucun titre. Je vous demande pardon. C'est une erreur que je déplore et qu'il faut réparer. Je n'ai plus la même influence, mais il me reste des amis.

CARDONAT.

Tout le monde envierait cet honneur!

JORDANE.

Monsieur Cardonat, connaissez-vous le nouveau directeur général des contributions?

CARDONAT.

Beaucoup; monsieur... son nom ne me revient pas... Il y a un de...

MADAME PUYJOLET.

Non, monsieur, il s'appelle...

CARDONAT.

Ah! oui, oui, je sais, nous sommes intimes.

JORDANE.

Pourriez-vous lui recommander M. Puyjolet?

CARDONAT.

Parfaitement. Que désire monsieur?

MADAME PUYJOLET, vivement.

La résidence de Paris. M. Puyjolet a tous les titres.

CARDONAT.

Rien n'est plus facile. (A Puyjolet.) Que seriez-vous à Paris?

MADAME PUYJOLET, coupant la parole à son mari.

Receveur principal.

CARDONAT.

C'est bien peu de chose.

PUYJOLET.

Peu de chose? Receveur!

MADAME PUYJOLET.

N'interrompez pas.

CARDONAT.

On vivote dans les administrations de l'État.

PUYJOLET.

Mais, receveur principal!

MADAME PUYJOLET.

Nous avons une certaine aisance, outre notre cautionnement.

CARDONAT.

Je songeais, puisque vous m'êtes recommandé par M. de
Jordane, à vous offrir une grande situation financière.

v. 21.

PUYJOLET.

A moi!

MADAME PUYJOLET.

N'interrompez pas Auguste... A nous?

CARDONAT.

Dans une société nouvelle, *le Danube*, une affaire colossale! Vingt mille francs par an, une part, des actions.

MADAME PUYJOLET.

Est-ce possible?

CARDONAT.

C'est fait.

PUYJOLET, ahuri.

Quoi!

MADAME PUYJOLET.

Oh! monsieur!

Ils remontent.

CLARISSE, qui s'était rapprochée.

Voilà de braves gens qui vont lâcher la proie pour l'ombre.

VALENTINE.

Je vous avoue que je suis tombée des nues en apprenant que je dînerais chez vous avec M. et madame Cardonat.

CLARISSE.

Mon mari les a connus chez les de Voyenne, et il prétend que ce sont les grands financiers qui doivent relever notre pays.

VALENTINE.

Le métier a du bon. Il est vrai que puisque vous deviez avoir madame Descourtois...

CLARISSE.

Là, je suis seule coupable. M. Descourtois m'accablait de prévenances, me parlant toujours de sa femme ; j'en ai été attendrie.

VALENTINE.

Moi, je ne la reçois pas. Vous savez l'histoire de son mariage ?

CLARISSE.

Un oui solennel qui est venu un peu tard. On pouvait dire : Amen. — Nous sommes exposées à côtoyer si souvent des femmes légères !

VALENTINE.

Ce n'est pas la même chose... Madame de Balistrac, par exemple.

CLARISSE, vivement.

Agathe ! Elle est charmante et si ingénue ! Elle n'a pas l'air de tromper son mari. On dirait que c'est elle qui se trompe.

VALENTINE.

En en aimant un autre... Ce n'est pas si bête.

Le docteur entre, Raoul va à lui.

RAOUL.

Je viens d'envoyer chez Nadine ; il paraît qu'elle est très souffrante. Docteur, mon petit docteur, ma voiture est en bas, elle vous attend, vous en avez pour cinq minutes. Allez voir Nadine.

LE DOCTEUR.

Je vous assure qu'elle exagère.

RAOUL.

Mais non, elle ne joue pas.

LE DOCTEUR.

On la remplace?

RAOUL.

On fait relâche, et ce sera demain un tapage dans tous les journaux.

LE DOCTEUR.

J'y vais.

RAOUL.

Faut-il que je vous accompagne?

LE DOCTEUR.

Non, non. Je vais officiellement, comme médecin du théâtre.

Il sort par la gauche, Raoul remonte.

SCÈNE III

JORDANE, BALISTRAC, CLARISSE.

BALISTRAC, s'emparant de Jordane.

Cher ami, vous me disiez que ce serait un dîner intime?

JORDANE.

Eh bien! Balistrac, douze couverts, c'est de l'intimité.

BALISTRAC.

Avec Descourtois, qui est homme politique?

JORDANE.

De la classe des muets.

BALISTRAC.

Et Cardonat! Je le connais, Cardonat. Il voudra que tout Paris sache demain qu'il a dîné chez vous.

JORDANE, souriant.

Y voyez-vous un inconvénient ?

BALISTRAC.

Pour lui, non, au contraire, mais pour moi...

JORDANE, étonné.

Pour vous ?

BALISTRAC.

Je croyais vous avoir laissé entrevoir que je me ralliais.

CLARISSE, qui a entendu.

Vous nous abandonnez ?

BALISTRAC.

Oh ! madame, ne m'accablez pas. Je ne peux pas m'habituer à n'être plus rien, c'est incompatible avec ma nature.

CLARISSE.

Vous voulez devenir ministre ?

BALISTRAC.

Oh! non, non, pas encore ! mais je rêve une rande situation... pour être indépendant.

JORDANE et CLARISSE.

Bah !

BALISTRAC.

Oui... une grande situation, c'est la fortune, et la fortune vous le savez, c'est l'indépendance.

JORDANE.

Vous avez trouvé là un nouveau point de vue ; allez de l'avant, Balistrac, allez.

BALISTRAC, avec effusion.

Vous avez toujours été excellent pour moi. (Il le quitte.) Je vais prendre du café.

Il va au salon à gauche.

JORDANE.

Il est si bête qu'il en est sincère !

CLARISSE, indignée.

Un homme que vous aviez fait préfet, un homme qui vous doit tout !

JORDANE.

La reconnaissance perpétuelle est une peine abolie, la reconnaissance à temps est bien suffisante; Balistrac se croit libéré.

Il remonte.

SCÈNE IV

SAINT-CHAMAS, CLARISSE, VALENTINE,
GUSTAVE, puis RAOUL, BALISTRAC, VALAJOL.

SAINT-CHAMAS, s'avançant, à Clarisse.

Il me semble, madame, que je vous ai vue aujourd'hui dans une des tribunes de la Chambre ?

CLARISSE.

Non, monsieur, je n'y étais pas ; vous avez parlé ?

SAINT-CHAMAS.

J'ai interpellé le ministère sur la question des sucres.

CLARISSE.

Vous avez été très éloquent.

SAINT-CHAMAS.

On vous l'a dit ?

CLARISSE.

Recevez mes félicitations.

SAINT-CHAMAS.

Je les accepte, parce que je sais qu'elles sont sincères.

GUSTAVE, à Clarisse.

Madame !

CLARISSE.

Mon jeune ami ?

GUSTAVE.

Vous ne m'avez pas présenté à la vicomtesse de Folny ?

CLARISSE, souriant.

Vraiment ? c'est impardonnable. Valentine, monsieur Gustave Queyroulet.

VALENTINE.

Je suis flattée, monsieur.

GUSTAVE.

Nous avions au lycée un jeune homme du nom de Follenie.

VALENTINE.

Deux L, deux E, un I, c'est tout à fait autre chose ; mon mari n'avait aucun parent. (Souriant.) C'est même là ce qui m'a permis d'hériter de sa fortune.

GUSTAVE.

Ce Follenie est très bien ; nous n'avons pas les mêmes opinions politiques...

VALENTINE.

Ah ! voulez-vous me débarrasser de cette tasse ?

GUSTAVE, déconcerté.

Avec empressement.

Il porte la tasse dans le fond.

VALENTINE, riant.

Quel singulier petit bonhomme !

CLARISSE.

C'est à se consoler de ne pas avoir d'enfants.

Elles remontent aux salons du fond.

RAOUL, à Saint-Chamas qui est en contemplation devant le groupe
de Clarisse et de Valentine.

Quelle femme, madame de Folny !

SAINT-CHAMAS.

Admirable !

RAOUL.

Quelle jolie maîtresse, hein ! comme ça vous poserait au
club !

SAINT-CHAMAS.

Vous lui faites la cour ?

RAOUL.

Je n'en sais rien. — Vous irez demain à la redoute du
prince Orbeliani ?

SAINT-CHAMAS.

Non ; cher ami, j'ai un avenir politique à ménager, moi...
il faut que je me tienne !

RAOUL.

Tenez-vous, Saint-Chamas, tenez-vous, mon ami.

SAINT-CHAMAS.

Il y aura un monde énorme.

BALISTRAC, qui a entendu.

Un monde énorme? J'y vais... je vais y aller, où ?

RAOUL.

Chez le prince Orbeliani.

BALISTRAC.

Je suis invité, ne le dites pas à ma femme. On m'oublie,
cher ami, on m'oublie, il faut que je me montre. Que
ferai-je pour me distinguer ?

RAOUL.

Ne faites rien, ça suffira.

BALISTRAC.

Vous croyez? — Valajol, vous avez un ami qui fait des caricatures?

VALAJOL.

Oui. C'est insupportable. Il met ma tête à tous ses bonshommes.

BALISTRAC.

Faites-moi déjeuner avec lui... je prêterai la mienne.

VALAJOL.

Demain.

GUSTAVE.

Ils ont beau faire... ce n'est pas de vraie noblesse, ce n'est pas un vrai salon! Quand on a été chez le duc de la Pannissière... Je n'aime pas les nobles: mais c'est égal, ça vous a un autre chic.

SCÈNE V

DESCOURTOIS, MADAME DESCOURTOIS, puis CARDONAT, puis VALAJOL.

MADAME DESCOURTOIS, entrant avec son mari.

Une bonne nouvelle! Vous appelez cela une bonne nouvelle?

DESCOURTOIS.

Oui, chère amie...

MADAME DESCOURTOIS.

Vous mettez cent mille francs dans les entreprises de M. Cardonat!

DESCOURTOIS.

Il m'a offert un emploi d'administrateur.

MADAME DESCOURTOIS.

Et vous avez accepté?

DESCOURTOIS.

En ne disant pas non...

MADAME DESCOURTOIS.

Sans me consulter?

DESCOURTOIS.

Vous aimez toutes les situations qui me mettent en évidence.

MADAME DESCOURTOIS.

Mais là, il y aurait trop à perdre. Je vous ai pris pour votre fortune. Si vous la perdez, qu'est-ce qui me restera? Je vais arranger cela. Voici M. Cardonat, laissez-moi lui parler.

DESCOURTOIS.

Je suis désolé, chère amie.

MADAME DESCOURTOIS, allant à Cardonat, qui entre.

C'est bon, c'est bon. Monsieur Cardonat!

CARDONAT.

Madame?

MADAME DESCOURTOIS.

Voilà bien longtemps que nous ne nous étions vus. Votre situation et la mienne, — la mienne surtout, — ont beaucoup changé. J'ai cru, en vous voyant entrer, ce soir, que vous alliez hésiter à me reconnaitre.

CARDONAT.

Je vous ai tout de suite présenté madame Cardonat.

MADAME DESCOURTOIS.

Je vous en suis très reconnaissante, d'autant plus qu'on ne me gâte pas. Madame de Folny ne daigne pas me recevoir ; ici, la glace est à peine rompue. Ce monde sévère ne me pardonne pas d'avoir épousé un millionnaire : on dirait que c'est un vol que je lui ai fait. Mais j'y tiens, à mon millionnaire.

CARDONAT.

Vous avez bien raison.

MADAME DESCOURTOIS.

Et je ne veux pas qu'il se ruine. Comment trouvez-vous M. Descourtois ?

CARDONAT.

Très bien, parfaitement bien, c'est un homme de valeur.

MADAME DESCOURTOIS.

Eh bien, M. Descourtois, c'est moi.

CARDONAT.

Je m'en doutais.

MADAME DESCOURTOIS.

Il est ce que j'ai voulu qu'il fût. Ne pouvant en faire un homme brillant, j'en ai fait un homme profond.

CARDONAT.

Par quel procédé, madame ?

MADAME DESCOURTOIS.

D'abord, il est chauve... pas naturellement, on le rase ; il écoute, il a l'air de comprendre, il réfléchit et il ne dit rien. Mais à la moindre crise politique, vous lirez partout : « On parlait devant M. Descourtois... et cætera, et cætera, de la question du jour. M. Descourtois n'a rien répondu. »

CARDONAT.

Je l'ai lu : ce « M. Descourtois n'a rien répondu » est énorme.

MADAME DESCOURTOIS.

Il est de mon invention. Vous voyez que vous ne pouvez pas prendre au sérieux la réponse muette que vient de vous faire M. Descourtois.

CARDONAT.

Quand je lui ai proposé de faire partie de mon conseil d'administration ?

MADAME DESCOURTOIS.

Précisément.

CARDONAT.

Il s'y trouverait en compagnie de M. de Jordane.

MADAME DESCOURTOIS.

M. de Jordane est membre de votre conseil d'administration ?

CARDONAT.

Ce n'est pas fait, mais cela se fera, je l'espère.

MADAME DESCOURTOIS.

Cela se fera ? Vous avez donc trouvé pour circonvenir M. de Jordane quelque moyen... surnaturel ?

CARDONAT.

Le plus naturel de tous. Je lui ai montré des bénéfices immenses à réaliser. Si je suis soutenu par lui, rien ne me résistera.

MADAME DESCOURTOIS.

M. de Jordane est bien trop léger de caractère pour voir tout ce que vous supposez.

CARDONAT.

Les hommes les plus légers ont des heures sérieuses. Et d'ailleurs c'est une œuvre patriotique et moralisatrice que j'entreprends...

MADAME DESCOURTOIS.

Dans les provinces danubiennes... Cela doit intéresser beaucoup madame Cardonat ?

CARDONAT.

Madame Cardonat reste étrangère à ces questions-là. Elle n'est pas dans mes secrets, et je ne lui parle jamais de mes entreprises. Elle est très femme, et c'est ainsi que je l'aime.

MADAME DESCOURTOIS.

Heureux mari ! (A Descourtois.) Monsieur Descourtois, il est convenu avec M. Cardonat que vous accepterez le poste qu'il vous offre, si M. de Jordane est administrateur.

VALAJOL, rentrant, à Cardonat.

Je vous demande pardon, cher monsieur Cardonat... on nous a interrompus.

CARDONAT.

Où en étais-je ?

Ils remontent.

MADAME DESCOURTOIS, à son mari.

Je vous recommande M. Valajol. Il est toujours dans la poche de ceux qui arrivent. C'est l'ami du gagnant. (Le docteur entre.) Et le docteur Bajol. Il est très influent. Vous serez malade demain... je le ferai appeler.

DESCOURTOIS.

Volontiers, chère amie.

SCÈNE VI

Les Mêmes, LE DOCTEUR, RAOUL, puis CLARISSE,
AGATHE, puis BALISTRAC.

On prend des glaces.

RAOUL, au docteur.

Eh bien, comment l'avez-vous trouvée ?

LE DOCTEUR.

Je l'ai trouvée à sa fenêtre.

RAOUL.

Et elle fait manquer la représentation !

LE DOCTEUR.

Elle m'a dit que ça l'amusait de voir son directeur rendre
l'argent.

RAOUL.

Mais c'est elle qui paiera.

LE DOCTEUR.

Non... c'est vous, et ça l'amusera une seconde fois.

RAOUL.

Avez-vous constaté qu'elle allait bien ?

LE DOCTEUR.

Oui et non. J'ai rédigé une consultation amusante, tous
les journaux en parleront.

RAOUL.

C'est le mot de la fin.

CARDONAT, redescendant avec Valajol.

J'achète le Trocadér .

RAOUL.

Joli monument!

VALAJOL.

On ne vous le vendra pas.

CARDONAT.

Ça m'est égal... Je demande le Bois de Boulogne, on ne me le donnera pas ; je demande plus fort, je demande sans cesse, et du jour au lendemain, je serai l'homme le plus connu, je ne dirai pas de Paris, mais de l'univers.

LE DOCTEUR.

C'est une très belle conception.

CARDONAT.

On est heureux, docteur, d'être compris par un homme de votre valeur.

LE DOCTEUR.

Oh! ma valeur! en thérapeutique peut-être...

CLARISSE.

Voilà le docteur qui recrute des clients.

LE DOCTEUR.

Oui, madame. (Montrant Cardonat.) Voilà un homme dont il faut être le médecin. Il fera parler de lui.

CLARISSE.

En bien ou en mal?

LE DOCTEUR.

C'est indifférent, madame ; le tapage est le même.

CLARISSE.

Qu'avez-vous besoin de tapage? A moins que ce ne soit pour vous amuser, comme nous... Vous êtes célèbre.

RAOUL, gaiement.

Le docteur ! Il est célèbre par sa galerie de tableaux, par ses chevaux, par ses dîners, par ses réceptions, par ses relations excentriques, par tout ce je ne sais quoi qui, à Paris, rend un homme célèbre en huit jours : voilà tout.

LE DOCTEUR.

Mon bon Raoul, j'aurais mis vingt ans pour en arriver là comme médecin, et j'aurais été obligé de rendre mes clients malades pour me faire une réputation. Tandis que vous vous portez tous bien, n'est-ce pas ? Je ne m'occupe pas de vous.

RAOUL.

Continuez, docteur, continuez, je vous prie.

AGATHE, se rapprochant du docteur, bas.

J'ai une bonne nouvelle à vous annoncer : j'ai décidé mon mari à prendre une loge à l'Opéra ; il déteste la musique, il n'y sera jamais.

LE DOCTEUR.

Une loge bien placée ?

AGATHE.

On y est vu de partout.

LE DOCTEUR.

Excellente !

BALISTRAC, accourant.

Docteur, ma femme vous dit-elle que nous avons une loge à l'Opéra ? On m'oublie, mon ami, on m'oublie, il faut que je me montre.

LE DOCTEUR.

Ah ! (A Agathe.) Mais c'est pour lui qu'il a pris la loge !

AGATHE.

J'aurais dû m'en douter. Il veut rentrer dans l'administration.

LE DOCTEUR.

Eh bien ?

AGATHE.

Eh bien, je m'y oppose.

LE DOCTEUR.

Pourquoi ?

AGATHE.

Parce qu'il aurait des ennemis qui s'occuperaient de lui et de sa femme. Je n'ai pas vécu tout le temps qu'il a été préfet... ça n'a pas été long, heureusement.

Elle va à Clarisse.

SCÈNE VII

CLARISSE, AGATHE, puis SAINT-CHAMAS.

Les autres personnages restent en vue, causant et prenant des glaces.

AGATHE.

Ma bonne Clarisse, j'ai un grand service à vous demander. Je crois que mon mari veut rentrer dans l'administration.

CLARISSE.

Il nous l'a dit.

AGATHE.

Eh bien, je vous supplie d'user de votre influence pour l'en empêcher. Quand on a dans son passé une aventure comme celle de M. de Balistrac, on n'a plus le droit de se mettre en évidence.

CLARISSE.

Il s'est compromis?

AGATHE.

Nous faisions notre voyage de noces en Italie, comme
tout le monde... lorsque, entre Rome et Naples, nous
sommes attaqués par des brigands, et je suis enlevée.

CLARISSE.

Enlevée?

AGATHE.

Oui, ma chère, enlevée.

CLARISSE.

Seule?

AGATHE.

Seule!... On me fait écrire à mon mari qu'on me rendra
aussitôt qu'il aura envoyé cent mille francs (Avec indignation.)
Il met huit jours à les trouver.

CLARISSE.

Huit jours!

AGATHE.

Je ne lui pardonnerai jamais ça.

CLARISSE.

Et les brigands?

AGATHE.

Un respect exagéré... c'en était presque humiliant. Mais
ils avaient une excuse... je veux dire une raison. Ils
étaient tous mariés à des femmes jalouses, heureusement.

CLARISSE.

Vous me faites frissonner de la tête aux pieds. Mais cela
n'a rien de politique?

AGATHE.

Vous imaginez-vous un journal de l'opposition racontant que la femme d'un député, ou d'un sénateur, ou d'un ministre?...

CLARISSE.

A été l'héroïne d'une aventure...

AGATHE.

Qui a un côté si invraisemblable.

CLARISSE.

Ce serait à en mourir de honte?

AGATHE.

Il faut que M. de Balistrac reste dans l'ombre.

CLARISSE.

Ça lui sera bien difficile.

AGATHE.

Je le compromettrais plutôt.

CLARISSE.

De quelle façon?

AGATHE.

En arborant des couleurs séditieuses.

CLARISSE.

Lesquelles?

AGATHE.

J'ai le choix, n'est-ce pas?

CLARISSE.

Vous l'avez même varié.

AGATHE.

Eh bien, je prendrai celles qui m'iront le mieux.

CLARISSE.

Elle n'a aucune conviction !

AGATHE.

Pas un mot !

CLARISSE.

Oh ! moi qui garde les secrets d'État !
Elle sort à gauche.

SAINT-CHAMAS, à madame de Balistrac.

Madame de Balistrac, je vous ai aperçue aujourd'hui dans une des tribunes de la Chambre.

AGATHE, étourdiment.

Je me suis laissée entraîner par mon mari, sans défiance. (Se reprenant.) Vous m'avez beaucoup intéressée.

SAINT-CHAMAS.

Vous êtes satisfaite?

AGATHE.

Recevez mes félicitations.

SAINT-CHAMAS.

Je les accepte, parce que je sais qu'elles sont sincères.
Il salue.

AGATHE, bas, à Valajol, qui est entré.

Sur quoi a-t-il parlé?

VALAJOL.

Vous ne l'avez donc pas écouté?

AGATHE.

Je n'écoute jamais que les interruptions.

VALAJOL.

Et cela suffit bien.
Le docteur paraît, Saint-Chamas offre son bras à Agathe, ils s'éloignent à gauche.

SCÈNE VIII

VALAJOL, LE DOCTEUR, RAOUL,
puis BALISTRAC.

RAOUL. Il entre du pan coupé droit en froissant un journal.

Valajol, si mon père me demande, vous lui direz que je suis au fumoir.

VALAJOL.

Vous avez lu cet article?

RAOUL.

Oui, et je n'admets pas qu'on parle ainsi de mon père, le plus loyal, le plus chevaleresque des hommes.

VALAJOL.

Vous allez au journal?

RAOUL.

Parbleu! si j'y vais.

VALAJOL.

Vous aurez une affaire.

RAOUL.

Puis-je compter sur vous?

VALAJOL.

Assurément.

BALISTRAC, entrant.

Et sur moi, cher ami; de quoi s'agit-il?

RAOUL.

De me servir de témoin.

v.   22.

BALISTRAC.

Avec joie! avec joie!

RAOUL.

Pas un mot! Je suis au fumoir.

BALISTRAC.

Soyez tranquille. (Raoul sort.) Un duel de Raoul, ça fera un tapage!

VALAJOL.

On en parlera quinze jours.

BALISTRAC.

S'il est égratigné!

VALAJOL.

Il le sera.

BALISTRAC.

Chut! voici le père... affectons d'être joyeux.

Ils remontent vers le salon à gauche, Jordane et Cardonat descendent du fond au milieu.

SCÈNE IX

JORDANE, CARDONAT, seuls dans le salon de devant.

CARDONAT, à Jordane.

Je n'ai pas encore pu trouver le moment de vous remercier de l'honneur extrême que vous m'avez fait...

JORDANE.

Ne me remerciez pas, je vous en prie.

CARDONAT.

J'ai passé cinq ans dans les provinces danubiennes, on m'a oublié, je reviens avec des projets gigantesques.

JORDANE.

Et une exubérance toute méridionale. Je ne déteste pas ces natures-là. Si elles dépassent le but, c'est qu'elles ont de l'élan.

CARDONAT.

La conviction déborde en moi.

JORDANE.

Avec fracas. Il le faut. On juge une affaire aujourd'hui non pas à sa valeur, mais au bruit qu'elle fait en naissant. On n'a plus le temps de laisser un succès mûrir, on le force, — ça se mange en primeur. Et puis nous voulons qu'on s'occupe de nous. La faute en est à la presse, qui depuis quelque vingt ans s'amuse à fabriquer des rangées de petits grands hommes de toutes les dimensions. Chacun peut s'y caser. Il suffit de tirer un coup de pistolet à propos. C'est le règne du tapage.

CARDONAT.

Je n'aurais plus à chercher le tapage si je pouvais mettre à la tête de mon conseil d'administration un homme de votre importance.

JORDANE.

Oh! non, non, ne me demandez pas cela, je n'ai jamais été un financier.

CARDONAT.

N'êtes-vous pas administrateur de trois Compagnies?

JORDANE.

De vieilles Compagnies, à l'épreuve des temps. La vôtre est trop jeune.

CARDONAT.

Elle ne le serait plus si vous étiez seulement un de ses administrateurs. Il y a là une fortune, et vous avez reconnu que c'était une œuvre patriotique.

JORDANE.

Aussi, vous ai-je recommandé au ministre.

CARDONAT.

Je n'insiste pas. Vous ne pouvez pas d'ailleurs répondre sans y avoir mûrement réfléchi.

JORDANE.

Précisément. — J'ai songé au procès dont vous me parliez.

CARDONAT.

Un procès absurde qui m'est intenté par quelques actionnaires de mauvaise foi.

JORDANE.

Vous me demandiez un avocat.

CARDONAT.

Je voudrais un avocat de premier ordre.

JORDANE.

Je vais vous recommander à Bridier.

CARDONAT.

L'ancien ministre?

JORDANE.

Je l'attends ce soir.

CARDONAT.

Ce serait pour moi un coup de fortune!

JORDANE.

Nous sommes très liés.

CARDONAT.

Si vous vous faites mon garant...

JORDANE.

Comptez sur moi. (Au docteur, qui est rentré.) Qu'avez-vous
donc, docteur? vous êtes triste.

SCÈNE X

JORDANE, LE DOCTEUR.

LE DOCTEUR.

Vous vous portez garant de Cardonat?

JORDANE.

Moralement.

LE DOCTEUR.

C'est bien là qu'est le danger.

JORDANE.

Permettez, docteur, M. Cardonat est un homme charmant.

LE DOCTEUR.

Dans la personne de sa femme, ravissant.

JORDANE.

Je le connais, je l'apprécie, je l'estime et je suis prêt à
le déclarer partout.

LE DOCTEUR.

Oh! oh! c'est grave, cela.

JORDANE.

Vous avez compris?

LE DOCTEUR.

Parfaitement; vous êtes amoureux de madame Cardonat.

JORDANE.

Rien ne vous autorise à le penser.

LE DOCTEUR.

Comment, rien! Elle est adorablement belle, c'est un fruit nouveau à Paris, et je vous connais!

JORDANE.

Si je vous déclare que vous vous trompez?

LE DOCTEUR.

Je rendrai justice comme toujours à votre extrême délicatesse et je n'en parlerai plus. (Il vient s'asseoir.) Cependant, je vous suis trop attaché pour ne pas vous donner un conseil : mesurez bien le danger que vous allez courir.

JORDANE.

Quel danger?

LE DOCTEUR.

Rien n'est plus à redouter pour un honnête homme que de tromper un mari qui n'est pas... irréprochable.

JORDANE.

Voilà une théorie nouvelle. — Alors ce sont les gens vertueux qu'il faut tromper de préférence?

LE DOCTEUR.

Absolument. On se trouve entraîné à défendre le mari envers qui on a des torts, à le soutenir dans ses... erreurs, — j'adoucis le mot, — et Dieu sait où cela peut mener.

JORDANE.

Vous supposez le cas de ces maris complaisants qui abusent...

LE DOCTEUR, l'interrompant vivement.

Mais non, mais pas du tout, ce n'est pas ça : au contraire, je suis absolument certain que M. Cardonat...

JORDANE.

Encore?

LE DOCTEUR.

Est incapable d'une pareille infamie, par cette raison
supérieure qu'il est très épris de sa femme.

JORDANE.

Vous savez cela aussi?

LE DOCTEUR.

Et le danger n'en est que plus grand, avec un homme
de votre caractère. Je me résume : étudiez toujours avec
soin le mari de la femme que vous avez l'intention d'aimer.

JORDANE, se levant.

Parbleu! docteur! le conseil est amusant, venant de
vous.

LE DOCTEUR, se levant aussi.

Moi! je n'aimerais jamais la femme d'un mari que je
croirais gênant... ou disposé à mourir pour me laisser sa
veuve. J'étais follement épris d'une blonde adorable; elle
m'a présenté son mari; il était apoplectique, je cours
encore.

JORDANE.

Alors... Balistrac?

LE DOCTEUR.

L'estomac n'est pas bon, mais je le soigne.

JORDANE.

Vous êtes un ami précieux.

LE DOCTEUR.

Ce n'est pas l'estomac qui est malade chez le banquier
Cardonat; il digérerait de l'or.

JORDANE.

Je vous répète, docteur, que vous me désobligez.

LE DOCTEUR.

Vous n'aimez pas la Moldave, c'est entendu, et d'ailleurs, voilà son mari qui l'emmène.

JORDANE.

Elle s'en va!

LE DOCTEUR.

Mon ami, pardonnez-moi mes conseils. Ils étaient inutiles.

JORDANE.

Pourquoi?

LE DOCTEUR.

Parce qu'ils viennent trop tard.

Olga est entrée avec Cardonat.

SCÈNE XI

CARDONAT, OLGA, JORDANE, LE DOCTEUR.

JORDANE, allant à Olga.

Vous partez déjà, madame?

OLGA.

Non, j'ai demandé à M. Cardonat de me montrer tous les objets d'art qui ornent vos salons. Je suis curieuse comme toutes les étrangères.

JORDANE.

Permettez-moi de vous en faire les honneurs. J'ai là quelques bibelots assez curieux. La mode a été un moment aux bibelots. Voilà un sablier qui a appartenu à Marguerite

de Valois. (Pendant que le docteur et Cardonat sortent.) Que d'heures
charmantes a dû mesurer ce petit objet-là! — Serez-vous
jeudi à l'ambassade d'Autriche?

OLGA.

Grâce à vos bons soins, je serai partout. Mon existence n'est
plus qu'une longue fête, et je suis tout affolée de plaisirs.

LE DOCTEUR, sortant avec Cardonat.

Vous me parliez de votre société nouvelle.

CARDONAT.

Oui, nous avons été interrompus; voulez-vous faire fortune?

LE DOCTEUR.

Oui. — (A part.) Puisqu'il n'y a plus de remède...

JORDANE, à Olga.

Voyez cette merveille, une lampe japonaise. Elle doit
éclairer très peu le demi-jour des soirées heureuses. —
Vous rendez-vous bien compte de votre succès? Comprenez-
vous bien votre triomphe?

OLGA.

Je ne le sens jamais mieux que lorsque je suis près de
vous. J'ai eu de cruelles déceptions en arrivant en France.
M. Cardonat, qui était un personnage dans nos provinces,
ne comptait plus à Paris. Je sentais le vide... vous allez
mal me juger.

JORDANE.

Pourquoi? On ne peut se soustraire à sa destinée : la
vôtre est de régner.

OLGA.

Je suis une ingrate, car M. Cardonat m'adore.

JORDANE.

Qui ne vous adorerait?

OLGA.

Je vous suis si reconnaissante de ce que vous faites pour lui...

JORDANE.

Pour vous !

OLGA.

Votre amitié le grandit à mes yeux et je commence à être fière de l'importance qu'il prend et qu'il vous doit. Vous allez encore me croire vaniteuse ? Non, c'est un autre sentiment indéfini et que je ne m'explique pas.

JORDANE.

Un sentiment tout féminin. Votre charme le plus grand, c'est qu'en vous tout est femme, jusqu'à la moindre de vos pensées. C'est adorable. Je vous ai dit que je vous montrerais tout ce que Paris a de vraiment curieux. Je veux que vous assistiez demain, sous le masque, à une redoute. Elle n'aura pas la haute saveur parisienne de celles que nous avons eues cet hiver. Elle est donnée par un étranger, le prince Orbeliani.

OLGA, vivement.

Le prince Orbeliani ?

JORDANE.

Vous le connaissez ?

OLGA.

Non.

JORDANE.

C'est un Géorgien, élevé en France, et qui a tout à fait nos mœurs, sauf qu'il ne peut rester plus de dix minutes sans fumer : il aura un grand effort à faire demain. J'aurai une invitation pour M. Cardonat, qui tient à s'y montrer ; vous irez de votre côté.

OLGA.

Non, non, je n'irai pas.

JORDANE.

Personne ne pourra vous deviner sous le masque.

OLGA.

Je ne peux pas... je n'ose pas...

JORDANE.

Auriez-vous une raison pour ne pas aller, même masquée, chez le prince Orbeliani?

OLGA.

Aucune.

JORDANE.

Prouvez-le-moi.

OLGA.

Prenez garde !

Clarisse entre avec Valentine.

SCÈNE XII

JORDANE, CLARISSE, VALENTINE, OLGA.

JORDANE.

Mesdames, venez rassurer madame Cardonat, qui m'avoue, tout en examinant mes objets d'art, qu'on lui a fait un tableau effrayant des Parisiennes.

OLGA.

Effrayant pour moi, en ce qu'il m'intimide.

CLARISSE.

Je crois, madame, que maintenant vous pouvez être rassurée.

OLGA.

Oh! madame, moins que jamais.

JORDANE, continuant.

Et une peur effroyable des Parisiens.

CLARISSE, souriant.

Ah! cela...

JORDANE.

Je me l'explique. Dans tous les autres pays, on cache ses
défauts, parce qu'on les trouve vilains, on a raison. A Paris,
nous les montrons, parce que nous les trouvons jolis. Nous
avons tort; mais ils ne sont plus dangereux. J'ai une cousine confite en dévotion, qui m'appelle Jordane le tapageur.
Elle dit vrai, j'ai toujours aimé le tapage. Je lui ai répondu :
« Cousine, il y a tapage et tapage. Vous en faites plus pour
gagner le ciel que nous pour le perdre. » Elle en est encore
suffoquée. Vous ne connaissez pas la marquise?

OLGA.

Je l'ai vue entrer tout à l'heure.

JORDANE.

Il faut lui être présentée. Elle est très formaliste, mais je
lui pardonne tout, parce qu'elle adore madame de Jordane
                                        Ils remontent.

SCÈNE XIII

CLARISSE, VALENTINE.

CLARISSE, la suivant des yeux.

Elle est vraiment charmante, cette Moldave !

VALENTINE.

Un peu grande.

CLARISSE.

Au bras de M. de Jordane... cela fait bien.

VALENTINE.

Vous trouvez ?

CLARISSE.

Oui. On ne dit rien de madame Cardonat ?

VALENTINE.

Rien que je sache.

CLARISSE.

On m'a affirmé qu'elle était irréprochable.

VALENTINE.

M. de Jordane ?

CLARISSE.

Non : Raoul, qui doit s'y connaître.

VALENTINE.

Oh ! si c'est Raoul... Il est charmant d'ailleurs, votre beau-fils. Je me trouverais très gênée à votre place d'être la belle-mère d'un grand garçon plus âgé que moi.

CLARISSE.

Ça ne me gêne pas du tout ; je le trouve souvent insupportable et très compromettant, mais c'est un garçon de cœur, qui fera un excellent mari, malgré ses allures tapageuses. Mon rêve serait de le marier avec une femme qu'il aimerait, pour qu'il donnât le bon exemple à son père.

VALENTINE.

Le bon exemple à son père !... Voilà tout ce que vous avez trouvé. Tenez, je vous admire. (Elle s'assied.) Vous êtes l'ange de la résignation.

CLARISSE.

Oh ! il y a bien quelques révoltes... Mais vous savez comment je me suis mariée. J'étais orpheline, mon tuteur était ministre ; j'allais souvent à la Chambre, j'y entendais M. de Jordane. Je me suis enthousiasmée de son talent d'abord, puis de son caractère, puis de sa personne ; et je lui ai à peu près fait offrir ma main.

VALENTINE.

Avec quelques millions dedans : il y a des orateurs qui naissent heureux.

CLARISSE.

Je ne dois pas être trop exigeante. Je suis la femme d'un homme célèbre. J'ai un des salons les plus recherchés de Paris. J'aurais même des adorateurs.

VALENTINE.

Le prince Orbeliani.

CLARISSE.

Le prince... l'éloquent Saint-Chamas... Mon mari a pour moi des égards affectueux, un respect tendre ; et je ne regarde pas comme des rivales ces beautés à la mode qu'on a l'air de nous préférer si obstinément. Elles ne nous prennent rien de ce que nos maris ont de vraiment bon dans l'esprit et dans le cœur. Si M. de Jordane venait à aimer une femme de notre monde, je sentirais alors que je le perds ; mais il est toujours pour moi l'homme que j'admire et que j'aime.

VALENTINE.

Vous l'admirez trop !

CLARISSE.

J'ai besoin d'enthousiasme, moi, et je ne comprends dans la vie que les extrêmes. Je suis une mondaine effrénée, comme je serais une carmélite fervente ! Et je prends la joie comme la douleur, avec passion. Mais voilà ce que je ne dis jamais à personne. (Raoul entre par la gauche.) Êtes-vous allée chez mon tuteur?

VALENTINE.

Chez M. Bridier? Oui, j'ai vu Geneviève.

SCÈNE XIV

LES MÊMES, RAOUL, puis JORDANE et LE DOCTEUR.

RAOUL.

Elle va bien, la mignonne Geneviève?

VALENTINE.

Un peu fatiguée, mais toujours charmante.

RAOUL.

Je crois bien, charmante! Mettez-la dans un autre monde, ce serait à se damner pour elle.

CLARISSE.

Voilà qui est flatteur pour nous.

RAOUL.

Vous ne comprenez pas?

CLARISSE.

Je vous défends de vous expliquer, par exemple! D'abord, savez-vous ce que c'est qu'une jeune fille? Vous parlez à Geneviève comme vous devez parler à vos demoiselles de l'opérette.

RAOUL.

Il y a des nuances. Mais ce qui fait le charme de Geneviève, c'est une sorte de crânerie dans son ingénuité.

VALENTINE.

Au fond, elle est très mondaine.

CLARISSE.

C'était une des nécessités de sa situation. Seule avec son père...

RAOUL.

Oh! le père, un monsieur solennel!

CLARISSE, à Jordane, qui paraît.

Venez donc enlever la parole à Raoul. Il sait que je n'aime pas à entendre plaisanter mon tuteur.

JORDANE.

Moi non plus; je ne connais pas de caractère plus élevé que celui de Bridier, ni d'intégrité plus éclatante. Sa seule faiblesse a été d'aimer les honneurs, le bruit officiel, ce que j'appellerai le froufrou du pouvoir. Mais le jour où il a cru de sa dignité de se retirer, il s'est retiré, simplement, s'est fait inscrire au tableau des avocats, et a repris la robe qu'il avait quittée depuis vingt ans. Voilà une conduite qui doit inspirer le respect.

CLARISSE.

Que je suis heureuse, mon ami, de vous entendre parler ainsi de l'homme que j'admire le plus au monde, après vous!

Bridier et sa fille paraissent à la porte extérieure du salon du fond.

JORDANE.

Mais le voici, Bridier.

CLARISSE.

Et Geneviève; ils ne devaient pas venir. Quelle bonne surprise!

SCÈNE XV

Les Mêmes, GENEVIÈVE, BRIDIER,
puis BALISTRAC, VALAJOL et Les autres Invités.

GENEVIÈVE.

Nous venons très tard, mais nous ne pouvions nous dispenser de paraître dans deux ou trois salons.

CLARISSE.

Ah! oui, je connais vos habitudes...

RAOUL.

Mademoiselle...

GENEVIÈVE.

Vous êtes ici, monsieur Raoul?

RAOUL.

Cela vous étonne?

BRIDIER.

Vous n'êtes pas sorti ce soir?

RAOUL.

Moi! mais non.

GENEVIÈVE.

Eh bien, mon père, vous voyez comme vous avez eu tort de vous alarmer.

BRIDIER.

C'est toi qui as eu raison de me forcer à venir ici tout de suite.

GENEVIÈVE.

Vous étiez si inquiet!

v.   23.

CLARISSE.

Inquiet! de quoi?

BRIDIER.

Tout à l'heure, chez la baronne de Tance, un monsieur est venu, tout haletant, annoncer que Raoul avait une affaire.

JORDANE.

Comment, une affaire?

BRIDIER.

Qu'il venait de le voir dans un bureau de journal provoquer un rédacteur.

JORDANE.

Pour moi!

RAOUL.

Ne vous fâchez pas.

GENEVIÈVE.

C'était vrai? vous vous battez?

CLARISSE.

Raoul se bat?

VALENTINE.

Lui!

JORDANE.

Ah! (A Raoul.) Tu sais que je ne te permets pas de te battre pour moi.

RAOUL.

Mais tout est arrangé.

BALISTRAC et VALAJOL, déconcertés.

Arrangé !

RAOUL, à son père.

Je suis allé au journal. J'y ai trouvé des gens charmants
qui ne vous connaissent pas et qui regrettent leur article.
Ils en ont tout de suite rédigé un autre, sur un coin de
table, qui dit tout le contraire sans paraître se rétracter...
Ça coule de source. C'est une jolie chose que l'esprit.

JORDANE.

Mauvais enfant, va!

CLARISSE.

Que disait donc ce journal?

JORDANE.

Rien, rien. C'est un article politique à propos de ma dernière lettre programme; on cite même une de mes phrases :
« Les mœurs chastes font les nations fortes. » C'est ma conviction. Du reste, c'est suivi d'un éreintement! Vous lirez
cela, docteur, ça vous amusera.

LE DOCTEUR.

Non. Je n'aime à voir éreinter que mes confrères.

JORDANE.

Vous êtes généreux. — Raoul en a été choqué. Il est très
batailleur, ce mauvais sujet-là.

GENEVIÈVE.

Il a raison, quand il s'agit de son père.

RAOUL.

N'est-ce pas, mademoiselle?

BRIDIER.

Il a toutes vos qualités, Jordane.

JORDANE.

Et tous mes défauts, ne le ménagez pas.

CLARISSE.

Mais il devient à la mode, maintenant, de se battre pour un rien dans notre monde. C'est effrayant.

BRIDIER.

Effrayant, madame. Quand on nous a annoncé brutalement que Raoul se battait, j'en ai ressenti une telle émotion que j'ai fait peur à Geneviève; elle s'est presque évanouie.

TOUS.

Ah!

GENEVIÈVE.

Mon père!

VALENTINE.

Évanouie!

BRIDIER.

Cette enfant m'adore, vous le savez.

RAOUL.

Et elle a bien raison.

MADAME DESCOURTOIS, à part.

Mais c'est une révélation, cela.

GENEVIÈVE.

Je vous assure que mon père exagère beaucoup quand il parle d'évanouissement. Au contraire, j'ai voulu tout de suite l'amener ici pour le rassurer. (A Raoul à demi-voix.) Vous ne nous trompez pas, au moins?

RAOUL.

Pas du tout.

GENEVIÈVE.

C'est que ce monsieur donnait des détails...

RAOUL.

J'ai si peu l'intention de risquer ma vie que je vous demande une valse pour après-demain.

GENEVIÈVE.

La première.

RAOUL.

C'est un engagement.

GENEVIÈVE.

Vous savez qu'au dernier bal les bonnes langues ont prétendu que j'avais beaucoup trop dansé avec vous.

RAOUL.

Et ce petit racontar vous émeut?

GENEVIÈVE.

Oh! pas du tout. Les racontars ne m'émeuvent jamais. J'ai le courage de mes opinions.

RAOUL.

Et quelles sont vos opinions?

GENEVIÈVE.

Mes opinions sont que vous dansez parfaitement.

RAOUL.

Elles ne sont pas compromettantes.

GENEVIÈVE.

Je l'espère bien.

CLARISSE.

Prenez garde. Valentine vous dira que c'est pendant un quadrille que M. de Folny a obtenu sa main.

VALENTINE.

Oh! parfaitement.

CLARISSE.

Pendant la chaîne des dames, il a balbutié; à l'avant-deux, il lui a avoué qu'il l'aimait.

VALENTINE.

Pendant la poule, je lui ai dit de parler à ma famille. A la pastourelle, il s'est écrié qu'il ne voulait m'obtenir que de moi.

CLARISSE.

Elle a répondu au finale qu'il ne lui déplaisait pas.

AGATHE.

Et l'on ne sait pas ce qui serait arrivé s'il y avait eu une sixième figure.

GENEVIÈVE.

Ce n'est pas du tout comme cela que je me marierai, moi.

CLARISSE.

Venez dans le salon, Geneviève. Laissons ces messieurs causer de leurs querelles de journaux, puisqu'il n'y a plus de danger pour personne.

GENEVIÈVE.

Oh! s'il n'y avait que les querelles de journaux! Ils m'amusent beaucoup, les journaux. Quand mon père était ministre, je ne voulais lire que ceux où l'on ne disait jamais de mal de lui, il n'y en avait qu'un; maintenant, je les lis tous.

Tout le monde remonte vers les salons du fond.

BRIDIER, attirant le docteur sur le devant.

Docteur, je suis heureux de vous voir, pour vous parler de ma fille.

LE DOCTEUR.

Mademoiselle Geneviève?

BRIDIER.

Elle m'inquiète. Vous savez dans quel monde brillant elle a été élevée. J'en ai fait une mondaine. Aujourd'hui, je ne suis plus rien, tout est changé, tout s'est restreint, et pour cette enfant de dix-huit ans, quel vide dans son existence! Je fais ce que je peux, je ne perds pas une occasion de la mener dans le monde, qu'elle adore : je donnerai des fêtes tous les ans; je me prive de tout pour que ma fille sente autour d'elle le luxe qu'elle aime. Je ne réussis pas, Geneviève n'a plus ses bonnes couleurs d'autrefois. Examinez-la bien.

LE DOCTEUR.

Comptez sur moi.

JORDANE, appelant du fond.

Bridier, je vais vous recommander un client.

BRIDIER, en remontant.

Il sera le bienvenu, mon cher Jordane; j'adore mon métier d'avocat.

GENEVIÈVE, descendant par la gauche et allant au docteur.

Je me suis échappée pour causer avec vous, docteur. Je veux vous parler de mon père : il m'inquiète.

LE DOCTEUR, souriant.

Ah!

GENEVIÈVE.

Son existence est si différente de ce qu'elle était. Il me dit bien qu'il est heureux d'être rentré au barreau. Il me trompe. Ses amis le quittent peu à peu. Le vide s'agrandit autour de lui. Je fais ce que je peux, je l'entraîne dans le monde, qu'il adore ; je remplis la maison de bruit et de gaieté ; mais il a toujours été choyé, adulé, et il n'a plus que moi. Sa bonne figure s'attriste, ses joues se creusent : examinez-le bien, je vous en prie.

LE DOCTEUR.

Comptez sur moi.

RAOUL, revenant du salon de gauche.

Ah! je surprends mademoiselle Geneviève faisant sa cour
au docteur.

GENEVIÈVE.

Certainement, le docteur sait que je l'aime beaucoup et
je ne m'en cache pas.

Elle regagne les salons.

LE DOCTEUR, à Raoul.

Je vous déclare que si le père est le meilleur des
hommes, la fille est la plus adorable des jeunes filles.

RAOUL.

Je le sais bien, qu'elle est adorable.

JORDANE, descendant du fond.

Est-ce que tu fais la cour à Geneviève, toi?

RAOUL.

Mais non, mon père, pas du tout... Je cause volontiers
avec elle, parce qu'elle a un esprit amusant.

JORDANE.

J'espère que lorsque tu penseras à te marier...

RAOUL.

Oh! Dieu! que j'en suis loin!

JORDANE.

Tu me feras l'honneur de me consulter.

RAOUL.

N'en doutez pas.

JORDANE.

Je t'ai habitué à me traiter comme ton frère aîné.

RAOUL.

Oh! aîné!

JORDANE.

Il n'a aucun respect! Mais dans les circonstances graves, j'entends reprendre mes droits.

RAOUL.

Reprenez vos droits, mon père.

JORDANE.

Tu me dois treize mille sept cents francs.

RAOUL.

Moi !

JORDANE.

J'ai reçu une facture de diamants; j'ai cru que ça me regardait... quand j'ai lu : « Monté en clous de sabots. » Qu'est-ce que c'est que ça?

RAOUL.

C'est Nadine qui voulait mettre absolument des bijoux sur un costume de gardeuse de dindons. Jamais!... Je suis pour le naturalisme au théâtre, moi. Elle a eu une crise de nerfs; alors j'ai pris ses diamants, j'en ai ajouté, et je les ai fait monter sous les semelles de ses sabots.

JORDANE.

Mais, malheureux, elle va jouer les jambes en l'air.

RAOUL

Ça m'est égal, je suis pour le naturalisme au théâtre.
Le prince parait à la porte extérieure du fond.

JORDANE.

Voici le prince.

SCÈNE XVI

RAOUL, LE DOCTEUR, JORDANE, LE PRINCE,
SAINT-CHAMAS, BALISTRAC, VALAJOL, puis
GUSTAVE.

Le prince entre avec Balistrac, Valajol et Saint-Chamas.

LE PRINCE.

Rien d'obligatoire pour les hommes ; la fête n'est pas
pour eux.

RAOUL.

Toujours galant, le prince.

LE PRINCE.

N'est-ce pas, mon cher ?

JORDANE.

Ah ! prince, on vous attendait avec impatience.

LE PRINCE.

Je gagnais soixante-quinze mille francs au club ; je ne
pouvais pas partir avant de les avoir reperdus.

JORDANE.

Vous êtes un joli joueur, vous !

LE PRINCE.

N'est-ce pas ?

JORDANE.

Parlons de votre redoute, mais pas trop haut, il est inutile que ces dames nous entendent. *On s'assied.*

LE PRINCE.

Pourquoi ?

JORDANE, seul, debout.

Parce que ça ne les regarde pas. (Baissant la voix.) Moi, d'abord, j'ai un alibi. Je prononce un discours sur le libre-échange, à trois heures, au Havre. Mais il y a un train à sept heures... Vous ne me trahirez pas?

RAOUL, souriant.

C'est un peu naïf.

JORDANE, vivement.

J'arriverai très tard. Les gens sérieux seront partis. Les journaux raconteront mon voyage, et ceux qui m'auront vu chez le prince se seront trompés.

LE PRINCE.

Vous m'amusez, vous.

JORDANE.

Ce n'est pas pour madame de Jordane. Madame de Jordane est une femme supérieure qui n'apprend jamais que ce qu'elle doit savoir. Mais on dit trop que j'aime le plaisir, il est des gens qui finiraient par le croire. Quand on est encore un homme politique... n'est-ce pas, Saint-Chamas?

SAINT-CHAMAS.

Il faut se tenir.

JORDANE.

Ça n'empêche pas de s'amuser. (Au prince.) Les femmes costumées et masquées?

LE PRINCE.

Absolument.

JORDANE.

Inviolables?

LE PRINCE.

Inviolables.

SAINT-CHAMAS, se levant, bas au prince.

Peut-on prendre un faux-nez pour ne pas être reconnu ?

LE PRINCE.

Absolument.

BALISTRAC.

Pourrait-on se livrer à quelque excentricité de bon goût, si l'on voulait se faire remarquer ?

LE PRINCE.

Absolument.

VALAJOL, bas.

Je vous ai offert de surveiller le programme du concert, de donner le bras aux artistes.

LE PRINCE.

J'ai accepté.

VALAJOL.

Merci ! merci !

JORDANE, bas.

Je vous demanderai quelques invitations en blanc.

LE PRINCE.

Tout ce que vous voudrez, mon cher Jordane.

JORDANE, bas.

Vous avez dû recevoir une supplique de Zoé ?

LE PRINCE.

Très gentille, Zoé ! je l'ai eue à souper.

JORDANE, à part.

Il est admirable !

RAOUL, bas.

Pourrai-je amener Nadine ?

LE PRINCE.

Très gentille, Nadine ! je l'ai eue à souper.

RAOUL, à part.

Il a toujours eu tout le monde à souper !

LE DOCTEUR, bas.

On peut y mener une cliente sans danger ?

LE PRINCE.

Très gentille ! je l'ai eue à souper.

LE DOCTEUR.

C'est un tic !

JORDANE.

Vous êtes resté dix minutes sans fumer, je ne prolongerai pas votre supplice. J'ai de vos cigarettes.

LE PRINCE.

Mais je voudrais présenter mes hommages à madame de Jordane.

JORDANE.

Plus tard, prince.

SAINT-CHAMAS, bas, à Valajol.

Vous savez que le prince est épris de madame de Jordane.

GUSTAVE, qui vient d'entrer, à gauche.

Monsieur de Jordane, voulez-vous me présenter au prince Orbeliani ?

JORDANE.

Ah ! Monsieur Gustave Queyroulet !

Le prince salue.

GUSTAVE.

Maintenant que je suis présenté, je vais le repincer pour avoir une invitation à sa redoute. Je veux savoir ce que c'est qu'une redoute, mais ce n'est pas encore ça qui relèvera le pays.

Tout le monde accompagne le prince au fumoir, Raoul est resté seul en scène,
quand Valentine paraît à la porte du pan coupé gauche.

SCÈNE XVII

RAOUL, VALENTINE.

VALENTINE.

Comment ! le prince Orbeliani est ici, et vous ne nous prévenez pas !

RAOUL.

Il est allé fumer. C'est un sauvage !

VALENTINE.

Sauvage ! Pas plus que vous. Combien de fois vous ai-je vu depuis un an ?

Elle s'assied sur l'S.

RAOUL.

Vous étiez en deuil.

VALENTINE.

La belle raison !

RAOUL, sur un fauteuil, près d'elle.

Je voudrais bien savoir ce qu'a pu devenir une mondaine comme vous pendant treize mois de veuvage.

VALENTINE.

D'abord, j'avais à regretter mon mari : ce n'est pas une occupation, si vous voulez, mais c'est un maintien.

RAOUL.

Je n'y avais pas pensé.

VALENTINE.

J'ai patronné des œuvres de charité, j'ai encouragé des artistes, j'ai découvert un prix de Rome, j'ai fondé l'œuvre des jeunes égarées... Votre tante en est.

RAOUL.

Des jeunes égarées ?

VALENTINE.

Eh ! non ! des dames fondatrices. Nous voulons avoir votre père comme président et le docteur Bajol comme médecin.

RAOUL.

Vous voulez faire du tapage ?

VALENTINE.

Le plus possible, pour réussir.

RAOUL.

Alors, prenez-moi aussi... comme secrétaire !

VALENTINE.

Non, par exemple, vous troubleriez nos jeunes converties.

RAOUL.

Je m'engage à ne m'occuper que de vous.

VALENTINE.

Ce serait inutile. J'aime mieux vous le dire tout de suite, je suis décidée à ne pas me remarier.

RAOUL.

Vous avez bien raison.

VALENTINE.

Comment, j'ai raison !

RAOUL.

Vous êtes une de ces femmes adorables qui sont nées

pour être veuves ; elles ne peuvent pas rester demoiselles, et les maris ne leur vont pas.

VALENTINE.

Mon motif est plus sérieux. J'ai passé mes quatorze lunes de ménage à me quereller avec M. de Folny. Il aimait le calme, j'aimais le bruit ; nous ne pouvions pas nous entendre. Enfin, il a cédé, c'est-à-dire... j'ai eu la douleur de le perdre : je m'en tiens là !

Elle se lève.

RAOUL.

Tenons-nous-en là !

VALENTINE.

Vous ! vous trouverez quelque jeune personne bien naïve...

RAOUL.

Je n'y tiens pas du tout.

VALENTINE, *passant.*

Ou moins naïve, qui vous adorera !

RAOUL.

Il faudrait attendre le délai fixé par la famille et la solennité bête du grand jour. J'aime au comptant, moi, à tort et à travers.

VALENTINE.

Eh bien ! eh bien ! je vous prie de ne pas me tenir de pareils discours. — Vous savez qu'elle chante faux, mademoiselle Nadine ?

RAOUL.

Les jours de pluie. — Vous n'avez pas envie d'aller demain à la redoute du prince Orbeliani ?

VALENTINE.

Perdez-vous la tête ?

RAOUL.

Toutes les femmes seront masquées.

VALENTINE.

Raison de plus !

RAOUL.

Et puis liberté complète, on s'isole ou l'on se rencontre
à son gré, et pendant toute la soirée un concert varié
occupe les maris ou les importuns.

VALENTINE.

Elle est très impertinente, votre proposition.

RAOUL.

Personne ne vous saurait là, que moi qui vous accom-
pagnerais !

VALENTINE.

Je vous prie de ne pas ajouter un mot.

SCÈNE XVIII

VALENTINE, CLARISSE, AGATHE.

CLARISSE, venant avec Agathe du salon à gauche.

Est-ce que Raoul deviendrait galant?

VALENTINE.

Il est si étourdi !

RAOUL.

Je vous ai offert d'être grave.

VALENTINE.

Je refuse.

v.   24

CLARISSE.

Envoyez-moi M. de Jordane et le docteur Bajol.

RAOUL.

Pour les jeunes égarées ? A l'instant.

Il sort au fond.

CLARISSE.

Nous les oublions tout à fait, nos jeunes égarées !

Elles s'asseyent toutes trois au guéridon à droite.

AGATHE.

Nous avons M. de Jordane et le docteur à conquérir.

VALENTINE.

Quand tiendrons-nous notre première séance?

CLARISSE.

Samedi, à trois heures, chez moi ; nous dépouillerons notre correspondance et nous recevrons les dons des personnes généreuses auxquelles nous avons écrit.

VALENTINE.

Savez-vous ce qu'il me proposait, ce fou de Raoul ? De me conduire demain à la redoute du prince.

CLARISSE.

Oh ! il devient impossible !

AGATHE.

Ce sera très curieux, dit-on.

CLARISSE.

On parle d'un concert...

AGATHE.

Avec des artistes de cafés chantants.

CLARISSE.

On les entend maintenant dans nos salons.

AGATHE.

Ce n'est pas le même répertoire.

VALENTINE.

Toutes les femmes seront masquées.

AGATHE.

Oh ! mais alors ?...

CLARISSE.

Comment, Agathe, vous iriez là ?

AGATHE.

Je ne l'ai pas dit !

VALENTINE.

Et toutes les beautés à la mode y seront !

CLARISSE.

Précisément.

AGATHE.

On pourrait les voir de près sans être vues !

CLARISSE.

Mais si, vraiment, vous iriez ?

AGATHE.

Une femme honnête n'a pas deux fois dans sa vie une occasion pareille.

CLARISSE.

La voilà prête à partir.

VALENTINE.

Mais qui nous accompagnerait ?

CLARISSE.

Vous aussi !

AGATHE.

Raoul, puisqu'il vous l'a proposé !

CLARISSE.

Comment?

VALENTINE.

Je ne m'aventurerais pas seule avec Raoul.

CLARISSE.

Je crois bien !

AGATHE.

Moi non plus.

CLARISSE.

Et vous auriez raison.

AGATHE.

Mais quand un jeune homme conduit trois femmes...

CLARISSE.

Comment, trois femmes !

VALENTINE.

Ce n'est plus qu'un gardien.

CLARISSE.

Je suppose que vous ne me comptez pas.

VALENTINE.

Vous auriez peur d'être reconnue?

CLARISSE.

Ce n'est pas cela.

VALENTINE.

A quoi? à vos cheveux? Vous mettrez une perruque.

CLARISSE.

Vous ne me comprenez pas.

VALENTINE.

C'est à cause de Raoul? Je lui dirai que j'y vais avec deux amies.

AGATHE.

Sans nous nommer.

VALENTINE.

Vous êtes mariées, mais moi je suis veuve.

CLARISSE, se lève.

C'est inouï.

AGATHE.

On vient!

VALENTINE.

Parlons de l'œuvre des jeunes égarées.

AGATHE.

Notre but est de ramener dans le sentier de la vertu les jeunes âmes...

CLARISSE.

J'en tombe des nues !

Jordane et le docteur entrent par le fond.

SCÈNE XIX

LES MÊMES, JORDANE, LE DOCTEUR.

VALENTINE.

Docteur, êtes-vous, oui ou non, le médecin de notre œuvre ?

LE DOCTEUR.

Je vous ai recommandé un jeune confrère.

v. 24.

CLARISSE.

Nous voulons un médecin célèbre.

AGATHE.

Pour nos prospectus.

LE DOCTEUR.

Vous me mettez à côté d'un chirurgien que personne ne connaît.

CLARISSE.

Il est très distingué.

LE DOCTEUR.

Qu'il le dise! Et vos administrateurs? tous inconnus.

VALENTINE.

C'est M. de Jordane qui sera notre président.

JORDANE.

Moi !

LE DOCTEUR.

Ah ! c'est un nom.

CLARISSE.

Il n'y a que vous qui pourrez prononcer notre discours d'ouverture.

AGATHE.

Sur les jeunes égarées.

JORDANE.

Le sujet prête. Avez-vous un trésorier ?

CLARISSE.

Nous songeons à M. Bridier.

JORDANE.

Bridier? Trésorier ! Il ne sait pas compter jusqu'à dix. Prenez donc Cardonat.

CLARISSE.

Nous le connaissons à peine.

JORDANE.

Il serait très flatté, madame Cardonat serait naturellement dame patronnesse.

CLARISSE.

Ce qui la poserait tout de suite dans la haute société
parisienne. C'est une grosse responsabilité à prendre.

JORDANE.

Je donne un simple avis. Cardonat est bruyant. Il vous
rendra des services. C'est dans l'intérêt de l'œuvre !

CLARISSE.

M. Cardonat plait-il au docteur?

LE DOCTEUR.

C'est un nom... d'un autre genre, mais c'est un nom.
Eh bien, donnez-moi deux auxiliaires; appelez-moi médecin en chef, pour qu'on voie bien que je ne soigne pas
vos malades, et je vous appartiens.

VALENTINE.

A la bonne heure!

JORDANE, à Clarisse.

Puis-je annoncer cette résolution à M. Cardonat?

CLARISSE.

Vous le pouvez, mon ami, puisque cela vous plait.
Il remonte vers le salon de gauche.

VALENTINE.

Vous êtes contrariée, Clarisse?

CLARISSE.

Étonnée, surtout. Je n'ai pas voulu repousser le nom de

M. Cardonat, mais je ne comprends pas que M. de Jordane
ait pu y songer.

AGATHE.

Moi non plus, par exemple.

VALENTINE.

Si c'est dans l'intérêt de l'œuvre !

Jordane rentre avec M. et madame Cardonat.

SCÈNE XX

LES MÊMES, CARDONAT, MADAME CARDONAT,
puis MADAME DESCOURTOIS, RAOUL, SAINT-
CHAMAS, VALAJOL et LE PRINCE.

CARDONAT, à Clarisse.

Madame Cardonat tient à vous remercier, madame, de
l'honneur extrême que vous nous faites.

OLGA.

Oh ! de grand cœur.

CLARISSE.

Je reçois vos remerciements, pour nous toutes et pour
M. de Jordane, qui est notre président.

CARDONAT.

Mais j'éprouve quelque embarras à accepter.

OLGA, déconcertée.

Ah ! pourquoi ?

CARDONAT.

Comment expliquerai-je que M. de Jordane, déjà administrateur de trois compagnies et qui m'honore d'une bienveillance aussi publique, refuse...

JORDANE.

J'ai demandé à réfléchir.

CARDONAT.

D'être membre du conseil d'administration du Danube?

VALENTINE.

Comment?

CLARISSE

Il n'ira pas jusque-là.

OLGA.

Je croyais que M. de Jordane avait accepté?

JORDANE.

J'accepterai certainement.

CLARISSE.

Est-ce possible?

CARDONAT.

Je n'aurai plus rien à demander.

On ouvre la porte de la salle à manger.

MADAME DESCOURTOIS, à Cardonat.

Il accepte!

CARDONAT.

Que vous disais-je?

JORDANE, à part.

Administrateur chez M. Cardonat, c'est raide! Mais je lui dois bien ça.

CLARISSE.

On a servi le thé.

On se dirige successivement vers le pan coupé droit, par où l'on disparaît au fur et à mesure. — Cardonat et madame Descourtois d'abord. — Madame Puyjolet et Geneviève, descendant des salons, prennent le bras de Valajol et de Puyjolet. — Gustave accompagne Bridier.

JORDANE.

Mais le prince Orbeliani est ici.

OLGA et CLARISSE.

Ah !

JORDANE, bas, à Olga.

Vous avez une raison de fuir le prince ; je la devinerai.

OLGA.

Ne cherchez pas, j'irai à sa redoute.

CLARISSE, qui a entendu.

Oh ! cela, ce serait trop !

OLGA, bas, à Jordane.

Pour vous.

CLARISSE.

Valentine, je suis des vôtres ; demain je vous accompagne.

JORDANE, à part.

Pour vous ! c'est un aveu.

CLARISSE.

Ah ! je vous ai attendu, prince, pour vous demander votre bras ; je m'empare de vous, vous allez me maudire.

LE PRINCE, revenant du fumoir.

Est-ce mon ami Jordane qui vous donne de moi une si mauvaise opinion ? (Balistrac, offre son bras à Olga qui passe devant le prince. — A Clarisse.) Quelle est donc cette belle personne ?

CLARISSE.

Une Moldave, madame Cardonat.

LE PRINCE.

Cardonat ?

CLARISSE.

La femme du banquier Cardonat.

LE PRINCE.

Oh! sa femme!

CLARISSE.

Vous la connaissez ?

LE PRINCE.

Il me semble que je l'ai vue déjà.

JORDANE, à Saint-Chamas.

Est-ce qu'il l'a eue aussi à souper ?

Le prince se dirige vers la salle à manger avec Clarisse, Raoul avec Valentine, le docteur avec Agathe, Jordane avec Saint-Chamas.

ACTE DEUXIÈME

CHEZ LE PRINCE ORBELIANI

Grande salle d'introduction, étincelante de fleurs et de lumières ; divans, poufs, etc. — A gauche, premier plan, petite porte de dégagement ; dans le pan coupé, grande porte d'entrée. — A droite, premier plan, petite porte ; pan coupé, large baie ouvrant sur la salle de concert et tendue de velours rouge à crépines d'or ; au fond, vaste baie découvrant un escalier monumental, tapissé de fleurs et conduisant au buffet. — Au lever du rideau, des groupes d'invités garnissent l'escalier et le seuil de la salle de concert.

SCÈNE PREMIÈRE

CARDONAT, VALAJOL, puis BALISTRAC.

Une jeune femme traverse, de gauche à droite, au bras de Valajol, pour aller chanter
Les invités applaudissent sur son passage.

TOUS.

Brava ! brava ! brava !

CARDONAT.

Brava ! brava ! (A un monsieur dont il a pris le bras et avec qui il causait.) C'est Muguette, la fameuse Muguette ! — Pour les garanties, que vous dirai-je ? M. de Jordane est membre de notre conseil d'administration.

LE MONSIEUR.

Ah !

VALAJOL, revenant.

Chut!... Muguette nous chante : *Connaissez-vous Joséphine?*

CARDONAT, au monsieur.

« Connaissez-vous Joséphine ?
Le teint frais, la taille fine,
Et des façons d'écureuil
Et du poi... et du poi... du poivre dans l'œil ! »

Je dînais hier chez lui, avec madame Cardonat.

Le monsieur lui échappe pour aller écouter les chants.

VALAJOL.

Chut !

CARDONAT, essayant de l'arrêter.

Mon cher monsieur Valajol !

VALAJOL.

Pardon, je n'ai pas le temps, je suis chargé de la partie artistique.

CARDONAT.

Je voudrais me faire présenter au prince.

VALAJOL.

C'est inutile. Il ne tient pas à ces formalités.

Il lui échappe.

BALISTRAC, accourant.

Valajol ! Valajol !

VALAJOL.

Je ne peux pas, cher ami ; je suis chargé de la partie artistique.

BALISTRAC.

Précisément !

Valajol se sauve à droite.

CARDONAT.

Monsieur de Balistrac, j'ai eu l'honneur de dîner avec vous, hier, chez M. de Jordane.

BALISTRAC.

Un dîner sans couleur, où toutes les opinions étaient représentées. Un dîner excellent d'ailleurs, que j'ai pu savourer sans engager ma ligne de conduite.

CARDONAT.

Auriez-vous l'extrême obligeance de me présenter au prince !

BALISTRAC.

Je le connais très peu, et je le cherche pour lui demander l'autorisation d'agrémenter son concert de quelques plaisanteries spirituelles de ma façon... mais vous avez dû le voir hier, chez M. de Jordane ?

CARDONAT.

Mais non, malheureusement. Il était au fumoir, je l'ignorais, et, quand il a paru, madame Cardonat s'est trouvée un peu souffrante ; nous avons dû partir.

BALISTRAC.

Le voici.

SCÈNE II

Les Mêmes, LE PRINCE, MADAME PUYJOLET, PUYJOLET, puis GUSTAVE.

LE PRINCE, introduisant par la gauche madame Puyjolet masquée.

Je vais vous placer, madame ; vous tremblez ? Rassurez-vous, il n'est pas de défense plus sûre pour une femme que ce loup. (A part.) C'est une bourgeoise.

La bouquetière présente des violettes au prince, qui les offre à madame Puyjolet.

PUYJOLET, qui est entré derrière eux, à Cardonat.

C'est ma femme !

MADAME PUYJOLET, bas, à son mari.

N'oubliez pas qu'on dit : « Prince. »

PUYJOLET.

Sois tranquille, Herminie.

CARDONAT.

Connaissez-vous le théâtre ? C'est par ici.

Il indique la droite, pan coupé.

LE PRINCE, à madame Puyjolet.

On chante une romance à la mode : *le Chagrin d'Héloïse.*
C'est un peu gros, mais on rit, — et les Parisiens n'aiment
vraiment qu'à rire. Peu leur importe l'esprit ; quand il n'y
en a pas, ils en mettent. C'est ce qui nous déroute, nous
autres étrangers.

MADAME PUYJOLET.

Les étrangers qui aiment Paris ne sont plus des étrangers.

LE PRINCE.

Voilà une flatterie pour moi, madame.

Ils traversent et disparaissent dans la salle.

BALISTRAC, les suivant.

Je voudrais bien lui parler.

PUYJOLET, à Cardonat.

Oui, mon cher bienfaiteur, c'est ma femme : vous nous
avez dit de nous montrer.

CARDONAT.

Il le faut. Vous n'avez pas oublié votre nouveau titre ?

PUYJOLET.

Chef de division de la comptabilité.

CARDONAT.

Générale...

PUYJOLET.

Générale de la société du Danube, capital : douze millions. Eh bien! où est Herminie? Qu'est devenue Herminie?

Il se sauve en courant pour retrouver sa femme. — Applaudissements dans la coulisse.

CARDONAT, à un monsieur qui est à côté de lui.

Étonnante, cette Muguette, étonnante! quel talent! Il me semble, monsieur, que j'ai eu l'honneur de vous voir hier, chez mon ami Jordane. (Se présentant.) Eugène Cardonat. Ah! non, non, excusez-moi, je me trompe.

GUSTAVE.

Ah! monsieur Cardonat!

CARDONAT.

Eh bien, voilà une redoute qui doit bien vous amuser.

GUSTAVE.

Je les connais maintenant, leurs redoutes : quelques personnes qui s'amusent, mais qui n'amusent pas les autres... C'est crevant.

CARDONAT.

Étonnant, ce petit bonhomme!

SCÈNE III

LES MÊMES, MADAME DESCOURTOIS.

Le prince va et vient dans les salons, dont il fait les honneurs. Après avoir fait placer madame Puyjolet dans la salle, il est allé au-devant de madame Descourtois. — Même jeu pour toutes les arrivantes, qu'il introduit.

LE PRINCE.

Je vais vous placer, madame, ces messieurs se dérangeront.

MADAME DESCOURTOIS.

Je vous supplie, prince, de ne déranger personne; j'attendrai dans ce salon.

La bouquetière se présente.

LE PRINCE, lui offrant des fleurs.

Ce n'est qu'un passage.

MADAME DESCOURTOIS.

J'y vois quelques figures de connaissance, M. de Balistrac... M. Cardonat.

LE PRINCE, vivement.

M. Cardonat est ici? Montrez-le-moi donc.

MADAME DESCOURTOIS.

Ce grand monsieur qui nous regarde.

LE PRINCE.

Ah! oui. Je n'avais fait que l'entrevoir.

MADAME DESCOURTOIS.

C'est un banquier en passe de devenir célèbre.

LE PRINCE.

J'en ai peur.

MADAME DESCOURTOIS.

Il a fondé dans vos provinces du Danube une grande société française.

LE PRINCE.

Je l'ai appris en France.

MADAME DESCOURTOIS.

Vous supposez que cette société n'est pas sérieuse?

LE PRINCE.

Je ne dis pas cela. A Paris, les étrangers distinguent très difficilement le sérieux du comique.

MADAME DESCOURTOIS.

Ah ! vous n'aimez pas M. Cardonat.

LE PRINCE.

Je ne lui ai jamais parlé.

MADAME DESCOURTOIS.

Il a une femme remarquablement belle.

LE PRINCE.

Est-elle ici?

MADAME DESCOURTOIS.

Eh ! mais, prince, il me semble que, sans le vouloir, je
vous intrigue déjà?

LE PRINCE.

Je ne peux jamais réprimer un mouvement de joie quand
on m'annonce la présence d'une jolie femme.

MADAME DESCOURTOIS.

Je vois que vous connaissez madame Cardonat.

LE PRINCE.

Je l'ai vue hier, une seconde.

MADAME DESCOURTOIS.

Elle est Moldave, vous auriez pu la rencontrer en Orient.

LE PRINCE.

Je l'y avais rencontrée, en effet, une ou deux fois. Elle
doit l'avoir oublié.

MADAME DESCOURTOIS, à part.

Il y a quelque chose.

SCÈNE IV

Les Mêmes, PUYJOLET, DESCOURTOIS,
puis GUSTAVE, VALAJOL, le DOCTEUR.

PUYJOLET, revenant de la salle et allant à madame Descourtois.

Ah ! voici ma femme ! Pardonnez, prince.

MADAME DESCOURTOIS.

Vous vous trompez, monsieur Puyjolet.

PUYJOLET.

Je me trompe ! mais, prince, Herminie était à votre bras
tout à l'heure.

LE PRINCE.

C'est bien possible... Il paraît seulement qu'elle n'y est
plus.

Il quitte madame Descourtois et se dirige vers la droite.

BALISTRAC.

Voici le moment...

Il suit le prince.

PUYJOLET, après avoir cherché des yeux, à madame Descourtois.

Je ne peux pas la retrouver.

MADAME DESCOURTOIS.

Quelle est sa toilette ?

PUYJOLET.

Je ne sais pas bien. Je ne remarque jamais ces choses-là.

MADAME DESCOURTOIS.

Oh ! mais, alors, elle se venge : vous ne la retrouverez pas.

PUYJOLET.

Par exemple !

DESCOURTOIS, qui vient d'entrer par la gauche.

Ah! Clémence!

MADAME DESCOURTOIS

Vous savez, monsieur Descourtois, que dans une redoute on ne doit pas s'occuper de sa femme.

DESCOURTOIS.

Pourquoi, chère amie?

MADAME DESCOURTOIS.

Parce que je suis masquée. On vous croirait en bonne fortune.

DESCOURTOIS.

Ah!

Il disparaît avec Puyjolet; madame Descourtois s'assied au fond.
Applaudissements dans la coulisse.

GUSTAVE, revenant le premier de la salle.

Bravo! bravo! C'est crevant! ça été crevant!

Le prince reparaît avec la chanteuse à son bras.

TOUS.

Bravo! bravo! bravo!

LE PRINCE, à la chanteuse.

Charmante! charmante! Tu restes à souper, ne l'oublie pas.

La chanteuse salue et prend le bras de Vatajol, qui l'emmène par la gauche.

LE DOCTEUR, accourant de la salle.

Exquis! exquis! « Connaissez-vous Joséphine? le teint frais, la taille fine, elle a du poivre dans l'œil... » Ça ne veut rien dire, mais c'est exquis. (Au prince.) Ma cliente.

LE PRINCE.

Ne pourriez-vous pas lui donner une voix moins commune?

LE DOCTEUR.

Mais, prince, avec une voix distinguée, elle serait figurante à la Renaissance, et elle ne gagnerait pas·de quoi payer son médecin.

Ils remontent et se perdent dans la foule.

SCÈNE V

CARDONAT, MADAME DESCOURTOIS.

La foule circule vers le fond.

CARDONAT, à un monsieur.

Le docteur Bajol ! j'ai eu l'honneur de dîner avec lui hier chez mon ami Jordane.

MADAME DESCOURTOIS, masquée.

Bonjour, trésorier des jeunes égarées... C'est un joli titre !

CARDONAT.

N'est-ce pas ? facile à retenir. Madame Cardonat est dame patronnesse avec madame de Jordane, madame de Folny, madame de Balistrac...

MADAME DESCOURTOIS.

Tout le monde, excepté moi.

CARDONAT.

Madame Descourtois !

MADAME DESCOURTOIS.

Comme vous m'avez bien reconnue ! C'est une petite humiliation qu'on a voulu m'infliger.

CARDONAT.

Oh !

MADAME DESCOURTOIS.

Je me connais en impertinence ! Ah ! il faut que je vous

V.   25.

donne une nouvelle que je répands depuis ce matin : Raoul de Jordane épouse mademoiselle Geneviève Bridier.

CARDONAT.

Tant mieux ! M. Bridier est avocat, et s'il donne sa fille...

MADAME DESCOURTOIS, l'interrompant.

Ne vous enflammez pas, je n'en sais rien.

CARDONAT.

Alors, pourquoi le dites-vous ?

MADAME DESCOURTOIS.

Pour être désagréable à madame de Folny qui ne me reçoit pas, aux Jordane qui ne me reçoivent guère et aux Bridier qui me reçoivent mal : ce sera demain dans tous les journaux.

Elle s'éloigne.

CARDONAT.

Que voilà bien une vengeance de femme ! Le prince !... Et je ne trouve personne...

Il cherche.

SCÈNE VI

CARDONAT, LE PRINCE, VALAJOL, BALISTRAC, ARCADIE.

LE PRINCE, venant de la salle.

Eh bien, Valajol, suivons le programme.

VALAJOL, entrant par la gauche.

Oui, prince.

BALISTRAC, venant du fond.

Voici le moment.

Il se précipite vers le prince, mais il est distancé par Arcadie, qui accourt très agitée par la droite.

ARCADIE.

Il faut que je vous parle.

LE PRINCE.

Que vous arrive-t-il, Arcadie?

ARCADIE.

Personne ne s'occupe de moi.

LE PRINCE.

Vraiment?

ARCADIE.

Et puisque j'ai l'honneur d'être votre maitresse...

LE PRINCE.

L'honneur!... Vous me flattez.

ARCADIE.

Il me semble que j'ai droit à des égards.

LE PRINCE.

Qu'entendez-vous par égards?

ARCADIE.

Les prévenances que l'on doit à une femme dans ma situation.

LE PRINCE.

Vous voulez qu'on vous tutoie?

ARCADIE.

Alors, je ne suis plus rien chez vous?

LE PRINCE.

Vous y êtes tout, ma chère, quand nous sommes seuls.

ARCADIE.

C'est gentil, ça. Vous devez donc désirer qu'on s'occupe de moi?

LE PRINCE.

Je le désire tellement que je vous avais recommandé de mettre, ce soir, tous vos diamants.

ARCADIE.

Oh! non!... quand on reçoit!... Et puis, ce n'est pas ça, je veux des égards.

LE PRINCE.

Moi, ma chère, je ne peux vous donner que des bijoux... vous trouverez un écrin sous votre serviette.

Il s'éloigne.

ARCADIE.

On ne peut pas se fâcher avec cet homme-là.

BALISTRAC.

Voici le moment.

CARDONAT, à Balistrac, qu'il arrête.

Quelle est cette jolie personne qui causait avec le prince?

BALISTRAC.

Arcadie... la maîtresse régnante.

Il se remet à la poursuite du prince.

CARDONAT.

Ah! (Il va la saluer.) Vraiment, madame, cette fête est adorable.

ARCADIE, enchantée.

Vous trouvez, monsieur? Nous avons fait ce que nous avons pu.

CARDONAT.

On y sent partout la main d'une femme.

ARCADIE.

Êtes-vous allé au buffet?

CARDONAT.

Pas encore.

ARCADIE.

Il est au premier. Je vous recommande le champagne, c'est moi qui l'ai choisi.

CARDONAT.

Me permettez-vous de vous offrir mon bras?

ARCADIE.

Avec plaisir (A part.) A la bonne heure !... En voilà un qui a des égards !

Ils se retournent au moment où le prince revient avec une dame qu'il introduit. Cardonat affecte de se montrer avec Arcadie à son bras. Le prince sourit et passe.

SCÈNE VII

LE PRINCE, UNE DAME, BALISTRAC, puis SAINT-CHAMAS, MADAME PUYJOLET.

LE PRINCE.

Je vais vous placer, madame, ces messieurs se dérangeront... On chante une chanson à la mode : *C'est le pompier qui a brûlé le rôti !*

LA DAME.

Oh ! quelle horreur !

LE PRINCE, à part.

C'est une cocotte ! (Haut, à Balistrac qui le suit toujours.) Monsieur de Balistrac, voulez-vous conduire madame dans la salle d'armes ?

LA DAME.

Dans la salle d'armes?

LE PRINCE, à la dame.

Une place excellente, où l'on a l'air de ne pas entendre.

Il remonte.

BALISTRAC, offrant son bras.

Madame... (A part.) Je ne pourrai pas lui parler. (Haut.)
La salle d'armes ! (Voyant entrer Saint-Chamas avec une dame.) Oh !
Saint...

SAINT-CHAMAS, l'interrompant.

Ne me nommez pas devant cette dame ; je viens de lui
dire des choses énormes.

BALISTRAC.

Elle s'est fâchée?

SAINT-CHAMAS.

Non... mais j'ai un avenir politique à ménager, moi.

BALISTRAC, à part.

Son avenir ! c'est pour y faire croire qu'il le ménage.
Poseur, va ! (Il sort à droite.) La salle d'armes...

MADAME PUYJOLET.

J'ai votre photographie dans mon album.

SAINT-CHAMAS.

Vraiment?

MADAME PUYJOLET.

Je collectionne les députés.

SAINT-CHAMAS, à part.

Elle me connaît !

MADAME PUYJOLET.

Et j'ai eu l'honneur de passer hier la soirée avec vous.

SAINT-CHAMAS, à part.

C'est madame de Folny ! (Haut.) Je regrette, madame, que

vous n'ayez pas assisté à la séance aujourd'hui. J'ai été deux fois rappelé à l'ordre.

Puyjolet paraît, cherchant toujours.

MADAME PUYJOLET.

Ne restons pas ici.

SAINT-CHAMAS, à part.

Elle a peur de quelqu'un ! (Regardant au fond.) De Raoul, de Raoul de Jordane, qui vient d'entrer.

Ils sortent.

SCÈNE VIII

LE PRINCE, CLARISSE, RAOUL, VALENTINE, AGATHE.

Les trois femmes sont masquées.

LE PRINCE, à Clarisse qui est à son bras.

Je vais vous placer, madame. Ces messieurs se dérangeront.

CLARISSE.

C'est inutile.

LE PRINCE.

Vous ne tenez pas à entendre mademoiselle Rose Églantine?

CLARISSE.

Pas du tout.

LE PRINCE.

Me permettrez-vous de vous faire les honneurs de mon hôtel?

La bouquetière offre des fleurs.

CLARISSE, quittant son bras.

Je vous remercie.

LE PRINCE.

A votre gré. Laissez-moi vous remettre au bras de votre cavalier.

CLARISSE.

Je n'en ai pas.

LE PRINCE.

Vous venez alors en simple curieuse?

· CLARISSE.

Absolument.

RAOUL, immobile, à gauche, avec Valentine et Agathe.

Elle paraît tout à fait à l'aise, votre jeune amie?

VALENTINE.

Je n'en reviens pas.

RAOUL, bas.

Mariée ou veuve?

VALENTINE.

Vous m'avez promis de ne m'adresser aucune question.

RAOUL.

Pardonnez-moi.

LE PRINCE, à Agathe.

Madame ne veut pas, non plus, que j'essaie de la placer?

AGATHE.

Je vous remercie.

LE PRINCE.

Quant à vous, mon cher Raoul, je n'ai pas à vous dire que vous êtes chez vous.

RAOUL.

Vous êtes trop aimable, prince.

LE PRINCE.

M. de Jordane ne vient pas?

RAOUL.

Mon père est au Havre, vous savez bien.

LE PRINCE, riant.

Ah! oui, j'oubliais. (Revenant à Clarisse.) Je respecte trop le
secret du masque, madame, pour essayer de vous reconnaître, ou plutôt de vous deviner... car vous ne voulez pas
être reconnue. M'autoriserez-vous à vous adresser une
question?

CLARISSE.

Je crois que dans une fête comme celle-ci tout est permis.

RAOUL.

Elle est adorable!

VALENTINE.

Elle est inouïe!

AGATHE.

Fiez-vous donc à ces petites femmes dormantes!

LE PRINCE, qui l'a attirée un peu à part.

Avez-vous vu par hasard, au théâtre ou aux courses, une
jeune personne très à la mode connue sous le nom d'Esther?

CLARISSE.

On me l'a montrée à Chantilly.

LE PRINCE.

Elle a des cheveux superbes, et d'une nuance particulière.

CLARISSE.

D'un blond d'or.

LE PRINCE.

Ce sont les vôtres.

CLARISSE.

Les miens !

LE PRINCE.

Ne soyez pas étonnée, si ce soir on vous prend pour elle. Mais c'est une ressemblance que vous avez peut-être cherchée?

CLARISSE.

Non.

LE PRINCE.

Je vous conseille alors de faire choix d'un cavalier et de ne pas trop le quitter.

CLARISSE.

Est-ce qu'il est dangereux de ressembler à mademoiselle Esther?

LE PRINCE.

Non... si les propos galants ne vous effraient pas.

CLARISSE.

Ah!

Le prince salue et remonte, Clarisse et Agathe s'asseyent sur un grand pouf.

SCÈNE IX

RAOUL, CLARISSE, VALENTINE, AGATHE.

RAOUL.

Il est étonnant, ce Géorgien! Il a tout de suite flairé des femmes du monde.

VALENTINE.

Est-ce que vous vous y seriez trompé, vous ?

RAOUL.

Vous vous dissimulez si bien !

VALENTINE, se démasquant.

Vous n'êtes pas galant.

RAOUL.

Ces dames surtout sont d'une prudence exagérée... Elles ne m'ont pas répondu une fois.

VALENTINE.

Cela vous étonne ?

RAOUL.

Cela prouve que je les connais.

VALENTINE.

Pas du tout, vous ne les connaissez pas, mais elles sont exposées à vous rencontrer un jour dans mes salons.

RAOUL.

Eh bien, vous ne pouvez plus douter de ma discrétion. Avouez que je me suis conduit comme un héros.

VALENTINE.

Et j'espère que vous continuerez.

RAOUL.

Comment donc ! mais si les chevaliers de Malte n'étaient pas abolis, je m'enrôlerais. Disposez de moi, je suis à vos ordres. Que voulez-vous voir ou ne pas voir ?

VALENTINE.

Nous voulons tout voir.

AGATHE.

Tout.

RAOUL, regardant Clarisse qui ne répond pas.

Tout!... tout. Seulement, comme je suis votre mentor,
il faut que je vous apprenne un peu ce qu'est le prince
Orbeliani.

VALENTINE.

Il est bien temps!

RAOUL.

Capable de tout pour faire parler de lui, et très compromettant ; à part cela, gentilhomme jusqu'au bout des ongles
et très parisien. Une fleur d'Orient cultivée en France. On
n'a à redouter de lui que ses excentricités ! Vous êtes pré-
venues, mesdames et chères pupilles ; maintenant, qu'or-
donnez-vous ?

VALENTINE.

Allez d'abord écouter ce qu'on chante et voyez si cela
peut s'entendre.

RAOUL.

A l'instant.

SCÈNE X

CLARISSE, VALENTINE, AGATHE.

CLARISSE, ôtant son loup et se levant.

C'est vraiment un grand plaisir de pouvoir tout entendre
et tout dire sans être reconnue.

AGATHE, qui s'est levée et démasquée.

Eh bien, moi, le masque m'ôte tous mes moyens.

VALENTINE.

Mais je me demande pourquoi ces messieurs s'imaginent
qu'ils s'amusent plus ici que dans nos salons.

CLARISSE.

Parce que c'est autre chose... Qu'avez-vous donc demandé à votre coiffeur pour moi ?

VALENTINE.

Les cheveux les plus à la mode.

CLARISSE.

Eh bien, il m'a donné ceux de mademoiselle Esther.

VALENTINE.

Tiens, c'est vrai.

CLARISSE.

Et il paraît qu'on va me prendre pour elle.

VALENTINE.

Mais, oui, vous avez sa taille et sa tournure... en femme du monde. Oh ! c'est frappant !

AGATHE.

Mais c'est très désagréable, cela ; on vous fera des demandes indiscrètes.

CLARISSE.

Je promettrai tout... C'est elle qui paiera.

AGATHE.

Je n'ai jamais vu Clarisse si joyeuse !

VALENTINE.

C'est qu'elle sait que M. de Jordane est au Havre.

AGATHE.

Oh ! j'ai fait causer adroitement M. de Balistrac en dînant. Il m'a dit qu'un homme marié et vraiment sérieux ne pouvait pas se montrer à une redoute.

SCÈNE XI

LES MÊMES, BALISTRAC avec LA DAME, puis RAOUL.

BALISTRAC, revenant avec la dame, à part.

Elle ne veut pas rester dans la salle d'armes.

AGATHE.

C'est lui !

Les trois femmes remettent leurs masques.

BALISTRAC.

Et elle ne veut plus me quitter.

AGATHE.

Avec sa maîtresse !

VALENTINE.

Ne nous trahissez pas.

Gustave paraît au fond.

LA DAME.

J'irai volontiers au buffet.

CLARISSE.

Gustave est ici !

BALISTRAC, à Gustave.

Voudriez-vous conduire madame au premier ?

GUSTAVE.

Avec plaisir. C'est une femme forte... elle doit être sérieuse.

Il gravit l'escalier avec la dame.

BALISTRAC.

Enfin ! — Où trouverai-je le prince ?

AGATHE, à Valentine.

Retenez-le.

VALENTINE, lui prenant le bras.

Monsieur de Balistrac ?

BALISTRAC.

Madame ?

AGATHE, à Clarisse.

Demandez-lui de mes nouvelles.

CLARISSE.

Comment se porte madame de Balistrac ?

BALISTRAC.

Bien, très bien... ou plutôt non ! Elle s'est retirée de très bonne heure dans sa chambre : elle est souffrante.

AGATHE, à Clarisse.

Demandez-lui s'il en est sûr.

CLARISSE.

En êtes-vous sûr ?

BALISTRAC.

Certainement.

AGATHE, à Valentine.

Tutoyez-le.

VALENTINE.

En es-tu sûr !

BALISTRAC.

Certainement.

AGATHE, à part.

Une femme le tutoie et ça ne l'étonne pas ?

BALISTRAC.

N'essayez pas de m'inquiéter, ce serait inutile. Quand on a une femme qui a résisté à huit brigands...

AGATHE, stupéfaite.

Il s'en vante !

VALENTINE.

Huit brigands !

BALISTRAC.

Oui, chère madame. Elle a résisté !

AGATHE, à Clarisse.

Demandez-lui s'il en est sûr.

CLARISSE.

En êtes-vous sûr !

BALISTRAC.

Comment si j'en suis sûr !

VALENTINE.

En es-tu sûr ?

BALISTRAC.

Absolument sûr, puisque... puisqu'elle me l'a dit. (Elles partent toutes les trois d'un éclat de rire en gagnant l'extrême droite.) Elles sont bêtes vraiment !

AGATHE.

M. de Balistrac me le paiera.

RAOUL, revenant.

La romance est terminée, et nous n'y perdons rien.

BALISTRAC.

Raoul, savez-vous quelles sont ces trois dames ?

RAOUL.

Parfaitement. (A son oreille.) Des demoiselles !

BALISTRAC.

Demoiselles ?

RAOUL.

Demoiselles quand même : Lili, Nana et Didine.

BALISTRAC.

Oh ! Eh bien, mon cher, elles savent mon nom.

RAOUL.

Vraiment ?

BALISTRAC.

Et elles m'ont parlé de ma femme. Je commence à être connu.

RAOUL.

C'est ce que vous voulez.

BALISTRAC.

Je ne veux pas autre chose ; seulement... En êtes-vous sûr ? En es-tu sûr ? Elles sont bêtes.

Applaudissements.

SCÈNE XII

LES MÊMES, LE DOCTEUR, puis ARCADIE. CARDONAT et LE PRINCE.

LE DOCTEUR, venant de la salle.

Bravo ! bravo !

AGATHE.

Le docteur aussi ?

LE DOCTEUR.

« C'est le pompier qui a brûlé le rôti... » C'est exquis !

AGATHE, passant.

Je vais voir s'il m'aime.

VALENTINE.

Agathe ! vous vous ferez reconnaître !

AGATHE.

Oh ! non. Mais quand on aime une femme mariée et qu'on est médecin, on doit soigner son mari. (Elle va au docteur.) Vous négligez M. de Balistrac.

LE DOCTEUR.

Peut-être.

AGATHE.

Il a failli tomber en syncope.

LE DOCTEUR.

Lui ?

AGATHE.

Voyez comme il est rouge.

LE DOCTEUR.

Je ne le quitte plus.

AGATHE, à part.

A la bonne heure ! Ils seront punis tous les deux.

BALISTRAC, regardant à gauche.

Voici le prince.

LE DOCTEUR.

Mon cher Balistrac...
Il le retient pour lui tâter le pouls et ne le lâche plus. — Cardonat revient avec
Arcadie par le fond.

ARCADIE, à Cardonat.

Alors, vous êtes un grand banquier? C'est une jolie position, cela.

CARDONAT.

Assez jolie ! Si j'étais femme, moi, je ne voudrais avoir

pour amis que des gens de finance. Les jours où ils gagnent, ils donnent tout, et les jours où ils perdent, ils ne reprennent rien.

Le prince entre par la gauche.

ARCADIE.

Je vais vous présenter au prince. (Au prince.) Prince, je vous présente monsieur Cardonat, banquier, un de mes bons amis.

Le prince salue et passe.

CARDONAT.

Il est froid.

Il remonte.

ARCADIE, à part.

J'ai fait un four.

Elle s'éloigne.

LE PRINCE, à Raoul.

Vous ne nous avez donc pas amené Nadine ?

RAOUL.

Non, prince, non, j'ai rompu avec Nadine.

LE PRINCE.

Il a dû vous en coûter.

RAOUL.

Très cher.

LE PRINCE.

Alors, ce soir, vous êtes en bonne fortune ?

RAOUL.

Platoniquement.

LE PRINCE.

Êtes-vous amoureux ?

RAOUL.

Si je l'étais, je ne vous l'avouerais pas : vous vous moqueriez de moi.

LE PRINCE.

Mais pas du tout ! Je ne suis pas l'homme qu'on imagine...
on ne me connaît pas. J'ai eu dans ma vie une passion violente, à peine éteinte aujourd'hui.

RAOUL.

Vous m'étonnez beaucoup.

LE PRINCE.

J'ai adoré une jeune fille remarquablement belle.

RAOUL.

Qui a été votre maîtresse ?

LE PRINCE.

Non pas... je l'ai épousée.

RAOUL.

C'est plus extraordinaire encore.

LE PRINCE.

Mais elle s'est enfuie le jour même de notre mariage.

RAOUL.

A la bonne heure, je comprends.

LE PRINCE.

Ne riez pas, c'est très sérieux.

RAOUL.

Je ne ris plus.

LE PRINCE.

On avait raillé les exagérations de mon amour, et en
sortant de l'église, dans un moment de folle bravade, j'ai
joué les trois premiers jours de ma lune de miel ; je m'en-
gageais, si je perdais, à ne pas entrer pendant trois jours
et trois nuits dans la chambre nuptiale.

RAOUL.

Vous êtes joueur à ce point?

LE PRINCE. '

J'ai gagné. Seulement ma femme avait appris le pari.

RAOUL.

Et elle est partie?

LE PRINCE.

En abandonnant toute sa famille, son nom, son titre.

RAOUL.

Elle a du caractère, la princesse.

LE PRINCE.

Elle a résisté à toutes mes prières.

RAOUL.

Et maintenant?

LE PRINCE.

Et maintenant? Maintenant, je suis venu à Paris chercher d'autres amours.

RAOUL.

Dans un genre plus facile. Vous y avez réussi?

LE PRINCE.

Non. J'ai pour la femme un tel culte que je ne peux aimer que celles que j'estime.

RAOUL.

Oh! ça devient bien difficile.

LE PRINCE.

J'attends.

Les dames, qui étaient assises sur un divan au fond, redescendent.

RAOUL.

Si votre aventure était connue à Paris, elle vous vaudrait un succès énorme.

LE PRINCE.

Ce n'est pas un mystère. Mais je vous retiens trop. On est inquiet de vous.

RAOUL, retournant vers les dames.

Eh bien, maintenant, visitons l'hôtel.

VALENTINE.

Reprenez vos fonctions, monsieur notre mentor.

RAOUL.

Et vous allez voir avec quelle gravité.

Valentine prend le bras de Raoul, qui est accosté par les dominos venant du fond et de la droite.

SCÈNE XIII

LES MÊMES, TROIS DOMINOS, puis ARCADIE, PUYJOLET, et enfin les divers personnages allant et venant.

UN DOMINO.

Ah! bonjour, Raoul!

Raoul le fuit.

UN AUTRE.

Tiens, Raoul! bonjour, mon petit Raoul.

Même jeu.

UN AUTRE.

Tu vas bien, Raoul?

Même jeu.

VALENTINE.

Mais dites donc, vous êtes très compromettant, vous.

RAOUL.

Ce n'est rien, ne faites pas attention.

ARCADIE, les attrapant au passage.

Ah! Raoul! ah! mon petit Raoul, que je suis contente de te revoir! Tu t'occuperas de moi, n'est-ce pas?

RAOUL.

Oui, oui, certainement, un peu plus tard.

ARCADIE.

Tu es avec Nadine! Elle n'est pas jalouse (A Valentine.) Tu n'es pas jalouse?

VALENTINE, bas.

On ne peut pas rester à côté de vous.

RAOUL, la retenant.

C'est fini, elle nous quitte.

ARCADIE, prenant son autre bras.

Les princes, vois-tu, ça flatte l'amour-propre certainement, mais ça ne sait pas avoir des égards.

RAOUL.

Nous en reparlerons.

ARCADIE.

Sais-tu ce qu'il me faudrait, à moi? je vais te le dire.

VALENTINE.

Vous n'allez pas me faire assister à ses confidences.

Elle quitte son bras.

PUYJOLET, surgissant de droite et prenant l'autre bras de Valentine.

Enfin, je te retrouve!

VALENTINE, effrayée.

Comment?

PUYJOLET.

Qu'as-tu fait?

RAOUL, allant à lui.

Permettez, monsieur.

PUYJOLET.

Permettez, vous-même... c'est ma femme.

VALENTINE.

Hein ?

PUYJOLET.

Ma femme, que je cherche depuis une heure.

RAOUL.

Vous vous trompez, monsieur.

PUYJOLET.

Il est toujours convenu que les maris se trompent, mais moi...

RAOUL.

Vous, monsieur, vous serez comme les autres.

PUYJOLET.

Non pas, je m'y oppose.

RAOUL.

Il le faudra pourtant... Raoul de Jordane, rue...

PUYJOLET.

Je vous connais parfaitement.

RAOUL.

Alors, ce que nous dirions de plus serait inutile.

PUYJOLET, ahuri.

Je ne peux pas vous réclamer ma femme ?

RAOUL.

Si, monsieur ; demain, à l'heure qu'il vous plaira.
Il s'éloigne avec Valentine par le fond à droite,

PUYJOLET.

Comment, demain !

VALENTINE, à Raoul,

Ne me quittez plus.

ARCADIE, à Puyjolet.

Il ne faut pas que ça vous étonne, il plaît à toutes les femmes.

PUYJOLET.

C'est trop fort !

Il se retourne et se trouve en face de madame Puyjolet, toujours au bras de Saint-Chamas et venant du fond à gauche.

MADAME PUYJOLET.

Ah !

Elle quitte le bras de Saint-Chamas et s'échappe par la salle.

PUYJOLET.

C'est encore elle ! Je la vois partout maintenant.

Il recommence sa poursuite.

VALAJOL, qui est venu du fond passant à côté de Clarisse.

Bonjour, Esther.

CLARISSE.

En voilà un qui me prend pour Esther.

VALAJOL, bas.

Sois prudente, le baron est ici. Quand soupes-tu avec moi ?

CLARISSE.

Demain.

VALAJOL.

A minuit, chez Bignon, je t'attendrai.

LE DOCTEUR, du fond.

Balistrac m'a échappé... Il est très congestionné, je lui ai fait prendre trois tasses de camomille.

AGATHE, prenant son bras.

Vous vous amusez bien à cette redoute ?

LE DOCTEUR.

Moi ?... non... non, pas en ce moment.

Balistrac paraît au haut de l'escalier, dégustant une glace.

AGATHE.

Eh bien, contez-moi vos peines.

LE DOCTEUR, courant vers Balistrac.

Voilà Balistrac qui mange une glace... c'est très dangereux!

AGATHE.

Quel cœur!

Ils remontent ensemble, Balistrac s'enfuit.

RAOUL, qui revenait avec Valentine pour reprendre Clarisse et Agathe,
aperçoit Saint-Chamas tournant près de Clarisse.

Oh! oh! Saint-Chamas qui prend aussi votre jeune amie
pour Esther! que va-t-il lui dire?

VALENTINE.

Si nous l'arrêtions?

SAINT-CHAMAS, à part.

C'est Esther. (A Clarisse.) Je t'ai envoyé deux places pour
la Chambre, je parlerai vers quatre heures, tâche de prendre
une amie qui ait du chic. Quand referons-nous notre
voyage à Fontainebleau? Quelle journée dans la forêt! et
quelle nuit!

CLARISSE.

Pardon.

Elle s'éloigne vivement.

SAINT-CHAMAS, à lui-même.

Elle a vu le baron!

LE PRINCE, à Clarisse.

Je vous le disais, madame, vous avez tort de rester seule.
Acceptez mon bras, pour un instant au moins.

RAOUL, qui allait à elle.

Ah! on nous laisse.

VALENTINE.

Il paraît.

UNE FEMME MASQUÉE, venant du fond, à Raoul.

Comme tu es sage, ce soir!

VALENTINE.

Ça va recommencer?

RAOUL.

Non, non.

Ils remontent et disparaissent.

VALAJOL, accourant par la gauche.

Notre grand comique va nous dire le dessus du panier de son répertoire.

Il donne un programme au prince.

TOUS.

Ah!

GUSTAVE.

Voilà encore qui va être crevant. Bravo! bravo!

Le prince est resté le dernier avec Clarisse.

LE PRINCE, regardant à gauche.

Voici M. de Jordane.

CLARISSE, involontairement.

Ah!

LE PRINCE, la regardant avec une persistance singulière.

Tenez-vous beaucoup à entendre notre grand comique?

CLARISSE.

Non.

SCÈNE XIV

JORDANE, LE PRINCE, CLARISSE, masquée,
puis BALISTRAC.

JORDANE, entrant gaiement par la gauche.

Me voici, prince. J'arrive un peu tard, comme c'était convenu. Les gens sérieux doivent être partis, n'est-ce pas?

LE PRINCE.

Tout à fait, nous n'avons plus à garder aucune contrainte.

JORDANE.

Voilà ce que j'aime, moi. Je suis allé au Havre.

BALISTRAC, accourant par le fond.

Ah! Jordane!

JORDANE.

Bonjour, Balistrac... J'ai fait mon discours, jamais je n'ai
été plus éloquent ; comme je tenais à être court, je n'ai
dû leur dire que des choses superbes! Que fait-on en ce
moment?

LE PRINCE.

C'est notre grand comique. Il est sérieux ce soir.

JORDANE.

Voilà le diable!

BALISTRAC.

Je voulais proposer au prince...

JORDANE, l'interrompant et regardant le programme.

Et la grande comédienne?

LE PRINCE.

Pas encore.

JORDANE.

Trop de beaux vers, prince, trop de beaux vers. Elle va
nous dire l'*Élégie de l'Écorché*. Il faut se faire entrainer
pendant quinze jours, pour admirer ça... Parlez-moi de
Muguette : « V'là le cha... v'là le cha... v'là le chagrin
d'Héloïse! »

BALISTRAC.

Moi, je ne comprends pas le succès de ces énormités-là.

JORDANE.

Ce raffiné de Balistrac!

BALISTRAC.

Je voulais proposer au prince...

JORDANE, l'interrompant toujours.

Vous ne voyez pas ce qu'il y a de piquant à entendre
dire des choses de mauvais goût, en bonne compagnie?
(Allant à Clarisse.) Pardonnez-moi, madame, j'avais cru reconnaître en vous une jeune femme... fort belle aussi, mais
qui n'a ni votre distinction, ni votre élégance; je vais prier
le prince de me présenter.

LE PRINCE.

Monsieur de Jordane.

JORDANE.

Je ne sais, madame, si mon nom est arrivé jusqu'à vous.
Je vous demanderai alors de ne pas trop vous étonner du
Jordane que vous voyez. C'est le Jordane de fantaisie, le
Jordane amusant, le vrai Jordane. Je suis très grave chez
moi, même ennuyeux au besoin, je vous prie de le croire.

BALISTRAC.

Je voulais proposer au prince d'agrémenter la petite fête
par quelques plaisanteries d'homme du monde.

JORDANE.

Il a raison, prince, nous sommes beaucoup plus spiri-
tuels que les comédiens et les auteurs, quand nous nous
en mêlons... Voulez-vous jouer quelque chose, Balistrac?

BALISTRAC.

A nous deux ce serait superbe.

LE PRINCE.

A nous trois. Je ne déteste pas ces plaisanteries-là.

BALISTRAC.

Alors, un succès colossal.

JORDANE.

Colossal!... Ah! autrefois, on faisait des charades... mais c'est démodé. Je le regrette, j'y étais très fort. Un mot : Politique, par exemple. Mon premier est un homme poli : « Excusez-moi, monsieur; agréez mes excuses, madame. » Mon second : un monsieur qui a un tic... Le tic du lorgnon, le tic du chanteur inspiré, le tic du monsieur qui ne comprend jamais : « Vous dites? » — Mon tout : la Politique. Deux chauves qui se prennent aux cheveux, deux manchots qui se montrent le poing, une chaise qui n'a que trois pieds et où tout le monde veut s'asseoir. Celui qui est assis veut raccommoder le quatrième pied, mais ceux qui sont debout l'en empêchent pour lui laisser les chances de tomber. J'avais soixante-dix allégories. Mais c'est démodé, on joue la comédie maintenant. Que joueriez-vous, Balistrac?

BALISTRAC.

Les Saltimbanques, l'Ours et le Pacha, M. de Pourceaugnac, avec les accessoires.

JORDANE.

Voilà une idée.

BALISTRAC.

Nous ne dirions pas le texte.

JORDANE.

Il ne doit rien valoir.

BALISTRAC.

Rien du tout.

JORDANE.

Et puis nous ne le savons pas. (Prenant le prince à part et montrant Clarisse.) Peut-on tout dire?... Ah! pardon, pardon, je suis indiscret. Je ne dirai pas tout.

LE PRINCE, à lui-même.

C'est madame de Jordane.

BALISTRAC.

Je vous avoue que j'avais préparé autre chose. J'escamote assez bien ; à ma préfecture, le soir, j'amusais tout le monde : je prenais un de mes sous-préfets, je le mettais sur un fauteuil et je l'escamotais.

JORDANE.

Vous feriez un joli ministre de l'intérieur, vous.

BALISTRAC.

Le fauteuil avait un truc.

LE PRINCE.

Il est très drôle, M. de Balistrac, il est très drôle.

JORDANE.

Il doit amuser madame. Si nous le poussions un peu, il ferait la cabriole. Nous allons le faire chanter. (A Balistrac.) Vous ne chanteriez pas quelque chose?

BALISTRAC.

J'y pensais.

JORDANE.

Cette romance à la mode, le pain... brûlé, le pain... dur?

BALISTRAC.

Le pain tendre et le pain rassis. Ah! oui, ça, au moins, c'est spirituel, fantaisiste...

Il chante.

Il adorait le pain tendre,
Elle aimait le pain rassis ;
Ils ne purent pas s'entendre,
De là vinrent leurs soucis.

L'un pouvait manger son pain tendre,
S'il voulait à chaque repas ;
Et l'autre, le laisser attendre...
— Mais ce moyen ne leur vint pas.

Et chaque jour on peut entendre,
Quand ils sont face à face assis :
    Je le veux ten... ten...
    — Je le veux ra... ra...

    — Je le veux ten... en... en... dre.
    Je le veux ten... ten...
    — Je le veux ra... ra...
    — Je le veux ten... en... dre.
    — Moi, je le veux rassis !

Eh bien, je la chanterai, et en outre j'ai une scène d'es-
camotage... si le prince le permet.

LE PRINCE.

Avec plaisir, mon cher Balistrac.

BALISTRAC.

Merci, merci. Je vais m'assurer d'un compère.

                                        sort en courant.

SCÈNE XV

JORDANE, CLARISSE, LE PRINCE.

LE PRINCE.

Est-il marié, M. de Balistrac.

JORDANE.

Oh ! prince, ne parlez pas de gens mariés, il ne doit pas
y en avoir chez vous, donc il n'y en a pas. (Revenant à

Clarisse.) Je vous prie encore, madame, de ne pas trop vous
étonner si je parais beaucoup plus jeune que le prince,
tout en ayant peut-être quelques années de plus, je ne sais
combien, je ne compte jamais ces choses-là. Je suis un
philosophe.

LE PRINCE.

Dites que vous êtes un très aimable viveur, mon cher
Jordane.

JORDANE.

La vie est courte, comme disaient nos pères. Il faut en
tirer tout ce qu'elle a de bon, et ce qu'elle a de meilleur,
c'est la femme.

LE PRINCE.

Voilà le vrai Parisien, madame, tapageur et sceptique,
qui ne saurait s'attacher, comme nous, une passion au
cœur... de peur d'en mourir.

JORDANE.

Qu'en savez-vous, prince? Et si vous me reprochez d'être
viveur, — un vieux mot que j'aime assez, — il me semble
que vous menez une existence autrement échevelée. Je ne
commets pas d'indiscrétion en le disant devant madame.

LE PRINCE.

L'existence échevelée, c'est l'existence vide... Il suffirait
d'un mot, d'un regard, d'un serrement de main, pour la
remplir.

JORDANE.

Madame, je connais le prince, jamais il n'a tenu pareil
langage, et dût-il me maudire, je le trahirai. Je vous affirme qu'il est follement amoureux de vous, et ce qu'il demande pour remplir son existence, un regard, un mot, un
serrement de main, vous pouvez seule le lui donner. Mais
vous le savez sans doute mieux que moi et il y aurait
cruauté à ne pas le faire. Prince, êtes-vous content de moi?

LE PRINCE.

Enchanté, mon cher Jordane.

JORDANE.

Je n'ai plus qu'à vous demander pardon de vous avoir si longtemps occupé de ma personne. (Apercevant Olga au fond.) Ah !

SCÈNE XVI

LE PRINCE, JORDANE, CLARISSE, OLGA.

OLGA, venant à lui.

Avec quelle impatience je vous attendais !

JORDANE.

On ne vous a pas reconnue ?

OLGA.

Non, grâce au ciel, mais je meurs d'effroi.

JORDANE.

Rassurez-vous, maintenant je suis là.

Ils sortent au fond, à droite.

SCÈNE XVII

LE PRINCE, CLARISSE.

LE PRINCE.

Seriez-vous curieuse, madame, de savoir quelle est la jolie personne qui paraissait attendre si impatiemment M. de Jordane ?

CLARISSE.

Non, monsieur, non... je n'y tiens pas.

LE PRINCE.

Est-ce donc ce que vous a dit M. de Jordane qui vous émeut ainsi?

CLARISSE.

Vous vous trompez, je n'ai aucune émotion.

LE PRINCE.

Vous avez un masque, madame, qui me cache votre visage, mais il ne me cache pas vos yeux, et ils sont pleins de larmes.

CLARISSE.

Regardez bien, voyez-vous des larmes dans mes yeux?

LE PRINCE.

Elles y ont laissé leur éclat, et je ne sais rien de plus sacré au monde que la douleur d'une femme.

CLARISSE.

Vous vous méprenez à la surexcitation nerveuse dont je n'ai pu me défendre en sentant sous la belle humeur un peu bruyante de M. de Jordane plus d'ironie que de gaieté... mais sa conversation me plaisait et je ne sais pourquoi vous lui avez donné un tour sentimental, il n'y pensait guère. Quant à la déclaration qu'il a bien voulu m'adresser pour votre compte, elle est bien platonique, car vous ne m'avez jamais vue et vous ne me reverrez jamais.

LE PRINCE.

Voilà ce qu'il me serait impossible de croire.

CLARISSE.

Maintenant, vous seriez bien aimable si vous me permettiez d'entendre un instant votre chanteur comique. Je raffole de ces chansonnettes et j'ai vraiment grand besoin de rire.

LE PRINCE.

A votre gré!

Il la conduit dans la salle.

SCÈNE XVIII

MONSIEUR et MADAME PUYJOLET, puis AGATHE,
LE DOCTEUR, puis BALISTRAC, puis GUSTAVE.

PUYJOLET, accourant avec madame Puyjolet par le fond.

J'ai retrouvé ma femme. Il ne m'écoute pas... J'ai retrouvé... (La regardant.) c'est-à-dire elle ne veut plus desserrer
les dents. Je ne sais plus bien si c'est ma femme!

MADAME PUYJOLET, à part.

Non, non, je ne lui parlerai pas, non.

PUYJOLET.

Herminie? Jamais je n'aurais pensé que je connaissais
ma femme si peu que ça. Herminie? (Au docteur qui rentre avec
Agathe.) Docteur?... non je ne peux pas consulter les
autres.

MADAME PUYJOLET.

Vous êtes un sot.

PUYJOLET.

C'est elle!

LE DOCTEUR, à Agathe.

Vous me connaissez mieux que moi-même.

AGATHE, déguisant sa voix.

Vous êtes intrigué?

LE DOCTEUR.

Énormément.

AGATHE.

Je vous en dirai bien d'autres.

LE DOCTEUR.

Sur M. de Balistrac.

AGATHE.

Il m'a reconnue!

LE DOCTEUR.

Depuis une heure.

AGATHE.

Et vous n'avez pas été stupéfait?

LE DOCTEUR.

Non.

AGATHE.

Alors pourquoi sommes-nous vertueuses, puisque quand nous ne le sommes pas ça n'étonne personne?

BALISTRAC, revenant.

J'ai trouvé mon compère, me voilà tranquille.

Il prend une tasse de chocolat.

AGATHE, le voyant.

Ah!

BALISTRAC.

Heureux coquin!

LE DOCTEUR.

Ne mangez pas cela.

BALISTRAC.

Du chocolat?

LE DOCTEUR.

C'est indigeste.

v. 27.

BALISTRAC.

Vous paraissez très bien avec madame.

LE DOCTEUR.

Oh! oh!

BALISTRAC.

Je la connais et elle me connaît aussi; nous nous connaissons.

AGATHE, à part.

S'il croit que ça me flatte!

BALISTRAC, bas.

C'est Lili ou Nana. (Haut.) Docteur, je vous ménage une surprise à tous. Je vais me faire une tête de clown pour le souper.

AGATHE.

De clown?

BALISTRAC.

Oui, madame, de clown à la mode.

AGATHE, avec éclat.

Vous ne méritiez pas les brigands que vous avez eus!

BALISTRAC.

Hein! Quoi! (Il disparaît. — Applaudissements dans la coulisse : Bis! bis! bis!)

GUSTAVE, entrant.

Bis! bis!... En voilà encore un qui n'élèvera pas le niveau de l'art... Bis! bis!

SCÈNE XIX

CARDONAT, JORDANE.

CARDONAT, entrant avec Jordane, qui paraît contrarié.

Je regrette que vous ayez quitté pour moi la personne avec laquelle vous étiez.

JORDANE.

Elle est très bien placée et le concert l'intéresse beaucoup.

CARDONAT.

Moins que votre conversation.

JORDANE.

Flatteur!

CARDONAT.

Je ne me crois pas assez votre ami pour entrer dans vos secrets, mais j'allais vous prévenir qu'on vous a vu lui presser la main et qu'on a dit à côté de moi : « C'est Jordane et sa nouvelle maîtresse. »

JORDANE.

On a mal vu et on s'est trompé. Voilà ce que nous attire une mauvaise renommée. Tout le monde sait que j'ai de temps à autre une maîtresse en titre, pour la galerie.

CARDONAT, souriant.

Pour la galerie! Eh bien! et votre femme?

JORDANE.

Ma femme, c'est pour la morale. Quand on vit toujours dans le monde officiel, on éprouve le besoin d'avoir quelquefois une jolie fille, — une Zoé quelconque, — à ne pas respecter (Vivement.) tout en restant gentilhomme.

CARDONAT.

Oui, vous l'honorez de votre mépris.

JORDANE.

C'est le mot. Et alors, en me voyant passer avec une femme masquée... — Mais la personne avec laquelle je causais est une Espagnole qui a désiré voir une redoute... en tout bien tout honneur.

CARDONAT.

J'ai cru devoir vous prévenir.

JORDANE.

Et je vous en remercie. (A part.) Diable! il faut être prudent.

CARDONAT.

Je voulais vous prier aussi de me donner l'occasion de causer avec le prince. Je lui ai été présenté assez maladroitement...

JORDANE, vivement, en lui pressant la main.

Tout ce que vous voudrez, mon cher Cardonat, tout ce que vous voudrez. Que dites-vous de la fête du prince?

CARDONAT.

C'est très parisien.

JORDANE.

Oh! parisien jusqu'à la corde... Le trait caractéristique de ce que nous appelons, avec quelque orgueil, le Parisien, c'est le sentiment de la mesure et du ton. Voilà ce qui manque toujours aux étrangers qui croient nous imiter; ils forcent la note, et alors... c'est un autre air. Vous voyez ce soir.

CARDONAT.

On est là comme chez soi, mieux que chez soi... on peut tout s'y permettre.

Applaudissements dans la coulisse.

SCÈNE XX

LES MÊMES, VALAJOL, LA GRANDE COMÉDIENNE, ·GUSTAVE.

VALAJOL.

Notre grande comédienne ! Mesdames, messieurs, notre grande comédienne !

JORDANE.

Voilà le moment de s'échapper.

La grande comédienne traverse, au bras de Valajol.

·   TOUS.

Bravo ! bravo !

LA GRANDE COMÉDIENNE.

Ah ! Jordane ! Mon cher Jordane, vous êtes là, merci, vous vous mettrez en face de moi. Je jouerai pour vous.

JORDANE.

Trop aimable, trop aimable !

Il sort.

GUSTAVE, le suivant.

J'espère que cette fois ce sera sérieux !

SCÈNE XXI

RAOUL, VALENTINE,
puis MADAME DESCOURTOIS, puis ARCADIE.

RAOUL, revenant par le fond avec Valentine,

Voulez-vous entendre la grande comédienne ?

VALENTINE, avec Raoul.

Non. Je ne sais plus que devenir ; je n'ose pas rester
seule, et quand je suis à votre bras, ces demoiselles veulent
m'arracher les yeux.

RAOUL.

Voilà, par exemple, ce que je ne permettrais pas facilement.

MADAME DESCOURTOIS, revenant à Raoul.

Tu aurais dû conseiller à la femme charmante qui est
ton bras de changer sa coiffure.

RAOUL.

Et pourquoi ?

MADAME DESCOURTOIS.

Parce qu'on pourrait la reconnaître.

VALENTINE.

Ah ! mon Dieu !

MADAME DESCOURTOIS.

En cherchant bien parmi toutes les femmes, mariées ou
veuves, qui t'aiment, heureux mortel !

RAOUL.

Il paraît que vous n'en êtes pas.

MADAME DESCOURTOIS.

Et je m'en félicite, puisque tu vas te marier.

VALENTINE.

Vous vous mariez ?

RAOUL.

Mais non, c'est une plaisanterie qu'on fait toujours.

MADAME DESCOURTOIS, s'approchant de Valentine.

Est-ce que les dames patronnesses des jeunes égarées
auraient l'intention de s'égarer elles-mêmes ?

Elle la quitte.

VALENTINE.

C'est madame Descourtois.

RAOUL.

Vous croyez ?

VALENTINE.

J'en suis sûre.

ARCADIE, allant à Raoul.

Sais-tu quelle est la petite dame qui ressemble à Esther ?

RAOUL.

Pas du tout.

ARCADIE.

C'est une femme du monde et le prince ne la quitte pas. J'ai été forcée d'inventer un accident pour qu'il se dérange. Il lui a donné la meilleure place. Si les femmes du monde nous prennent nos amants maintenant...

VALENTINE, effrayée.

Allons ! bon !

RAOUL.

Calme-toi, Arcadie.

ARCADIE.

Non, je ne me calmerai pas... Elles nous donnent leurs maris ! Si elles croient que c'est une compensation...

RAOUL.

Arcadie, je ne te reconnais plus, toi si distinguée d'ordinaire.

ARCADIE.

Distinguée, toujours, mais tu sais que je lui ôterai son masque, moi, à la femme du monde.

RAOUL.

Cela, par exemple, je te le défends.

ARCADIE.

Tu la connais donc aussi ?

RAOUL.

Cela ne te regarde pas.

ARCADIE.

Je suis chez moi, ici, mon cher.

RAOUL.

Eh bien, tant pis pour toi !

Il la quitte.

VALENTINE, effrayée.

Est-ce qu'elle ferait ce qu'elle dit ?

RAOUL.

Soyez tranquille : vous et vos deux amies, vous êtes sous ma garde et je réponds de tout.

Ils s'éloignent.

SCÈNE XXII

ARCADIE, CARDONAT, puis GUSTAVE, LA GRANDE COMÉDIENNE, LE PRINCE, JORDANE, OLGA, etc.

ARCADIE.

Oh ! les hommes !... (A Cardonat qui paraît au fond.) Votre bras ?

CARDONAT.

Je n'ai pas perdu mon temps, j'ai conquis la maîtresse du prince !

ARCADIE.

Allons souper chez Bignon !

CARDONAT.

Comment, chez Bignon !

Applaudissements dans la coulisse.

GUSTAVE, revenant.

Bravo ! bravo ! Elle m'a empoigné, parole d'honneur, elle m'a empoigné. J'irai lui lire mon drame sur la révolution, c'est ça qui a du chien !

JORDANE, revenant avec Olga.

Bravo ! bravo !

« Où vas-tu, blanche fumée
Dans ta spirale animée
Tu vas au nuage bleu ! »

C'est idiot ! bravo ! bravo !

LE PRINCE, à la comédienne.

Charmante ! charmante ! Tu restes à souper, ne l'oublie pas.

LA GRANDE COMÉDIENNE, à Jordane.

Vous avez été content ?

JORDANE.

Enchanté ! enthousiasmé !

LA GRANDE COMÉDIENNE.

Vous me dites cela froidement !

JORDANE.

Comment, froidement ! Admirable ! admirable ! vous m'avez rappelé Rachel, Mars... (A part.) et un peu Léonce !

LA GRANDE COMÉDIENNE, satisfaite.

A la bonne heure ! (Au prince.) C'est un homme de goût, M. de Jordane.

LE PRINCE.

Il l'a bien montré.

LA GRANDE COMÉDIENNE.

Et puis il est sincère.

LE PRINCE.

Avec audace.

Ils sortent.

SCÈNE XXIII

JORDANE, OLGA.

JORDANE, à Olga.

Je suis resté assez longtemps loin de vous pour ne pas éveiller les soupçons. Vous avez failli vous trahir quand M. Cardonat est venu à moi.

OLGA.

Je m'imaginais qu'il allait me reconnaître.

JORDANE.

Pas le moins du monde. Il n'a aucun soupçon. Il est très gai.

OLGA.

Je me sens tout de suite rassurée quand je suis près de vous.

JORDANE.

Je ne vous quitterai plus... je veux que pour vous la fête soit complète.

Le prince traverse.

SCÈNE XXIV

Les Mêmes, LE PRINCE.

JORDANE.

Prince, comment avez-vous organisé votre souper?

LE PRINCE.

Sans aucune espèce de pompe. On soupe à de petites
tables, chacun à sa guise.

JORDANE.

C'est le vrai moyen de souper gaiement.

LE PRINCE.

Et dans des salons séparés.

JORDANE.

Admirable ! (Plus bas.) Auriez-vous abandonné la femme
charmante avec laquelle vous étiez tout à l'heure?

LE PRINCE.

Non, mon cher, elle vous trouve très amusant.

JORDANE.

Elle est bien bonne. Elle restera à souper?

LE PRINCE.

Je ne le lui ai pas demandé.

JORDANE.

Mais demandez-le-lui et insistez.

LE PRINCE.

Je lui dirai même que cela vous serait agréable.

JORDANE.

Très agréable. Elle m'intrigue.

LE PRINCE.

Pas plus que moi... Et elle n'a pas encore soulevé son
masque.

JORDANE.

Oh! prince !

LE PRINCE.

Je vous le jure. — Je vais le lui demander.

Il sort.

SCÈNE XXV

JORDANE, OLGA.

JORDANE, à Olga.

Je vais vous faire souper, je l'espère du moins, à côté d'une de nos Parisiennes à la mode; je ne la connais pas, mais le prince a pour elle des attentions qui en disent assez.

OLGA.

Vous me feriez souper avec le prince?

JORDANE.

Pourquoi pas?

OLGA, à part.

Ce serait original! (Haut.) Je n'ôterai pas mon masque, je n'aurai pas besoin de parler, n'est-ce pas? Vous direz que je n'ose pas parler le français, et j'écouterai.

JORDANE.

Ne vous laissez pas séduire par le prince.

OLGA.

Ah! ne craignez rien, ce n'est pas le prince Orbeliani qui me séduira.

JORDANE, à part.

Ils se connaissent, décidément.

Jordane et Olga s'éloignent.

SCÈNE XXVI

CLARISSE, VALENTINE, puis RAOUL.

CLARISSE, entrant la première.

Toujours ensemble ! Ils ne se quittent pas.

Elle enlève son masque.

VALENTINE.

Madame Descourtois est ici ; elle a des soupçons. Il faut partir.

CLARISSE.

Non... je ne partirai pas !

VALENTINE.

Comment ?

CLARISSE.

Il est là, avec sa maîtresse, et j'irais l'attendre chez moi !... résignée comme toujours, dans cette grande maison vide, où j'ai déjà caché tant de larmes !... Non ! je n'y vivrais pas !... C'est ici que l'on est gai, ici que l'on s'amuse et qu'on aime ! j'y veux rester !

VALENTINE.

La voilà capable de tout !... Comment resteriez-vous ? on va souper !

CLARISSE.

Eh bien ! je souperai !

VALENTINE.

Vous êtes folle !

CLARISSE.

Le prince m'a invitée, et j'ai accepté.

VALENTINE.

En voilà bien d'une autre !

RAOUL.

Je vous cherchais, mesdames !

VALENTINE.

Vous venez à propos ! nous partons.

CLARISSE, qui a remis son masque.

Non !

VALENTINE.

Dites à madame, qui ne s'en doute pas, le danger qu'il
y aurait à rester.

RAOUL.

Il n'y en a aucun, si madame daigne prendre mon bras
et ne plus le quitter. Mais je croyais vous avoir dit, madame,
que le prince est très compromettant. Il ne vous a pas
quittée de la soirée. Il a une maîtresse...

VALENTINE.

Terrible !

RAOUL.

Qu'un scandale n'effraierait pas... au contraire.

VALENTINE.

Elle vous démasquerait !

CLARISSE.

Me démasquer ?

RAOUL.

Je crois que maintenant il est prudent de fuir le prince.

VALENTINE.

Le fuir ? Elle vient d'accepter à souper !

RAOUL.

C'est impossible !

VALENTINE.

Mais elle a promis !

RAOUL.

Non !... non ! cela ne se peut pas !

VALENTINE.

Voici le prince.

RAOUL.

Laissez-moi faire.

SCÈNE XXVII

Les Mêmes, LE PRINCE.

LE PRINCE, entrant.

On va souper, madame ; voulez-vous accepter mon bras ?

RAOUL.

Je vous demande pardon, prince, mais madame avait déjà accepté le mien.

LE PRINCE.

Le vôtre, mon cher Raoul ?

RAOUL.

Vous ne vous étonnerez pas si je réclame mes droits de priorité.

LE PRINCE.

Quand madame a daigné accepter mon invitation, il ne pouvait pas être question de vous, mon cher Raoul.

RAOUL.

Je sais, prince, qu'il n'est pas souvent question des

autres quand vous êtes là. Mais ne permettrez-vous pas une petite exception en ma faveur?

LE PRINCE.

Toutes les exceptions, excepté celle-là.

RAOUL.

Et c'est précisément la seule que je vous demande.

LE PRINCE.

J'aurai le regret de ne pas vous l'accorder.

RAOUL.

C'est que j'y tiens beaucoup.

LE PRINCE.

Ah!

CLARISSE, effrayée.

Ah! mon Dieu!

VALENTINE.

Ma chère, ce sont des émotions qu'il faut avoir une fois dans sa vie.

CLARISSE.

C'est le fils de mon mari qui se battrait à cause de moi! ce serait horrible!

LE PRINCE, revenant à Raoul.

Mon cher Raoul, je vous aime beaucoup, et vous êtes bien jeune...

RAOUL.

Si vous y voyez un motif pour céder, je ne vous reprocherai pas de parler de mon âge.

LE PRINCE.

Jurez-moi sur l'honneur que vous connaissez madame.

RAOUL.

Je n'ai ni à jurer, ni à répondre à une pareille question.

LE PRINCE.

Vous ne la connaissez pas, et votre intervention a le droit de m'étonner.

RAOUL.

De vous étonner !

CLARISSE, allant au prince.

C'est à vous que j'ai promis.

RAOUL.

Ah !

LE PRINCE.

Tout est oublié, Raoul.

RAOUL, bas, à Valentine.

Mais alors, elle l'aime.

VALENTINE, à Raoul.

Vous êtes un brave cœur, vous ! (A Raoul qui l'entraine.) Nous les laissons ?

RAOUL.

Il me semble que c'est notre devoir !

VALENTINE.

Mais pourtant...

RAOUL.

Je ne veux plus penser à personne qu'à vous.

Il sort avec Valentine.

SCÈNE XXVIII

LE PRINCE, CLARISSE, puis JORDANE, OLGA.

LE PRINCE.

Je ne faisais que vous aimer, je vous adore.

CLARISSE.

Je suis seule et je suis chez vous, ne l'oubliez pas.

JORDANE, rentrant avec Olga.

Prince, nous en sommes à notre dernière romance. Voic
le souper. Madame est une étrangère, en admiration devant
les Parisiennes. (Montrant Clarisse.) Vous m'avez présenté à
madame et dans une redoute toutes les propositions indiscrètes sont permises. Si nous réunissions nos deux tête-à-
tête ?

LE PRINCE.

Ah !

JORDANE.

Ces dames pourraient garder leurs masques.

LE PRINCE.

Nous réunir !... Mais, mon cher Jordane, vous êtes un
voisin dangereux, vous.

JORDANE.

Oh ! prince, oh !

LE PRINCE.

Vous êtes un charmeur, auquel on ne résiste pas.

JORDANE.

C'est une épigramme. Donnez-moi plutôt une mauvaise
raison.

LE PRINCE.

Je vous en donnerai une excellente. Il est des heures où l'on devient égoïste, et je suis dans une de ces heures-là.

JORDANE.

Je suis désolé de ma proposition, d'autant plus qu'elle paraît avoir troublé madame.

LE PRINCE.

En quoi?

JORDANE.

Je le devinerais peut-être, mais je ne pousserai pas plus loin mon indiscrétion.

LE PRINCE.

Il se peut au contraire que votre offre gracieuse plaise à madame, et alors nous serions des vôtres.

CLARISSE.

J'accepte.

LE PRINCE.

Madame accepte.

JORDANE.

Je vous remercie, madame.

VALAJOL, entrant.

Le ballet! Le *Triomphe des roses*. Voici le ballet.

LES INVITÉS, dans le fond.

Ah! le ballet!

JORDANE.

Nous nous retrouverons ici?

LE PRINCE.

Après le ballet.

OLGA.

Comme elle me regarde !

Jordane et Olga disparaissent.

LE PRINCE.

Vous avez accepté, madame !

CLARISSE.

Oui, monsieur, oui.

LE PRINCE.

Alors, madame, je vais donner des ordres.

CLARISSE.

Allez, monsieur, je vous attends.

LE PRINCE, à lui-même, en remontant.

Me serais-je trompé ?

PUYJOLET, passant.

Oh ! le ballet !

CLARISSE, restée seule, à Puyjolet.

Voulez-vous avoir l'obligeance de dire à M. de Jordane qu'on le demande ?... Dites-lui que c'est une femme.

Puyjolet prévient Jordane, qui était à peine disparu.

SCÈNE XXIX

JORDANE, CLARISSE,
puis OLGA, LE PRINCE et LES AUTRES INVITÉS.

JORDANE.

Une femme !... C'est vous, madame, qui me faites demander ? (Clarisse vient à lui et se démasque.) Vous !

CLARISSE.

Emmenez-moi, ou laissez-moi.

JORDANE.

Venez !

Ils sortent à gauche.

OLGA, qui est rentrée et qui les a vus.

Ah !

LE PRINCE.

Je crois que vous êtes seule.

OLGA.

Je me retirais.

LE PRINCE.

Madame, permettez-moi de vous faire accompagner jusqu'à la porte de mon hôtel.

Balistrac et Valajol paraissent en haut de l'escalier, — Balistrac avec la tête des clowns anglais.

BALISTRAC et VALAJOL.

On soupe au premier !

AGATHE.

Mon mari en clown !

Tout le monde se porte vers le buffet en gravissant l'escalier.

ACTE TROISIÈME

CHEZ JORDANE

Petit salon. — Au fond, porte de l'extérieur. — A droite, pan coupé, chambre de Clarisse. — A gauche, pan coupé, porte d'un grand salon voisin. — Premier plan, cheminée. — A droite, canapé. — A gauche, table avec journaux, écritoire, etc.

SCÈNE PREMIÈRE

VALAJOL, GUSTAVE, LE DOCTEUR, puis BALISTRAC et SAINT-CHAMAS, puis RAOUL.

Au lever du rideau, Valajol et Gustave, debout, lisent les journaux.

LE DOCTEUR, entrant par le fond.

Voilà Valajol qui lit le compte rendu de la redoute du prince.

VALAJOL.

Oui, docteur, très aimable, ce compte rendu.

LE DOCTEUR.

On y rend justice à vos petits talents de maître de cérémonies?

VALAJOL.

Avec éloges.

LE DOCTEUR.

Suis-je nommé ?

VALAJOL.

Je crois bien : « Notre célèbre docteur Bajol... »

GUSTAVE.

Et ici : « Notre illustre docteur Bajol... »

LE DOCTEUR.

Voyons.

GUSTAVE.

Il n'y a que moi qui ne suis pas nommé.

LE DOCTEUR, tout en lisant.

Jordane est sorti ?

VALAJOL.

Il va rentrer. Nous constituons à trois heures l'œuvre des jeunes égarées.

LE DOCTEUR.

Je sais bien : on m'a forcé à accepter le titre de médecin en chef.

VALAJOL.

Moi, je ne suis rien, mais je fais tout. Je mets les adresses, j'expédie les lettres pour solliciter les dons. J'en ai envoyé une au prince Orbeliani.

LE DOCTEUR.

A-t-il été généreux ?

VALAJOL.

Pas encore.

GUSTAVE.

Il donnera, pour qu'on le sache. Tout ça, c'est de la pose.
Balistrac et Saint-Chamas paraissent à la porte du fond.

BALISTRAC.

Passez donc, Saint-Chamas.

SAINT-CHAMAS.

Après vous, mon cher Balistrac.

BALISTRAC, voyant les journaux en mains.

Ah! les comptes rendus de la redoute! Parle-t-on de moi?

LE DOCTEUR.

Oui : « Un homme d'esprit déguisé en clown... »

BALISTRAC.

On ne me nomme pas? Alors, à quoi bon me trouver
spirituel?

Il prend le journal au docteur.

GUSTAVE.

J'aurais dû envoyer mon nom aux journaux, moi ; j'ai
été bête.

RAOUL, entrant par la gauche.

Bonjour, messieurs. Ma vénérable tante, la marquise, est
là. Vous n'êtes pas pressés d'entrer?... Non, je comprends.

GUSTAVE, se levant.

Moi, je l'aime, la marquise. Nous nous comprenons, quand
nous ne parlons pas politique.

RAOUL.

Vous êtes content, Balistrac? Vous avez obtenu un succès
énorme dans votre clown.

BALISTRAC.

N'est-ce pas?

RAOUL, montrant un autre journal.

Seulement on s'est trompé.

BALISTRAC.

En quoi?

RAOUL.

On vous a pris pour Saint-Chamas.

BALISTRAC et SAINT-CHAMAS, ensemble.

Hein ?

RAOUL.

Vous vous étiez si bien grimé !

SAINT-CHAMAS.

Mais c'est très désagréable, cela.

BALISTRAC.

Je crois bien que c'est désagréable.

RAOUL, lisant.

« M. de Saint-Chamas, un de nos députés les plus spiri-
tuels, sous les traits d'un clown connu... »

SAINT-CHAMAS.

Voilà de quoi briser une carrière.

BALISTRAC, à part.

Il ne sait pas le bien que ça lui fera. (Il prend le journal et le
lit en causant.) Au souper, j'ai été admirable... J'ai escamoté
le champagne.

GUSTAVE.

Quelle jolie plaisanterie !

BALISTRAC, à Raoul.

Vous n'y étiez pas ? On vous avait entraîné. (Bas.) Avez-
vous été heureux ?

RAOUL.

Très heureux... au baccara ; j'ai terminé ma nuit au club.

BALISTRAC.

Oh ! mon pauvre ami !

LE·DOCTEUR.

Mais, dites donc, Raoul, il est aussi question de vous dans ce journal.

RAOUL.

A propos de la redoute?

LE DOCTEUR.

Non. C'est un entrefilet spécial dont on vous honore.

RAOUL.

Malepeste!

LE DOCTEUR, lisant.

« On annonce un grand mariage dans la haute société parisienne. »

RAOUL.

On me marie?

BALISTRAC.

Ah bah! Je serai votre témoin.

RAOUL.

Et avec qui, juste ciel? Avec Nadine?

SAINT-CHAMAS.

Avec madame de Folny?

LE DOCTEUR.

Non pas. Avec mademoiselle Geneviève Bridier.

RAOUL.

Geneviève! Ah! c'est une abominable méchanceté, alors.

GUSTAVE.

Je l'épouserais bien, moi, la petite Bridier.

LE DOCTEUR.

La nouvelle m'avait été déjà donnée par madame Descourtois.

RAOUL.

Il ne devrait pas être permis de se jouer ainsi de la réputation d'une jeune fille.

SAINT-CHAMAS.

C'est très désobligeant pour mademoiselle Bridier.

BALISTRAC, à lui-même.

De quoi se plaignent-ils? on parle d'eux.

SCÈNE II

LES MÊMES, M. et MADAME PUYJOLET.

LE DOMESTIQUE, annonçant.

Monsieur et madame Puyjolet.

MADAME PUYJOLET, en toilette ébouriffante.

Nous avons appris par M. Cardonat que madame de Jordane recevait des dons pour une œuvre de charité, et nous voulons aussi apporter notre offrande, puisque, grâce au ciel, nous sommes en situation de le faire. M. Puyjolet est chef de division de la comptabilité...

PUYJOLET.

Générale!

MADAME PUYJOLET.

De la société *le Danube*.

PUYJOLET.

Capital : douze millions.

RAOUL.

C'est une position superbe, monsieur Puyjolet.

PUYJOLET.

Vingt mille francs par an... une part... des actions...

MADAME PUYJOLET.

M. Puyjolet est un peu étonné de sa haute fortune; mais moi, je m'y suis déjà habituée.

RAOUL.

Permettez-moi, madame, de vous accompagner dans le salon où la marquise se trouve déjà.

MADAME PUYJOLET.

Nous devions essayer à quatre heures un cheval que M. Puyjolet vient d'acheter...

PUYJOLET.

Très cher! J'ai pourtant marchandé.

MADAME PUYJOLET.

Un seul cheval, pour un simple coupé, très élégant, je l'ai choisi moi-même, mais cela peut se remettre, n'est-ce pas, monsieur Puyjolet?

PUYJOLET.

Certainement, chère amie, le cheval attendra; nous ne le payons plus à l'heure.

RAOUL, à part.

Ils sont admirables !

PUYJOLET.

Mais moi, j'ai à faire les comptes de la Compagnie, c'est très compliqué.

MADAME PUYJOLET, donnant le bras à Raoul.

Monsieur votre père est administrateur de notre Société.

Ils se dirigent, en parlant, vers le pan coupé à gauche.

RAOUL.

Oui, j'ai su cela.

MADAME PUYJOLET.

Et M. Cardonat ne cache à personne qu'il est son plus ferme soutien.

RAOUL.

Mon père ne sera jamais un financier habile.

MADAME PUYJOLET.

Ce n'est pas ce que dit M. Cardonat. M. de Jordan était tout à l'heure encore dans ses bureaux.

RAOUL.

Voilà qui m'étonne bien.

MADAME PUYJOLET.

Nos actions, d'ailleurs, ont beaucoup augmenté depuis hier. Nous allons réaliser des bénéfices énormes. M. Puyjolet m'a promis une parure de diamants.

RAOUL.

C'est un mari exemplaire!
Ils sortent à gauche. Balistrac, Saint-Chamas et Gustave es suivent.

GUSTAVE.

Ça se croit quelque chose parce que ça gagne de l'argent! Ça fait pitié!

LE DOCTEUR, restant le dernier avec Puyjolet.

Maintenant, monsieur Puyjolet, il faut faire parler de vous.

PUYJOLET.

On me l'a déjà conseillé.

LE DOCTEUR.

Vous aurez des maîtresses.

PUYJOLET.

Tromper Herminie! Jamais!

LE DOCTEUR.

Vous ferez semblant, ça vous coûtera le même prix, et on ne vous en demandera pas davantage. Passez donc, je vous en prie, monsieur le chef de division.

Puyjolet passe et le docteur va le suivre, quand Jordane paraît à la porte du fond.

SCÈNE III

JORDANE, LE DOCTEUR.

JORDANE.

Docteur, je viens de chez vous. Vous avez été appelé ce matin chez madame Cardonat.

LE DOCTEUR.

Oui, on s'est effrayé d'une crise nerveuse assez violente ; ce ne sera rien.

JORDANE.

Je voulais à tout prix avoir des nouvelles, je suis resté dans les bureaux de Cardonat, que je voyais troublé. Il me parlait de ses affaires, auxquelles je ne comprenais rien ; je n'y avais guère la tête. Je cherchais à lire dans les yeux de ce mari, que je trompe. Il m'a demandé des signatures, il m'a demandé je ne sais quoi, j'ai tout donné.

LE DOCTEUR.

Il continue à ne se douter de rien ?

JORDANE.

De rien, je vous l'affirme.

LE DOCTEUR.

Il l'apprendra le dernier. Soyez prudent ! J'ai été appelé aussi par M. Descourtois, qui se croyait malade, le pauvre

homme ! Madame Descourtois ne m'a parlé que de vous et
de la Société du Danube.

JORDANE.

Descourtois y a engagé de gros intérêts, je crois.

LE DOCTEUR.

Pourquoi diable n'avez-vous pas nommé madame Descourtois dame patronnesse, comme tout le monde, puisque
vous aviez déjà la faiblesse de la recevoir ? Vous vous en
êtes bien inutilement fait une ennemie et je la crois terri-
blement méchante. Elle sait, je le parierais, que la belle
Moldave était chez le prince, et qu'elle en est repartie avec
vous.

JORDANE.

Elle se trompe. J'ai abandonné madame Cardonal au
moment même où je lui jurais de la défendre ; je l'ai
laissée seule.

LE DOCTEUR, étonné.

Pourquoi ?

JORDANE, baissant la voix.

Parce que ma femme était là !

LE DOCTEUR.

Madame de Jordane !

JORDANE.

Elle était là ; pendant une heure j'ai dit follement tout ce
qui me passait par la tête ; elle m'écoutait sous le masque,
au bras du prince Orbeliani. C'est la première fois que je
me sens ridicule et que je rougis d'une gaieté qui n'est
plus de mon âge. Quant au prince... qui a dû reconnaître
madame de Jordane, qui m'a laissé tout dire !... ne parlons
plus de cela. Madame de Jordane m'avait prié de la ramener. Je l'ai fait, je devais le faire, mais je ne connais
pas de situation plus douloureuse. Je n'ose pas dire que

j'ai hésité, je ne le pouvais pas! mais c'est moi qui avais
entraîné madame Cardonat à cette redoute... elle y était
pour moi. Et faut-il maintenant abandonner le mari? au
moment où on le calomnie, je le sais; le puis-je?... Ai-je
même le droit de le juger aujourd'hui? ne suis-je pas lié,
absolument lié? Je le demande à tout homme de cœur, je
vous le demande, à vous.

LE DOCTEUR.

Hélas! oui!

JORDANE.

N'est-ce pas? Nous ne savons jamais dans notre monde
superficiel si nous avons des amis : mais il est des heures
où l'on en cherche, où l'on en veut, et je suis heureux de
vous trouver, docteur.

LE DOCTEUR.

Vous m'avez tout entier. Mais madame de Jordane?

JORDANE.

J'ai reconduit madame de Jordane jusqu'à la porte de sa
chambre, sans lui adresser une question. Elle ne m'a pas
dit un mot et je ne l'ai pas revue... La voici !

Clarisse entre par la droite.

SCÈNE IV

Les Mêmes, CLARISSE.

CLARISSE.

Bonjour, docteur; c'est vous qui arrivez le premier!

LE DOCTEUR.

Non, madame, il y a déjà nombreuse société dans le
salon.

CLARISSE.

Ah !

Elle va vers la gauche.

JORDANE, *l'arrêtant.*

La marquise reçoit avec Raoul.

LE DOCTEUR.

Je vais me montrer, pour qu'on ne m'oublie pas, comme dit Balistrac.

Il sort par la gauche.

JORDANE, *après un silence.*

Clarisse, ne pensez-vous pas, quels que soient mes torts, que le silence entre nous est la plus cruelle des expiations ?

CLARISSE.

J'aurais voulu le rompre, mais je n'avais rien à vous demander, n'ayant plus rien à apprendre.

JORDANE.

Moi, je tiens votre caractère en trop haute estime pour vous interroger. Mais ne trouvez-vous pas un mot à me dire ?

CLARISSE.

Non !

JORDANE.

Une parole de blâme ?

CLARISSE.

Aucune.

JORDANE.

Ne m'avouerez-vous pas que vous avez été surprise vous-même de vous voir à cette redoute ?

CLARISSE.

J'ai cédé à un moment d'affolement, que je regrette, en vous faisant demander.

JORDANE.

Ce n'est pas là ce que je vous reprocherais.

CLARISSE.

C'est cependant la seule faute dont j'aie à rougir, j'ai
manqué de courage.

JORDANE.

La seule faute! Ce n'en était donc pas une d'aller là?
vous aviez donc un motif sérieux?

CLARISSE.

Je n'en avais pas.

JORDANE.

Ne vouliez-vous pas m'y surprendre?

CLARISSE.

Pourquoi? J'ai eu l'ambition, en vous épousant, de devenir madame de Jordane et vous n'entendiez bien me
donner que votre nom, un nom respecté et envié! J'aurais
mauvaise grâce à demander davantage et il serait ridicule
à moi, sous prétexte que je suis votre femme, de vouloir
priver Paris du Jordane spirituel et brillant qu'il a l'habitude d'applaudir.   .

JORDANE.

L'ironie vous est permise et vous n'auriez certes qu'à me
railler, si vous aviez été seule; mais le prince Orbeliani
était là! mais je vous ai vue une heure entière à son bras,
devant moi!

CLARISSE.

Il ignorait qui j'étais.

JORDANE.

Et vous croyez qu'il ne vous a pas devinée?

CLARISSE.

Qu'importe, s'il ne m'a pas vue?

JORDANE.

Qu'importe!

CLARISSE.

Personne au monde ne peut dire que j'ai été chez le prince, personne que vous, pour qui j'ai découvert mon visage.

JORDANE.

Et c'est là seulement ce que vous regrettez?

CLARISSE.

Oui, vous ne me pardonnerez jamais de vous avoir forcé à faire votre devoir.

JORDANE.

Clarisse!

CLARISSE.

Jamais! Vous n'êtes plus pour moi qu'un étranger.

SCÈNE V

JORDANE, CLARISSE, MADAME DESCOURTOIS.

LE DOMESTIQUE, annonçant.

Madame Descourtois.

MADAME DESCOURTOIS, entrant par le fond.

Excusez-moi, madame, si je me présente, à peine remise d'une très vive émotion. M. Descourtois garde la chambre; il ne peut s'occuper d'affaires, et on nous a apporté confidentiellement ce matin une très grosse nouvelle.

CLARISSE.

Laquelle, madame?

MADAME DESCOURTOIS, se tournant vers Jordane.

On parlait d'une rupture entre M. de Jordane et M. Cardonat.

JORDANE.

C'est faux, madame.

MADAME DESCOURTOIS.

Quant à présent, du moins : je le sais. Vous avez passé une partie de la matinée dans les bureaux de M. Cardonat.

JORDANE.

Eh bien ! madame, vous voyez !

MADAME DESCOURTOIS, à Clarisse et d'un air indifférent.

Madame Cardonat a été très souffrante, — elle va mieux. — (Revenant à Jordane.) M. Cardonat m'a parlé de vous avec son enthousiasme ordinaire, cela m'avait un peu rassurée. (A Clarisse.) Vous ne comprenez peut-être pas, madame, l'importance de ce faux bruit. Le nom de M. de Jordane a subitement relevé la Société que lance M. Cardonat. C'est sur ce nom que les actions ont remonté. C'est ce nom qui a entraîné M. Descourtois et bien d'autres. M. de Jordane se retirant, tout croulait !

JORDANE.

Je vous répète, madame, qu'on s'est trompé.

MADAME DESCOURTOIS.

Voilà, monsieur, l'affirmation que je cherchais, votre parole étant la meilleure des garanties ; mais vous ne pouvez répondre de l'avenir et je voudrais, pour me rassurer complètement, avoir l'avis de madame de Jordane.

CLARISSE, étonnée.

Mon avis, à moi?

JORDANE.

En quoi ces questions-là peuvent-elles intéresser madame de Jordane?

MADAME DESCOURTOIS.

C'est bien simple! On raconte que madame Cardonat est allée hier à la fête dont tout le monde parle.

CLARISSE.

Ah!

MADAME DESCOURTOIS.

Il y aurait eu un éclat.

JORDANE.

Un éclat!

MADAME DESCOURTOIS.

Je ne sais entre qui, je ne sais pourquoi, je sais seulement que le nom de la belle Moldave s'y trouve mêlé, et on ajoutait que le bruit de ce scandale était venu aux oreilles de madame de Jordane. Madame de Jordane aurait décidé, — ce qui serait grave, — de ne pas recevoir aujourd'hui madame Cardonat.

CLARISSE.

On s'est encore trompé, madame; je n'ai aucune raison pour ne pas recevoir madame Cardonat, si elle se présente chez moi.

MADAME DESCOURTOIS.

Elle est, je crois, dame patronnesse de votre œuvre?

CLARISSE.

Oui, madame.

MADAME DESCOURTOIS.

M. Cardonat en est le trésorier et il tiendra certainement à affirmer ses bonnes relations avec M. de Jordane (Souriant) dans l'intérêt de ses actionnaires.

LE DOMESTIQUE, annonçant.

Monsieur et madame Cardonat.

Clarisse ne bronche pas.

JORDANE, bas.

Vous êtes la plus admirable des femmes !

MADAME DESCOURTOIS, à part.

Elle est très forte, cette petite femme-là !

M. et madame Cardonat entrent par le fond.

SCÈNE VI

LES MÊMES, CARDONAT, OLGA, puis BRIDIER et GENEVIÈVE, puis BALISTRAC.

CLARISSE, à Olga.

On vient de nous dire, madame, que vous avez été souffrante.

OLGA.

Oui, madame.

CARDONAT.

De façon à m'effrayer. Madame Cardonat aurait bien regretté de ne pouvoir venir à ce premier rendez-vous.

LE DOMESTIQUE, annonçant.

Monsieur et mademoiselle Bridier.

Bridier et Geneviève entrent par le fond.

JORDANE.

Ah ! Bridier ! ah ! mon cher Bridier !

CLARISSE.

Ma bonne Geneviève !

MADAME DESCOURTOIS, à elle-même.

Voilà le salut !

JORDANE.

Vous ne vous imaginez pas, Bridier, le plaisir que j'ai à vous voir.

BRIDIER.

Pas plus que moi, cher ami.

BALISTRAC, entrant par la gauche.

Ce n'est pas ma femme ! Ah ! pardon ! j'ai cru que c'était ma femme.

BRIDIER,

Geneviève vient vous apporter son offrande.

CLARISSE.

Ces dames sont déjà réunies ?

BALISTRAC.

Mais oui, mais oui.

Il offre son bras à Olga et la conduit au grand salon.

MADAME DESCOURTOIS, à elle-même, en se disposant à sortir.

M. Descourtois va donner sa démission d'administrateur et vendre ses actions.

CLARISSE, à madame Descourtois.

Vous vous retirez, madame ?

MADAME DESCOURTOIS.

Oui, madame. (En baissant la voix.) Je ne connais pas assez mademoiselle Geneviève pour la féliciter.

CLARISSE.

Sur quoi ?

MADAME DESCOURTOIS.

Sur son mariage avec M. Raoul de Jordane.

CLARISSE.

Comment?

MADAME DESCOURTOIS.

Il n'est bruit à Paris que de ce mariage, et tous les journaux du soir l'annoncent.

CLARISSE.

Vous venez de voir, madame, qu'il ne faut pas croire tout ce qu'on raconte.

MADAME DESCOURTOIS.

Oui, madame.

Elle sort par le fond.

CARDONAT.

Puisque j'ai l'honneur, madame, d'être le trésorier de votre œuvre, je tiens à vous offrir, comme don, dix actions du Danube. Elles sont en hausse. C'est une petite fortune pour vos jeunes protégées.

CLARISSE.

J'accepte tout pour elles.

JORDANE.

Mademoiselle, voulez-vous prendre mon bras.

GENEVIÈVE.

Très volontiers.

BRIDIER.

J'ai quelques visites à faire, je reviendrai chercher Geneviève.

GENEVIÈVE.

Ne vous préoccupez pas de moi.

Elle sort avec Jordane par la gauche.

BRIDIER, à Clarisse.

Comment avez-vous pris M. Cardonat pour trésorier?

CLARISSE.

C'est M. de Jordane qui l'a désiré.

Elle sort par la gauche.

BRIDIER.

Ah !

Il se dirige vers le fond ; Cardonat l'arrête.

SCÈNE VII

BRIDIER, CARDONAT.

CARDONAT.

Vous m'excuserez certainement, monsieur Bridier, si je vous demande cinq minutes d'entretien. Je n'ai pas compris le billet que vous avez bien voulu m'envoyer ce soir.

BRIDIER.

Il est pourtant bien simple. Je suis avocat, vous m'avez apporté une affaire...

CARDONAT.

Sur la recommandation de M. de Jordane.

BRIDIER.

Une très chaude recommandation. Je vous ai tout de suite répondu, sur votre simple exposé, que je ne croyais pas pouvoir défendre un pareil procès. Vous avez insisté, je vous ai promis de lire le dossier. Je l'ai lu et je vous le renvoie. Quoi de plus simple ?

CARDONAT.

La perte de ce procès serait désastreuse, mais ce qui serait plus désastreux encore, ce serait votre refus de prendre ma cause en mains, si vous persistiez.

BRIDIER.

Je persisterai.

CARDONAT.

C'est un blâme public que vous m'infligerez!

BRIDIER.

En quoi public? Je connais trop les devoirs de ma profession pour parler de cet incident.

CARDONAT.

Mais moi, monsieur, j'ai dit à tout le monde que vous étiez mon avocat.

BRIDIER.

Je le regrette.

CARDONAT.

Je rentre à Paris avec des projets grandioses, c'est dire que j'y suis méconnu, envié, calomnié. Quelle force pour moi que de répondre : je suis défendu par M. Bridier !

BRIDIER.

Un autre, plus heureux ou plus habile, trouvera sans doute à vous défendre victorieusement.

CARDONAT.

Un autre, ça m'est égal! Il me fallait votre nom, votre réputation, votre autorité.

BRIDIER.

Ne me faites pas l'injure de supposer que je ne vous ai pas compris. Vous tenez bien moins à gagner une mauvaise cause qu'à perdre un procès avec éclat à l'abri de mon nom. C'est le tapage que vous cherchez, c'est par le tapage que vous voulez marcher au succès. Vous traitez vos contemporains comme ils le méritent peut-être. Je ne juge ni vous, ni personne. Il est des natures exubérantes qui ne vivent que dans le bruit; je ne blâmerai jamais les enthousiasmes de

la tribune et les ambitions souvent généreuses du pouvoir.
Je les ai connues ; elles ont leur grandeur. Mais ce que
j'admire plus que tout au monde, c'est l'indépendance de
l'avocat, que rien n'oblige à transiger avec l'honneur et avec
le devoir ; et je ne me suis jamais senti plus de fierté au
cœur que le jour où, reprenant ma robe, je me suis appuyé
sur la barre où j'étais inviolable pour y défendre une cause
juste. — Je vous demande pardon, monsieur, de me laisser
entraîner comme un débutant, — je le suis redevenu, — à
des considérations qui ne vous intéressent pas.

CARDONAT.

Je n'essaierais pas de répondre à ce réquisitoire...

BRIDIER.

.   N'exagérez rien.

CARDONAT.

S'il ne frappait en même temps que moi, M. de Jordane...

BRIDIER, vivement.

Jordane ?

CARDONAT.

Qui, depuis hier, est un des administrateurs de notre
société.

BRIDIER.

Lui ! Jordane !... Il vous a prêté son nom !

CARDONAT.

Ce matin même, il a passé trois heures dans mes bureaux,
il a fait acte d'administrateur. Nos actions montent dans
des proportions inattendues, et M. de Jordane aura réalisé
demain des bénéfices considérables. Je pourrais vous en
indiquer le chiffre approximativement.

BRIDIER.

C'est inutile. M. de Jordane sait-il que vous aviez conservé

toutes vos actions et que vous prépariez une hausse d'un
jour pour vous en débarrasser?

CARDONAT.

C'est un coup de bourse élémentaire et très licite.

BRIDIER.

Même quand on est sûr de ruiner ses actionnaires, puisque
vous avez la preuve que votre société sera arrêtée à son dé-
but par les puissances intéressées?

CARDONAT.

La haute influence de nos administrateurs nous fera gagner du temps et la société sera vendue...

BRIDIER.

C'est bien, monsieur. Je n'ai plus rien à vous demander.

CARDONAT.

Maintenant, c'est une condamnation.

BRIDIER.

Je sais, monsieur, qu'on n'ose guère à notre époque
condamner ce qu'on réprouve, et ce qui fausse la conscience
publique, c'est la facilité qu'ont les honnêtes gens à ne voir
en tout que des faiblesses... Moi, je ne transige pas.

Geneviève et Clarisse entrent par la gauche.

SCÈNE VIII

LES MÊMES, GENEVIÈVE, CLARISSE.

GENEVIÈVE.

On réclame le trésorier! Mon père est encore là?

CARDONAT.

C'est moi, mademoiselle, qui ai retenu M. Bridier. Je lui

en demande pardon, et me voici tout entier à mes nouvelles fonctions.

Il sort par la gauche.

BRIDIER, à lui-même, avec amertume.

Jordane! mais aussi, avec des existences comme la sienne, tout est possible!... (A Clarisse.) Clarisse! est-ce que Jordane est sérieusement engagé dans les entreprises de M. Cardonat?

CLARISSE.

Très sérieusement. Il s'en occupe beaucoup.

BRIDIER.

Connaît-il bien M. Cardonat?

CLARISSE.

Très bien, il ne cesse de faire son éloge.

BRIDIER.

Si on essayait de lui ouvrir les yeux!

CLARISSE.

Ce serait inutile.

BRIDIER.

D'ailleurs, il serait trop tard.

Il sort par le fond.

GENEVIÈVE, à part.

Mon père est contrarié!

SCÈNE IX

CLARISSE, GENEVIÈVE.

CLARISSE, allant s'asseoir sur le canapé.

Asseyez-vous près de moi, Geneviève. Avec vous, n'est-ce pas, on peut tout de suite aller au but. Savez-vous la nouvelle que donnent les journaux d'aujourd'hui?

GENEVIÈVE.

On me marie.

CLARISSE.

Avec Raoul.

GENEVIÈVE.

J'ai vu cela.

CLARISSE.

Et quelle a été votre impression ?

GENEVIÈVE.

J'en ai été très contrariée. J'en ai pleuré, mais...

CLARISSE.

Mais quoi ?

GENEVIÈVE.

Je savais depuis longtemps que M. Raoul m'aimait.

CLARISSE, étonnée.

Il vous l'a dit ?

GENEVIÈVE.

Non. Il est trop bien élevé pour me le dire, et je ne l'aurais pas permis. Mais il a tout fait pour me le prouver. Vous n'avez pas remarqué comme il s'occupe de moi?

CLARISSE.

Peut-être se serait-il cru autorisé à se prononcer davantage, s'il avait espéré que vous pourriez l'aimer.

GENEVIÈVE.

Il l'a bien vu, que je l'aimais !

CLARISSE.

Vous le pensez?

GENEVIÈVE.

Comment aurais-je pu accueillir ses prévenances de tous les jours, si je ne l'aimais pas ?

CLARISSE.

Depuis l'âge de quinze ans, vous êtes une véritable maîtresse de maison, très mondaine, très gracieuse, aimable envers tout le monde.

GENEVIÈVE.

Oh ! quelle différence ! si vous m'entendiez causer avec M. de Saint-Chamas, par exemple, ou M. Valajol, ou tous les autres !

CLARISSE.

Alors vous vous attendiez à ce que Raoul ferait demander votre main ?

GENEVIÈVE.

N'est-ce pas ainsi que les choses se passent ordinairement ?

CLARISSE.

Et, pour vous, le bruit qu'on fait courir n'est qu'une indiscrétion ?

GENEVIÈVE.

Un peu prématurée. Mon père serait si heureux de me voir entrer dans la famille de M. de Jordane !

CLARISSE.

Vous lui en avez parlé ?

GENEVIÈVE.

Non. Mais quand une fille n'a que son père au monde, et que le père n'a que sa fille, ils comprennent vite ce qu'ils ne se disent pas.

CLARISSE.

Vous ne trouvez pas Raoul bien jeune, bien étourdi ?

GENEVIÈVE.

Oh ! je sais ! je sais !... Je connais tous ses défauts, il a
une conduite abominable. C'est parce qu'il est garçon ; s'il
avait une femme...

CLARISSE.

Vous croyez !

GENEVIÈVE.

Vous n'approuvez pas ce mariage ?

CLARISSE.

Oh ! chère enfant, je voudrais pouvoir vous marier demain. Savez-vous ce qui manque à cette maison tapageuse?
un peu plus de tapage encore, mais un autre tapage,
meilleur... celui de la famille ; vous l'y apporteriez vous,
et vous seriez plus habile que moi, sans doute.

GENEVIÈVE.

Plus habile que vous ? N'êtes-vous pas heureuse?

CLARISSE.

Si, si... très heureuse ! J'ai le bonheur que je désirais. Je
n'ai rien à envier. Mais c'est de vous que je veux m'occuper. C'est à vous que je veux penser. M. Bridier a été
pour moi un second père, et si je pouvais m'acquitter... Ne
vous étonnez pas de mon émotion. La joie fait pleurer
comme la douleur et, devant vous, je n'ai pas honte de
pleurer.

GENEVIÈVE.

Oh ! que vous êtes bonne, madame, et que je vous
aime!

CLARISSE.

Oui, oui, aimez-moi bien, Geneviève !

SCÈNE X

LES MÊMES, AGATHE, puis VALENTINE,
puis RAOUL.

LE DOMESTIQUE, annonçant.

Madame de Balistrac.

AGATHE.

Je viens seule, je suis en retard. M. de Balistrac doit
étaler ses grâces ici, depuis longtemps. Je ne peux plus me
résoudre à sortir avec lui, depuis que je l'ai vu en clown!

GENEVIÈVE.

Où donc, madame?

AGATHE.

Nulle part... en rêve... Il était affreux !... Je patienterai
jusqu'au rétablissement du divorce, mais on ne nous
reverra jamais ensemble. Eh ! mais, Geneviève, il faut vous
féliciter. On vient de m'annoncer votre mariage. C'est la
nouvelle à sensation.

GENEVIÈVE.

On se hâte trop, madame.

AGATHE.

Vraiment?

LE DOMESTIQUE, annonçant.

Madame de Folny.

GENEVIÈVE, à Valentine, qui entre comme une flèche.

Ah ! madame, comme vous paraissez émue !

VALENTINE, s'asseyant près de la table.

On le serait à moins.

CLARISSE.

Que vous est-il arrivé?

VALENTINE.

C'est inouï, inouï, inouï!

CLARISSE.

Ah! mon Dieu!

VALENTINE.

Restez, Geneviève. Cela peut se raconter devant les jeunes filles: c'est très moral. Un notaire me fait prier ce matin de passer chez lui, pour affaire urgente... Voyez-vous ce notaire qui veut qu'on passe chez lui! — J'ai répondu que je ne sortais jamais. Il m'a fait demander à quelle heure je serais visible. — A trois heures. — Je pensais: il viendra pendant que je m'habillerai pour aller chez Clarisse... il verra qu'il me gêne, il n'entrera pas. — Il est entré.

AGATHE.

Ah! Que vous a-t-il apporté?

VALENTINE.

Un testament de M. de Folny.

CLARISSE.

Comment?

VALENTINE.

Que mon mari lui avait remis, avec ordre de ne l'ouvrir qu'un an après sa mort, pour ne pas m'émouvoir. — Quelle attention!

AGATHE.

Et ce testament?

VALENTINE.

Horrible!

GENEVIÈVE.

Il vous déshérite?

VALENTINE.

Horrible! « Je lègue toute ma fortune à ma femme. »

CLARISSE, AGATHE, GENEVIÈVE.

Eh bien?

VALENTINE.

« A la condition qu'elle se remariera quand elle aura fini de porter mon deuil. »

CLARISSE, AGATHE, GENEVIÈVE.

Ah!

VALENTINE, appuyant.

« Je ne veux pas qu'elle continue à faire du tapage sous mon nom. »

CLARISSE.

Il a mis cela?

VALENTINE.

Il l'a mis. Je croyais qu'il avait cédé, mais non!

GENEVIÈVE.

Et si vous ne vous remariez pas?

VALENTINE.

Il lègue toute sa fortune à la fille d'un brave homme qui lui a rendu un signalé service et qu'il a perdu de vue, mademoiselle Clémence Toulmouze.

CLARISSE.

Ah!

VALENTINE.

Et à son défaut, à l'État, pour fonder des établissements de sourds-muets. De sourds-muets!... De l'ironie jusqu'au bout!

CLARISSE.

Eh bien ! Valentine, vous vous remarierez.

VALENTINE.

Et j'oubliais. Il me donne vingt jours ! J'aime mieux tout laisser à mademoiselle Toulmouze ; connaissez-vous mademoiselle Toulmouze ?

CLARISSE.

C'est madame Descourtois.

VALENTINE.

Madame Descourtois ! Jamais ! jamais ! Je me marierai plutôt ! (Bas, à Clarisse.) J'épouserai Raoul.

GENEVIÈVE, qui a entendu.

Raoul !

CLARISSE, vivement.

Geneviève !

VALENTINE.

Quoi ?

CLARISSE.

Rien ! (A Geneviève.) Valentine plaisante.

VALENTINE.

Non, je ne plaisante pas... Je n'ai que vingt jours... et je suis compromise.

AGATHE, bas.

Raoul épouse Geneviève.

VALENTINE.

Ah ! Qui, alors ?... le docteur ?

AGATHE, vivement.

Oh ! non ! je vous en prie !

VALENTINE.

Ah! oui, c'est juste!... Saint-Chamas, ce serait une bien dure extrémité...

RAOUL, entrant par la gauche.

Mon père n'est pas ici?

CLARISSE.

Non.

RAOUL.

Il n'a fait que paraître, et la marquise n'est pas contente. Mais il me semble, mesdames, que vous oubliez beaucoup vos devoirs de dames patronnesses.

VALENTINE.

Nous allons les remplir.

RAOUL.

On lit les correspondances. C'est très ennuyeux!

VALENTINE.

Il faut bien mériter le ciel! (A part.) Madame Descourtois, jamais! plutôt Valajol.

Elle sort avec Agathe.

GENEVIÈVE, bas, à Clarisse.

Elle est très belle, madame de Folny! Si je m'étais trompée!

CLARISSE.

Non, Geneviève, non, vous ne vous êtes pas trompée.

GENEVIÈVE.

Voilà que j'ai peur!

Elle sort.

SCÈNE XI

RAOUL, CLARISSE, puis JORDANE.

RAOUL.

Vous venez de causer avec Geneviève; sait-elle le bruit qu'on fait courir ?

CLARISSE.

Oui.

RAOUL.

Et qu'en pense-t-elle ?

CLARISSE.

Elle pense que rien n'est plus naturel, puisque vous l'aimez.

RAOUL.

Comment ?

CLARISSE.

Et qu'elle vous aime.

RAOUL.

Moi ! Geneviève...

Jordane entre par la porte du fond sans qu'on s'en aperçoive. Il reste un instant sans parler.

CLARISSE.

Vous avez une très grande fortune personnelle. Votre père vous laissera cent mille livres de rente. Geneviève Bridier n'est pas riche. Vos assiduités près d'elle ont pu servir de prétexte à la fausse nouvelle qu'on répand, elle s'y est trompée elle-même, et elle vous aime ! Je ne me permettrais pas de vous donner un conseil.

JORDANE, s'avançant.

Ton devoir est tracé, Raoul.

CLARISSE.

Vous étiez là ?

RAOUL.

Mon devoir!

JORDANE.

Bridier est mon ami. Il a été le tuteur de madame de
Jordane. Un démenti dans les journaux le blesserait pro-
fondément. Geneviève te plaît, et on t'a dit qu'elle n'avait
pas de fortune. Tu ne peux pas hésiter!

RAOUL.

Mais, mon père, je suis bien jeune, je n'ai jamais songé
à me marier, je n'y songe pas!

JORDANE.

Tu as entendu madame de Jordane... Répondras-tu à
Geneviève qu'elle s'est trompée et que tu ne l'aimes pas?

RAOUL.

Je ne répondrai rien. Je la trouve charmante. Je ne
voudrais pas coûter une larme à Geneviève ; ne compren-
dra-t-elle pas elle-même que je serais un mari détestable?

CLARISSE.

Une femme se croit toujours assez forte pour retenir
celui qu'elle aime, et, pour que nos illusions tombent, il
faut qu'on nous les arrache!

RAOUL.

Mais vous, madame, vous qui me connaissez bien et qui
connaissez Geneviève, dites si je suis le mari qu'elle
mérite!

JORDANE.

Qui de nous peut penser qu'il est pour sa femme le mari
qu'elle avait mérité !

CLARISSE.

Nous trouvons toujours qu'on nous mérite quand on nous
aime... et le mariage, Raoul, ne doit pas vous effrayer
beaucoup. Vous devez voir par des exemples que ses chaînes
ne sont pas bien lourdes à porter !

JORDANE.

Écoute-moi, Raoul. J'ai toujours été pour toi un ami
plutôt qu'un père, et je t'ai habitué à avoir en cet ami une
confiance absolue.

RAOUL.

Oui, mon père !

JORDANE.

Je ne prendrai pas avec toi les allures d'un moraliste ou
d'un sage ; elles ne me conviennent pas. Mais tu ne douteras
pas de ma sincérité si je te dis : « Raoul, épouse Geneviève,
aime bien ta femme, essaie de t'en faire aimer, et ne cherche
pas le bonheur autre part ; il n'y est pas ! »

RAOUL.

Vous me parlez avec des larmes dans la voix. Tu viens
de ressentir une grande douleur ! N'est-ce pas. madame ?

JORDANE.

C'est en pensant à toi et à ton avenir que je suis ému...
Tu sais comme je t'aime ?

RAOUL.

Oui, mon père, je le sais. Je sais aussi quel homme vous
êtes. Voulez-vous me dire, madame, ce qui s'est passé, et
pourquoi mon père souffre ainsi ?

CLARISSE.

Je ne suis pas dans tous les secrets de M. de Jordane.

JORDANE.

Madame de Jordane ne peut pas comprendre ce qui se
passe en moi. (A Raoul.) Je devine à tes hésitations quels
liens te rattachent à l'existence que tu mènes.

RAOUL.

Des liens !... je n'en ai pas.

JORDANE.

Je te ois troublé à l'idée d'épouser une jeune fille qui
serait le charme de ton foyer. Je te sens effrayé de ce calme
que tu ne connais pas, et je me demande si j'ai été pour
toi le père qu'il aurait fallu.

RAOUL.

Quel père eût été meilleur et plus tendre ! Ne te repro-
he rien... ce n'est pas moi qui te causerai jamais une
ristesse !... Je ferai ce que tu voudras.

JORDANE.

Je veux que tu vives autrement et mieux que moi. La
nouvelle de ce mariage est dans toutes les bouches ; ce n'est
pas demain, c'est aujourd'hui, c'est à l'instant que cette
fausse nouvelle doit devenir une vérité. Laisse-moi la joie
de demander pour toi à mon vieil ami Bridier la main de
sa fille. Il en sera si heureux ! Il t'adore, malgré ta mauvaise
réputation.

RAOUL.

Comment veux-tu qu'on te résiste ! Tu es si bon !

JORDANE.

C'est bien, Raoul !

CLARISSE, à Jordane.

Je vous remercie pour mon tuteur et pour Geneviève !

v.   30.

Je ne peux plus être heureuse maintenant que du bonheur des autres.

Bridier paraît au fond.

JORDANE.

Voici Bridier !

BRIDIER.

Ah ! bonjour, Raoul ! je ne vous avais pas encore vu.

CLARISSE, à Bridier.

Autrefois, mon tuteur, vous m'embrassiez !

BRIDIER.

n'ose plus.

CLARISSE.

Eh bien ! osez aujourd'hui. (A part.) Je vais annoncer la bonne nouvelle à Geneviève.

Elle sort à gauche.

SCÈNE XII

JORDANE, RAOUL, BRIDIER.

JORDANE.

Asseyez-vous, mon ami. Mon cher Bridier, permettez-moi de manquer avec vous à toutes les règles de l'étiquette; je vais faire une démarche solennelle qui exigerait sans doute un peu plus de pompe. Mais c'est un plaisir que je ne veux pas différer. J'ai l'honneur de vous demander pour Raoul de Jordane, mon fils, la main de mademoiselle Geneviève Bridier, votre fille.

BRIDIER, suffoqué.

Ah ! (Avec contrainte.) Ne vous étonnez pas si cette demande me trouble un peu... Elle est bien faite certes pour m'honorer !

JORDANE.

Ce n'est pas le mot que j'attendais.

BRIDIER.

Mais... je n'avais pas mis dans mes projets de marier Geneviève sitôt.

JORDANE, stupéfait.

Vous refusez?

BRIDIER.

Elle est encore bien jeune !

JORDANE.

Elle a dix-neuf ans. Est-ce la conduite de Raoul qui vous effraie ?

BRIDIER.

Non ! oh ! non ! Raoul a des défauts qui passent vite et des qualités qui ne passent pas. Il n'y a rien là de personnel.

JORDANE.

Quel autre motif?

BRIDIER.

Aucun. Vous savez que je ne comprends pas la vie comme tout le monde. Je ne veux pas encore me séparer de ma fille.

JORDANE.

Je n'insiste plus.

BRIDIER.

Je vais saluer la marquise de Jordane. Je vous supplie, Raoul, de ne pas m'en vouloir.

RAOUL.

Comment vous en voudrais-je? Vous avez vos raisons sans doute?

BRIDIER.

J'ai celles que je vous ai données.

Il sort par la gauche.

RAOUL.

Il n'en donne aucune!

JORDANE.

Je n'y comprends rien.

SCÈNE XIII

JORDANE, CLARISSE, RAOUL.

CLARISSE, entrant, à Bridier qui sort.

Je laisse maintenant le père parler à sa fille. (A Raoul.) Ah! comme vous regretteriez vos hésitations, si vous aviez pu voir, comme moi, le bonheur de Geneviève! J'en suis tout émue! ce devrait être une grande joie que de se sentir aimé ainsi!

JORDANE.

Bridier vient de nous refuser la main de sa fille.

CLARISSE.

Comment!

JORDANE.

Il la trouve trop jeune. Mais nous avons fait notre devoir : on n'a plus rien à nous demander.

Il sort par la droite.

CLARISSE.

Est-ce possible?

RAOUL.

Oui, madame.

CLARISSE.

Eh bien! Raoul, ne cherchez pas le motif de ce refus, je vais vous le donner.

RAOUL.

Vous le connaissez?

CLARISSE.

Votre père s'est compromis dans les aventures financières de M. Cardonat.

RAOUL.

Mon père... l'honneur et la loyauté mêmes!

CLARISSE.

Et si M. Bridier ne veut pas vous donner sa fille, c'est qu'il y a déjà ou qu'il va y avoir une tache à votre nom!

RAOUL.

Une tache à mon nom?

CLARISSE.

Qui est aussi le mien et que j'ai le droit de défendre.

RAOUL.

Songez-vous bien, madame, à ce que vous me dites?

CLARISSE.

Ah! vous ne souffrirez jamais plus que je n'ai souffert ici, il y a une heure, devant madame Descourtois qui cherchait à m'ouvrir les yeux, devant M. Bridier qui m'interrogeait!

RAOUL.

A-t-il pu venir à la pensée de quelqu'un que mon père était un malhonnête homme?

CLARISSE.

Oui. Voici Geneviève.

SCÈNE XIV

RAOUL, CLARISSE, GENEVIÈVE.

GENEVIÈVE.

Que s'est-il passé, madame? Mon père ne me dit rien.

RAOUL.

Que lui répondre?

CLARISSE, très embarrassée.

Il attend sans doute...

GENEVIÈVE.

Et M. Raoul détourne les yeux.

CLARISSE.

Soyez calme, Geneviève!

GENEVIÈVE.

M. de Jordane n'a pas demandé ma main.

CLARISSE.

Si, mais votre père a refusé.

GENEVIÈVE.

C'est impossible!

RAOUL.

C'est la vérité pourtant.

GENEVIÈVE.

Pourquoi? Quelle serait la raison? je la connaîtrais. Mon père n'a pas de secret pour moi. Non, on a voulu ménager mon amour-propre de jeune fille, n'est-ce pas, madame! Dites-moi la vérité.

CLARISSE.

Je n'en sais pas d'autre.

GENEVIÈVE, à Raoul.

M. de Jordane a hésité au dernier moment?

CLARISSE.

Mais non.

GENEVIÈVE, à Raoul.

Ou vous peut-être?

RAOUL.

Vous vous trompez!

GENEVIÈVE.

Je ne suis pas une fille comme les autres, moi; j'ai été très gâtée. Je n'ai pas connu ma mère. Mon père m'élevait à faire les honneurs de ses salons. Je parlais trop sans doute, souvent à tort et à travers. Il est si facile de dire une parole inconséquente! Je me suis compromise. C'est cela, n'est-ce pas?

RAOUL.

Non, Geneviève, non, je vous le jure!

GENEVIÈVE, à Clarisse.

Vous comprenez bien, madame, que je doive chercher ce qu'on me reproche!

CLARISSE.

On ne vous reproche rien, Geneviève.

GENEVIÈVE.

Quand mon père était ministre, j'étais obligée d'être aimable avec tout le monde, et quelquefois même je faisais ma cour aux députés; dans les moments de crise, vous savez bien, madame, que c'est nécessaire. On s'est mépris sur mes intentions, et on a cru que j'avais quelque préférence. (A Raoul.) C'est cela, n'est-ce pas?

RAOUL.

Non, Geneviève, non, ce n'est pas cela!

GENEVIÈVE.

J'ai tout avoué à madame de Jordane. Elle sait que je ne me suis jamais senti un penchant pour personne, que jamais il ne m'est venu à la pensée que je pourrais en aimer un autre que vous. Tout ce qu'on vous a raconté est faux! faux! faux!

RAOUL.

On ne m'a rien raconté!

GENEVIÈVE.

Je ne pouvais pas cacher ma joie quand je vous voyais entrer, et ma peine quand vous partiez!... Je cherchais la toilette qui vous plaisait et... (A Clarisse.) On m'a crue coquette, c'est cela, n'est-ce pas?

RAOUL.

Non, non!... c'est votre père qui ne m'a pas trouvé digne de vous.

GENEVIÈVE.

Vous mentez! vous mentez! (A Clarisse.) Il ment, n'est-ce pas?... Je sais très bien ce que pense mon père!

RAOUL.

Ses idées ont pu changer. Mais dites-vous bien que l'homme dont vous serez la femme n'aura rien à envier. Dites-vous bien que je lis dans votre pensée comme dans la mienne. Tout en vous est tendresse, charme, candeur! Dites-vous bien qu'au moment même où je vous perds, je vous aime et j'aime pour la première fois.

CLARISSE.

Vous ne pouvez douter de lui, Geneviève. Ce sont des raisons indépendantes de lui et de vous qui s'opposent à ce mariage.

GENEVIÈVE.

Alors, c'est fini! c'est tout à fait fini!

CLARISSE.

C'est moi qui ai été coupable en voulant vous donner trop vite une joie que je ressentais pour vous!

BRIDIER, revenant par la gauche.

Je te cherchais, Geneviève, pour partir.

GENEVIÈVE.

Je suis prête.

BRIDIER.

Tu as pleuré?

GENEVIÈVE.

Non! non! pas du tout! Adieu, madame.

CLARISSE.

Du courage, Geneviève!

GENEVIÈVE.

Oui, oui, j'en aurai, pour mon père... Alors, c'est fini!
Geneviève et Bridier sortent par le fond.

RAOUL.

Ah! vous aviez raison, madame, ce n'est pas moi qu'on refuse. Mais ce que M. Bridier pense en ce moment, tout Paris le pensera demain, et j'aurai donc à rougir du nom de Jordane!

SCÈNE XV

CLARISSE, RAOUL, LE PRINCE.

LE DOMESTIQUE, annonçant.

Le prince Orbeliani.

LE PRINCE.

J'ai tenu, madame, à vous apporter moi-même une offrande pour l'œuvre que vous daignez patronner.

CLARISSE.

C'est la marquise de Jordane qui reçoit les offrandes; mais elle est ici.

RAOUL.

Prince, permettez-moi de vous adresser tout de suite une question, parce qu'elle me brûle les lèvres. Hier, vous avez affecté de ne pas saluer M. Cardonat. Le connaissez-vous?

LE PRINCE.

Assez pour regretter de l'avoir reçu chez moi.

RAOUL.

Que lui reproche-t-on?

LE PRINCE.

Tout et rien. C'est ce que dans un monde bourgeois on appellerait un chevalier d'industrie, mais dans la haute société, cela n'a plus de nom.

RAOUL.

Voilà une accusation bien grave.

LE PRINCE.

Les Français ont pour tout ce qui leur vient, — ou leur revient, — de l'étranger, une confiance que les étrangers n'ont pas en entrant en France. Vous seriez tout à fait renseigné par M. Descourtois, qui vient de donner sa démission d'administrateur avec éclat. C'est, je crois, le commencement de la fin.

RAOUL.

Je vous remercie. (A part, en sortant.) Je vais chez M. Descourtois.

SCÈNE XVI

LE PRINCE, CLARISSE.

LE PRINCE.

Je n'espérais pas, madame, le hasard qui me permet de vous voir un instant seule.

CLARISSE.

Vous cherchez des félicitations. On m'a dit que votre fête avait été très brillante.

LE PRINCE.

Oui, madame, très brillante.

CLARISSE.

Et qu'on s'y est beaucoup amusé.

LE PRINCE.

Oui, madame, beaucoup. Elle a eu surtout pour moi un très vif intérêt.

CLARISSE.

Je le comprends, c'est un aspect de Paris que vous ne connaissiez pas.

LE PRINCE.

J'ai passé hier les heures les plus douces de ma vie. Une femme qui ne laisse voir que ses yeux et ses lèvres n'a pas à composer son visage : tout est regard et tout est sourire. Quand je vous retrouve calme et sévère, je me demande si je ne vous voyais pas cent fois mieux, hier, sous le masque.

CLARISSE.

Que voulez-vous dire ? Et de quoi me parlez-vous ?

LE PRINCE.

Je ne vous forcerai jamais à reconnaître ce qu'il vous

plaira de nier; je sais le privilège des femmes. Mais n'avez-
vous pas compris que je serais le plus respectueux de vos
admirateurs ? Je n'ai plus rien à vous redire que vous n'ayez
entendu... près de moi !...

CLARISSE.

Je n'ai rien entendu, je ne sais rien, et personne encore
n'avait osé me tenir un pareil langage.

LE PRINCE.

Madame !

CLARISSE.

Si une de mes paroles ou une de mes actions pouvait
vous autoriser à me parler ainsi, je les ai oubliées, et je ne
vous pardonnerais pas de vous en souvenir.

SCÈNE XVII

Les Mêmes, JORDANE, BALISTRAC, AGATHE,
VALENTINE, CARDONAT, OLGA, puis RAOUL.

JORDANE, entrant vivement par la droite.

Le prince !

LE PRINCE.

Oui, mon cher Jordane, je veux être aussi de ceux qui
protègent les jeunes égarées.

JORDANE.

Et vous avez tenu à venir vous-même ?... La marquise,
ma cousine, en sera extrêmement flattée.

BALISTRAC, entrant par la gauche, suivi des dames.

Le prince ici !... Prince, on n'entend que des éloges de
votre fête !

LE PRINCE.

N'est-ce pas ?

AGATHE.

Il paraît que M. de Balistrac était très bien en clown ?

LE PRINCE.

Superbe, madame, superbe.

BALISTRAC, à Clarisse.

Je regrette, madame, que vous ne m'ayez pas vu.

VALENTINE, à part.

Le prince ! mais ce serait un très joli parti !

CARDONAT, entrant par la gauche, avec Olga à son bras,
à Clarisse.

Nous sommes obligés de nous retirer, madame...

LE PRINCE, à Jordane, montrant Olga.

Voulez-vous me présenter à madame ?

JORDANE, à Olga.

Le prince Orbeliani.

LE PRINCE, sans se préoccuper de Cardonat.

J'ai conservé de votre pays, madame, un si doux souvenir
que je recherche tout ce qui m'y ramène par la pensée.

OLGA.

Ce n'était pour vous qu'un pays curieux à traverser !

LE PRINCE.

J'y ai passé deux années entières.

OLGA.

Que serait-ce, monsieur, si vous y aviez laissé, comme moi,
les joies, les douleurs, les illusions de votre enfance !

LE PRINCE.

Vous êtes à un âge, madame, où les illusions renaissent.

Le prince la salue et descend, Cardonat le suit après avoir quitté le bras d'Olga.

CARDONAT, à lui-même.

C'est trop fort! (A mi-voix.) Prince, vous avez eu l'air d'oublier que j'étais là et que je suis le mari de madame Cardonat.

LE PRINCE, avec assurance.

Croyez-vous?

CARDONAT, avec une colère concentrée.

Comment! Êtes-vous venu avec l'intention de m'offenser?

LE PRINCE.

Je vous affirme que non, étant très décidé à ne pas me battre avec vous.

CARDONAT.

Je vous y forcerai.

LE PRINCE.

Non.

CARDONAT, prêt à faire un pas.

Non!

JORDANE, l'arrêtant.

Cardonat! le prince est peu familiarisé avec nos habitudes françaises.

Raoul entre à ce moment par le fond, et se tient à l'écart, témoin muet de la scène.

LE PRINCE.

Peut-être, mais je ne changerai pas les miennes.

JORDANE.

Cependant vous remarquerez que M. Cardonat est chez moi. et j'entends que toutes les personnes qui sont chez moi y soient traitées comme moi-même.

LE PRINCE.

Vous savez, mon cher Jordane, qu'à vous, je n'ai rien à refuser.

JORDANE.

Moi non plus, prince.

CARDONAT.

Je ne permettrai jamais...

JORDANE.

Cela ne vous regarde plus.

LE PRINCE, allant à Clarisse.

Voudriez-vous, madame, vous charger de mon offrande?

CLARISSE.

Oui, monsieur!

Le prince sort par le fond ; Balistrac, Agathe et Valentine sortent à sa suite.

CARDONAT.

M. de Jordane se battrait pour moi! c'est la meilleure réponse à M. Bridier!

Il sort avec Olga par le fond.

SCÈNE XVIII

JORDANE, CLARISSE, RAOUL.

RAOUL, à son père.

Vous vous battez pour Cardonat?

JORDANE.

Oui!

RAOUL.

Savez-vous ce qu'on dit, savez-vous ce qui se passe?

JORDANE.

Je ne veux savoir ni ce qu'on dit, ni ce qui se passe.

RAOUL.

Mais, mon père...

JORDANE.

Et je n'ai de leçons à recevoir de personne.

RAOUL.

Ah! je n'ai jamais tant souffert.

Il s'éloigne par la gauche.

CLARISSE.

Ce duel est impossible !

JORDANE.

Pourquoi, madame?

CLARISSE.

Si c'est pour M. Cardonat que vous vous battez, on vous dira tout à l'heure qu'on ne peut se battre ni avec lui, ni pour lui, et si vous êtes publiquement le cavalier servant de sa femme, vous m'épargnerez à moi la honte de penser qu'on oublie tout pour sa maîtresse, jusqu'au souci de son nom.

JORDANE.

Je ne me bats, ni pour M. Cardonat, ni pour madame Cardonat, je me bats avec le prince Orbeliani, parce que je le hais. Tout prétexte m'était bon. Si celui-là ne m'était venu, j'en aurais cherché un autre. J'ai joué, pour le prince et pour vous, un rôle dont le souvenir ne m'est pas facile à supporter. Je ne peux pas oublier... (s'arrêtant.) Ne vous méprenez pas à mes paroles. Ce n'est pas mon honneur que je défends; ce n'est pas le vôtre, qui est au-dessus de toute atteinte. Je ne me bats avec le prince que parce que je le hais; je le hais, voilà tout!

CLARISSE.

Qui le croira? Il fallait donc attendre un prétexte meilleur. C'est M. Cardonat qu'on a insulté et M. Cardonat est le mari de la femme que vous aimez. Que ne lui devez-vous pas, à ce mari complaisant ou aveugle? Je vous pardonnais tout... Je ne vous ai jamais demandé le sacrifice d'une fantaisie; j'ai subi, seule, à mon foyer toutes les humiliations que vos succès bruyants m'imposaient, et vous m'avez toujours vue souriante!... Mais cette femme qui était là, chez moi, cette femme à qui je tendais la main, à qui je viens de la tendre, cette femme que je n'ose pas maudire... parce que je la crois plus malheureuse encore que moi!... Non, je ne peux plus lutter, et devant cet effondrement de moi-même, je me demande ce qu'est la vie et ce qu'elle vaut!

Elle éclate en sanglots.

JORDANE, effrayé.

Clarisse! Clarisse! (Allant au salon.) Raoul! appelle quelqu'un!

Raoul entre.

CLARISSE.

N'appelez personne. Si vous tenez à vous battre avec le prince, si c'est à cause de moi, je vous supplie de m'épargner cette injure. Je n'ai rien à vous dire si c'est pour madame Cardonat, que vous aimez.

RAOUL, s'élançant vers son père, et étouffant sa voix.

Madame Cardonat! c'est donc cela? c'est pour elle, c'est à cause d'elle que tu as défendu ce banquier! Tu t'es laissé entraîner, tu n'as rien vu, tu n'as rien calculé, tu n'as rien compris, et tu t'es livré tout entier, comme tu te livres toujours!

JORDANE.

Que veux-tu dire?

RAOUL, élevant la voix.

C'est pour cette femme!... (A Clarisse.) Ah! pardonnez-moi, madame, je sens que je vous fais la plus cruelle des injures... mais songez donc qu'un instant j'ai douté de mon père!

JORDANE.

De moi! Que se passe-t-il? que dit-on? qu'est-il arrivé? je veux le savoir!... Vous vous taisez tous les deux!

RAOUL.

Ton nom est compromis dans les entreprises équivoques de M. Cardonat.

JORDANE.

Mon nom! mon nom compromis! mon nom peut tout défier. Cela ne se peut pas... cela n'est pas!

RAOUL.

Tu es administrateur d'une Société qui vole ses actionnaires.

JORDANE, foudroyé.

Moi!

RAOUL.

Mon père

CLARISSE, accourant.

Monsieur!

JORDANE, passant fiévreusement à la table.

Ne me dites rien. Ne me parlez pas. Je vais d'abord écrire un mot, un seul mot et ma signature. (Il écrit, laisse le papier sur la table, se lève et vient vers sa femme.) Je vous demande pardon, madame : vous me disiez qu'en vous épousant je n'avais entendu vous donner que mon nom, et je n'ai pas su garder intact le nom que je vous donnais. Je vous demande pardon.

CLARISSE.

Ce n'est pas moi seulement qui ai eu à souffrir, c'est votre fils.

JORDANE.

Raoul!

CLARISSE.

C'est Geneviève.

JORDANE.

Geneviève ! J'ai fait mon devoir ! J'ai demandé la main de Geneviève à Bridier, et Bridier... (Devinant tout à coup.) Bridier ne veut pas que sa fille porte mon nom ! Bridier, un ami de vingt ans... (Il retombe assis.) Bridier a cru, lui aussi, que j'étais complice. Notre existence est-elle donc si frivole et si peu consistante qu'on peut y admettre une accusation sans la discuter ? Y jouons-nous si facilement avec notre honneur qu'on ne sait plus ce qu'il vaut ? Et comment le saurait-on ? N'ai-je pas usé ma vie dans le tapage et dans les plaisirs, sans voir les larmes que je faisais répandre autour de moi ? (Se levant, à Raoul.) Que t'a dit Geneviève ? Que lui as-tu répondu ? Que pense Bridier ? Et toi, Raoul, et vous, madame, comment me jugez-vous ?

RAOUL.

Tu es toujours pour nous ce que tu as été, l'homme le plus honnête et le plus loyal !

JORDANE.

Raoul, veux-tu m'embrasser ?

RAOUL.

Oh ! mon père !

Il lui saute au cou.

JORDANE.

Et vous, madame, vous ne dites rien ?

CLARISSE.

Moi, je vous trouve assez malheureux pour vous dire ce que je n'osais pas vous dire dans les heures de joie : je vous aime de toutes les forces de mon âme !

JORDANE, étreignant ses mains.

Clarisse ! Tiens, Raoul, fais porter ce billet chez Bridier,

RAOUL, prenant l'écrit sur la table et y jetant les yeux.

« Je m'engage à désintéresser les créanciers de M. Cardonat. » Ah !

Le prince paraît au fond. — Raoul fait porter le billet.

SCÈNE XIX

LES MÊMES, LE PRINCE, puis VALENTINE,
puis BRIDIER et GENEVIÈVE.

JORDANE.

Encore lui !

LE PRINCE, entrant.

J'ai trouvé, mon cher Jordane, que j'avais eu tort tout à
l'heure et qu'une explication avec M. Cardonat serait peut-
être intéressante. Je n'ai pas été heureux. Son nouveau chef
de la comptabilité...

RAOUL.

M. Puyjolet ?

LE PRINCE.

M. Puyjolet, habitué aux comptes réguliers des administrations de l'État, vient de découvrir que M. Cardonat était
ruiné, et que les actionnaires n'avaient plus d'autres garanties que son cautionnement à lui, Puyjolet. Madame
Puyjolet a jeté les hauts cris...

JORDANE.

Vous oubliez que je suis un des administrateurs de la
compagnie. A tort ou à raison, trompé ou abusé, peu importe, — j'ai donné mon nom, et personne ne perdra rien.
Je réponds de tout.

LE PRINCE.

Ah ! mais alors M. Cardonat va revenir et je serai forcé
de le tuer.

RAOUL.

Il est donc parti?

LE PRINCE.

Il est allé étudier la navigation du Danube à Bruxelles.
— Je n'ai trouvé que sa femme qui avait refusé de le
suivre...

VALENTINE, entrant par le fond.

Ah! ma bonne Clarisse, quand je pense que nous avons
reçu M. Cardonat!... Il a ruiné ses actionnaires, mais ce
ne serait rien ; sa femme... n'était pas sa femme!

TOUS.

Comment?

VALENTINE.

C'était la femme du...
                           Elle s'arrête, en voyant le prince.

LE PRINCE.

Achevez, madame.

VALENTINE.

Vous la reprenez?

LE PRINCE.

Oh! non, je ne la reprends pas. Je la recueille.

VALENTINE, à elle-même.

Et moi qui le croyais célibataire !
                           Bridier et Geneviève entrent par le fond.

JORDANE, courant à lui.

Bridier ! Bridier ! Croyez-vous que votre fille puisse
encore porter mon nom?

BRIDIER.

Pardonnez-moi, Jordane.

GENEVIÈVE.

Moi, j'ai dit tout de suite à mon père qu'il se trompait.
Je connais M. de Jordane.

JORDANE, l'embrassant.

Oh ! chère enfant !

VALENTINE.

Moi, j'épouserai Saint-Chamas, mais j'en voudrai toute
ma vie à M. de Folny.

CLARISSE.

Il n'aimait pas les tapageurs ; il avait peut-être raison.

BRIDIER, à Jordane.

J'ai vu le dossier. Ça vous coûtera deux millions.

JORDANE.

Tout ce que j'ai à peu près! que m'importe? Je n'ai plus
besoin de rien, je serai chez ma femme.

CLARISSE.

Oh ! toujours, si vous le voulez.

JORDANE.

Et si vertueux que tout Paris en parlera.

CLARISSE.

Voilà le bon tapage !

TABLE

—

UN VOYAGE D'AGRÉMENT.   1

LIBRES!. 153

LES TAPAGEURS. 351

.

.

IMPRIMERIE CHAIX, RUE BERGÈRE, 20, PARIS. — 3502-2-05. — (Encre Lorilleux).

.